無恨意殺人法

舟動 著

推薦序

反思社會的殘酷現象，是否為所有人的共業

文・陳浩基（作家）

在香港某場講座上，「蘇格蘭犯罪小說之王」伊恩・藍欽（Ian Rankin）曾說過一句很有意思的話：「對作家而言，寫小說是用來叩問現實的手段。」而我認為舟動在《無恨意殺人法》裡，正正體現了這一句話。

舟動以現實的殺童案作為藍本，創作出一起類同的案件——一個無業、被社會排斥唾棄的男人，在遊樂場殺害了一名不相識的兒童。媒體和輿論自然對凶手口誅筆伐，認為只有死刑才能讓正義得以彰顯，教死者得以沉冤得雪，可是將犯人解決掉，到底是否真正的解決了問題？更重要的是，「問題」到底是什麼？

在本作中，作者塑造出多位複雜而立體的主角：既有嫉惡如仇的刑警劉岱華，亦有仗義執言的律師余雲智，而作中各殺人案中的凶手與死者，更是有血有肉，並非在一般推理小說中單

純用作推演劇情、讓主角們表演的免洗角色。作者透過這些人物，鑽探埋藏在社會表面之下的深層問題，再逐一反覆思辨到底我們這個社會何處出錯。加害者、被害者、加害者家屬、被害者家屬，作者對各方人物有著精闢有力的描寫，這種多角度的叩問，令讀者們可以站在不同立場思考何謂責任，何謂對錯。

故事後半猶如雲霄飛車，令人手不釋卷，結局的真相令人啞然。這個虛構的結局很不可能在現實中存在，但當中的意義卻教你我警醒，再度反思社會上的殘酷現象，是否我們所有人的共業。

對作家而言，寫小說是叩問現實的手段，而本作更是讓讀者理解社會真實面貌的工具。這不是一本單純娛樂取向的推理小說，更是一本提出問題、期待我們一起去解答的社會小說。無論您對無差別殺人案的立場為何，本作都適合閱讀——因為只有我們努力理解他人的立場，我們才能消弭潛藏在社會的惡意，以及這些惡意所帶來的苦果。

推薦序

跳脫「被害／加害」對立，直指社會的邪惡核心

文・張耀升（小說家、編劇）

為什麼要寫這一本書？

這可能是大部分讀者在「這本書好不好看？」之前會先問的問題。

是的，這是一本以無差別殺人事件為題材的書。我也同意你的看法，這些案件很可怕，身為台灣人我們都不想再想起。但是，這些事件並不會因為我們的忽視而消失，它已然發生了，它是歷史的一部分，它是社會生病而長出的腫瘤，再不堪，我們也必須面對。

於是，又回到了初始的問題：為什麼要寫這一本書？

歷史學家Hayden White曾經對歷史敘事提出一個看法，歷史之所以需要被敘述，乃是因為歷史事件是個創傷，而人們透過敘事歷史，所意圖呈現的便是創傷經驗的故事邏輯，在「劇情化」的過程中，敘事將編年表上個別事件之間所略寫的情節補滿，使得歷史事件產生劇情，並且合

乎該文化中的邏輯意義。例如，當我們回顧鄭捷的一生，一九九三年出生，小學曾當選班長，二〇一一年畢業於板橋中學，同年進入國防大學，二〇一三年轉學至東海大學，這個歷程並無法說明為何二〇一四年他會犯下改變台灣社會的重大刑案，這其中充滿太多懸念。

台灣近五年發生多起「隨機殺人事件」，這種無差別殺人事件的出現造成人心集體恐慌，每一次事件當下，民眾的不安、害怕、浮動造成新聞高峰，但是所有的新聞報導都無法回答民眾內心最關切的問題：「人，怎麼可以無差別殺人？」懸念無人可答，逐漸變成深埋心中的恐懼。

震撼人心的社會案件，傷害了每個人，在每個人心中都種下懸念，而社會派推理的答案並不一定是真相，真相也可能不只是任何一個作家寫的那樣，但是，更重要的是，這些社會派推理作品都帶領讀者走入這一段悲傷無奈且令人憤怒的故事中，以淚水洗滌了眾人心中的恐懼，達到社會治療的效果，進而療癒自身。

但是社會派推理作品有其門檻，除了作者必須盡一切可能接近事實真相核心之外，作者還必須具備深入犯罪者人心與人性的能力，而這兩個必須條件都來自漫長時間的田調與訪談。過去，台灣作家受限於生計與資源管道，縱使有心，也難以發展社會派推理寫作。作者舟動以湯姆熊殺童案為出發點，在鏡文學的支援下，歷經長期的田調，再輔以強大的虛構能力，以偵辦警官與辯護律師為雙主角，發展出了一個符合商業類型小說的社會派推理作品，主角在調查一系列無差別殺人案的過程中，捲入更大的陰謀與陷阱，意外道出台灣的社會問題與價值偏差。

這是一個高度完整的社會派推理作品，一方面給予讀者當下事件的真實感，另一方面又以小說虛構的說故事能力，講出另一個全然不同觀點的故事。更難得的是跳脫了「被害者VS.加害者」二元對立的觀點，直指社會邪惡的核心。

鄰近的日本與韓國都比台灣更早進入「無差別殺人」的社會事件中，面對這樣的無奈狀況，日韓作家選擇走進案件中，以社會事件為藍本，寫出一部又一部社會派推理作品，他們深入邪惡的人性以及罪犯的內心，終於以他們的觀點說出他們的故事。

於是，透過書寫，我們有了一個可能的答案，我們有了一道光，只要我們繼續努力，會有其他光照進這個晦暗不明之處，這就是本文初始問題的答案。

推薦序

隨機殺人者的恨世與厭世

文・沈政男（精神科醫師）

二〇一四年五月二十一日傍晚，男大生鄭捷在北捷揮刀攻擊陌生乘客，造成四死二十四傷，震驚台灣社會。台灣先前也曾發生隨機殺人案件，但直到鄭捷的恐怖殺戮行為，才引發各界對這個新興社會問題的大量關注。

鄭捷為什麼要殺人？他出身小康家庭，學業成績不錯，成長過程最大的創傷，就只是小學時代音樂課表演唱歌時被同學嘲笑了一下，沒有其他任何身心發展、人格養成的高風險因子，為什麼長大以後，自己在腦中閉門造車，奇奇怪怪的點子轉來轉去，最後轉出了一個「我必須殺人，才對得起自己」的結論？

鄭捷入獄後，有一位憐憫他的網友，跟他通了好幾封信，鄭捷伏法後，網友把信寄給我，因為我曾對此一事件寫了不少評論文章。鄭捷的字跡稚氣，文筆普通，偶有錯字，寫文章常引用布袋戲台詞來自況心境，對於犯行偶有悔意，但多數時候只是淡然，讀來看去，我依舊找不到他殺害陌生人的明確動機。

鄭捷在審理過程中，曾接受比一般情況更長也更仔細的精神鑑定，然而從精神鑑定報告依然難以看出，他為什麼要犯下隨機殺人案。或許就因這樣的困惑，負責精神鑑定的醫師竟然對鄭捷施打鎮靜藥物，試圖藉此取得更多的自我剖析，但最後顯然也是徒勞無功。

連最好的精神科醫師都說不清楚鄭捷為什麼隨機殺人，於是有專家學者乾脆用「反社會人格」或「精神病態人格」，來指稱這類難以理解的殺人凶手，意思是他們天生冷血，性格衝動又暴力，無法同理別人感受，宛如一頭野獸，而野獸是不能被理解的。社會大眾對這類凶手的形容也如出一轍——人渣、殺人魔、社會敗類！

然後槍聲響起，鄭捷在無數人的詛咒中結束生命，台灣社會再也沒有機會看清楚這位隨機殺人凶手的內心風景，當然也不可能更進一步了解隨機殺人行為的成因。

無奈的是，台灣社會接下來又爆發了幾起隨機殺人案，其中至少有兩起是以幼童為下手對象。可惜台灣社會的反應，對於凶手依然是「眾人皆欲殺」，即使他們罹患重大精神疾病亦然；而對於沒對凶手判死的法官，依然是嘲諷與辱罵，甚至把為凶手辯護的律師稱作「魔鬼代言人」。更令人意外的是，即使是最能了解行凶動機的精神鑑定專業人員，也無法協助社會大眾了解犯案成因，反而治絲益棼，做出了連委託鑑定的法官都不能認同的結論。

殺人都有動機，最常見就是情仇財，而背後也都有指向被害者的尖銳恨意，然而隨機殺人並非如此。那些被害者與凶手無冤無仇，甚至素昧平生，根本談不上有何恨意，為何凶手要對他們痛下毒手？

一個不願意探究隨機殺人案件的成因，並了解凶手內心世界的社會，當然也難以找到預防之道，更可惜的是，這也洩漏了整個社會了解人性的企圖與能耐。

還好，台灣社會依然有人願意靜下心來，耗費大量時間心力，而且更重要的，不讓情緒淹沒理智，而是從心理學、社會學與法律等角度，試圖進到隨機殺人凶手的成長過程與內心世界，找到一點點可以說明或幫助大家理解隨機殺人行為的線索。

《無恨意殺人法》就是這樣的一本小說。作者舟動在蒐羅了台灣歷年重大隨機殺人案件的相關報導，消化了專家學者的解讀，並參考國內外相關著作與文獻之後，運用流暢的文筆與豐富的想像力，重建了隨機殺人事件的現場，並帶領讀者進到辦案、審理與辯護的過程，甚至穿越時空，來到凶手的家庭、學校與社區，以一個全知的角度，重新走過凶手的成長之路與犯案經過，並鳥瞰社會的集體反應與應對方式。

書中沒有喧囂吶喊，沒有詛咒辱罵，這不容易，更難得的是，也沒有空泛的廉價憐憫，或者對於進步價值的膚淺擁抱，《無恨意殺人法》就只是把隨機殺人事件的來龍去脈與相關心理與社會背景，向讀者交代清楚。對於想要了解隨機殺人事件，卻又對法院的冗長判決書與新聞報導的片段內容無法滿足的人，這本小說是最好的入門書籍。

《無恨意殺人法》的故事情節參考了實際案例，然而除非你對台灣近年的隨機殺人案瞭若指掌，否則不至於影響閱讀樂趣。作者寫過幾本偵探小說，而《無恨意殺人法》應該是挑戰最大的一本，因為必須把真實事件寫得像虛構故事那麼高潮迭起又扣人心弦，而且必須避免流於宣傳特定價值觀與意識形態，可說相當困難。令人驚喜的是，作者確實辦到了。

「隨機殺人」、也有人稱作「無差別殺人」，意指凶手並沒有一定要殺誰，而是在公眾場所或虛擬世界裡隨機挑選。這類殺人案在歐美，因為經常以槍枝為武器，造成大量傷亡，因此也稱作大規模殺人。至於「無恨意殺人」則是這本小說嘗試提出的新說法，而這樣的稱呼，比起上述詞彙更能彰顯隨機殺人行為的難解本質。

鄭捷殺人，血染北捷，這麼凶殘的行為背後難道不存在恨意嗎？鄭捷在兒時的課堂上被譏笑以後，曾打算報復，但事過境遷，長大升學，原本他怨恨的人已經不知去向，而怨恨的心，也轉為對人世的厭倦，於是他從恨世變成了厭世，因此想要靠殺人被判死刑來結束生命。如果沒有死刑制度，鄭捷是不是就不會想到此種自我了結的方法？如果鄭捷在成長過程中得到夠好的引導，讓他的恨世情緒得到正面抒發，是不是就不會轉為厭世？

恨意達到頂點，接下來就是攻擊，而攻擊的背後如果沒有恨意，那就是恨意被轉化成其他心理能量，也就是厭世。無恨意殺人的背後，是不是都有一個日積月累，逐漸對世界失望的故事？去讀讀《無恨意殺人法》。

這本小說對隨機殺人案的辯護律師也多所著墨，而且用戲劇化的手法描寫了成為「魔鬼代言人」的心路歷程，相當有意思。這類案件對司法人員來說可謂嶄新的挑戰，因為傳統的法學訓練鮮少觸及這樣的課題，而這也是法界對於這類案件的刑度如何拿捏，出現嚴重分歧的原因。

台灣至今為止的隨機殺人事件，幾乎都使用刀械，會不會有一天台灣也出現像國外一樣，使用殺傷力更大的武器來遂行殺人企圖的大規模殺人事件？讀完《無恨意殺人法》，如果因此對隨機殺人事件產生更大的興趣，請一起持續關注這個台灣社會的新興議題。

推薦序

認識「無差別殺人」議題，適合的思考與閱讀起點

文・蔡依橙（新思惟國際 創辦人）

我很喜歡這本小說。

「無差別殺人事件」，是個今日台灣社會，需要認真去探討的主題。但偏偏，這又是個很難討論的領域，裡頭混雜了情緒與政治正確之外，議題本身，就橫跨了社會學、精神醫學、傳播媒體、檢警系統、法律（記得廢死議題嗎？）、政治（民怨與民意）等。在每次有相關案件時，我們都能看到大量的評論，但礙於篇幅，幾乎沒有能綜觀全局的論述，因為，這個議題太大，也太難，不是一兩千字可以說完的。

作者舟動或許有感於此，決定用二十萬字，架構一個故事，寫成小說，讓我們跟著他的文字，一起穿梭在台灣的大街小巷，體驗事件相關人物的情緒，認識每個必須考慮到的面向，把

「無差別殺人」這個議題的方方面面，帶大家「感受」過一次。小說家不說教，小說家直接讓你「感受」。

這個企劃並不容易，因為無差別殺人議題，有以下特色：

1.「似乎」富裕且先進的國家比較多，像是美國、日本、德國、挪威、台灣，但這可能有偏誤，或許其他國家不是沒有，而是一直在發生，只因為媒體管制、維穩需求或人命不值錢，所以沒有被報導。即使當地記者有報，可能也因為反差不夠，沒有爆點，而沒有在全世界擴散開來。

2.「似乎」與社會階層的分化有關，尤其家庭功能失調，多重困境疊加在行凶者身上，一旦遇到關鍵觸發點，在文明社會中，就變成駭人聽聞的悲劇。

3.「似乎」跟遺傳基因、精神疾病、藥物濫用、支持薄弱……等都有些關連，但也都不確定，於是，分析與討論，一不小心就汙名化或歧視了弱勢族群。事實是，即使用系統跟結構的概念來做多因素分析，事後講，都能頭頭是道，但事前，依然無法預測。

所以，作者舟動光是「敢」碰這個主題就很不容易，最終產出的作品更是亮眼。整本小說的架構很清晰，而且故事推進，總能令讀者欲罷不能，前面那些讓你隱隱察覺有異的細節，後面一定令你恍然大悟。多組角色的故事線，彼此交纏而不混亂，有效讓讀者感受到，我們以為跟自己無關的遙遠事件，實際上可能離你相當近。不用到「六度理論」，只要一通電話，一個前來拜訪的不速之客，一個隱約的印象，每個人都可能瞬間捲進事件核心。

介紹新書不爆雷，是基本道德，精彩的故事就留給各位自己讀了。您可以在讀完全書之後，回來檢驗，作者是不是在無形中，已經讓你實際感受到以下要點：

1.「無差別殺人」是個很難討論且可能沒有答案的議題，他卻能用「確定」的故事與結局，傳遞那種「不確定性」。而且，前面我們討論的三個「似乎」，小說都提到了。

2.用高雄的城市場景，像是西子灣的鹹味海風、整修中的城市光廊，讓讀者確實進入「這是身邊之事」的氛圍。所描寫的角色，他們在生命中所掙扎的，也都那麼真實，不管是在工作與家人間辛苦平衡、憤怒情緒與理性思維的拔河，均歷歷在目。

3.最悲哀的，是對人生充滿憤怒的弱者，連這困境該要責怪誰，都說不出來，只好把怒氣發洩在身邊舉目可見的其他弱者，弱弱相殘，沒有止盡。

4.全書九成以上的篇幅，持續堆疊出各種「一定有道理但怎麼就是猜不到」的謎團，即使分析系統跟結構，也想不出確定的答案是什麼，給讀者的感受，就像全體社會面臨「無差別殺人」案件時，「想抓住什麼但卻又抓不住」的複雜情緒。而作者在終章，依然能快速把這一切串起來，公布答案的同時，又有了幾次的情節轉折，緊湊且精彩。

我很享受閱讀的過程，一開始還有點擔心作者處理這樣的困難議題，會不會野心太大，不小心搞砸了，但最後證明是我多慮。結構恰到好處之外，各種專業用詞與田野調查也作了很大的努力，讓我們看到那些平常看不到的世界。

台灣讀者，能開始擁有這樣屬於台灣社會的小說，讓我們都能更完整、更立體、更深入地思考事情的複雜面向，是很棒的。

目次

推薦序 3

無恨意殺人法

序章 17

第一章 22

第二章 59

第三章 134

第四章 234

第五章 317

終章 356

尾聲 403

作者後記 404

序章

「你有沒有聽過 self-organized criticality？」女人問。

「啊？」男人摸不著頭緒，說：「明知我英文差，妳又跟我秀英文。翻譯一下好嗎？」

「SOC，直接翻譯的話，叫做『自組織臨界性』，是數學、物理學上的一個理論。」

「呃，有翻跟沒翻一樣，我還是聽不懂。」

「好吧，我簡單解釋好了。」女人開始模仿機器人講話，以直平的語調說：「當某一個系統達到自組織臨界的狀態，即便是很小的干擾事件，也會引起整個系統的變化。」

「呃，我很確定妳說的不是文言文，可是，妳不能再說得白話一點嗎？」

「好，嗯，我想一下……」

女人頓了一會，接著從背包裡拿出一本原文書。

「妳饒了我吧，」男人的面孔糾皺成一團，「整本都是英文，我怎麼看得懂？看了就想逃……」

女人翻開其中一頁。紙上覆滿了密密麻麻的英文字，左下角有一張附圖。

「沒要你看文字啦。」她把男人抓回來，說：「你看這張圖。」

圖片的正下方是由細沙構成的小山丘，形狀呈圓錐體，而沙丘上方的高空畫了一隻手，手指不停撒下細沙，直直落在頂峰處。

「手上撒的是砂糖、還是鹽？好浪費的感覺。」

「什麼浪費！提出理論的人就是用實際圖像的比喻來說明的，他不這樣解說，像你這種物理白癡怎能了解？」

「不管這張圖在畫什麼，我聽懂的只有『物理白癡』四個字。」

男人說完，女人輕敲了一下他的腦袋，「你要不要認真聽我說？」

「喔，好。」男人低頭湊近圖片，問：「為什麼要撒沙子？從上面往下撒沙子，去堆成一座沙丘，這……這有什麼意義嗎？」

「你覺得這座小山會愈來愈高嗎？」

「應該不會吧。按常理來說，沙子一直向下撒，累積到一定的程度，沙丘可能會坍塌吧。」

「很好，白癡是可以醫好的。」女人拍拍男人的肩膀，繼續說：「隨機撒下的沙子累積到某個程度，沙堆會坍塌、崩解。準備要崩塌的時間點，就是一個臨界點。到這裡聽得懂吧？」

「還可以。」

「在達到臨界狀態前，每一粒新落下的沙就會產生碰撞的能量。這個能量，就像是波動一樣，會透過一粒接一粒的沙傳遞下去，使得整座沙堆中的每一粒沙彼此之間都發生了連鎖的能量波傳遞。」

「沙子很輕吧。」

「很輕，但還是有質量啊，不然你改用大顆一點的砂糖或米粒想像。」

「我覺得能量波應該看不出來。」

「肉眼當然看不到沙粒之間內在的能量，但能量累積到臨界點後，就會導致整座沙堆重新排列組合，換另一種說法呢，沙堆的結構會隨著每一粒新沙落下而變得愈來愈脆弱，最終發生結構性的失衡，也就是你剛才說的坍塌，外觀就改變了。」

「這就是妳說的……自組什麼？」

「自組織臨界性。」女子以滿帶自信的語氣說：「有數學和物理學家以這種簡單的模型，把觀察到的變因量化，再用強大的電腦運算功能去計算機率，去說明世界上的很多現象，像是雪崩、達飽和的交通流量、不斷膨脹的人口數量、金融市場等等。」

「他們為什麼要研究這個？」

「如果能算出雪崩或人口成長的臨界點，也許我們能夠提前得知在將來的哪個時間點會發生災難，也就能避開世界上很多不幸的事情。」

「這是妳……妳上研究所之後想研究的方向？」

女子點頭，但馬上低嘆說：「可是什麼時候會崩塌，就算用電腦去算，也很難算得準。雖然每粒沙子，都不斷把系統推向臨界狀態，但沙粒向下著落的位置是隨機的，而且現實中不可能只有細沙，還有碎石、潮濕的泥土，甚至是混在一起的水泥。」

「嗯，風也會改變沙子的落地點。如果是糖和鹽也有可能遇水融化。」

「是啊。世界的組成不像沙子那麼單純。」

「要是好幾種東西堆在一起，又不知道東西會落在什麼地方，確實不好預測。」

「世界其實是一片混沌，充滿太多隨機、不確定的變因了。」

「可是，這樣也很好啊。」男人微笑說。

「什麼都不確定，好什麼好？」女人呼出大聲的鼻息。

「我看到沙子堆起來的小山丘，」男人指著書上的圖片，「讓我想到我們第一次相遇，記得嗎？」

「你是指，我、你、山花三個人同時去登山的那天？」

「嗯，妳掛在懸崖邊，兩腿懸空，兩隻手死命抓住一條脆弱的樹根，眼看著就要掉下去了。結果山花剛好經過，先看到妳，使力要把妳拉上來，接著沒過半分鐘，我也剛好下山經過，和山花一起救了妳。」

「我其實沒有那麼不小心過，那天真的就踩空滑下去了。」

「後來我們三個就這樣認識了。」男人摟住女人的腰，親暱地說：「我事後想，山路上沿途沒什麼人煙，原本是三個各自去爬山的陌生人，卻恰巧在那個時機點，因為一樁差點要發生的意外而碰頭、熟識起來，這發生的機率應該微乎其微吧。」

「是很巧沒錯。」女人把頭倚在男人的肩膀。

「就算是隨機，也會有好事發生，不盡然全是壞事。」

「你覺得人類最終有辦法掌控整個系統嗎？」女人問。

「我不知道哩。掌控，好像是人自然而然會有的野心吧。物理學家就是了吧。」

「物理學家有野心？」女人抬起頭，直視對方，「你在說我吧？」

「不是嗎？像我唸法律到現在，我總覺得法律是去界定範圍，人在這個範圍內該怎麼做才是正確的，不然就會違法。」男人繼續說：「科學家是花心力去找尋規則，法律專家則是苦心去直接制訂出規則，兩種人都想要掌控系統內的運作，不是嗎？」

「好像是這樣。可是，」女人問：「世界有因為這些人的努力而變得更好嗎？」

男人沒回答。和大多數人一樣，他難以知道正確答案。

他只是伸出手，輕撫了女人的頭，然後將她擁入懷中。

然而，他完全沒意識到——

這晚和女人的對話內容，會對他往後人生的某一刻帶來關鍵至極的影響。

第一章

劉岱華面對電腦螢幕，指頭停止敲擊鍵盤，視線再次從正中央的偵查報告頁面移至右下角，瞥了一眼時間。上午九點五十二分。離值勤結束還有約兩小時，他的左腳不停抖著，有點躁動，但臉上的微笑愈掛愈高。

今天是女兒欣欣的六歲生日，妻子已經於餐廳訂位，特別叮囑岱華要準時回家。他下午可以在家睡一覺，然後傍晚帶妻女去餐廳吃日式料理，替女兒慶生。想到這裡，他不禁拿出手機，滑起妻子為女兒拍的生活照。

欣欣平常很活潑，從公園滑梯溜下來時的燦爛笑容，正好映在鏡頭上。

「華哥，你在偷看前世的小情人哃。」

阿隆不知何時站到他背後，笑笑地說。

「羨慕啊？等你有小孩就知道了。小孩長得快，到了叛逆期就不認父母了。」岱華把手機收回口袋，同時藏起笑容，又說：「我現在不好好珍惜跟小孩相處的時間，以後機會就難得囉。」

「我才不要像華哥一樣，早早二十五歲就結婚生子。一個人單身，無牽無掛，多快活呀。」

阿隆比岱華小四歲，平日一副玩世不恭的樣子，不過他跟著岱華一起辦案，該做正事時還算認真。

「說什麼單身的，你不是有女朋友？上次我看你臉書貼了一張合照……」

「分了啦！」阿隆說得很輕鬆。

「這麼快？」岱華皺眉。

「如果怕單身會寂寞，養貓養狗還比較好。」

「你又沒養過，是在好什麼好的？」

「走丟了、生病死了，心情不會難過那麼久吧。」

「屁啦，你又知道了？不管是人、是寵物，都是當成自己的家人在對待的，長期相處下來，要是哪天不見了，或死掉了，怎麼可能不會難過很久！」

阿隆正要開口辯駁，桌上的內線電話忽然響起，他只好把話吞回去，接起電話。「新興分局偵查隊……是……是的……」阿隆睜大眼，表情變得嚴肅，沒多久便將話筒遞給岱華。

岱華接過，隨口問阿隆：「怎麼？」

「前金分駐所的警員通報勤指中心，要我們盡快過去處理。」

「什麼案？」

「殺人命案。」阿隆答。

岱華心想，今天中午不能準時下班了嗎？

通報隊長之後，岱華帶著阿隆前往現場，預定和另兩名出外勤的偵查佐在命案地點會合。

事發於蹦蹦龍電子遊藝場，位置在六合二路上，近中華三路交口。

岱華看到門口停了兩輛警車，一台救護車正要離開。

他下車後，簡單觀察了周邊環境。遊藝場旁邊是旅舍，對面是郵局，加油站和高雄銀行前金分行各別立於郵局的右左兩側，和六合夜市有段不算太遠的步行距離。一般來說，這個地段晚上的人潮較白天多，但由於今天是星期六，騎樓上往來的路人不少。

遊藝場共設兩層樓，一樓的自動門出口有兩處，均朝向大馬路。

偵查佐俊哲一見到小隊長岱華，便快步走來。

「現在什麼狀況？」岱華問：「幫派、還是小混混打架廝殺？」

「都不是。華哥，死者的遺體在一、二樓交界的廁所裡。」

「兇手在哪？」阿隆掃視四周。

「不知道，應該是逃了。」俊哲像是吃壞了肚子，臉色難看。「我已經打去法警室，請值勤的檢察官帶法醫過來相驗了。」

「我先去看看。」岱華的腳步沒停，要俊哲引路。

「華哥，你們要有心理準備，現場……很慘……」

「斷手斷腳、噴血濺血的場面，我哪個沒見過。」

「不是的，華哥。我不知道……真的不知道是誰對死者有仇，會對他做出這麼殘忍的……」

俊哲話沒說完，鼻腔呼出了沉重的氣息。

「知道身分了嗎？」

「是。死者是男的——只有小學五年級。」

岱華在一樓通往廁所的入口處定住腳步，訝異地再次確認：「五年級？」

俊哲點頭，然後指向兌幣機旁的一個小男生。

男孩駝背坐著，直愣愣地低頭望向地板，一下子雙手握拳，眼神又變得非常緊張；另有一名女員警坐在他身邊，邊說話邊拍他的背，試圖安撫男孩眼中的焦慮。

「那位小弟弟叫王辰光，同樣五年級，」俊哲說：「死者是他的朋友。」

岱華不發一語，眉頭起了幾條皺紋，再起步朝廁所方向走去。

廁所的入口有一名男警看守，他的背後已經貼上黃色的封鎖線。他見岱華出示刑警證，立刻讓開通路。岱華朝裡面仔細看，男廁外面是一小座洗手台，踏進去兩、三步，可見到小便斗位於內部的側邊，再向前兩步即是一間帶門的隔絕空間，門板雖然闔著，卻從門底的縫隙飄散出一股死亡的氣味，一般人皆可感知到那不安的氛圍，更別說是岱華這樣敏銳的刑警。

「華哥，」俊哲挺身向前抓住門把，「我要開了喔。」

門板掀開後，首先映入岱華眼裡的，是飛濺至磁磚牆面上的大量斑斑血液，接著是小孩的遺體，倒在地板上、蜷縮於蹲式馬桶旁，雙眼睜大，喉部遭人以銳器切割而綻裂，脖頸向上側仰，不自然歪斜，而頭部、肩膀，以及單薄的短袖上衣，全是一片漫漶的深褐血紅。

換個角度看，小男孩斜仰在黏膩的暗色血泊當中，稚幼的身體不知迸濺出多少血量，甚可能目睹自己的血液無可控制地涓涓滑落馬桶邊緣，和屎尿相混，才在痛苦中氣絕身亡——岱華試圖保持冷靜，不敢繼續想像小孩瀕死前的景象。

他說不出話，感覺空間變得滯悶，似乎有點缺氧，於是他迅速轉身，深吸了口氣。

無意間，他發現廁所的地板上有模糊的紅色印記，更像是沾上血液的一部分鞋底殘跡。

「勘查組來了嗎？」他彎下腰，檢視地面的跡證。

「在路上，」阿隆答：「快到了。」

「凶手是從那個方向離開的，」他背對著男孩的屍體，視線沿血液的殘印移動向外，一面拉高音量說：「等一下要求鑑識人員仔仔細細……聽好，一定要仔細察看這幾塊沾血的印子，任何蛛絲馬跡都不准放過！」

「是，華哥。」

很快地，岱華大致掌握了案發前的狀況——

死者名叫溫翊維，他和王辰光上午八點左右來遊藝場玩，兩人一直玩到九點多時，溫翊維離開遊戲機台去廁所。十幾分鐘後，王辰光見朋友未歸，跑去男廁要找他，同時間一名叫阿琴的女性清潔人員正要開廁門，門一開，看見牆上、地上到處都是血，屍體倒在裡面，兩人當場嚇一大跳。清潔員急喊救人，馬上衝出去通知負責遊藝場事務的江姓組長。組長進廁所見狀後，隨即打電話報警。

「這台，」岱華指著廁所外樓梯口的監視器，對俊哲說：「去把畫面調出來。」

此時，女警將王辰光和江組長帶到岱華面前，簡單介紹後，說小孩有話想講。

辰光十一歲，頭頂才到岱華的胸膛，他仰著頭說：

「有一個大哥哥陪我們玩。」

「大哥哥？」岱華問。

「我們本來在打『三國戰紀』，翊維在旁邊看我玩，然後他也想玩，我就分他玩一關，可是他把趙雲玩死了，然後有一個大哥哥站在旁邊，有卡片，問我們要不要跟他一起玩……」

「什麼樣的卡片？」

岱華問完，江組長在旁解釋，「三國戰紀第三代」是流行的連線遊戲街機，可用現場的代幣玩，要投幣四枚，等於十元可玩兩次；若用製造商發行的儲值遊戲卡玩，可儲存角色和遊戲數據，但玩家必須額外花幾百元購買。

「大哥哥和我連線玩了一下下，他就跟我說，剛剛在廁所看到好幾張卡片，好像是別人弄丟的，問我要不要去撿來玩。」

「結果呢？」

「我還在打王，說等一下。大哥哥就跟翊維問，一起去拿好不好？翊維很高興，就跟他一起去廁所撿卡片，然後……就沒回來……」

「你們認識那個大哥哥嗎？」

「沒看過。」辰光搖頭。

「翊維呢？他和大哥哥熟嗎？」

「我不知道，應該不認識。」

「大哥哥的樣子，你還記得嗎？」

辰光用力點頭，答：「胖胖壯壯的很大隻，還有……他有戴眼鏡，穿黑色的外套……還有牛仔褲。」

岱華想，小孩子的話不能盡信，但應該不到說謊、殺掉朋友的地步，此刻能追查的線索應可先從辰光提到的男子開始。

犯人或許認識兩個孩子的家人，有計畫鎖定並綁架小孩，好向家屬勒索贖金，不料翊維在廁所抵抗，犯人遂一時衝動就不小心把孩子殺了——這是岱華初步推估的犯案動機。於是，他又問：

「你跟翊維常來蹦蹦龍玩嗎？在這裡認識的嗎？」

「翊維一年級的時候，跟我同班。」

「你們曾是同學？」

「嗯。」辰光垂下頭，講話速度變慢。「假日，我們有時候，才會來玩。翊維他身上沒錢，都在旁邊看我玩，所以我有時候，就會分他玩一下下。」

「他沒錢？」

「嗯，他家很窮。」

「你怎麼知道很窮？」

「同學、老師，大家都知道啊。」

假如此話屬實，犯人為金錢而挾持小孩的推測便不合理。岱華換念頭想，男子也曾慫恿王辰光去廁所撿卡片，難道兩個孩子都是犯人的目標？那麼，殺人的動機會是什麼？岱華認為，除了金錢因素，還有一種可能性：凶手殺人，是為了報復小孩的家屬。

他轉頭，命令阿隆打電話去國小問個人資料，盡速通知死者和王辰光的父母到警局配合調查。

不久後，遊藝場被警方全面封鎖。

除了盤查現場人士、獲取在場相關人員的證詞，鑑識人員也到場開始採集證據，其中包括兩台「三國戰紀」，以及附近「炸彈超人三代」、「魔術方塊」、「三國誌II」等機台上的指紋。尤其是台面、搖桿、按鍵，以及置於機台右側的白色扁盒狀讀卡機，都覆上了薄層的銀粉，供鑑識人員拍照並檢證比對。

將近十一點時，檢察官和法醫至現場相驗，指出被害人的右胸鎖骨交接處有一利刃造成的穿刺傷，但最明顯的，是從兩點鐘朝八點鐘方向、再轉由三點鐘朝九點鐘方向，看似兩刀合成的割創傷，長達二十多公分。法醫總結，喉頸遭割劃的過程中，導致左側頸總動脈斷裂，被害人當場大量失血，因低血容積性休克而死亡。

「檢座，你怎麼看？」岱華問。

「若非抱持相當大的恨意，很難對小孩下這種毒手！」

檢察官現場勘驗完畢，諭知法醫當日下午解剖。

這時，阿隆匆匆跑來，邊招手邊喊：「華哥，監視畫面找到了！」

岱華迅步至螢幕前，檢察官也跟了過去。

「這個男的跟小孩一起進廁所，然後……看！只有他一個人出來。」

兩台監視器的畫面上，從廁所出來的男子，鼻上掛一副黑框眼鏡，身穿牛仔褲、灰色T恤，外披一件黑色外套，和王辰光小弟描述的一致。男子左右顧看一回，臉上彷彿若無其事，隨即快速朝一樓右方的自動門出口離開。

「門口的畫面呢？」岱華問。

阿隆挪指螢幕上的另一格，答：「這裡……他騎機車離開的。」

「可惡！」檢察官緊握拳頭，大喊：「給我查清楚他是誰！馬上到案說明！」

「是，檢座。」接著，岱華轉頭向阿隆說：「車牌的畫面不太清楚。你把今早事發前後的影像通通扣回警局，找隊上的分析。」

隨後約中午十二點，岱華回警局向隊長稟報現場偵查狀況。

隊長分配任務前，分局長下令，要動員局裡幾乎所有人力，全力偵辦此一冷血命案。

「刑大會派人過來支援。」分局長表情凝重，一字一句謹慎地說：「重要的是，大家聽清楚，市長下午很可能會抽空過來一趟。我會向市長做簡報，讓她了解我們的追查進度。」他拾起桌上剛印出的命案照片看著，沉默一陣，重重呼口氣，才喃喃自語般又說：「凶手和小孩、還是和小孩的家人之間，有什麼樣的深仇大恨，我不明白。可是把……把小孩殺成這樣，大家有辦法忍受嗎？我要是小孩的父母親，我絕對做不到……大家聽清楚，今天之內一起合力把凶手逮到，清楚嗎？」

包括岱華、阿隆等隊員應答說好的同時，有另一組人已經在外，循機車登記的車牌號碼追至車主的戶籍地址。

車主名叫陳文慶，今年三十歲。他的父親陳炳輝向員警表示，兒子已經搬出去好幾年了，很少回老家。據說陳父見到員警時，非常驚訝，說兒子平時安安靜靜的，反應遲鈍、頭腦不是很好，不知怎麼會有警察找他找上門。員警於是直接請陳父到局裡配合調查。

「這是你兒子嗎？」

岱華在偵訊室裡，指著監視畫面上的男子給陳炳輝指認。

「是啊。是伊沒錯。」陳父點了兩次頭。

「這個呢？」岱華出示另一畫面，問：「確定是他？」

「是文慶沒錯。」陳父再次用台語回答，語氣篤定。

「你知不知道，你兒子可能涉嫌殺人？畫面上跟著他一起走進廁所的這個小男孩，被人殺死了。」

「無啦，無可能啦！伊平常時乖乖，若是做不對代誌，罵伊打伊，伊嘛攏沒應聲，這款囝仔卡ㄟ去殺个細漢囝仔啦！」

「那麼請你再看仔細一點，穿黑外套的真的是他嗎？」

岱華問完，陳父皺起鼻頭，雙眼貼近螢幕，肩膀微傾斜。

「是你兒子嗎？」岱華放慢問話速度。

「親像是伊，擱……擱有一點嘛不像……」

陳父的態度轉而保守，變得不太確定。

「你兒子現在在哪裡？」

「伊在外口租厝，住六年多了。」

「你剛才有沒有跟他聯絡？」

「無啦，整年透天阮攏真少講話。」

「請你現在給我他租屋的地址。」

岱華不敢保證陳父是否已經助子逃亡，但看他說出地址後，轉頭繼續盯著畫面、眉頭深鎖，不像是說謊的樣子，因此岱華姑且先相信他提供的所在地，派警員前去尋找凶嫌。

岱華一腳踏出偵訊室，俊哲站在外面。他告訴岱華，死者的家屬抵達警局了。

「父母都到了？」

「小孩的媽媽和外公一起來，爸爸還在工廠那邊，正在趕過來。」

「影像給媽媽看過了？」岱華雙腿又動了起來。

「嗯。確定是她的小孩。她……」俊哲欲言又止。

「怎麼？她什麼反應？」岱華邊走邊問。

「我告訴她，溫翊維被人殺害，她不相信，一直吵著要找小孩，一直問小孩是不是故意躲在警察局裡的哪個地方不想出來，然後，我就拿命案現場死者的臉部照片給她確認，她就……忽然就腿軟，暈倒了……」

「哎，」岱華加快腳步，問：「她現在狀況怎樣？」

「哭得很慘，情緒嚴重崩潰，不過有女警在旁邊照顧她。」

岱華在走廊上遠遠看見，死者的阿公坐在他的女兒旁邊，髮色灰白相間，下巴緊縮，雙頰的肌肉向上和眼袋糾結在一起，眼神直直凝視地面，嘴裡不斷唸著：「卡ㄟ按捏！卡ㄟ按捏！卡有這款惡質的凶手！」他的右手緊擁女兒的肩背，另一手箝住她的手掌，臂膀顫抖著，努力不讓喞在眼眶內的淚水滴落。

死者的母親，身體如虛脫般癱在父親的懷中，眼白布滿血絲，面頰全是淚水，掌中緊掐的幾張衛生紙被她擰成一球，彷彿全身只剩下手部的氣力。

岱華彎腰靠向前，沉著心情說：

「翊維的媽媽，請節哀。我是偵查隊的……」

「是我不對，都是我的錯！……嗚嗚，是我害死維維的……」母親完全無視岱華接近。伴著鼻塞音和哀號啜泣，她淒厲的自責聲從嘴邊急切地流瀉，斷斷續續的，話語幾不成聲。「如果、如果我早一天去接他，就不會出事了……我的寶貝維維啊……嗚……人就、他人就這樣不見了！不見了！維維不見了！回不來了！怎麼辦、怎麼辦啊……我要怎麼辦……」

見此親子天人永隔的場面，岱華深吸口氣，忍住喉頭湧出的嘆息，但鼻腔裡仍聞到一股酸澀。

待她情緒稍微平靜，她才把話交代得清楚一點。死者的阿公則在她再次哽咽、話接不下去時，才從旁補充一兩句。

原來，她和翊維的父親於五年前離婚。翊維目前和前夫同住，但她每週五會去載翊維回她家相聚。今天是星期六，她昨晚原本計畫去接兒子，卻因為晚間的雨下得太大，而打電話跟前夫說，她會今早才去接小孩。

「翊維怎麼一早會出現在蹦蹦龍呢？」岱華問：「妳知不知道原因？」

「維維就是愛打電動，可是他真的很乖……」母親的眼眶又淌出淚水。

「我來講啦。」阿公說：「我嘛知道我乖孫愛玩，不過維維每日的功課自己攏ㄟ主動寫，學校成績嘛真好，從沒讓序大人操煩。」

母親擦完淚，接著說：「我們夫妻離婚，害他沒有一個完整的家庭，他愛打電動我知道，可是我們不想阻止他，逼他放棄這個興趣。」

「序大人要生活賺錢，沒閒顧囝仔，維維平常時放學都跟伊ㄟ兄哥……」

阿公話沒說完，一名中年男子衝入警局，不管警員從身後拉扯，一路喊話進來。

「凶手咧？在哪裡？」男子邊邁步邊拉開嗓門。

岱華很快便確認男子的身分，是溫翊維的父親。他身高不高，淺色的工作上衣滿是汗漬。他的身後跟著一個小孩，外表看起來像國中生，應該是翊維的哥哥。

父親被告知現況後，壓低音量，但仍不掩怒氣地問：

「我的小孩呢？維維現在人在哪裡？我要見他。」

「溫先生，不好意思，」俊哲向前一步說明：「按規定我們必須進行解剖，才能盡快抓到……」

「解剖？怎麼沒先跟我說！維維這樣走了，還不給我看！誰負責的？」

「檢察官指示……」

俊哲正要解釋，岱華立刻抬手制止，轉頭對父親說：

「維維的爸爸，請你體諒，我們沒有事先通知，是因為時間緊迫，我們必須快點幫你、幫維維逮到凶手……」

父親聽到一半，突然情緒失控，臉色漲得比進門時更火紅，雙拳猛搥腿邊的桌面，砰了一聲接一聲，對空嘶吼：「為什麼你就是不聽話！我早上跟你說過，叫你不要亂跑，乖乖等媽媽來接，為什麼這麼不聽話！你為什麼？為什麼……」他朝天重複怒問了數次，又瞬時低頭，轉成悲鳴，「為什麼……為什麼是我家兒子……」

誰家的父母能眼見自己的孩子遭人無情地割喉？——

岱華抬手輕拍翊維父親的後背，可腦中浮現的卻是自己的女兒欣欣。

妻子宜芝問：『幾點忙完？』

「不知道。」岱華的心情有點焦躁。

『餐廳我都訂了……』手機另一頭傳來不滿的微慍。

「我知道呀。可是現在臨時有大案子，我傍晚來得及回去再傳訊息給妳。」

『好啦。』

「我如果時間來不及，妳好好帶欣欣去慶祝，我的座位看要不要找妳妹替代。」

『馬上說找得到就能找到哦？……好啦，你去忙，先這樣吧。』

「等下掛！」

『還有什麼事要說？』

「晚上如果回不去，幫我跟欣欣說生日快樂。」

『知道了。』

「還有……」

『還有什麼快說。』

「妳人在外面的時候，要看緊欣欣，別讓她四處亂跑。」

『這種事我不會忘。先這樣。』

宜芝冷冷地切斷通話，留岱華一人呆愣在警局的廁間裡。他閉起眼，無奈嘆氣，多希望妻女能體諒他的工作性質。

當他一睜眼，瞬間目視到牆壁的磁磚上出現一片長條狀的血跡，以及凝固的斑斑血痕散綴於四周……

他眨眨眼，周遭的暗紅又頃刻消失。

顯然，上午男童死亡的畫面已經刻印於岱華的腦海中，因此眼前產生了影像的重疊。岱華不得不從妻子漠然的態度中甦醒，將注意力擺回這樁急待偵破的案件。

剛才，他調出凶嫌陳文慶的個人資料，拿大頭照給死者的家屬指認，看是否為熟識的人，但在場的沒人認識。此外，另一名差點受害的小學生王辰光，其家人也抵至警局，配合進行筆錄。同樣的，也沒人認識凶嫌。

如此一來，仇殺的可能性便掉落至幾近零，不過岱華現下並未完全排除凶手為錢財或為復仇的動機。他認為人和人相處在一起，有時彼此的摩擦可能會著生糾葛的仇恨之根，最初是剛生長幾天的幼苗，只要恨意始終不滅，歷時不停成長，便會延續至數月數年，變成牢牢攀緣人心的藤蔓。

這起凶殺案一定也存在著盤錯複雜的人際關係——他這麼相信。

「華哥，你在裡面嗎？」

有人敲著廁所門板問。是阿隆。

「怎麼了?」

「簡報室準備要開會,隊長過去了。對了,市長到了,正在慰問家屬。」

「家屬的反應怎樣?情緒好點了嗎?」

「小孩的爸爸收下慰問金,可是講話還是難過得不行,他很後悔自己要工作賺錢,沒時間陪小孩去蹦蹦龍,要是早知會出事,就不會縱容小孩去那裡玩了。他希望市長能修法,要求電子遊藝場過濾來客,遇到奇怪的、形跡可疑的,業者不該讓他們進去。他還說小孩如果要進去,得嚴格要求家長要陪同。爸爸大概就講了這些話。」

岱華開門,走到洗手台前,邊說:「今天星期六,不是上學的時間,小孩愛玩,被那些電玩的聲光吸引,跑去那裡玩,很正常。家長忙工作,沒時間看住小孩,該怎麼辦呢?唉……」他打開水龍頭,嘴裡繼續碎唸:「提到過濾客人,你說,要怎麼過濾?帶小孩進廁所那個姓陳的嫌犯,從畫面上看,有沒有正常?我覺得外表和一般人沒兩樣,還戴了副眼鏡,動作斯文斯文的,怎看得出來他可能會殺小孩?」

「可是華哥,你剛才也看了好幾段影像,」阿隆站在他背後提出意見,說:「嫌犯在八點二十七分進入遊樂場,到他大概九點十八分帶小孩進廁所之前,也有一個鐘頭吧,他這段時間不是有在店裡晃來晃去的,好像在找什麼嗎?沒人會懷疑喔?」

岱華關水龍頭,甩甩手把水滴瀝乾,說:「電玩的聲音那麼大,而且大家都很專心在玩,誰會特別注意周遭的人物?」關於凶嫌的行動,岱華依然直覺認為是仇殺。「在店裡晃,肯定是在找他鎖定的那兩個目標。」

「一個鐘頭會不會太久了點?」

「先觀察,接近、攀談,再找時機到隱密的地方下手,我不覺得久。我懷疑的倒是,若兩個小孩都是目標，為什麼只殺一個，王辰光卻沒事？為什麼凶嫌殺完第一個之後就走掉了？」
「你是認為，溫翊維和王辰光這兩戶人家有關係？」
「很有可能。」
「那我待會問問……咦？」阿隆指著鏡中的岱華，歪著頭說：「華哥，你的臉色怎麼不太好看……」
「處理小孩被殺的案件，哪個人的臉色會好看？」
「這案子不就一般的殺人案？」
「你沒小孩，你不懂啦！」岱華遠離鏡面，正經八百地說：「三點多了，先辦正事要緊。」
兩人回到崗位上，持續追緝嫌犯的下落。
事實上，市長離開警局後，前往陳嫌公寓租屋處的組員們回報，沒人應門。隊長只好先派人就地看守，等候檢察官指示並核發入內的搜索票。同時，組員查訪公寓附近的鄰居，其中有證詞指出，於上午十點十五分至二十分左右，陳文慶穿著黑外套和深藍拖鞋從公寓大樓離開。
岱華坐在電腦前抱疑，不禁脫口：「藍色拖鞋？我怎覺得怪怪的。」
「華仔，哪裡怪？」隊長問。
「我確認一下……」岱華將遊藝場廁所外的監視畫面定格在九點二十分十秒之處，指著嫌犯說：「隊長，你看這、這邊……」
他觀察到，陳文慶從廁所走出來時，腳上穿的是黑色的皮鞋，不是拖鞋。
「他換鞋子了！」阿隆在一旁叫道。
「為什麼？」隊長問。
「黑皮鞋可能踩到血跡，他發現了，所以必須把鞋子處理掉。」岱華如此推理。

「逃亡前先銷毀證據，合理。」隊長搔搔下巴，停頓一會，說：「不過，先不說證據吧，要是我現在要逃亡，肯定會想穿好一點的鞋子，哪會換上不方便行動的拖鞋？」

「不清楚。」岱華搖頭，又馬上補充：「但單單這點，就有充足的理由請檢座開搜索票，強制要房東開門了，不管說沾血的鞋子還在不在住處裡面。」

「好、好，」隊長頻頻點頭，「我來打電話。」

另一方面，負責搜查道路監視器的組員，調出了六合路、中華路等周邊路口和巷弄，以及租屋處附近的大量影像，希望能找出陳嫌犯案後的行蹤，更正確點說，局裡所有警員都亟欲得知他的逃亡路線，馬不停蹄地追查中。

岱華回到偵訊室。

嫌犯的父親陳炳輝仍然坐在椅上，愁眉苦臉的，不時抖腳，好像很煩躁，又像是坐立不安。就岱華觀察罪犯的經驗，說謊的人往往會努力保持鎮定而減少肢體動作，例如刻意控制手臂、手指或面部表情，但有時候可能會因為控制過頭，使得整體舉止看起來呆板、緊張，甚至動作僵硬。然而，陳炳輝並沒有這些舉止出現。

「你真的沒跟兒子聯絡？」岱華站到他面前。

「真正沒啦。」陳炳輝拍了一下自己的大腿。

「你兒子的手機為什麼一直關機？」

「我卡ㄟ知啦！」

「他的手機平常都像這樣關機嗎？」

「我毋知啦，就講我和他攏沒在聯絡的。」

「這號碼，確定是他的手機？我們警察，只要用電腦、動動手指隨便查一下都查得到喔。」

其實岱華早確認過了，的確是登記在陳文慶名下的號碼。他只是欲進一步試探，從中觀察陳炳輝的神情和反應。

「我講的攏是實在話，沒在白賊啦。」

「真的嗎？」岱華直視著陳炳輝。

他猛點頭，用無辜的口吻說：「伊自細漢攏是乖乖的樣，絕對袂去殺人放火，真正是安捏啦！大人呐，你可以去問阮厝邊，他們攏知，看我講的甘是對、還是毋對。」

對陳文慶的描述：乖順、聽話、不會去犯罪殺人……

從中午來警局到現在，陳炳輝總共說了幾次？

岱華暗忖——他可能包庇兒子的罪行嗎？

他話語中所坦露的誠懇，岱華愈聽下去，愈是想相信他的話，然而遊藝場監視器的畫面上顯示，陳文慶一個人在九點二十分從廁所出來，直至清潔人員和王辰光於九點三十分進廁所發現屍體的十分鐘內，再沒有其他人出入。比起陳炳輝對兒子的描述，岱華更願意相信實際的畫面證據。況且，陳炳輝說自己和兒子平時沒什麼交談，這樣怎能輕信他真的了解兒子，而兒子不會對他有所隱瞞？

忽然，偵訊室的門被打開，俊哲探頭進來，說：

「華哥，麻煩你出來一下。」

岱華離開偵訊室，把門順便帶上，問：「有什麼新消息？」

「找到人了！」

「陳文慶？」

「對。」

「在哪？捷運、火車站，還是機場？」
「七賢二路巷子裡的網咖。」
「嘞？那……不就離蹦蹦龍不遠的地方嗎？」
岱華嘴張得大大的。陳文慶似乎不像在逃亡的樣子。
「對啊。」
「怎麼找到的？」
「多虧我們局裡的人調來了這區所有路邊的監視器，按時間順序和車牌，找出機車可能走的路徑，可是最關鍵的是，陳文慶十幾分鐘前打開手機，基地台收到了他的所在位置。」
「派人過去確認了嗎？」
「巡邏警員兩分鐘前回報給我們，已經確定了，他的機車現在正停在網咖那棟樓的樓下。」
「現場狀況怎樣？」
「警員守在樓下，不敢打草驚蛇。」
「好，先跟隊長報告。」
「隊長收到情資了，他要我們這組還有刑大的人，一起過去把陳文慶逮回來問話。」
「準備一下。」岱華穿上印有高雄市警察局的暗色背心，並摸摸槍套，確認身上攜帶防衛武器，慎重地說：「走，我們馬上出發。」
大批人馬聽從隊長指示，紛紛從警局出動。
岱華離開警局的前一刻，用眼角餘光瞥見……
死者溫翊維的母親掩面掉淚，宛若仍身處人間地獄，難以解脫；翊維的外公仍舊緊握女兒的手不放，背向前傾，拚命搖頭，彷彿地獄的壓石酷刑正蹂躪著他老朽的肩膀；而翊維的父親，項頸半垂，嘴唇顫抖，眼神茫然無助，不知該看向何方，無論朝向未來或回顧過去，對只剩一個孩子的父親來說，可能都是過於尷尬的折磨，而且這樣的苦痛不會止於今日。

然而，岱華沒時間替他們難過。

他看向前方，坐上了警車。

逮捕凶嫌是他眼下、也是他唯一能為這戶人家所做的事。

一行人趕到網咖的路上，幾名記者也追著警車尾隨在後。

「新聞報了嗎？」岱華問。

「有記者寫出來了耶，放網路。」阿隆滑臉書上的即時新聞。

「網咖在幾樓？」

「共兩層，四樓是一般機台，五樓採包廂制。」

「出入口呢？」

「只有一個地方而已，就一樓正門，我們可以搭電梯或走樓梯。」

「等會一到，你記得把後車廂那頂全罩安全帽帶上樓。」岱華交代說：「要確保押人回警局的過程不會有其它狀況發生。」

如此殘忍的殺童案發生，只要新聞一播報出來，想必會有民眾，和記者一樣蟄伏於警局前，或埋伏在網咖附近看熱鬧。岱華必須預先提防那些情緒較激動的人，因為他們可能會出手傷害凶嫌。

岱華可以理解某些民眾的憤怒，但現階段並不確定陳文慶是否真為殺童凶手。假若他真是凶手，那麼警察保護他，並不是為了他的安全著想，而是為了令押解歸案的過程順利進行，畢竟岱華的身分是警察，押犯人至警局偵訊時能獲取確實的犯罪口供，才能讓檢察官治他的罪。

抵達地點後，幾名員警繼續在樓下看守，岱華等人迅速上樓。

同搭一部電梯的俊哲接到電話，講沒幾句，立即轉頭對岱華說：

「找到了！華哥，證據！」

「什麼證據？」

「在陳文慶四樓租屋處，找到他做案時穿的黑色皮鞋。」

「放在哪裡？」

「進門後不遠的鞋架上。」

「確定同一雙？」

「應該沒錯。」

「鞋底有沒有血跡？還有鞋印呢，和遊藝場地板上的血印吻不吻合？」

「鞋底的地方看不出來，可是左右兩腳的鞋面上都有乾掉的血液。我們的人已經把整雙鞋扣起來當證物，緊急送到鑑識中心，要進一步和死者的DNA比對。」

岱華聽完，內心冒起一股振奮，倘若DNA比對一致，將是陳文慶和男童喪命時共處於廁所內的有力證據。不過，他同時也生起疑惑——陳文慶為什麼不逃得遠遠的，非得於犯案後待在沒隔幾條路的網咖裡？又，為什麼不將沾有男童血液的鞋子處理掉，竟然還放在家中的鞋架上？因為是黑鞋，所以沒注意鞋面沾附了血跡嗎？

「有找到凶器嗎？」岱華追問。

假如能加上凶器這項證物，那就差不多可用殺人罪結案了。

「沒。」俊哲答：「大家還在搜。」

電梯門在五樓打開，岱華走向網咖大門，拉開玻璃門，搶先一腳踏進去，身後的勤區警員、偵查佐共六名魚貫入內。

櫃臺後方的男人正坐著，挑高眉、瞪大眼睛，僵住一陣，才問：

「呃呃……你們……」

「我們是分局警察，來查案。」岱華說得不急不緩，「正在用包廂的使用人名單，現在拿出來。」

「我先跟我們老闆……」店員的屁股離椅。

「快！」沒等店員站好，岱華吼了一聲，「先給我看！」

店員怯生生的，嚇得說不出話，慢慢將壓在泡麵底下的名單抽出，遞給岱華。岱華一把快速抓過來，視線梭巡著名單上的名字和身分證字號。

阿隆拿著陳文慶的大頭照，問：「這人在幾號包廂？」

店員看了一眼，答：「不、不清楚耶。」

「看仔細！」阿隆把手上的照片推向店員。

「來，回答我。」岱華的食指在紙面上用力彈了一下，把名單顛倒轉向店員，指著其中一列，問：「這裡——姓陳，陳文慶——他在哪個包廂？」

店員如閃到腰般，動作僵硬。他坐下來，邊對照名單邊看旁邊的電腦，然後回答：「在……在五〇二號。」

「他進來時是幾點？」

「我看一下喔……登記是早上十點半開始用……用到現在。」

「他有沒有特別說什麼？」

「這裡寫……他包下兩天。」
「兩天？這麼久？」岱華真覺得他不像在逃亡。
「我不清楚耶，我中午才過來上班的……」
「五〇二在哪邊？」岱華命令說：「帶我們過去。」
店員從櫃臺走出來，帶領一群警察往包廂方向移動。
岱華腳步迅捷，邊轉頭朝後方的一名便衣警員，說：「打開錄像。」
「好。」警員把掌中的隨身攝錄機抬高。
「時間是六點十六分，開始錄。」
店員來到五〇一號至五〇五號的區域。每一間包廂都以橫拉的木門隔擋，上方挑空，電玩的聲音不停傳出。
岱華壓低自己的聲量，先吩咐店員安靜地支開其它包廂的客人，等客人都散了，又叫店員離開這一區。
「嫌犯可能有帶刀，大家當心。」
岱華背貼五〇一號包廂門板，小聲簡單叮嚀了一句。
「你開門。」岱華給阿隆做手勢，說：「準備好。」
阿隆站在五〇三號包廂前，點點頭後，扎穩馬步，重心往前移，單手搆住門把。
兩名警員站在他身後，手伸向腰際，緊握住警棍的手把。俊哲微微振臂，守在這塊區域的出口。
岱華手比數字。
三、二、一……

瞬間，阿隆拉開門……

岱華拿出令對方反應不及的速度，全身猛然跳到五〇二號包廂前，大聲喊道：

「我們是警察！」

裡頭只有一個男人。桌上有幾本漫畫，和兩台電腦螢幕。

其中一台畫面，正播映著日本動畫《零之使魔》。另一螢幕顯示為新聞台，主播正在報導男童於遊藝場慘遭割喉的新聞。

男人穿著灰色的上衣，脊柱原先靠在椅背上，沒幾秒後又趴在桌上，拱起背來，一副懶洋洋的模樣，而額頭正前方朝向動畫片，頭戴式耳機仍掐緊他的雙耳，好像完全沒聽到岱華的聲音。

岱華前進一步，音量加大再喊：「我是警察！你聽到沒？」

對方半轉頭，扒開一邊耳機，似乎聽見了。

「你是不是陳文慶？」岱華嚴厲地問。

男人體型胖碩，臉上戴一副黑框眼鏡，眼神飄忽，大概三、四秒後才和岱華正眼對上。剎那間，男人的臉色發青、鼻孔放大，先是流露不及一秒的驚恐，隨即沉下整張臉的肌肉，緩緩地點頭。

「說話，用說的！」岱華再問一次：「你是不是叫陳文慶？」

「……我是。」

「好，你現在站起來，轉過來，雙手要讓我看到。」

陳文慶照做，動作慢吞吞的。

刑大的兩名偵查佐戴上橡膠手套，擠進包廂內，發現另一張椅子上有一件黑色外套。岱華也注意到了，他問：

「這外套是不是你的？」

「我穿什麼要你管。」

陳文慶回了一句，全身轉過來面對岱華。

岱華一眼就見到灰色T恤上有一塊拇指大的褐色血跡，再往下瞧，他牛仔褲的左右兩條褲管上存有斑斑血痕。

「你早上是不是去六合的蹦蹦龍？」岱華問。

陳文慶沒答話，嘴歪一邊，嘖了一聲。

岱華指向螢幕上的新聞，問：「那個小朋友是不是你殺的？」

「嗯啊，我殺的。」他回得毫不遲疑。

「你用什麼東西殺的？」

陳文慶的右腿很自然地抖了一下，嘴上沒回答。

岱華注意到，牛仔褲右側口袋處有一長形物突起。他伸手朝褲面拍了一下，是堅硬的物體。

「這是什麼？」岱華要求他拿出來。

陳文慶呼出一口氣，表情十分不屑，然後把手塞入牛仔褲右邊的口袋中，掏出一把折疊刀，擰在手上。岱華馬上擒牢他的左手，好讓戴手套的警員把他的右手指掰開，扣押凶刀。

刀身設計成流體形，塑膠製的手柄呈暗酒紅色，包覆金屬轉軸的部分一片墨黑。彈開不鏽鋼刀片，就算不仔細看，任誰都能見到，刀片上好幾處仍沾附著早已凝結的小點狀血滴。

「你用這把刀殺完之後，是不是有洗過？」

「嗯啊。」

「好，你站出來！」

岱華抓住他的左臂，把他拖出包廂。

不料，陳文慶一見到外面手執隨身攝錄機的便衣警員，一下子露出掙扎的表情，衝過去大叫：

「你拍什麼拍！拍什麼拍！你不可以拍我！」

現場所有人立刻將他壓地制伏。岱華拿出手銬，大聲唸：

「陳文慶，因為你涉嫌殺人，我現在……十二月一號，下午六點二十分，我現在要用刑法的殺人罪將你逮捕，帶回警局問話，你從現在開始，有權利保持緘默，我問話時你可以不答，也有權利請律師，保護你的權益……」

宣讀完他的權利，也銬住他的雙手後，岱華指示阿隆給他戴上安全帽。

陳文慶似乎放棄了掙扎，表情漠然，頂著安全帽，在警方的護送下，很快離開網咖那棟樓。在樓下擺脫了記者的團團包圍，他隨即被推上警車。抵至警局後，他又迅速被強制押入偵訊室，馬上接受查問。

隊長在偵訊室外頭，說：「華仔，辛苦了。」

「小事。」岱華脫下暗色背心。

「你今天中午就該休息了。你先回去吧。」

「隊長，我……可以交給我來問嗎？」

「我叫阿祥在做了。蔡檢座說他馬上要來這兒親自審訊。」

「真難得。」

「你知道的，大眾矚目的案件，檢座會特別有效率，哪等得了犯人過夜才送地檢署！」隊長又說：「後面交給我和檢座就好了，你幹嘛不休息？」
「老實說，我很想知道他為什麼殺小孩。」
「你覺得是為了錢，綁架不成就殺了小孩，是吧？」隊長問。
岱華頷首，補充道：「也可能是復仇，要給兩個小孩的家屬嚐嚐苦頭。」
「華仔，我們剛剛分別問過了。溫翊維和王辰光的家長，兩家人互不認識。」
「真的不認識？」岱華拉高音頻，又低聲說：「這樣我更好奇了，陳文慶為什麼非得對小孩下手？難不成他是精神病亂殺人？」
「你逮捕他的時候，有沒有觀察到什麼異狀？」
「怎麼說呢……」岱華偏著頭回想，邊說：「逮捕他的過程，確實容易了些。我原先以為他殺小孩之後會逃亡，可能攜帶武器抵抗我們的追捕，可是我們攻入包廂後，他居然很乾脆，直接承認是他犯的案，沒要逃的樣子，後來應該是因為看到攝影機在拍他，可能以為是記者在拍，情緒才激動起來……應該說，我感覺他有點疲憊，但看起來他跟正常人沒兩樣，一定有什麼非常特殊的心事，或什麼累積的舊怨，才會動手殺掉他鎖定的小孩。」
「過去的宿怨嗎……」隊長也陷入思索。
「我覺得，一定跟這兩戶人家有關係。我想要從他口中追出來！」
「檢座來這裡之前還有一點時間……好，你接手！你去好好問出他的殺人動機。」
岱華和隊長一同進入偵訊室，輕輕挪步至俊哲旁邊。他正坐在電腦前邊聆聽偵訊邊打字。正進行查問作業的偵查佐阿祥回頭，朝岱華覷了一眼，又轉回去繼續問：
「所以，你差不多十點半包下網咖的包廂之後，又外出了一次，對不對？」
「嗯啊。」

陳文慶坐在阿祥對面，左手肘垂直頂著桌面，手心勉強撐住臉頰側邊，眼皮半垂，口氣相當冷淡。

「你去了哪裡？」

「沒去哪裡。」

「不要唬我！」阿祥的口氣轉硬。「你現在知不知道自己的處境？你到底要不要說清楚？」

「就去租了幾本漫畫啊，也沒去哪裡。」

「漫畫？你殺完小孩，跑去租了兩天包廂，之後又出去租漫畫回包廂？」

「……」

「是不是這樣？」

阿祥的音量加大、肩背急速起伏，顯見這個問題伴隨怒意。

「欸啊。」

「你……你為什麼有辦法看漫畫、看動畫？」

「就好看啊，沒工作就會看。」

「我是在問你，」阿祥擺在桌面下的左手，緊捏住右手的拳頭，凶狠狠問：「你殺了人後能夠這樣若無其事，為什麼？」

陳文慶換另一隻手撐頂下巴，答：「躲在網咖，就……沒事幹，怕無聊。」

「你……」

眼見阿祥的拳頭即將搬上桌朝陳文慶揮出去，隊長立即走向前，拍拍阿祥的肩膀，並用眼神和手勢指示，換人偵訊。

阿祥啐了一聲，氣沖沖站起身，離開椅面。輪岱華上場就坐。

「陳文慶，現在開始由我來問你話。」

「你們還有什麼要問的，就快點問。」

「要我快點？是因為……」岱華刻意表現出關心，問：「你累了嗎？」

「嗯啊，從早上到現在一直躲，晚餐也還沒吃。」

「原來你是餓了呀！」

岱華轉身，叫阿祥去買個便當，隨後再面對陳文慶，裝作若無其事，說：

「唉，被你殺掉的小孩，早餐就是他今天的最後一頓飯了。另一個小孩運氣蠻好的，爸媽那麼愛他，他現在一定安安穩穩在家吃晚餐了吧……你別急呀，我同事手腳很快的，便當馬上就送來了。」

岱華一面講著話，一面翻看桌上的命案現場照片。實際上，他不時抛斜眼，偷偷觀察對方的反應。不過，陳文慶仍舊表現滿臉疲倦，上半身宛如沒骨頭的巨型烏賊，頭歪向一邊，左臉直接伏於桌面，手銬吭喀作響。

「便當來之前，我簡單問你一些問題吧，好不好？」

「……隨你便。」

「你和他是什麼關係？」岱華直接問重點。

陳文慶稍抬起頭，睨視岱華，反問：「誰？」

「你應該知道我在說誰。」

「誰？」

「溫翊維。」

「他誰？」

「被你殺掉的小孩。」

「喔。」陳文慶眼裡閃過一道光，好像懂了什麼。

「你認識溫翊維，我說對了吧？」岱華將命案照片轉向，用食指推到他眼前，再問：「你應該看過他好幾次了吧？」

陳文慶的視線從照片撇開，接下來一句話也沒回。

「怎麼？為什麼說不出話了呢？」「你是不是，有什麼很難說出口的理由，非得殺掉翊維不可？」「對了，我很想問，你怎會失手，沒殺掉另外那個小孩呢？」「你很清楚我在說誰吧？」「王辰光這名字，你熟嗎？」「你應該也很了解他的家庭，我沒說錯吧？」……

見陳文慶持續低頭不語、視線下垂，岱華於是接連丟出好幾個問題。他認為，一個人只要尚存人性，明知不可殺人、卻跨越了此一底線的前後，內在必定會產生一種置身異地的不安，而且會不斷想要壓抑這樣的心情，進而於外在的眼神、表情、肢體動作等各方面，有意無意間表現出來。

再者，想要解開打結的一團毛線球，最重要的步驟是找出隱藏在球身裡的線頭——這是岱華從妻子那邊學來的。他此刻發出的一連串問題，都和被害者有關，目的就是要找出那根線頭，同時動搖對方的意志，讓對方順勢自動傾瀉殺人動機。

「為什麼想殺溫翊維？——你坦白告訴我吧。」

陳文慶沉默許久，終於抬起下巴，冷冷地說：

「我不知道你在說什麼。」

「兩個小孩，你都不認識？」

「今天第一次看到，怎麼會認識？」

「真的嗎？」

「嗯啊，我根本不知道他們的名字。」

岱華不相信。「我再問一次，你為什麼想殺他們？」

「很簡單啊。我想要被關，關一輩子。」

陳文慶答得很順。岱華依然不相信，繼續追問：

「你想進監獄坐牢，所以你……殺小孩？是這樣嗎？」

「嗯啊。」

「你為什麼想進監獄被關？」

「想吃免錢的飯，吃一輩子。」

岱華有點訝異，問：「為什麼？」

「找工作都找不到啊，沒辦法。就算找到工作，做了一、兩天就被老闆辭了，也不知道是什麼原因。而且啊，向別人借錢都借到沒辦法了，之前借的都沒辦法還……」

「你跟誰借錢？」

「我向朋友、弟弟、姑姑借到他們現在都不想再借我了。」

「就因為沒工作、沒錢，你……你就去、去殺人？」

岱華試圖保持鎮定，但陳文慶的答案實在太過跳脫常理。

「嗯啊。找不到工作，唉，覺得累了啊，懶得工作，還有負債，想被關啦。」

「你如果想被關，其實可以不用殺人的，去騙、去偷東西、去搶超商，都會被抓進去關的，你知不知道？」

「知道啊，可是我剛不就說了，我想吃一輩子的牢飯嘛。」陳文慶的語調無起伏、非常平板，「我如果偷東西，不是關沒多久就出來了。殺兩、三個人，就會被判無期徒刑，罪比較重，可以被關一輩子，永遠待在裡面，不是很好嗎？」

殺人動機是為了坐牢？他這算是什麼答案！——

岱華屏住氣，肩膀發抖，隔幾秒待心緒冷靜點，又問：

「你為什麼今天不挑大人殺，要挑選小孩？」

「我想說年紀小的，比較沒能力抵抗啦。」

「一個才十歲的生命被你親手扼殺，你不會覺得內疚嗎？」

「不會。」

「也不會後悔？」

「不會啊。我就是想隨便殺幾個人，哪管他是誰、管他幾歲的。」

「你！」岱華差點講不下去。

「我剛剛不是說過了，本來想殺兩、三個，後來因為時間的關係，就怕別人發現嘛，所以結果就只能殺了一個。」

「你的意思是，如果你今天沒被抓到，還會想要繼續殺？」

「嗯啊，就去別的地方殺啊，」陳文慶邊說邊搔耳朵，又抓了一下脖子，「看是到百貨公司，還是有的沒的公共場所，都可以啊，可是現在被你們抓到了，也沒機會了啊。」

岱華試著穩住心情、壓住怒意，改換問題：

「我們在你家，發現了你殺人時沾到血的皮鞋，你知道吧？」

「欸啊。」

「你換掉皮鞋，改穿拖鞋去網咖，為什麼？」

「他流了很多血，滴下來就髒了，髒了就換嘛。」
「真的就因為髒掉了的原因？」
「要躲你們警察啊，可是現在也被你們發現了啊。」
「為什麼要換穿拖鞋？你要躲、要逃，行動不會不方便？」
「我沒事就穿拖鞋啊，穿拖鞋比較涼。」
「所以你穿皮鞋是有目的的？」
「嗯啊，那雙其實是鋼頭鞋啦，前面是硬的。」
「鋼頭鞋？」
「嗯啊，想說必要的時候，我可以當武器使用，可以攻擊對方啊。」
陳文慶眨眨眼，打了個哈欠後，揉了揉眼睛。
「你殺人之後為什麼要跑去網咖？」
「剛不說過了，要躲你們警察啊。」
「你知道警察會找到你？」
「欸啊。」
「如果……如果你真的是為了坐牢才殺人，為什麼不待在蹦蹦龍現場？等著讓我們抓就好了，為什麼要逃？」
「……」
「為什麼？回答我！」
「啊就手裡還有一點錢，想說花完再去坐牢嘛。」
岱華聽完，感覺很不現實。陳文慶的犯案動機，和岱華以往接觸過的罪犯截然不同，他難以理解，甚至覺得陳文慶故意在偵訊室裡開起玩笑。為了確認自己一路下來沒聽錯，岱華於是板起面孔，慎重地問：

「你跟我講的這些話，全都是認真的嗎？」

陳文慶停頓了幾秒，開口說：

「你說便當會送來，是真的吧？」

岱華慢步走出警局後門，像洩了氣的人偶，全身疲倦無力。他坐上了自己的一百CC機車，不禁吐出了幾聲嘆息。隨後，他摁壓啟動繼電器，機車噠響了一聲，發不動。他又按了幾次，馬達非常不聽話。他氣得搥了把手一下。突然間，他全身動彈不得，就像自己的機車一樣，愣住，腦袋裡一直聽到重複的話……

〔我就是想隨便殺幾個人，哪管他是誰、管他幾歲的。〕

〔我想要被關，關一輩子。想吃免錢的飯，吃一輩子。〕

同時，廁所裡的大量血跡、男孩頸上的刀痕、綻裂的皮肉，隨著幾句輕佻的動機說明一一顯現……

忽然，視線前側傳來一句：

「紅燈啦！有沒有在看路啊！」

一聽之下，他霎時反射性緊握住兩邊煞車，意識頓時甦醒過來。

不知何時，他已經在回家的路上，壓線壓過一半，停在馬路口。

他闖了紅燈，差點沒撞上對方。

呼了重重的一口氣，他雙腿趕緊划著倒退，同時朝對方彎腰道歉，但實際上，他凌亂的大腦裡浮出幾個疑問——

假如隨便殺誰都可以，那孩子慘死在廁所裡究竟算是什麼？

為了坐牢而殺小孩，輕易奪取了他人的未來，這分明是在胡扯吧？

岱華仰頭凝視著紅燈，始終無法接受陳文慶的殺人動機。

他想到了溫翊維的父母，不自覺同理思索——

倘若連自己都無法接受凶手的犯案動機，那麼死者的父母親又怎麼能相信孩子死去的理由？親身骨肉不是走丟，也不是生病，而是死掉了，還是被以這麼殘酷的做案手法殺死的，父母又該如何扛攬這樣的悲慟？

無故被殺嗎？沒有理由？無論是誰死，都沒有差別嗎？

紅燈遲遲沒有轉綠……

岱華不太清楚自己是怎麼騎到家的，只感到疲憊包覆全身。

他回到和妻女同住的三十六坪公寓時，已近晚間十點了。在電梯裡，他單手抵住側邊的玻璃鏡，低頭閉眼，大大的深呼吸一次。這是他每天放下工作、進家門前的必要儀式。但是，他今天感覺特別異樣，胸腔內的晦氣似乎吐得不很乾淨，他想再多做一次時，電梯已經在六樓停住。

電梯門打開後，他走出去沒幾步，望向家門口，看到第一道鐵門下方的橫縫，透出了微弱的光線。

宜芝和欣欣應該已經在餐廳吃完飯，回到家了吧——

岱華嘗試踏出不那麼沉重的腳步向前，掏出鑰匙，打開家門。

「我回來了！」他關上門，朝裡頭喊。

客廳的燈是開的，但沒人應聲。

他走進主臥房，裡面沒人。接著，他來到欣欣的臥房，把門推開。

「喔，你回來啦。」宜芝坐在床邊，抬起頭瞄了他一眼。

欣欣屈身側躺在床上，面向宜芝，背對岱華。

他向前仔細看，宜芝手上拿著一塊大片的絆創貼，而欣欣的肩膀近頸部的部位有一條血痕。

他緊張地衝到床邊，以近乎斥責的語氣問：

「欣欣怎麼了？」

「她剛洗澡完，」宜芝解釋：「我幫她換藥……」

「怎會這樣？」岱華大嚷。

「你下午忙，我就先帶她去挑禮物，然後帶她去公園走走，結果她不小心從溜滑梯跌下來，下面剛好有一罐別人喝完就丟在那裡的鋁罐，超沒公德心的。」宜芝的臉色略帶不滿，繼續陳述：「結果她脖子邊邊就剛好碰到，劃出一條傷口，還好溜滑梯不高，只是小傷，欣欣她……」

岱華不等宜芝說完，剎時對她大吼：「妳在做什麼！好好的小孩，妳怎麼帶的！」

斥罵妻子，對平日的岱華而言，實屬相當罕見。他產生了莫名的錯覺，或許因為女兒的姿勢、頸部的血痕，彷彿重現今早他親眼目睹的影像——年幼的死者，那稚小身軀倒地而亡的慘狀。

「欸，劉岱華！」宜芝反過來比他還大聲：「我成天帶小孩，你該出現的時間不出現，現在你對我凶屁呀！」

他沒理會妻子的反應，衝過去跪在床邊，急切地用手來回檢查女兒的肩膀、脖頸和下巴。

欣欣坐起身來，盤著腿，問：「爸爸，你在氣什麼？」

「我知道……一定……一定很痛對不對？」

岱華說著，眼眶頓時湧滿了淚水。

「欸，我說你，今天臉色怎那麼難看？」宜芝皺起眉頭，又問：「你在幹嘛呀？」

「很痛、很痛……我我、我知道……我知、我知道……」

他緊緊擁住女兒，語不成聲地吐出片段隻字。

〔我想說年紀小的，比較沒能力抵抗啦。〕

〔我就是想隨便殺幾個人，哪管他是誰、管他幾歲的。〕

陳文慶的聲音猶如跳針般不斷在岱華的耳際迴繞……

當下這一刻，岱華的身分不再是警察，只是一位父親。

身為人父，他一整天累積下來的恐懼、壓力，終於無從壓抑，在此時完全傾瀉而出。

過了幾秒，欣欣張開手臂、向前環抱岱華的胸膛時，他不禁淚如泉湧、失聲痛哭出來，又將欣欣擁得更緊、更緊……

岱華絕不願見她在這世上遭到任何傷害——尤其是，那種毫無理由的傷害。

第二章

余雲智送走委託人之後，走進格局甚小的辦公室兼洽談室，又隨即探頭出來，向助理夏雅蘭問：

「昨天下午那個李先生的書狀擬好了嗎？」

「差不多了。」雅蘭轉頭，手指還貼在鍵盤上，說：「請求賠償那一段，要跟你再確認……」

「那……」雲智的臉色微暗，放慢說話速度。「妳先進來一下，我有重要的事對妳說。」

她應聲說好，接著問：「你要順便補杯咖啡嗎？」

「我就不了，妳想喝可以拿進來喝沒關係。」

雅蘭手腳迅速，給自己倒滿咖啡，腋下挾了記事本，很快走進辦公室。

雲智的屁股黏在那張磨破了兩個小洞的活動沙發椅上，人正彎著腰，把兩疊卷宗塞到腳邊的檔案櫃，抬頭見她進來，便揮手說：「來、先來坐！現在不用做筆記。」

「什麼事呀，老闆？看你緊張的樣子。」雅蘭在對面坐下。

雲智沉澱一下呼息，才緩緩說：

「雅蘭，可以……請妳做到下個月底嗎？」

她一聽，指掌中的馬克杯晃了一回，咖啡差點沒濺到桌上。沒過幾秒，她低著頭，以虛弱且顫抖的聲音回應：「對不起……是不是我上禮拜漏掉吳太太那份狀子，晚了一天才遞狀到地院的關係？我保證下次不會再……」

「不是不是，妳別誤會！」雲智急忙解釋：「妳來我這間事務所兩年多了，幫了我很多忙，環境打掃、茶水招待、打字、採購、整理卷宗，有時候還幫我安撫客戶的情緒，雜事一堆，整間事務所只有妳一個人在做，也沒發生過多嚴重的紕漏，我很謝謝妳。」

「那麼……」她先抿住唇，又開口問：「為什麼？」

「妳知道……」雲智嘆了口氣，「我快經營不下去了，知道吧？」

「如果你要講的是上個月的薪水，我可以等！我相信你！」她激動地說著，下巴隨音量同時抬高，和雲智對看的眼神中流露著一股堅定。

雲智不禁回想起雅蘭的履歷，她大學修過法律相關學分，今年二十六歲，當雲智的行政助理之前，也曾在另一間事務所待過，給雲智的印象，就是個老實、富有親和力，而且會安分做事的女孩子。

雲智記得她來面試時，不知她是否個性有點天然呆，竟大方地說自己是單親家庭長大的小孩，才畢業沒幾年，是沒什麼社會經驗的新鮮人，但是她很有自信地說自己會努力學習。雲智見她說話坦誠，便直接雇用了她。

然而，近兩年來，不知是否因為法律系畢業生暴增，方圓一公里內接連新添了兩、三家獨立執業的律師事務所及一間大型聯合事務所，眼見競爭對手花了不少錢做招牌、打廣告，搶走不少客戶，而雲智這邊只有他一人苦撐著，又因為資金周轉不靈，該發給雅蘭的薪水已經拖欠兩週，他心裡非常過意不去。

「聽我說，好嗎？」雲智低吟：「我月底會拿到一筆大條的錢，除了上個月欠的、加這個到下個月的以外，我會再多給妳三個月，好不好？」

雅蘭瞪大眼搖頭，緊接說：「那我下個月自己辭職，你不要資遣我、不要多給我。你知道我一邊在準備考書記官，我是來學經驗的，我不缺錢。」她說完即縮起下巴，視線垂落桌面幾秒。

不久後，她又抬起頭，用近似控訴的口吻說：

「老闆，不是我在講——你呴，就是對人太好了。」

「是、是嗎？唉，被妳這樣講，我都認不得我自己了。」

「老實講，我一直想問，那麼多種案子，感覺你也不是不會打，但明明能賺很多錢的你不接，偏偏接了很多刑案，幫有困難的人發聲……為什麼？」

「以前……」雲智說不上來，只簡單回話：「大概是上天的意思吧。」

「哦？我終於挖到你的八卦了！」雅蘭進逼：「快講，什麼意思？」

雲智覺得好笑——整間小小的事務所就兩個人，辦公室八卦又能傳到哪裡？

「三年多前，我決定重新走律師這條路，心中開始有個聲音跟我說，不幫被害者不行。」

「呴，理由真無趣。」雅蘭的臉皮向下拉。

「是啊，世上發生的……不是每件事情的原因都有趣。」

「老闆，我現在心中也有聲音傳出來了！」

「啊？」

「聲音跟我講，我下個月要不要辭職，我自己決定。」她伸出食指，朝天比了比，甜甜笑說：「還有喔，祂也說，不管事務所未來會怎樣，我必須陪你繼續走完。」

雲智能感受到她的溫柔體諒，而且兩年多的相處時間內，他隱約察覺她對自己抱有超乎員工老闆以外的尊敬和情愫。再說，他的年齡大雅蘭六、七歲，過去不是沒有戀愛經驗，對於女性的曖昧及種種肢體語言，不可能遲鈍到都沒發現。

不過，他內心還沒準備好再接受一段感情。

「反正，當一個老闆，我該給的，一定不會少給，好嗎？」

話剛說完，桌上的電話立刻響起。雅蘭如往常般接起來，詢問是否有預約，並確認身分後，手心摀住話筒，轉交給雲智。

「哪位？」雲智問。

「對方說是……」雅蘭拋來困惑的眼神，答：「心理輔導人員。」

「哪個案件的心輔人員？」

「姓鍾，說處理過你的案子。」

雅蘭一邊比出手勢，表示自己先去外面處理書狀。

雲智聳聳肩，接過電話。他沒印象這幾個月有和心輔人員接觸過。

「喂，我是余律師。」

『律師好，你記得嗎？我是鍾宛晴。』

傳來的是女性的聲音。隔了幾秒，雲智馬上想起對方是誰——

電話另一端，是曾經輔導過雲智的臨床心理師。

約一小時後，鍾宛晴來到事務所會見余雲智。

雲智原先提議兩人相約於咖啡館，就在事務所樓下正對面。但是，宛晴在電話中的語句有如連珠炮，像在趕什麼時間似的，堅持要在事務所內會晤。掛掉電話前，她特別交代，說自己已經寄出一封電子信件給雲智，請他務必先讀。

兩人結束通話後，雲智打開個人電子信箱，隨後發現，信件的內容單純是兩條網址連結。點進去一看，都是八天前，二〇一三年七月三十日的新聞。兩則新聞的標題分別是：

「蹦蹦龍割喉魔未判死　法官讓他如願」

「被凶嫌講中！割喉殺童沒判死　家屬心碎」

為什麼要傳這個給我？──

雲智非常疑惑。他知道這起去年底發生的慘案，但沒有耗用任何心思去持續關注案件發展，也不願意花精神了解詳情。

新聞內容底下附帶一個 Youtube 的新聞影音連結。

他打開連結，聽完主播簡介幾句後，畫面上即顯示──

死者的女性家屬在法庭外被記者三面包圍，手上拿著溫姓男童的相片，情緒非常激動、眼淚狂流，她直朝眾人咆哮：『這是真相嗎？我不相信司法今天會判我們這個樣子！』她接續用力跳腳，同時歇斯底里地高分貝大喊：『我不相信！我真的不相信！司法全部都死掉了，沒有正義！誰家沒有小孩？更何況他說可以殺小孩！以後殺小孩就不用死刑了！』

雲智切掉畫面，胸口一陣悶脹。即便不明白怎麼回事的人，應該也能感知這名女性家屬有多麼痛徹心扉，起碼對雲智而言，無法控制的狂躁與哭叫在他的心房裡糾結成一股遲遲未消的回音。

待他稍回神，同樣的問題依然留存於腦際——

鍾宛晴傳來的新聞，究竟有什麼特別的意義？

答案，在她抵達後不久即揭曉。

雲智一見到鍾宛晴手提公事包、走進洽談室，一時間差點認不出人。

宛晴的身材修長、穠纖合度依舊，但今天上半身穿著一件白襯衫，外搭淺灰色西裝外套，腰部以下則是同色調的九分褲，裸露出白玉般的腳踝，全身上下透出比以往還要更加知性的美感。再來，她臉上僅添抹了淡妝，甚帶穩重且冷酷的表情，似乎只要一丁點唇動微哂，即可消融掉和對方的距離感，完全不失親和力。雲智心想，或許是太久沒見到她了，她的整體樣態宛若比四年前更為柔美。

「余律師，你最近，」宛晴問：「……過得還好嗎？」

「勉強勉強呀，這間事務所下個月打算要收……」

雲智馬上打住，他警覺到自己因為曾接受過宛晴的治療，所以在她面前便瞬間卸下一切心防，袒露了內心話。情急之下，雲智結巴改口：「沒沒、沒事，每個月都有、有很多問題得、得解決嘛。」

「你每次言不由衷，就會開始結巴呢。」宛晴微笑說。

「呵、呵呵，真的嗎？」

「真的好久不見了，自從最後一次心輔……」

「是呀，我都記得，做了六次。」

「看你現在的精神，應該好很多了。」

雲智把話題端回來，問：「所以，鍾醫師[1]，妳今天怎麼非得約在這裡呢？」

「我是以個人身分，前來拜託你一件事情的。」

「哦？鍾醫師是……希望獲得法律方面的諮詢嗎？」

雲智第一時間能想到的，是民事糾紛，最常見的狀況是車禍處理。

「不是的。」宛晴搖頭，似乎有什麼話卡在她的喉嚨。

「所以妳來是為了……？」

「我剛傳的新聞連結，你看過了嗎？」

「看了，最近炒得很熱的殺童案，可是我不懂……」

「我想請你接下那個案子！」

「啊？」雲智一頭霧水。

「蹦蹦龍的案子，」宛晴字字放慢加重，「我希望你能成為辯護律師。」

雲智不清楚宛晴的用意，但依然站在專業的角度解釋：

「那件命案，屬於『非告訴乃論』，已經由檢察官代表國家起訴被告，假若說，要律師替被害家屬另外向檢察官提出告訴補正，也不是不行，只不過要在審理辯論終結之前，向……」

「余律師，你誤會我的意思了！我不是要你為被害者家屬打官司。」

1 台灣的心理師主要分為「諮商心理師」和「臨床心理師」。普遍而言，臨床心理師的工作地點在醫院，通常和精神科醫生搭配工作，或經精神科醫生轉介才接案。由於余雲智並非精神專業領域的人士，可能分不出「心理師」和「醫師」的差異，加上臨床心理師會採行一些心理治療的手段，因此他直接稱呼鍾宛晴為「醫師」。

「什麼意思？」

「陳文慶，那個殺童凶手。我希望——你肯為他辯護。」

「……」雲智霎時靜默下來。

室內空氣頓時凝結，約十秒之久。

雲智轉而忍俊不禁，微笑說：「妳別開玩笑了，鍾醫師，我怎麼可能……可能去……」

不對，她是認真的！——

雲智可從她的眼神中，讀出她非常堅定、毫不動搖的態度。

他收起笑容，滿腹疑惑，嚴肅地問：

「為什麼要我做？」

「你不想知道嗎？」

「我要知道什麼？」雲智反問：「法院附近有很多事務所，隨便到處都能找到律師，為什麼偏要我替他辯護？就算他沒錢，像他這種重刑犯，法院進行審判的時候，審判長不可能不給他指定公設辯護人的。」

「你覺得會有人真心想為他辯護？」

「還可以找法扶呀。法律扶助基金會，妳不也很清楚？」

「就我所知，現在法扶高雄分會內，沒人願意代表為他辯護。」

「所以我問妳呀，為什麼非要我？」

「好，我認真談。」宛晴把腰桿打直。「凶手陳文慶，他的犯罪行為可歸類在隨機殺人，是非常難得的研究材料。歐美、日本已經有很多學者在做這方面的研究，可是目前我們台灣沒幾個人在做，」說到這裡，她的語氣頓時充滿熱切，「假如你能成為他的辯護律師，我們就有機會接近他，然後我們可以研究他的行……」

「研究？」雲智感覺體內的血液像被什麼熱源烘烤，頸背發燙、呼吸加速。他鬆了鬆領帶，低嚷：「像他那樣的殺人犯，有什麼好研究的！」

「一審判決，他被判無期徒刑，檢察官肯定會繼續上訴。」

「上訴又如何？」

「他二審很可能被判死。」宛晴的雙眼睜大，直視著他。

「法院判死刑，然後呢？」雲智一點也不在乎。

宛晴的視線進逼，說：

「你不想了解隨機殺人犯在想什麼嗎？不想弄清楚他們真正的犯案動機嗎？」

若是一般人的想法，對於殺童凶手陳文慶，想要他付出代價、要他下地獄都來不及了，可能很少有人會想知道他的殺人動機；但是，余雲智的處境不同於一般人。宛晴的這句話猶如弧度適中的魚鉤，確實穩穩勾到他埋藏於某個深處的心結。

然而，那是連他自己都不敢碰觸的地帶。

「我不想談了！妳現在走吧！」他閃避宛晴的視線。

「余律師，我很需要你幫……」

「不要再說了！」雲智馬上打斷她的話，突然覺得口渴。他眼睛掃了一下桌面，發現茶杯放在外面，只好嚥了嚥口水，說：「……妳、妳是我的恩人，我沒有忘。妳幫我重新找回自己，我真的很感激妳。可是，我不想破壞我們之間的關係，好不好？妳今天提出的請求——唯獨這個請求——我當沒聽到，妳也沒說過，都沒發生過。如果沒有什麼其它的事要說，妳現在……就請妳現在離開……好嗎？」

宛晴肩頭低垂，拾起公事包，站起來說：

「我以為，你已經完全走出來了。抱歉，當你的心理師，是我失職了。」

「不是妳的錯。只是……」雲智故作平淡地回應：「失去重要的人，是刻在心底的記憶。不管經過多久，記憶一直都在那裡。」

宛晴沒說話，下巴漸漸垂落，接著轉身離開。

不久後，雅蘭敲門進來，問：「老闆，她沒說什麼就走了耶。她是……？」

「沒什麼重要的。她是……我的心理師，以前曾治療過我的心病。」

「心病？很嚴重嗎？」雅蘭雙眼瞪得老大。「老闆，你現在還好吧？我在外面聽到，她是不是要你為誰辯護？」

「嗯，沒事啦。」雲智伸伸懶腰。「這裡下個月關門，我不會再接案。」

「你如果心情不好，我……剛才那份書狀，打稿打得差不多了，我可以聽你說話唷。」

「我出去透透氣好了。」雲智站起身，說：「妳今天忙完，就先下班吧，燈和電腦記得關，門交給妳鎖，好嗎？」

「好！」雅蘭精神奕奕地答。

雲智離開事務所時，時間是下午四點。

他按捺住煩躁的情緒，開車前往西子灣，打算去吹吹海風，看看能否穩定內心的鼓譟。事實上，他不明白自己為什麼會想去那個充滿回憶的地點，彷彿潛意識使然，驅策他自五福路朝西邊開，轉了幾條路，沿臨海二路開到底，見到西子灣隧道入口，便向左彎，走上哨船街，沿途左側是高雄港灣的一部分。他把車窗打開，滿是鹹味的海風瞬間灌進車內。

新聞報導說，幾個月前，市政府剛重新整頓完哨船頭公園的四周，但雲智見今日遊客稀疏，他猜想或許因為星期四非假日，才會不見擁擠的人潮。他感覺這地方變化不少，和印象中有落差。以往多是漁船停靠於岸，空氣中往往夾帶刺鼻的魚腥味，如今腥臭味不再，往來行駛的大半是觀光遊艇。

時間向前挪動，人地物也在變化，不再和他五年前、或更早之前的記憶相吻合。

他繼續沿蜿蜒的路段開到底，從哨船街接至蓮海路，終於來到中山大學的校門口。中山大學是全台灣唯一一間坐落在風景區的大學，除了內面的柴山之外，單單校門口旁邊的步道，即可遠眺高雄港灣的夕陽美景。不過，對雲智而言，此地之美，不僅是山水風景，其中還記錄了他和俐芳的回憶。

他停好了車，從校門口開始沿寬闊的步道漫行。海風頗大，猶如無形的壓力，直撲他的臉頰。頸上的領帶隨風甩動，他索性解開領帶，滾成一捆，拿在手上。

步道的右側置有及胸的欄杆，和大海相隔，每走三、四步便會遇上方形水泥製的裝飾物。由於這地方經過整修改造，雲智記不清最後一次和俐芳在此地約會的精確位置，但他依然邊走邊仔細計算步數，大概在第六個裝飾物前，他停了下來。

應該是這裡沒錯——

他往右轉，看向海洋，很自然地移步向前，雙肘倚靠欄杆。

海面上波光瀲灩，波紋和水光共構成不規則的圖樣，卻也映出他的心象。

約五年前，雲智向俐芳求婚的地點就在這裡……

那時，他們交往了三年有餘。兩人的年齡相當，都是二十八歲。尤俐芳在中山大學就讀物理博士班，而雲智已經服完兵役，出了社會，在一間綜合律師事務所做事。

俐芳那天要求雲智來這裡找她。

「今天怎麼這樣突然，約我來看海？」雲智問。

「我有重要的事情想跟你談。」

「怎麼了？」

俐芳凝望遠方的海水，帶點猶豫的語氣說：

「我……我有了……」

「有什麼？」

「你的小孩。」俐芳繼續望向海面。

「真、真的嗎？」雲智驚訝得合不攏嘴。

「我去看醫生了，快三個月了。你如果不想要，我去動手術拿掉也可以。你的工作剛上軌道，我知道你可能嫌小孩麻煩。雖然我的論文已經投出去、也錄取了，快要拿到學位了，可是談到要養小孩，我實在沒自信當一個好媽媽，我知道自己的能力底線在哪裡，我沒想過這時候突然會……」

俐芳的話還未說完，雲智從她背後緊緊摟住她的腰際，在她的耳邊軟語呢喃：

「我要妳，我要小孩……我們的小孩。」

「你認真的？」俐芳低頭問。

雲智攬著她的腰，輕輕施力讓她轉身面對自己，說：「我們結婚吧。」

「認真的？」俐芳仍然低著頭。

雲智點頭，語帶遺憾地說：「這麼重要的日子都沒事先跟我講，」他的手指撫著俐芳的下顎向上抬，「妳看，我今天什麼都沒準備。」

「你現在是怪我嘍！」俐芳沒好氣地說：「有小孩是能事先預知的嗎？我什麼也都沒準備好，我昨天看完醫生之後緊張得要命……」

「好啦，是我不會說話。」雲智笑著認錯，又說：「我們、我們一起準備，好不好？」

「你講這句，是向我求婚的意思？」俐芳問得很嚴肅，但又好像正忍住笑意。

雲智猛點頭，正色說道：

「芳，請嫁給我好嗎？我明天就去挑妳最喜愛的戒指。」

「我才不要戒指！我們要把錢省下來，留給……」

俐芳的手向下伸，手心停在自己的腹部來回撫轉。

「好，全部聽妳的，老婆大人！」

「你都還沒見過我爸媽，就開始叫我老婆啦？」

「對响。好，我們現在馬上約！」

伴著涼爽的海風，雲智滿臉燦笑，擁抱著俐芳和她腹中的小生命。

雲智小五時，父親因負債自殺，到了他國二那年，母親又罹癌，不到一年後便去世，從此他被寄養在舅舅家，因此他內心長久渴望一個完好的家庭，當然很珍惜和俐芳在一起的日子。認識她六年，經過三年交往時間，雲智早已將她視為攜手共度餘生的對象。

一星期後，他在俐芳的陪同下，去俐芳的老家岡山，會見未來的岳父母，以及俐芳的姊姊筱芳。

他原先以為，老一輩人比較保守，會輕視「奉子成婚」一事，嚴重點可能還會談不成婚事，但實際見面後，兩老反而像是看別人家喜事的外人似的，把五人之間的氣氛炒得挺熱鬧，雲智一點都感覺不到排外。

岳父春暉直接說：「俐芳就交到你手上了，希望你好好待她捏。對啦，我一定要聲明，我家俐芳有時候任性了些，她從小沒吃過什麼苦，交給你算是委屈你了。」岳母文淑則多次交代：「要結就趕快結吶，等肚子大起來，婚紗一穿上就不好看了。」至於筱芳，可能因為個性文靜的關係吧，從頭到尾沒表示什麼意見；她雖然沒說幾句話，但稱呼雲智時，已經自動換成「妹夫」這個稱謂。

不僅如此，岳父母另拿出熱情款待，當晚的餐桌上端出了超過十樣的大小盤菜，全是岳母親自下廚的料理。大家和樂地吃飽飯，在雲智離開前，俐芳還偷偷跟他小抱怨：「哼，算你賺到了。要是我回家吃飯呀，哪有機會吃得那麼豐盛！」

接下來兩個月，除了籌措婚禮，雲智滿心歡喜，到處去找比較大的房子。先前他一人租一間套房，而俐芳住學校宿舍，偶爾才去他那裡過夜。現在兩人即將成婚，尚得加上養小孩的空間，自然需要租一間能容納三口人的居家環境。

雲智答應俐芳，等他存夠錢，一定會買一間屬於他們自己的窩。

俐芳貼心地表示，婚禮不用搞得太鋪張，但一定要多省點錢給小孩。

兩人悉心構築著牽手、牽子的未來。

然而，就在婚禮前夕，胎兒快滿五個月大的時候，雲智接到了一通足以崩解所有美好夢想的電話。

那天是十一月六日星期四，他早上到地院開庭。快到正中午前，他終於辦完兩個行程，從地院走了出來。他正要把手機從震動調回一般模式時，有人打電話進來。

『喂，請問你是這支手機主人的……先生嗎？』

「是，我是她未婚夫，請問你哪位？」

『我是警察。』

警察？——雲智有不好的預感，趕緊問：「芳她怎麼了？」

『她的名字有芳這個字嗎？請你告訴我她的姓名，還有出生年月日。』

「你、你是哪裡的警察？為什麼有她的手機？」

雲智覺得不對勁，必須謹慎提防，因為對方可能是詐騙集團。

『我們這裡是岡山分局。因為我們現在還在現場找尋……她的證件，然後我們發現她的手機，手機沒壞，上面第一個號碼名稱顯示「老公」，而且剛剛十點十三分，你們應該有通過話，所以我現在打給你，是想先馬上確認一下她的身分。』

「她人好好的，你們會問不出姓名？還跟我說找不到證件？」

雲智愈講愈大聲。他記得，俐芳的證件平常都放在皮夾，而皮夾應該在她的包包裡。假若她騎機車的路上發生車禍意外，證件也應該就在她身旁才對。

『這位先生，您先別激動……』

「你先告訴我，她到底出了什麼事？」

『您如果方便，請馬上通知她的家屬。』

「你到底說不說？」雲智對著手機高聲大嚷：「她到底怎麼了？」

『先生，很遺憾，其實……這位小姐剛剛……從月台掉落到鐵軌，火車又剛好進站，當場就……所以她、還有她身上背的東西，全都在……我們動員很多人正在車底下搜尋……』

警察後來說了什麼，雲智已不復記憶。他只得從零碎接收到的話語裡拼湊——

心愛的人。落軌。遭火車輾斃。確定死亡。死無全屍。

一瞬間，他的俐芳、他的孩子、夢想中的所有未來，全部一起被輾碎了……

趕往岡山分局的途中，他一直說服自己，那通不過是詐騙電話。

他想像著、並期望警察向他道歉——是我們弄錯了！沒事、沒事，一切是電話惡作劇！你未婚妻在家等你，趕快回家去！——然而，當他抵達警局，見俐芳的父母和姊姊筱芳早一步到那裡，三人的眼眶泛紅、淚水潸泫不止，雲智內心的期待於是化成反面而殘酷的現實。

負責偵查的一名警員確認了雲智的身分後，告知他月台那邊的處理狀況。自強號進站後雖然減速，且駕駛見人墜落後也立刻緊急煞車，但畢竟是肉身摸在鐵軌上，俐芳很不幸被截斷成數塊。鐵路局和警檢相關單位，目前已經差不多將屍塊全數撿回，即將運送至岡山殯儀館。

不知為何，雲智流不出淚，對於警員的陳述，他幾乎沒有一點現實感。

他的表情異常鎮靜，拚命搖頭說：「不可能的，她肚子裡有小孩，她很當心的，不可能那麼不小心，不可能、不可能，不會是意外⋯⋯」

「是。」警員說：「我們確定，不是意外——她是被人從月台上推落的。」

「什、你說什麼？」

「有人趁火車進站時，把她推下去，導致⋯⋯」

「被人推的？」雲智攫住警員的肩膀，大聲問：「誰？是誰？告訴我！」

警員要雲智先冷靜下來，然後表示，這起事件將會以刑事案件處理。

害死俐芳的是一名男性，年齡不及三十歲的年輕人。火車完全煞住後，此人拔腿就跑，企圖自月台逃離，但他正要衝向月台地下道時，馬上被站務員和鄰近兩位孔武有力的男性民眾制伏在地，等候警察到場逮捕。

雲智臉色發青，問：「他為什麼要這麼做？」

「我們局裡正在偵訊，現階段還不清楚。」

警員簡單回答，隨後拿出現行犯的照片和姓名，請雲智、兩老和筱芳指認是否為熟人。

犯人名叫朱健宗，二十四歲。

不過，雲智和俐芳的家屬，全都不認識這個男人。

突然，筱芳情緒崩潰，開始向警員哭訴：「我妹真的、她人真的很善良，不可能的，她不會得罪什麼人，怎麼可能？她……她今天，回岡山，是想整理以前的東西……很多家人回憶……準備要嫁人了，要有新家人了……」筱芳轉頭面向雲智，撲簌續道：「她講說，你已經找好房子，也簽了約，她真的很開心，高興得一直跟我炫耀，拿胎兒的超音波照片，像在笑我這個姊姊嫁不出去……還有要搬家，她還裝箱要寄東西去新家。後來是我、我……我騎機車載她去車站坐車……我如果送她送到月台，她可能就不會……」

筱芳的語序凌亂、破碎，想到什麼就說什麼。這是雲智第一次聽她一口氣傾吐出這麼多情感。

雲智好希望她再多談一點俐芳今天說過的話、做過的事，可是在那一瞬間，他更想弄清楚，他的未婚妻為何會遭人推落月台？朱姓犯人的惡行，究竟是出自什麼樣的惡意？倘若真是惡意造成今天的悲劇，此種惡意又是從何而來？犯人和他、和俐芳之間，難道存在什麼龐大的仇恨嗎？

各種疑惑在雲智的腦海裡盤繞，直到稍晚一點，才終於釐清。

橋頭地檢署的值班檢察官，會同岡山分局偵查警員前往火車站命案現場勘驗採證後，當天下午來到警局，除了詢問家屬和雲智這方關於民事賠償的意見以外，馬上在警局開了臨時偵查庭。查明了犯人的行凶過程和動機後，檢察官立刻向法院聲請羈押。

在雲智和家屬的追問下，檢察官始透露——

朱健宗供述，他恨所有人，就只是想殺人而已。

「隨便哪個人都可以殺？」雲智心中難以信服，反覆問：「他、他真的這樣說？」

「余先生，你跟我同樣身為法界人，應該不會不清楚才對，基於『偵查不公開』原則，詳細狀況，我不能跟你們吐露太多。可是……」檢察官低聲道：「火車月台上的監視錄像，錄到他在那裡站著、坐著晃了大約半個小時，到處尋找目標。在他實施犯罪行為之前的十分鐘，他先鎖定了一名上班族，不過沒下手成功。十分鐘後，他又找到了新的目標，也就是你的未婚妻，然後……犯案成功。我判斷，這恐怕是一樁無差別殺人案。」

「俐芳死得那麼慘，就只是因為……因為無差別？」雲智激動得上氣不接下氣，淚水卡在眼角。「只要抓到機會，不管誰……誰他都可以殺？是這樣嗎？」

檢察官點頭回應：「請節哀順變。」

在雲智身後的岳母，頓時雙腿一癱，跪在地上，邊號哭邊狂喊：

「我不相信！我真的不相信啊！我們家俐芳怎會那麼衰！」

岳父屈膝，雙手扶起岳母，然後直面檢察官，說：

「我要他去死！請你判他死刑……」他的語尾微微顫抖。

兩天後，檢察官於地檢署開完正式的偵查庭，依刑法第兩百七十一條第一項起訴朱健宗。條文內容即是，殺人者，處死刑、無期徒刑或十年以上有期徒刑。

不久，進入法院審判程序後，雲智詳閱地檢署偵查卷宗，並從中推斷，檢察官會以法定重刑起訴朱健宗的重要理由應該在於，朱健宗在偵查庭上向檢察官表明的幾句話——

檢察官問：你那時候有沒有看到火車要進月台？
被告答：有。
檢察官問：看火車愈靠愈近，你還是想要推尤俐芳（被害人）下去嗎？
被告答：對。
檢察官問：你知不知道，火車輾過去會死人？
被告答：知道。我就是知道火車快要進站，所以選在那瞬間把她推下去的。
檢察官問：你會不會後悔把她推下月台？
被告答：不會後悔。
檢察官問：你就是想要致尤俐芳（被害人）於死地，對不對？
被告答：對。我就想把人推下去，我想要殺人。
檢察官問：你為何想要殺人？
被告答：我活了好幾年，都沒遇上任何好事，我對很多人很不滿、很憤怒，所以想要殺一、兩個人洩憤。

從偵訊問答筆錄裡，雲智可看出，將被害人推落鐵軌令火車輾過的行為，很可能造成被害人死亡，再加上被告朱健宗為成年人，其對此應知之甚明，卻依然堅決動手行凶，主觀上具有殺人之故意，灼然顯見。

雲智曾問偵查檢察官：「他真的不認識俐芳？」

「余先生，我說過好幾次了。這樁案件是無差別殺……」

「無冤無仇的，為什麼他要……？為什麼會是俐芳？」

「我已經起訴他了。」檢察官冷靜地說：「請你等待法院的開庭通知。」

喪妻失子之痛，雲智只能默默強忍於心。

陪同岳父母辦完俐芳的喪事，他匆匆將新屋退租。等待地院開審的期間，他食不下嚥，體重迅速掉了近十公斤；他睡也幾不成眠，因為腦海滿是對俐芳的思念。

即使於失眠的黑夜，孤獨一人疲憊無力地躺在床上，他也只能緊擁著俐芳平時喜歡睡的舒壓記憶枕，並輕撫她留下來的天然蠶絲睡衣。每當他嗅聞枕上殘存的護髮乳香氣，以及揉捏衣物時得到的觸感，便會產生一種真的擁住了她的錯覺，彷彿她從未離開過。他甚至將俐芳的所有照片、兩人的合照、胎兒的超音波照片，全都置放在床頭櫃上，不時拿起來一張張審視、然後不自覺發笑，好似她仍在身邊，看顧著雲智，不曾遠去，而只有當雲智這麼做，讓自己沉浸於回憶之海，他才能獲得兩、三個小時短暫的安眠。

可是，他一直哭不出來。

他也不清楚為何這麼難過的自己，卻流不出一滴眼淚。

是因為自小失去父母而養成的堅強性格嗎？或是說，他尚未見證凶手應得的懲罰呢？雲智自己覺得，主因應該出於後者，但只要這麼一想下去，便又無法成眠，因為他不太清楚——導致一屍兩命的犯行，朱健宗到底該擔負什麼樣的責任？

他又該怎樣做，才能補償被害者家屬？才能平息雲智內心的創慟及不甘？

雲智埋首於工作，盡量讓自己不去思考這些問題。

兩個月後，法院開準備庭，他到場旁聽。法庭外的電子看板顯示，上午有三個案子得審理。他在庭外等候時，筱芳也來了。

「爸媽，他們還好嗎？」雲智問。

「我媽她情緒不穩，沒法出門，爸在家照顧她。」筱芳說：「你呢？」
「還可以。」雲智沒有太多話可說。
「今天會判刑嗎？」
「沒那麼快。」雲智簡單解釋：「等一下只是準備程序，看公訴檢察官用什麼理由起訴，而被告那方採取什麼態度辯護，然後釐清案件爭點，看看雙方對於各自提出的證據有沒有意見，好讓法官決定接下來的程序要怎麼跑。」
「我覺得，這些所有事情……沒道理。」筱芳凝望半空。
「嗯，我知道。我們現在坐在這，不是道理能說得清的。」
警察、檢察官、法官、辯護律師、書記官、法警、被害人家屬等等，所有人的行動，全受到朱健宗單一個「推人落軌」的行為所牽動。可是，又是什麼原因造成他做出那樣的行為？假若事件的因果如河水般潺流，下游的情景是俐芳的死亡，那麼中游、或再更上游那兒又會是怎樣的景象？——雲智此時不願意多想、不想要向上爬。他擔心自己往上探得更深，見到另一片風景後，便會忘記在下游的俐芳。
他現在只想跟俐芳在一起，為不能再說話的俐芳發聲。
不過，朱健宗的公設辯護人卻不這麼想，從準備庭開始，到一個月後的第一次審理庭、兩個月後的第二次審理，屢次將方向導至朱健宗的幼年、成長經歷，並傳喚他的外婆、舅舅當證人，以博取列席法官的同情。
辯護人提出，朱健宗的母親十六歲時未婚生下他，從此即沒有盡到養育的責任，大部分時間在酒店上班，將他丟給和母親相差十歲的父親撫養。朱健宗三歲那年，母親離家出走，再也沒回來過，父親從此嗜酒，把教養的責任全丟給祖母，等於是隔代教養的小孩。朱健宗高職畢業後，搬出去外面與人合租，一直換工作，沒有穩定收入，好幾次回祖母家偷錢，祖母多次阻撓後，他又轉而向舅舅要錢。案件發生前，他最後一份工作是家電行的空調維修工。

但，家庭背景不良，可以當成是殺人的理由嗎？——

雲智坐在旁聽席，快氣炸了。

「你為什麼殺人？」審判長[2]當庭問被告。

「阿嬤不給我錢，堂哥不給我錢，然後阿舅也不給我錢，還大聲罵我。我沒錢花，沒錢繳手機、繳房租，然後我室友又考上台鐵公務員，拿基層的電子工程佐級跟我炫耀，說要搬出去，我找不到人跟我一起租。結果讓我抓包，他很早以前就跟我七仔鬥陣做伙，搶走了我的七仔……」朱健宗講得理直氣壯的，像全天下人都得罪了他。「生活裡有什麼好康的，他們都有、都想要，我這樣活著有什麼好的？」

辯護律師表情糾結，默默俯視桌案。審判長又問：

「因為這些事情，所以你殺了跟你一點關係也沒有的人？」

「對啊。」朱健宗自然地脫口，他的手肘同時頂住桌面，掌心撐著臉頰。

聽及此，雲智忍不住站起身大喊：「你殺了她，到底有沒有反省！」

「旁聽人請肅靜。」受命法官柔聲提醒。

公訴檢察官也使了個眼色示意，請求雲智先坐好。

「我恨所有人啦！」朱健宗用不耐煩的語氣擠出話：「就想說，推個人下去，想殺個人發洩心裡不爽，之後也想要自己乾脆也去死一死。」

審判長口出快言，嚴厲問道：「那你為什麼沒去死？」

「我來不及逃……」他登時低聲下氣，答：「然後就被抓到了。」

以上便是第二次審理庭的大致情況。

隨後幾天，辯護律師補呈書狀進一步表示，被告朱健宗找不到人生目標，一直逃避現實，而且警方曾有他吸食強力膠的紀錄，因此律師推論他犯下行為時，精神可能處於恍惚狀態，「疑似」有精神方面的問題，於是向法官聲請精神鑑定。辯護律師另補充，由於強力膠不被列管為四級毒品之任何一項，警察那時只能用《社會秩序維護法》立案，無法以《毒品危害防治法》處理，並沒有強制他就醫戒斷，因而導致他的各種精神症狀隨著時間愈益嚴重。

雲智不是外行人，他當然能看破律師的辯護意旨。律師以「心神喪失」之理由聲請精神鑑定——假若朱健宗通過鑑定，即可馬上中止審理程序；要是失敗，或可拖延審判，或影響法官心證，請求酌情量刑——這部分雲智清楚得很。但律師提出聲請後，法院是否願意花錢委外鑑定，則得交由合議庭決定。

另一方面，檢察官私下告訴雲智，警方逮到朱健宗吸膠的時間是十五個月前，不能保證他犯案前夕也有在吸膠。檢察官已經盤算好反擊的策略。

雲智了解，雙方所進行的皆是法庭上的往來戰術。

然而，對受害者家屬而言，他亟欲得知的是——

朱健宗為什麼挑上俐芳？

即便他犯案當下頭腦不清楚，為什麼殺人後，沒有半點悔意？

雲智記得在第一次審理庭上，檢察官播放了火車月台上的錄影畫面。

---

2 地方法院審判案件，除簡易庭是由一位法官獨任判決以外，其它皆由三位法官組成「合議庭」。通常較資深的法官擔任合議庭的「審判長」，審判長再指定一位「受命法官」和另一位「陪席法官」。

朱健宗於上午九點五十分，出現於火車南下的第二月台，先是漫不經心、安靜地在人潮中左右移動。約十點左右，他找了張長板凳坐下來，像在獵尋目標似的開始東張西望，一直到十點七分，他突然站起來，像螃蟹走路般慢慢移步至一名穿黑西裝、白襯衫，並且手提公事包的男人——此即檢察官先前提到的上班族。

然後，朱健宗站在該名男人背後立定不動，伸長兩隻手臂。剎那間，男人回頭轉身，凶悍地瞪了他一眼，好像罵了什麼，朱健宗便立刻放下雙手，接下來不到十秒，男人所處的那一側區間車進站，約一分鐘後火車駛離。

接著，俐芳出現於畫面上。這是她最後的影像。

她站到第十車廂的位置後，從肩包拿出手帕擦汗，然後甩了甩肩膀，調整包包的肩帶，重新揹好，表情看起來有點累。她站在那裡約三分鐘後，像是想到了什麼，臉上頓時泛起笑容，從包包裡拿出手機。

法庭上投影的畫面無聲，法官和檢察官當然聽不出她在電話裡說了什麼，但雲智絕對無法忘記和她最後的通話。

『阿智，你現在忙嗎？』

「正要進法院開庭。怎麼了？」

『我在想，我們做出的每個選擇，都在改變各種變因發生的機率吧。』

「妳怎麼突然有感而發？」

『我們想做、或不想做什麼事情的意志，是系統內最不確定的變因了吧。我是說，假如我們選擇不結婚、不把小孩生下來，或許最後就會改變了我們獲得幸福的機率。』

「妳，後悔了？」

俐芳搖頭，說：『我如果後悔，就不會打這通電話了。』

「妳人在哪裡？」

『我準備回高雄了，下午預約要去做產檢。』

「怎麼沒跟我說？我可以陪妳的。」

『又不是第一次做，我自己去就好了。你先好好忙手邊的案子。』

「好吧。回來要跟我說小寶貝的狀況喔。」

『一定會的，等我回家。』俐芳的微笑拉得更開。

「那我先進法庭哦。」

『阿智等等！』

「嗯？」

此時，候車的乘客遠離黃線，應該是站務員吹了哨子。畫面中，只有她踩在黃線內側邊緣，還在講電話。

『我們真的能幸福吧？』

「宇宙中其它的事情我不確定，唯獨妳說的幸福，我會努力讓機率成為百分百。」

『唷，你這個物理白癡，哪時候開始學我說話了！』

「時間差不多，我真的該進去了。」

『好啦，晚點見。』

她掛上了電話。

法庭內應該只有雲智看得出，她表現在臉上的疲累感一掃而空。

忽然間，朱健宗悄悄來到她的背後……

雲智預見了結果，卻仍不禁在心裡吶喊——

妳後面有人！快點！快離他遠點！

為什麼？妳為什麼沒注意到背後那個殺人犯！

畫面上殘酷的一幕即將發生……

朱健宗朝右方看去，確定火車即將進站，於是雙手猛力朝俐芳的背部一推。她一下子懸在空中，瞬間跌落月台……

看不到她了……她的身影剛好被月台擋住。

一剎那，一廂廂列車猶如衝來索命的死神，毫不留情地從她墜落的位置輾壓過去……

雲智坐在旁聽席上，彷彿親臨現場，雙手先是緊掩口鼻，淚水從眼眶裡無止盡滑落。然後，他再也無法盯著畫面看，全身不自主猛烈發顫抖動，如瞬時投身於冰寒之地，上半身隨即向前傾，兩掌抱頭，逐漸埋在兩腿之間，就像無助的嬰兒般蜷縮起來，無可控制地爆出愈來愈大的啼哭聲。

「嗚……嗚嗚呀……啊！芳！芳！……嗚嗚……」

整間法庭，只聽得見雲智的泣嗚，一聲又一聲迴盪著。

雲智的職業是律師，他當然明白，法官勘驗證據是必經的程序。但以受害者家屬的身分來說，此時的法庭並非追求公平正義的場所，而是將遺屬推落地獄的殘酷劇院。即使在現實中，雲智置身於旁聽席的長椅上，他的五體卻充分感覺到，臨近之處轟隆轟隆駛來一節接著一節的列車，迅速壓上他的背脊，無情而硬生生地輾斷了軀體……

自從在法庭上失態爆淚後，雲智不時想像著俐芳死前那瞬間所承受的痛苦、她所經歷的恐懼。於是，他開始將所有注意力都放在凶手朱健宗身上。雲智的內心上演著好幾齣各類死刑方式的劇場，他想要朱健宗反省自己的行為，並為此付出代價。

一定得讓凶手嚐嚐一個人慘死前所面臨的一切感覺——

雲智篤定地這麼想。

然而，料不到的是，他再也等不到第三次開庭了。

檢察官於第二次開庭結束後的第十天，打電話通知雲智，說：

「余先生，很遺憾要告知你，這次的庭審就此終止。」

「什麼意思？為什麼這樣？」

「昨天夜裡，朱健宗在看守所內上吊身亡。」

雲智一聽，整個人愣住了。他回不出半句話。

凶手朱健宗，連帶雲智的各種疑惑、憤恨和遺憾，皆被埋入了塵土……

雲智將思緒拉回現在，但過去的種種影像依然緊揪著他不放。

西子灣的夕陽光芒由亮變暗、由橙轉紅，恍如血色。

剎那間，他掌心不小心一滑，手中的那捆領帶即刻掉到欄杆的另一頭，直直下墜，著落到消波塊之間。他同時啊了一聲，旋即傾了半身向前，左手扶抓水泥裝飾物的一端，前胸抵住橫欄，探頭向下，視線於往來的水波和消波塊附近梭巡……

這時，突然有人緊擰住他的左手，用急切的語調喊道：

「求求你！不要想不開！」

雲智回頭望，原來是夏雅蘭。她做出了拔河的姿勢，兩手箝住雲智的左手腕。

「老闆，我不想要你死！」她雙眼緊闔，臉皺成一團，賣力抓著雲智。

「啊？」

「你……你還、還沒付我薪水，我不准你現在就……你死了我怎麼辦？」

「妳、妳、妳放輕鬆，先放鬆。」雲智轉身，說：「眼睛睜開看著我。」

她先翻起右眼皮，見雲智一派自在的模樣，頓時鬆手，說：

「咦？……是、是我搞錯了嗎？」

「我的領帶跳海了，妳得做的應該是要救它、不是救我吧。」雲智調侃了一句，又問：「話說，妳怎麼會在這裡？怎知道我人在這？」

雅蘭咿咿噎噎，像做錯事的小孩低頭照實說。原來，雲智從事務所離開之後，她便叫了計程車，一路跟在他後面。

雲智掏出手機看了時間，問：

「所以這一個小時妳……妳人就在遠遠的地方一直盯著我？」

「我擔心呀！你跟鍾小姐聊完，感覺你心情變好差。其實我一直都不了解老闆你，要是你肯跟我多說點，我也許幫得上忙也說不定。」

「謝謝妳。這麼關心我。」

雲智說完，見雅蘭露出靦腆的笑容，他於是接著講：「妳如果不介意，也沒什麼事要忙的話，可以陪我看看海，再多待幾分鐘嗎？」

「嗯！」雅蘭先用力點頭，頓了一下又說：「可是老闆，我不幫你撿領帶喔，太深了！」

「我看起來像是會壓榨員工勞力的老闆嗎？」雲智淺笑。

「隨你壓榨囉，反正我懂《勞基法》，知道怎麼保護自己。」雅蘭也笑瞇瞇回應。「對了，你是不是很愛剛那條領帶？看你很常束那條……」她學剛才雲智的動作，頭探向下掃視。

「是啊，那是……我的未婚妻替我挑的。」
「你有……未婚妻？！」雅蘭滿臉詫異。
雲智望向遠方的海平線，娓娓道出過往發生的一切。
雅蘭的眼神專注，一面點頭傾聽，一面不時輕輕發出驚嘆聲。
故事一路來到朱健宗自殺，接上了鍾宛晴的心輔。
「……之前，我沒想過自己會需要『犯罪被害人保護協會』的協助。」雲智舔舔乾澀的嘴唇，說：「到此，故事結束。」
雅蘭凝滯了許久，才動口發言：
「真的……結束了嗎？」
「什麼意思？」
「鍾小姐今天找你談了什麼？」
「她想要我替隨機殺人犯辯護，前陣子鬧得沸沸揚揚的那個蹦蹦龍殺童案。」
「唔，你不覺得，這是機會嗎？」
「什麼機會？研究隨機殺人？這類人有什麼好研究的價值？」
「不是哦，老闆。你想想哦，假如朱健宗當時沒自殺，時間一久，你或許就有機會了解他真正的犯案動機了，對吧？你會需要心理師的輔導，不就因為他中途死掉了，你的疑惑沒能解答，情緒上也找不到宣洩的出口嗎？」
雲智腦中忽然浮起鍾宛晴的話——
〔你不想弄清楚他們真正的犯案動機嗎？〕

雅蘭沒等雲智反應，繼續說：「現在，同樣的隨機殺人又再發生……我看，鍾小姐搞不好是你的貴人，要帶領你解開心中的結喔。」

「好吧，退一步說，即使要我去了解隨機殺人犯的動機好了，要求我成為他們的辯護人，也實在太誇張了！我做不到！」

「你沒去做，怎會知道自己做不到？」

「不用嘗試也知道我沒辦法呀。」

「你是不是律師？」雅蘭突然這麼問。

「啊？」

「你想不想變成能力更強的律師？」

「變強？」

「在我心目中，我所尊敬的余雲智，是無論遇到什麼樣的困境，一定會為當事人著想、賣力去辯護的律師。雖然你的另一個身分是被害人家屬，但你如果想要磨練自己，變得更強，不就得撇除內心的偏見，客觀地以律師的身分，好好為當事人打好每一場官司嗎？」雅蘭接著說：「我記得剛來替你工作的時候，你處理過一件案子，丈夫倒車不注意，結果撞死了在車子後方的妻子，你還記得嗎？」

「嗯……記得。審案過程大翻轉，我發現了新證據，先生其實不是過失，而是本來就計畫要謀害老婆了。」

雲智憶想細節。那名丈夫被識破後，雲智按《律師倫理規範》第三十一條，主動向當事人終止委任，全額退還律師費，後來丈夫苦苦哀求雲智幫他減刑，雲智便重新整理案件事實，並向法官請求放棄自己原先的辯護觀點。

「提起那件案子，妳想說什麼？」雲智問。

「你想想嘛，台灣有哪幾個律師像你一樣正義？只追究事實，還主動『開除』當事人，應該沒幾個做得到吧？——老闆，這是我會跟著你的原因之一。假如你真的肯為蹦蹦龍案的被告辯護，我想……我相信，不管你挖到多深的真相，你一定能做出最好的判斷，成為更強大的律師的。」

聽完這番激勵的話，雲智不禁懷疑——雅蘭沒看走眼嗎？對我這麼有信心？對於犯行明確的隨機殺人犯，自己真有辦法從受害者家屬的身分抽離，單純以辯護律師的角度，全心全意去了解被告的處境，然後公正地為他行使最佳的辯護策略嗎？

「妳太高估我了吧。」雲智喪氣地說：「連一間小小的事務所都做不下去，員工的薪水也發不出來。我或許，不是當律師的料。」

雅蘭嘆氣，嘟起嘴，沒再說話。

忽然，雲智的手機響了。來電是沒見過的號碼。

「喂？」

『余律師，是我，鍾宛晴。』

「……」雲智吸了一大口氣。

她又打來做什麼？為什麼窮追不捨？

『剛才……抱歉。』宛晴壓低了嗓音，說：『你明明是隨機殺人的被害者家屬，我卻要你為犯人辯護，是我太殘忍了，對不起。』

「嗯，心理研究是妳的工作，我不怪妳。」

『但我現在打這通電話，是希望你再考慮一下，好嗎？我要求你接案，本來是希望能對你有幫助的，你明白我在說什麼嗎？』

宛晴和雅蘭的說辭大同小異，而雲智的心中確實有未解的遺憾。或許是海風吹拂，緩解了雲智緊悶的情緒，他的心情不像在辦公室時那麼煩躁，口氣軟化許多。他回答：

「我知道。可是妳能明白我的感覺嗎？妳要我替這種殺人犯辯護，我內心就想要他被判死呀，我怎能做得到？」

『你說的是真心話？真想要他那麼快死？』

「我……」

『好，沒關係。陳文慶這一審被判無期，說不定法院下次就改判死刑了。我的意思是，你這段期間，可以不用多麼認真幫他辯護，只要當一個靠近他的觀察者就好了，我陪你一起觀察，好嗎？』

「可是我……」雲智逃避問題。「老實說，事務所下個月要收掉了。我沒打算再接案。」

『假如你肯接下，我願意給你五十萬報酬。』

「五十萬？」雲智驚呼。

『不夠嗎？我可以追加，看你需要多……』

「我不是這個意思。妳為了研究，不惜投注那麼多錢？」

『如你說的——研究，是我的工作。』

雲智無法那麼快給出答覆，於是請宛晴給他時間考慮後，掛了電話。

雅蘭一直在身旁。她問：「是鍾小姐嗎？」

「是她。」

「我聽到，五十萬是……？」

「我接她這件案子的酬金。」

「哇，太棒了！有這筆錢，事務所就能繼續了，對吧？」

雲智閉起眼思考，喃喃道：「我已經、已經不知道該怎麼做才好了。」

「老闆，至少，你至少先去會見當事人吧，見過之後再決定也不遲啊。」

「我不知道……如果、如果說真要我去做……」雲智低頭，以掙扎爬出深井的氣力講出口：「我想不管怎樣，我必須先去一個地方。」

隔天差不多下午一點時，雲智頂著午後高照的豔陽，手上提著禮物，佇立於稍遠一點的人行道上，躊躇不前，盤算著待會該說什麼話。從這裡看過去，店裡擺放各種款式的腳踏車和機車安全帽，靠近門口的大木桌上置有琳瑯滿目的太陽眼鏡，以及用透明塑膠袋封起來的各式口罩、雨衣雨鞋，門邊還掛上了幾款耐磨損的機車坐墊。

俐芳的父親春暉站在店門口，手執一頂安全帽，向客人說明新式的扣帶，然後他動作靈活地從玻璃架上拾起另一頂，給客人試戴。春暉的妻子文淑坐在玻璃窗內面的工作台後方，正用起子拆卸帽上舊的遮陽鏡片。

她安裝好新鏡片後，站起身，走到門口時，瞥見了雲智，忽然一臉驚喜，喊叫：「阿智吶，你來了怎麼不進來呢！」春暉一聽聲音，也轉頭朝雲智的方向看，眉毛挑得老高，問道：「你不是上上禮拜剛來過？我以為要等月中、月底才會再見到你啊，今天怎有空過來？」

「爸、媽，不好意思。」雲智走向前，匆匆應答：「我、我看你們正在忙。」

「來來來，先進去坐，等我忙完……」春暉攘臂輕推著雲智進店裡，回頭繼續招呼客人。

收銀台旁邊是一台電視機，音量不大，正在播送新聞。電視機前方的方桌上擺放了四、五個餐盤，裝盛幾道簡單的家常菜。

雲智進去後，將手上的提袋交給文淑，說：「媽，這是妳跟爸年初的時候說到的，你們愛喝的高山茶。這三罐是我特地去挑的，今年剛採收的春茶，泡起來應該很回甘，可以回沖好幾次。」

「你還記得喔，」文淑臉上添笑，「那個大什麼嶺……」

「對，」雲智把袋子轉過來，指著上面的字，說：「大禹嶺茶。海拔兩千五百公尺的茶。」

「哎唷，你每個月來看我們，我們就很高興了，每次還帶那麼好的東西過來，你下次省點錢自己花，知道嗎？」

「沒關係啦，只要看你們開心就好。」

文淑笑著從袋中拿出其中一罐硬塞給雲智，要他拿回去自己泡好茶來喝。雲智婉拒說自己沒在喝茶，又把鐵罐放進去袋內，堅持要她收下。兩人正相互推促時，春暉捏著幾張百元鈔票走進來，一見到茶罐，便隨意揉揉鈔票、放入口袋，加快腳步過來，面帶欣喜地說：

「吼，這很貴捏。」

「爸很識貨喔。」雲智微笑回應。

春暉手指撫著茶罐，問：「阿智，你今天怎會有空？」

「沒啦，就……」雲智猶豫了幾秒。「就是我有話想跟你們說，順便帶你們愛喝的過來。」

「是唷，你是有什麼話想講？」春暉問。

「我們剛要吃頓中飯，客人就來了。」文淑去電視旁的碗櫃，多拿出一雙筷子，回頭問：

「來，你要不要跟我們一起吃？」

「我下午事務所還有事要忙，時間不多。」
「你忙歸忙，身體也要顧捏。」春暉用慈父的口吻叮嚀。
「我知道。」雲智要春暉先坐好，說：「爸媽你們吃就好，你們吃沒關係，我一邊說。」
文淑按遙控器，一面說：「我把聲音轉小一點。」
不料，電視聲音變得更大聲。
「妳是沒住這裡，不知道遙控器壞了喔！」春暉對文淑嚷嚷：「直接按電視啦！」
「別吵啦！我知道按哪裡啦！」
正當兩老為遙控器起了日常的小爭執時，新聞主播的聲音清晰傳出——
『震驚全台的高雄蹦蹦龍割喉命案，凶手陳文慶在落網後曾嗆說，在台灣殺一、兩個人不會被判死。結果，地院一審判決他無期徒刑，果真讓殺童凶手逃過死刑，被害男童的家屬……』
文淑切掉了電視畫面。春暉捧著飯碗，隨口說：
「那男孩子死得真慘。姓陳的凶手該死啦！」
「就是說呐。」文淑應和著：「隨便說殺就殺的，真是畜生……」
「阿智，你剛剛說有什麼話要跟我們講？」春暉又問一次。
這麼一問，雲智頓時語塞。主播的新聞報導彷彿是雲智今日的開場白，而兩老對於蹦蹦龍一案表現出來的態度，恰似雲智即將得面對的反應。
不過，該面對的終究躲不開，雲智於是鼓起勇氣開口了。
「如果沒意外，我……我可能會成為陳文慶的辯護律師。」
這是他昨天徹夜思索後，心中得出的結論。
「誰？」文淑問完，停住一刻，然後納悶地指向電視再問：「他？」

雲智點頭。

春暉一時愣住，突然放下碗筷，語氣轉為嚴肅地問：

「怎麼回事？你要替那個隨便殺小孩的人打官司？」

雲智將昨天鍾宛晴來訪並提出請求的事情全盤托出。

「你是為了錢嗎？你要為了錢，出賣你的良心嗎？」春暉馬上出聲斥責：「才幾十萬，就可以讓你忘了我們家俐芳可憐的遭遇！」

「不是的！」雲智解釋道：「我昨天也很苦惱……可是，爸，我認真想了一晚，我真的想查清楚，為什麼這種人會隨便殺人、會覺得殺誰都可以。」

「你如果成為那種人的律師，以後不要再叫我『爸』了。」春暉以彷彿遭到背叛的口氣嚴厲地說：「要是俐芳在天上得知你要辯護的對象，她會怎麼想？你有沒有想過她那時候死得不明不白的，有沒有？」

「我不清楚芳會怎麼想，她說不定會恨我。可是，芳、還有那個小男孩，就是因為他們都死得不明不白的，我才希望自己或許能做點什麼事，或許……我能幫忙專家做研究，好阻止類似的事件又再次發生。」

春暉聽到此，滿臉肅容，像生著悶氣，站起來走到玻璃窗邊。

「俐芳她……我這麼辛苦把她養到大……」文淑的眼眶堆起了淚。

「媽，我知道……」

雲智明白，過去的回憶再度於文淑的內心被喚醒。他靠過去擁住她。

「電視……凶手的新聞報一個禮拜了，我不想看到，它還是沒停地一直在播……」文淑低下頭，滑落了幾滴眼淚，悲哽地說：「結果……結果你說要去幫凶手打官司……不管你的理由是什麼，你知不知道記者很厲害！他們會不會調查你的背景？挖出俐芳遭遇的事？他們會不會在報紙頭條寫說你是沒血沒淚的人？我、我……我是擔心你呀！被他們亂寫怎麼辦？我知道你是好孩子啊，本來可以當俐芳的好先生、小孩的好爸爸的，結果……」

「媽，對不起……」

雲智來回拍撫著文淑的肩背，忍住不讓自己的淚水掉下。

他知道，事件的陰影始終都在，否則文淑不會說著說著，眼淚愈流愈多。

「不要去幫那種人、不要害自己，好不好？」文淑抬頭凝視雲智，雙手緊抓著他兩邊的手肘，又說：「難道不能是別的律師？一定非得你去做嗎？」

雲智反過來輕輕握住她的兩隻手，直視她，勉強保持鎮定地說：

「就因為是我，我才更能體會被害者家屬的苦痛。我們身為被害者家屬，還有那男孩的父母，我們為什麼一定得經歷這種事情？為什麼要承受難以化解的苦？我、我想要弄清楚這些為什麼。」

說完，他轉念思考著——自己同是悲劇那方的家屬，應該更能和肇事者陳文慶保持距離，用更客觀的角度分析他的殺人動機。

文淑的臉先靠著雲智的肩膀，接著頭頂幾乎埋入他的胸膛，無力地微微顫抖著，又拚命搖頭。

雲智察覺，自己的襯衫濕了，文淑的淚漬逐漸擴大。

但他沒動搖，反而努力抬頭挺胸，抵住文淑的重心，不讓她倒下。

春暉側身背對雲智，忽然抓起一只遮陽鏡片，面對玻璃窗說：

「很多人戴安全帽，覺得鏡片能夠隔絕冷風、擋灰塵，可是使用的時間一久，鏡片一定會磨損，視野變得霧霧的，看不清楚，連路上挖了一個大凹坑也看不到。」他轉身面向雲智，質問他：「你能保證自己戴上一層鏡片後，永遠能看得清每一條路要怎麼走？不會走偏？不會因為律師費而替他脫罪？不會因為變成他的律師，而看不清他確實犯下的罪？」

雲智的眼淚依然滯留在眼角。

從受害的一方跨步出去，欲向前走到理解加害的一方，他知道這邊沒人願意送行。但是，他仍勇敢抬頭面對春暉，堅決地說：

「無論我接下來的路走得多遠，我都不會忘記自己也是一名受害者。」

他站在這邊，從沒原諒過朱健宗，此種態度不曾改變。因此，他相信自己涉入另一邊後，不管遇到什麼情況，也絕不會同情陳文慶。

雲智和兩老的談話，彷彿低氣壓臨至，即使到他離開前，氣氛仍舊相當凝重。可是，他終究得向兩人道別，並說了自己下個月還會來看他們。

回到車上，雲智雙手緊握方向盤，眼睛直視前方擋風玻璃，卻遲遲未發動引擎。

叩叩……有一手指指節敲擊右前側車窗，接著那人彎身低頭。

原來是筱芳。她抿著唇，看起來很緊張。

雲智傾身開門，說：「我以為妳不在家。」

筱芳迅速坐進車裡，猛力關門後，說：「我在樓上。全聽到了。」

雲智轉而看向前方，點頭嗯了一聲。

「請你不要為陳文慶辯護！」她情緒激動，像是喊叫，又像是哀求。「我、我真的不願意看見你……看見我的妹夫成為殺人凶手！」

「什麼？」雲智轉頭望著她，困惑地問：「妳在說什麼？」

「醒醒吧，陳文慶不是朱健宗！」

「當然不是，妳、妳想說什麼？」

「你如果真的替陳文慶辯護，你涉入得愈深，就愈可能挖出更多事實，那些事實會讓你迷亂，然後你會錯把過去對朱健宗的恨意加諸在陳文慶身上。到時候，當局者迷，你會把兩件案子重疊在一起，自然也會產生兩倍的……不，你的內心會生出超過兩倍的仇恨，接著再下去就會變成殺意了。」

「我不會……」

「你一定會的！」筱芳大聲喊完，又問：「之前，你從沒想過殺掉朱健宗嗎？」

雲智鎮定地說：「有。我當然想要法官判他死……」

「我說的不是法律！」她再次搶話，尖聲問道：「你難道從沒有——想要為俐芳，親手殺了朱健宗——你沒有產生過這種念頭嗎？」

雲智無語。他默認了。

「你面對陳文慶，真能保持客觀嗎？你真的不會有殺了他的衝動嗎？」筱芳咬著唇，眼角滑落了幾滴淚，雙手緊抱住自己的胳膊，顫抖地說：「俐芳、朱健宗、遊藝場的那個孩子……已經發生太多死亡了。我、我不想要看到，和我家、和我親近的某個人，壓制不住仇恨，最後變成凶手……所以，我求求你，就此打住……求你好不好？」

「我就是見到了這類死亡和殘酷不斷發生，才會下定決心，要去探究原因，終止隨機殺人，阻止同樣的事情又再發生。」

雲智伸出手，輕拍她的肩臂，說：

「筱芳，謝謝妳的關心。妳放心，我比妳心中所想的那個余雲智來得更堅強。我相信自己一定能保持客觀的態度，追出陳文慶的殺人動機。」

筱芳下車後，雲智離開了俐芳的父母家。

在岡山南路要接上一號省道時，他停了下來，搜尋來電號碼，回撥給鍾宛晴，請她到事務所一趟。接續，雲智開上筆直的省道，一路向南駛進高雄市區。

他穩穩操控著方向盤，決斷的行動力表明了他的意志。

今天他的運氣不錯，從岡山至市區只要二十多分鐘，途中幾乎沒有塞車。

當他進入事務所，宛晴早在沙發上坐好，正翹首等候。

雲智請她進洽談室。兩人一坐下來，宛晴便從公事包拿出一只牛皮紙袋，壓在桌上，說：「余律師，真高興你改變主意。」她將紙袋豪爽地推向雲智，說：「先感謝你。這裡是五十萬。」

雲智瞄了一眼紙袋，手也沒碰，然後直視宛晴，問：

「妳是他的誰？」

「誰的誰？」宛晴雙眸睜亮。

雲智更正自己的提問：「妳跟陳文慶是什麼關係？」

「……」宛晴別開臉，閃避雲智的目光。

「妳是不是他的三等親？或二等親？」

「我跟他沒有親戚關係。你……為什麼……問這個？」

「我昨晚在網路上搜尋新聞，我發現陳文慶一審沒有請律師，而是由法院指派公設辯護人。」

「對……對啊。他一審的時候很明確說，他是想要吃牢飯才去殺人的，希望法院判他無期徒刑，讓他可以終身吃牢飯。無緣無故殺童的這種案件，沒人想替他辯護，法院也找不到人，只好指派一名公設辯護人，這我昨天跟你提過了！」

「陳文慶的家人呢？」

「說來你可能不相信，一審羈押期間，他沒半個家人或朋友去看守所見他。」

「父母或其他親屬難道都不想管他嗎？」

「好像只有一、兩個他以前工作的工廠老闆有去探視他而已。」

「那麼問題出現了，鍾醫師，他從遭逮捕後就一直被檢方聲押，假如他要自己請律師，按常規只能透過三等親之內的家屬在外面找律師、簽署委任狀，由家屬委任我替他辯護。可是妳剛才說，沒半個親屬願意見他，那麼也就不會有家屬願意為他成為委任人。」

「所以呢？」

「按常規是三等親內的家屬得出面處理，可是有一部分被告像他一樣，犯案後，家人感到羞愧，不想替他們找律師，乾脆棄他們於看守所不顧。雖然陳文慶人在裡面，還是有其它辦法可以自行委任律師，畢竟這是被告的權利。所以我能想到的是，他可以聯絡朋友——也就是跟妳——聯絡過。他或許曾寫信給妳，授權請妳代理他在外面找律師。妳說，我的推論正不正確？」

宛晴微微皺起雙眉，深吸了一口氣，接著緩緩地拍手鼓掌，邊說：

「厲害！果然是專業！」

「還有一點，沒幾個人會因為要做研究而隨意掏出五十萬的。」雲智講完自己的推理，鄭重地問：「請跟我說實話，妳跟陳文慶到底是什麼關係？妳真正的目的是什麼？」

「文慶他……」宛晴欲言又止，隨後低聲說：「他曾來我工作的身心內科看門診。」

「妳跟他接觸過？」

「精神科把個案轉介過來給我的。我只和他見過兩次面，只聊過兩次。」

宛晴語氣沉重，娓娓交代來由。

原來，陳文慶從二〇〇六至二〇一一年間，斷斷續續去宛晴工作的醫院精神科看診，共就診五十多次。每次看診後，精神科醫生大半會開藥物給他服用，但他好像把吃藥當吃飯，既未按規則服藥，又一天沒藥物就活不下去的樣子，因此醫生後來轉介給心理師進行衡鑑、輔導，並給予心理治療。宛晴即是在二〇一一年初接觸到陳文慶。

「他那時經常焦慮、恐懼，無聊時會想自殺，常胡思亂想。我跟他幾乎沒辦法好好溝通，他是非常特殊的個案，我印象很深，但兩次會診後，他就沒再來看診了，直到……快兩年後，蹦蹦龍殺童案發生，我真的非常驚訝，不敢相信我治療過的患者會嚴重到殺人的地步……我問自己，假若我那時能為他多做些什麼、能多幫他解決內心過不去的難關，是不是慘案就不……就不會發生了？」

雲智細心地傾聽著，同時感覺宛晴心地十分善良，畢竟陳文慶殺小孩，和她沒有半點關係。此外，雲智也覺得她外在表現得非常堅強，她語帶哽咽、眼眶泛紅，糾結的表情彷佛正抑制自己的情緒、努力不讓淚水滴下來。

於是，他接著問：

「既然他後來沒去找妳，跟他非親非故的，妳又怎麼會跟他聯絡上呢？」

「一個月前，在一審判決出來之前，他在看守所裡寫了一封短信到醫院給我，說公訴律師不幫他好好辯護，還附上了一份委託證明，希望我為他找律師。我收到時非常驚訝，沒想到他記得我。」

宛晴從公事包抽出一張「委託證明書」，遞給雲智。

紙張上寫著——

「立此委託書人因在看守所受羈押，未克親自找律師辯護，特委託友人鍾宛晴君代理委託人委任律師。嗣後如有異議由委託人負責，特此證明。」

雲智判斷，這份文件應該是所方人員幫陳文慶寫的。文件下方「委託人」旁邊的空白處，已寫上陳文慶的個資和親筆簽名；而「受委託人」的欄位是不同的字跡，顯示宛晴收到後也已經填入自己的資料。最底下的日期是七月十日，的確約一個月前的事。

「所以，」雲智問：「妳現在是代理他，來委任我去替他辯護，也自願負擔律師費？」

宛晴緩緩點頭，又說：「余律師，你願意嗎？」

「為什麼不一開始就把目的說清楚？妳昨天還跟我說要研究隨機殺人？」

「我原來的目的並沒有變。」她的眼神散發出堅定的光芒。「沒錯，我是真想要知道，陳文慶為什麼會隨機殺人？他這件個案，確實是研究隨機殺人的重要素材。」

「委託證明書上明白寫著妳是他的『友人』，妳現在已經涉入其中，又怎麼能同時研究他呢？」

「主要進行研究的不會是我，而是我的大前輩田秋明，田教授。他原先是我讀研究所時的指導教授，後來到另一間大學的犯罪防治系教書，我跟他一直保持著聯絡，他也是法院經常排定的資深鑑定人。」

「妳要我向法院聲請精神鑑定？」

「你做得到嗎？」宛晴投射出充滿希冀的眼神。

雲智思索一陣，叫喚雅蘭進來。

雅蘭應該早待在門外偷聽，雲智猜想得到。

她迅速進門，問：「老闆，有什麼事嗎？」

「妳現在馬上從袋子裡抽八萬出來，仔細算清楚，然後去給鍾醫師開一張收據。」

「八萬？」宛晴目露驚異，說：「這五十萬全部是你的！」

「我只拿必要的費用，寫書狀、出庭、證據調查、律見[3]等等。雖然妳有他的委託書，是他的代理人，可以跟我簽委任狀，可是委任狀呈上去給法院時，必須補上被告的確認書，確實證明他和我之間的委任關係。所以，我會先跑一趟律見，拿確認書給他簽。但我必須強調一點，如果他本人最終不願意委任我辯護，我今天收下的八萬會全額退還給妳。」

這下子換雅蘭瞪大眼睛。

雲智不以為意，要求雅蘭繼續動作，然後接續說明：

「假如高分院二審過程中，遇到我不得不放棄辯護的情況，我會自動解除委任，也會把八萬全部還給妳。」雲智的語氣強而有力。他緩了緩氣，再繼續說：「鍾醫師，一切工作開始之前，要先請妳記住，即使我成為陳文慶的辯護律師，他該負起的罪刑，我也絕對不會有半點縱容，而且我今天答應妳的請求，最主要是為了探究陳文慶隨機殺人的動機，以及研究為何會發生隨機殺人？今後，我們又該如何阻止可能再次發生的悲劇？我希望，妳跟我的認知是一致的。」

宛晴安靜了半晌後，微微揚起嘴角，面帶佩服的神色回應說：

「名不虛傳，果然是余律師。看來，我找對人了。」

「可是，我們時間不多。」

雲智解釋，一般而言，被害人家屬若對一審判決不服，可從檢察官收到判決正本那天算起的十日內，向地院檢察署提出不服判決之聲請，並附上理由狀，請求檢察官上訴；然而，依據《刑事訴訟法》第三百四十四條第五項規定，陳文慶被宣告無期徒刑，屬非常嚴重的罪刑，因此原審法院不用等待檢方上訴，即可依職權逕送該管上級法院審理，並通知當事人。再者，蹦蹦龍案是社會矚目的大案子，法院一定會加速審理流程。

「大概多久後會開庭？」宛晴問。

「我想會是八月底，或九月初，很快。」

當天下午，雲智和宛晴簽完委任狀後，趕緊要雅蘭去法院辦理更換辯護人、查閱案號和調卷，自己則上網下載表單，傳真至看守所預約律見時間。

忙於文書程序之外的空檔，他腦中開始關注起——

陳文慶到底是什麼樣的人？案件發生後，他的父母或許感到無地自容，不想替犯下殺童惡行的兒子找律師，但真做得那麼絕？連去見自己兒子一面都不肯嗎？

雅蘭回來後告知，法院此刻正在跑上訴流程，二審的案號、流水編號還沒有那麼快出來，因此還無法閱覽警詢、偵查和一審的所有卷宗，只能暫時取得判決書。

雲智拿到判決書後，仔細詳閱。其上的犯罪事實載明——

「被告係成年人，三十歲，因失業長期向親友借貸，以致經濟困窘，又認為殺人不會遭法院判處死刑，乃萌生犯案可吃到牢飯的念頭，竟然基於殺人之犯意，計畫持利刃至公共場所殺

3 律見，指律師至看守所會見被告。

害二至三名兒童……」

雲智思索，如果這真是他的犯案動機，可能是他心中存有某種錯誤的認知所導致。

事實上，審判過程中，法院曾送請高雄一間私立醫院，給陳文慶做過一次精神鑑定。判決書上摘錄了精神鑑定報告的內容，其中簡略描述：陳文慶從小個性孤僻，人際關係不佳，缺乏自信心，也缺少解決壓力的能力，習慣用逃避的方式去因應壓力，而成年後長期有情緒困擾和睡眠障礙，加以犯案前已經失業兩個多月，因此犯案當時可能有憂鬱、焦慮，以及煩躁易怒的情緒狀態。

雅蘭也讀了判決書。她看完後，對雲智說：

「我覺得，羅馬不是一天造成的。一個人今天會變成凶手，又是莫名其妙計畫去殺小孩，他會產生『殺小孩就能換到牢飯』的心態，可能和他的成長經歷有關係。」

「妳跟我想的一樣。」

「可是，精神鑑定書不過是很多描述性的用語堆疊在一起吧。」

「什麼意思？」

「成長經歷就是一個人的歷史，我這樣說對吧？既然是歷史，應該很多、很長，這裡寫得實在太簡略了。」雅蘭用手指畫了其中一段文字。「老闆，你說不定要在見到陳文慶之後，從他散發的氣場，你才好判斷他是怎樣的人，才好掌握他的動機，不是嗎？」

雅蘭說得沒錯——雲智覺得，自己必須盡快見到當事人。

從答應宛晴的請託後算起第六天，即星期四午後，雲智按預約時間一人前往燕巢監獄[4]會見陳文慶。

看守所平常日對收容人親友開放的接見時間，是上午八點至十一點、下午一點半至四點整；對律師接見的時間則沒有太多限制，只要不影響收容人一般的生活作息即可。若經檢方同意，律師甚至可隨時辦理緊急接見。

雲智準時於兩點半到總務科報到，經檢核身分及所攜文件後，門衛帶領他來到戒護區。站在門口的戒護人員捧著一塑膠盒，說：

「身上有金屬、尖銳的東西請脫掉，還有手機也是，請放在盒子裡面。」

戒護區規定，不可攜進任何通訊設備，也不能帶入食物。雲智入內前也必須接受搜身並檢查公事包內是否有違禁品。等待雲智準備就緒後，戒護員才打開柵門，帶他進律見室等候。

今天律見室人不多。雲智走著，放眼望去，只有一組律師和收容人在其中一隔間裡交談，另有一戒護員在旁邊看守。

雲智當然記得，約四年前起，為確保被告和律師可在不受干預下充分自由溝通，於律見的過程中，監所不准再錄音錄影，只能派戒護人員從旁監看[5]，而派人看守的其一目的，便是確保律師的人身安全。

即將會面的陳文慶，會對律師產生敵意嗎？——

4 正式名稱為「法務部矯正署高雄第二監獄」，位於高雄市燕巢區，常俗稱「高雄燕巢監獄」。該機關負責管理監獄，同時兼辦看守所各項業務。

5 《羈押法》原第二十三條第三項，對受羈押被告與辯護人接見時監聽、錄音所獲得之資訊，得以作為偵查或審判上認定被告本案犯罪事實之證據。該條文經大法官會議解釋後認為違憲，因此自二〇〇九年五月一日起取消原條文內容。

雲智不禁想到這個問題。陳文慶是手持折疊刀無情地朝男童頸部捅刺並割劃的惡人，光想像男童在廁所裡慘遭非命，雲智便感覺好像有幾隻螞蟻在表皮竄爬，內心滾起一陣騷然。他吞了吞口水，不得不提高自身的警戒。

此時，一位長得高頭大馬的戒護員走近，向雲智遞出一個微笑，說：「律師好，待會兒我會站在你身後，請你別介意，這樣我才好看到收容人的一舉一動。還有呢，你要給他任何東西的話，拿出來之後先讓我看一眼，如果沒問題我會再請你交給他，請記得呢，盡量不要把東西直接伸出去遞給他，這點要麻煩你配合一下。」

「我知道，我不是第一次來。」雲智從公事包拿出「委任確認書」，說：「我今天主要是要他簽這張。」

「好好，那你先放桌上沒關係。」

戒護員親切和善地說，交代完事項後便馬上離開。

過了約十分鐘，陳文慶遠遠現身，步伐遲緩。

他戴了一副黑框眼鏡，上身穿著單薄的短袖白內衣，目測應是特大號尺寸，胸前一圈橢圓形汗漬，肚腹處沾到了兩、三條鼠灰色的髒汙；下半身穿的同樣是公家發給的及膝深藍短褲，腰際綁帶看起來似乎束得很緊；此外，他兩腳踩著藍白拖，行進時跨間的距離頗大，讓雲智感覺他有點重心不穩。

另一方面，剛才那位戒護員伴隨在陳文慶的右側，從場舍至律見室，表情變得不苟言笑，略帶肅殺之氣。

「坐好！」戒護員下令後，站到雲智背後。

陳文慶在對面坐了下來。他的鼻頭上方脫皮，右耳際有一片皮癬，前額沁著汗水，沿鼻梁滑到鼻尖，搖頭晃腦的，沒對上雲智的正眼。

「你好，我叫余雲智。我會接替原先法院廖律師的工作，繼續為你辯護。」

雲智掏出名片，拿在手上並轉頭示意。待戒護員點頭後，他的手指抵住名片，慢慢從桌面上推過去置於確認書旁邊，可是對方的臉朝向斜邊，連一眼也沒看。雲智將手指抽回來，說：

「你差不多一個月前寫信給鍾醫師……鍾宛晴，記得吧？」

對方沒反應。

「你寫說，你對廖律師不滿。我可以知道詳情嗎？」

他還是沒反應。雲智找話題再問：

「如果是辯護費的問題，你不用擔心。錢的部分，我和廖律師一樣，不用你出半毛錢。」

他依舊對雲智的話沒反應，只懶懶地打了個呵欠。

這什麼態度？要換律師，宛晴也費心幫你找我過來了，你擺什麼態度？傲慢嗎？殺了無辜的男童，憑什麼表現傲慢？——

儘管雲智心裡如此想著，仍是沉住氣，再說：

「雖然你一審被判無期，可是檢察官不會放棄上訴，法院一定會繼續二審，你要有心理準備。我今天來見你，就是希望你從今後能夠信任我，我會為你的權益選擇最佳的辯護策略，你明白我在說什麼嗎？」

陳文慶的左臉顫了一下，齒間傳出微弱的「啾」一聲，好像在用舌頭剔牙。

「〇二二六，回話！律師在跟你講話，你聽到沒有？」

戒護員大概是看不下去，出聲提醒。這時，陳文慶很勉強地瞟了雲智一眼，然後低頭，盯著桌上的文件看。

「那張是委任確認書。」雲智解釋：「鍾醫師相信我的能力才會找我來。你如果同意我為你辯護，就在委任人的空白處簽名。」說完，雲智經戒護員同意後，把原子筆遞放於陳文慶眼前。

他願意簽嗎？如果不願意，自己有必要繼續說服他嗎？——

正當雲智思考接下來該怎麼做，陳文慶竟拿起筆，在紙上乾脆俐落地簽了名，又啪一聲將筆擱放回桌面。

這麼快就簽好，可見他嘴不想動，耳朵還是有把話聽進去——

雲智沒料到第一步如此迅速完成，接續的五十多分鐘應該可以切入主題，進一步了解他的殺人動機。

「小孩確實是你殺的，對吧？」雲智問。

他又是沒反應。原先是盯看桌面，現在是直接趴著。

「你計畫殺人，是想要吃免費的牢飯，是嗎？」

陳文慶的眼神顯露疲憊，同樣沒回話。

雲智把確認書抽回來，接著發問：「為什麼挑上小男孩？」「殺人時會不會緊張？」「殺人後會不會後悔？」「真的是因為沒工作，才想要殺人，好換取坐牢嗎？」「被判無期徒刑，心裡有什麼感覺？」

不過，陳文慶依然沒回覆半句話，趴在桌上，精神看來委靡不振。

大約經過了一分多鐘，雲智見他毫無反應，於是停止問話，只靜靜坐著，觀察他的一舉一動。

他大概每隔四、五分鐘便換另一邊側趴，不然就改用下巴抵靠手背。變換姿勢時，眼鏡框不斷敲到桌子。

戒護員欲出聲喚喊，號令陳文慶注意前方，但雲智擋了下來，說沒關係。

雲智和他彼此相對而坐，就這樣過了快半小時。

此過程中，雲智猶如初學禪坐的修行者，他不但得面對看似毫無知覺的隨機殺童犯人，還得直視自己內在的心魔，努力試圖刪除陳文慶和朱健宗之間的等號，並排除對他的厭惡感。

假如先忽略他的犯行，只從一個正常人來檢視他的舉止，會不會比較好？——

雲智頓時生出此種念頭。從這個想法出發後，他直覺認為眼前的男性並不像成年人，反而像是沒有經過社會化的孩童，不了解自己的處境、不懂得什麼時候該做什麼事情。

那麼，若嘗試站在陳文慶的角度思考，他現在想要做什麼呢？他又會需要什麼？

雲智不禁開口，問：「你很想睡覺嗎？」

沒反應，他繼續趴著。雲智又問：

「你在看守所這裡睡得好不好？」

這時，右臉死黏在桌面的陳文慶突然拋來斜眼，看了雲智一下，然後動了動嘴唇，說：

「蟑螂、螞蟻、老鼠都會乖乖聽我的話。」

「啊？」雲智被突如其來的話語嚇到。「你說……什麼？」

「因為我是聖人，你們只是凡人。」

「聖、聖人？」

「嗯啊，但我是很沒有用的聖人。」他將手指伸入鏡片後方，揉了揉眼睛，說：「聖人能領悟世上的真理，不然就不是聖人了。我的想法已經到了聖人的地步，但現實世界的我卻是一事無成。」

雲智力圖抓回話題，以提醒的語氣問道：「你知道自己接下來還要面對審判嗎？」

「知道啊，但法律是人訂的，人活得開心就好，何必在意對錯？」

雲智試著專注於他說的每一句話，可是前後的邏輯兜不起來。

「你知道……自己殺了小孩，可是不覺得自己有錯？」雲智反問。

「小孩被殺是上帝的旨意。我要是沒殺他，也會有其他人死，一切都是注定的。」

「什麼？」

「你知道美國的蝴蝶吧？」

「美國的蝴蝶？」

「有一隻蝴蝶，在美國拍了拍翅膀，沒過多久，台灣就會有颱風進來啊。蝴蝶會造成颱風，每件事物都有關係、都會互相影響啊。」

「你說這話的意思是……？」

「我殺了人，記者就會出門採訪，說不定他去買東西吃的時候剛好拿到了兩千萬的發票啊，他不就會很感謝我？」

「感謝？你……」

「我是進化過的所以我知道，畢竟我是真理教的啊，我人在台灣就是教主。」

「什、什麼進化？教主？……你、你在說什麼啊？」

雲智被左右跳躍的陳述牽著跑，完全搞不清他想表達的意思。

「唉，你不懂啦！」

他說完，又將額頭卡在桌上的指縫間。

這些話，有誰真能聽得懂？——

雲智轉頭看向戒護員，只見他無奈地皺起眉、搖搖頭。雲智於是再轉回來面對陳文慶，說：

「我重新問一次，你殺小孩的目的是什麼？」

「……」

「真的是為了被關進監獄，好換牢飯吃？是不是這樣？」

「嗯啊……」他嘴裡簡答時，微微挪動額頭，手指的關節因摩擦而啪嚓了兩聲。

後來，他再沒說什麼話，懶洋洋繼續換姿勢趴著。

雲智無法再跟他對話，起身朝戒護員說：「今天先到這裡吧。」

事務所裡，雅蘭口中的咖啡差點噴出來。她趕緊掩嘴，嚥下去才說：

「他真的跟你講了那麼無厘頭的話喔！」

「簡直是瘋子。」雲智說：「扯什麼他是聖人、真理教教主的！」

「真理教？不就在東京地鐵放毒氣的那個案子[6]嗎？」雅蘭偏著頭，繼續說：「我記得毒氣害死了好幾個人，好像沒有選擇特定的目標。」

「對，還有好幾千人受傷，唉……」雲智感到無奈，拚命搖頭。

「至於他說的——」雅蘭繼續說：「遙遠的蝴蝶拍動翅膀，間接會使台灣發生颱風——這種說法也真的存在哦。」

「我有印象，好像有部電影和這種學說同名，叫……」

---

6 日本的奧姆真理教，於一九八四年創立，其教義極端，且充滿恐怖主義。教徒從事的違法活動，包括私刑殺人、綁架監禁他人致死、不止一次散布沙林毒氣殺傷人。其中最為人所知的是，真理教教徒在一九九五年三月二十日上午有計畫地於東京地鐵通勤尖峰時段施放沙林毒氣，結果造成十三人死亡、超過六千三百人輕重傷。此案轟動全球，可歸類於隨機殺人事件。

「蝴蝶效應。」雅蘭偏著頭，說：「看似毫不起眼的現象，在難以預測的混沌裡，最後可能會產生強大的效果——我記得大概是這樣講的。」

「對。是蝴蝶效應沒錯。」雲智緊握拳頭，情緒激憤，「但陳文慶他是真懂還假懂，我不管。總之，我出看守所之後，我其實很氣。」

「氣什麼？」

「就覺得……小孩被這樣的瘋子殺掉，真的死得很冤枉！」

「唔，老闆，你想一下哦，他今天為什麼會變成這樣？」

「我不知道，他的話不是常人能理解的。」

「我不是說你能否理解的問題。除了講那些無厘頭的話之外，沒錢也找不到工作的人，一般不會去殺人吧？他為什麼跟正常人的想法不一樣？」

「莫非妳想說，他從小腦袋就出了問題？」

「這要去調查才知道嘍。我只是在想，如果他小時候腦袋出狀況，譬如說頭腦生了病，那他為什麼不是小時候、或國高中階段就殺人，一直要拖到了三十歲才去殺、去犯案？」

難不成存在什麼重要的觸媒，導致他殺人嗎？——

雲智問：「妳今天去調卷了吧？」

「還有一些資料，我明天會去印完。我說啊，老闆，開庭之前，除了讀卷宗，你要不要去找之前的公設辯護人聊聊？問問她怎麼跟陳文慶互動的。」

「廖律師嗎？」

「我知道她喔！廖雯靜，在法院裡看過她好幾次，不過她大概忘記我了。我大學修學分的時候，她有借過我筆記，就一次而已，大我一屆還兩屆吧，人不錯哦。」

「都幾年前的事了，妳記性真好！」

雲智拋出一句褒獎，雅蘭的臉馬上紅了起來。他回頭嘆道：「說實話，我從沒遇過像陳文慶一樣的當事人，的確有點不知從何下手？該走怎樣的辯護策略？」

「啊！我想到了！」雅蘭忽然食指朝天，腦袋上方像有顆燈泡發亮。「這邊的法扶律師，好像有一位專打這種被告的精神狀況看似有問題的案子，要不要我查一下，讓你多參考一點別人的意見？」

雲智點頭說好，能盡快擁有更多資源自然是求之不得。因為他已經收到法院來函，即開庭通知，第一次準備庭將於八月三十日進行，時間只剩十來天，相當緊迫。

「完全完全沒法溝通！」

廖雯靜才在雲智對面坐下、點了杯咖啡後，馬上脫口說了這句話。

「廖律師，妳是指妳跟陳文慶，對吧？」雲智問。

「是啊，說話顛三倒四的。」廖雯靜壓低音量，悄悄說：「我若不是吃公家的飯，根本不想為他辯護呢。」

公設辯護人隸屬法院，只要是被檢察官起訴三年以上有期徒刑的犯罪嫌疑人，或被告有智能障礙、低收入戶等條件，沒能力請得起律師，又或選任辯護人未依庭期到場，法庭便會指派公設辯護人協助被告辯護。不過，公設律師得負責的案件數非常多，在每樁案件裡所投注的心力不一，雲智相當清楚。今天約她會面，當然不是要談她為被告該盡的義務，主要是想了解她如何和陳文慶進行溝通。

不料，兩人正式交談的第一句話，同樣指向雲智眼前的困境。

「我拿公家薪水為殺人魔辯護，沒人會說什麼閒話，倒是余律師你啊，自由接案的，能快收手就快，別送上委任狀，要聽我的勸啊。」

「這件案子其實……我已經拿到原審資料了。」

「哇？」廖雯靜先是驚訝地拍桌，然後像在葬禮告別式中以深表遺憾的態度說：「慘了慘了……唉，難怪你要找我……」

雲智不願中斷此次交談，仍想得到一些相關的訊息，所以他問：

「妳剛說陳文慶說話顛三倒四，是指……？」

「他不是有做精神鑑定嗎？做完後就要我傳喚他在看守所認識的人，要獄友作證。」

「作什麼證？」

「就講說那名獄友在陳文慶做精神鑑定前，有教他選擇題和是非題要怎麼亂寫。好嘛，他要我傳人我就傳，我也跟法院陳報了。結果呢，他又說他想起來了，講說那名獄友其實沒有教他亂填，就又叫我不用傳人。」廖雯靜的鼻孔看來似乎在冒氣，接續說：「還有就是，講到他前女友，也是一樣。」

「什麼狀況，可以說說嗎？」雲智問。

這時，服務生將咖啡送到桌面。

廖雯靜先啜了一口，接著提到，陳文慶有一位交往了六年多的女友，姓曾。當初兩人交往後，陳文慶即搬出老家，在外租屋獨居，後來他在犯案前四個多月，曾姓女友向他提分手，他也沒挽留這段感情。

「他跟我說，前女友跟他在案發當天早上，兩人約在一間連鎖的咖啡蛋糕店見面。」

「兩人見面，跟案情有什麼關係？」

「他自稱犯案當天有吃精神藥物，而且還是吃四、五倍的藥量喔，然後，他就要我傳前女友到庭作證，說前女友知道他吃了很多藥。」

「妳有按他的要求傳人嗎？」

「當然有啊，我想說，好嘛，吃藥過量，可能當時精神真的異常，用這個方向辯護，看這項證據能不能對他有利一點。結果呢，前女友到庭，的確是說陳文慶隨身會帶著藥，有事沒事就會吃，而且很容易緊張啊、恐慌啊，吃藥之後會好一點，而且兩人確實是有一起吃早餐沒錯，但絕不是案發當天，而是三、四天前的事。他完全完全都在亂說嘛，我當律師的人是要怎樣幫他辯護！」

「好幾天前見面，那時陳文慶也在吃藥嗎？」

雲智閱讀卷宗時，對案情的了解是，陳文慶最早在二〇〇四年開始，至少去過五間醫療機構的精神科或身心內科就診，有的醫院診斷他有「精神官能性憂鬱症」，有的診斷他是「社交恐懼症」，其它門診的診斷還有「睡眠障礙」、「潛伏型精神分裂」，以及非屬精神科領域的「大腸激躁症」，而且醫院也曾開給他一個月份的慢性病連續處方箋。一審時，法院依廖雯靜的聲請，調取了陳文慶就醫的相關病歷資料；宛晴也提過，陳文慶時時刻刻都在吃藥。因此，雲智不得不相信，他確實長期藥不離身。

「我有問啊，可是呢，她就說時間隔太久了，她忘記了。」

「兩人分手之後，還會像朋友一樣見面，感情應該沒淡掉。」

「不是不是！她在法庭上說，她已經和陳文慶一陣子沒聯絡了，因為陳文慶之前會狂扣她電話，她一直躲著不想見面，後來是認為他應該有什麼重要的事情想講，才會跟他見個面。結果呢，陳文慶居然又說謊了。」

「這次又說了什麼謊？」

「他跟前女友說他要去中國大陸工作——完全沒這回事嘛！」

廖雯靜雙手一攤，向雲智說：「聽我的勸，你最好看準時機抽手。社會大眾不會原諒這種殺童又愛說謊的犯人的。你幫他辯護，對你沒好處。」

接著，廖靜雯表示自己下午還得為一樁毒品交易案出庭，喝完咖啡即匆匆和雲智道別，留雲智一人待在座位上。

他懷疑，陳文慶反覆說謊的動機是什麼？他寫信給宛晴要找律師辯護，但和律師實際見面後又擺出毫不在乎的態度，難道想換律師是一個月前的念頭，而現在又反悔了？宛晴，和自己，都遭受了他謊言的愚弄嗎？

雲智回想廖雯靜前一刻說的話。陳文慶和前女友交往了六年，時間不算短，一般情侶可能早就結婚了，但前女友卻選擇分手，原因是什麼？陳文慶在犯案前三、四天找前女友，騙對方說自己要去遠方工作，會不會是預示自己將犯下大案的前兆？

正當雲智困惑難解，剛好雅蘭來電，說：

『老闆，我剛聯絡到那位法扶律師嘍。他很熱心哦，比較想當面跟你聊，但他現在人在台北，後天二十一號週三才會回來，如果可以就約週四早上九點，你覺得呢？』

「好，可以，我時間上沒問題。」

『他聽你接下這件案子，很願意提供自己的經驗分享唷。』

「他叫蘇……妳跟我說過，我一時忘記他的名字了。」

『蘇瑞陽。祥瑞的瑞、陽光的陽。』

「好，謝謝。我會好好跟他聊。」

『我馬上跟他約。』

「先等一下！」雲智趕在她掛電話前，說：「妳先幫我翻一下資料。」

『什麼資料？』

「關於證人的資料。陳文慶的前女友，她的地址。」

雲智身旁的女子名叫曾姿如。她臉覆輕妝，戴著秀氣的無框眼鏡，留一頭短髮，以深紫色的橡皮髮圈綁在腦後，雖然和雅蘭同齡，但看上去比實際年紀成熟六、七歲以上。她朝四周掃視了一回，然後和雲智同時在長板凳坐下。兩人之間相隔的距離差不多是兩個成人的身寬。

「你想問什麼？要我出庭我也去了，你們到底還要我做什麼？」她低聲問。嗓音有點沙啞，頗富磁性。

「我想請問一些……大家在法庭上比較沒有興趣知道的事情。」

雲智剛才一到曾姿如的家門口，她正好開門要出去。聽雲智表明身分，她扶著門扉，先回頭朝屋內瞧了一眼，深怕裡面有人聽見似的一臉緊張，又馬上跨出門，匆匆闔上門，將雲智帶到附近沒幾步路、也沒什麼人的小公園。

「希望這是你們最後一次來找我。我和他在七月時就分了，我有自己的生活要過，他後來弄出那麼大條的事，不是我的錯吧？」

「他必須為自己的行為負責，妳沒有半點錯。只是……我可能直接一點，妳別生氣。我想冒昧一問，你們交往了好幾年，妳為什麼會和他分手？」

曾姿如看向靜止的鞦韆，凝滯了一下，說：「他像小孩子一樣，不會管理自己的情緒。我曾想過要跟他一起成長的。我承認，我自己有時候也會比較幼稚，可是他一直一直長不大。我總覺得他需要我的時候，比我需要他的時候多，我會覺得……和他在一起，我很累。」

「怎麼說呢？」

「他常會突然半夜的時候打電話給我，說他很怕。」

「怕什麼？」

「怕黑、怕暗，怕靜悄悄的環境，怕自己一個人獨處，還有他會怕……他想自殺不成，又怕死不成。」

「然後，他會打給妳？」

「嗯，說很想我、很想聽我講話。但是他、他也要自己想辦法啊！不能每次都靠我，我也要工作，也需要睡眠，我不可能每次都衝過去他家陪他睡。」

「你們常見面嗎？」

「一星期會約會幾次。」

「所以你們沒有同居？」

「沒有。」

「妳上次出庭說，他隨時都會吃精神藥物，是嗎？」

「嗯，他身上不能沒有藥，常會去看精神科。」

「妳沒陪他去看診？」

「沒……沒有。你這問題，上一個律師在法庭問過我了，我不清楚他吃了什麼樣的藥。」

曾姿如摸了摸後腦，接著轉身背對雲智，摘掉髮圈重綁，邊說：「在我和他交往前，他好像就是那樣了。」

「妳說的那樣，是什麼意思？」

「他時不時會生氣，情緒很不穩定。」她綁好頭髮，重新轉過身來。「和他一起吃泡麵時，他自己不小心撞到保麗龍碗，只是湯灑出來一點就不開心，其實只要拿抹布擦乾淨就好了，他不是，開始坐著、低頭不講話，和他吃飯的氣氛變得很差……那只是其中一件小事罷了。」

「還有？」

「很多。他有時候暴怒起來，會用拳頭打牆壁木板，記得有一次他生氣打玻璃，結果把自己手掌的三條韌帶割斷了，我看他這樣，真的愈想愈可怕……沒錯，他是有用藥物在控制自己的行為，他自己也知道這樣會嚇到我，但是我真的會懷疑……」她停了下來。

「懷疑什麼？」雲智問。

「和他在一起，他能給我什麼幸福？兩人能有什麼未來？」

假若如此，當初她是如何看上陳文慶的呢？又怎能在一起六、七年？——

雲智謹慎地問：「你覺得他不能給妳幸福？不是妳想要的男性？」

「我鼓勵過他啊！」姿如講得激動起來。「我要他去培養一技之長，可是他說他找不到！工作也一個換一個的！」

「那麼，你們怎麼認識的？」

「問完了嗎？」她語帶強硬，表情不願回答。「我……我還有事情要忙。」

「不好意思，我可以問最後一個問題嗎？」

曾姿如猛地站起身，顯露出不耐，急切說：「還有什麼問題？」

「我知道你們已經分手了，可是我聽說他在看守所，都沒人去探望。妳現在不會想去看看他嗎？」

她搖搖頭，答：「和他分手後，我已經要他別再天天打電話給我了，而且我已經……我有新的男朋友了，不想再和他牽扯什麼關係。」

雲智能理解，她的態度並非無情，而是避免麻煩，畢竟陳文慶犯下的惡狀全島盡知，輿論難免會影響她往後的生活。她若是完全無情，便不會於陳文慶犯案前幾日，仍答應和他相約見面。

她向前走了兩步，停下來，背對雲智說：「請你們不要再找我了，好嗎？我不想再聽到有人提起，說我是殺人犯的前女友。」

說完，她頭也不回地步出了公園。

和法扶律師蘇瑞陽預定會面的前一天，雲智再次去見陳文慶。

他依然無法和雲智正常溝通，盡胡扯他殺人是上帝的旨意，還聽到上帝在跟他說話，至於他自己則是肋骨都黏在一起、經過進化後的人類。

不過，當雲智說到他去見過曾姿如時，文慶的眼眸裡瞬時閃過一道光，僅僅一秒，他又立刻閉起眼、垂下頭，開始用手指摳抓鼻梁。

「你……不想知道她的近況嗎？」雲智問。

文慶換手搔右耳，過了很久才答：「我對她沒什麼強烈的感覺，沒有了。」

「你想要她來探望你嗎？」

「二叔死掉的時候，也沒有。」

「二、二叔？誰？」

「世界就是這樣了，我有什麼辦法。」

雲智抓不到他的說話邏輯，和文慶的對話實在接不下去。

以往的委託人，經過一輪庭審，以及每次出庭前透過雲智詳細的說明後，大多能明白審理的大致流程，很快能進入狀況。但此次面對陳文慶，以他現今的外在表現和態度來看，雲智不敢保證他的認知清楚，很可能無法充分和自己合作。

回到事務所，雲智繼續翻看一整疊殺童案的資料。

「幻聽、妄想……他會不會在裝病呢？」雲智自言自語。

雅蘭人在電腦前，問：「你是說——詐病嗎？」

「妳看，這份是一審時醫院做的精神鑑定報告。結論說，陳文慶犯案時雖然存在憂鬱、焦慮的症狀，但沒有脫離現實，也不是藥物濫用引起的。還有，他的理解和判斷能力沒缺損，也沒缺乏『殺人是違法行為』的辨識能力。」雲智將報告丟到成堆的文件裡，內心忿忿不平。「然後，他今天跟我說，犯下這案子不會影響他成為聖人！再不到十天就要開庭了，他打算裝傻裝到什麼時候！」

「他和鑑定人會談的紀錄裡，有出現他跟你講的那些話嗎？」

「就是因為沒有，我才懷疑他現在在裝病。」

「之前的廖律師，她用的是什麼辯護策略？」

「除了聲請一次精神鑑定，我看不太出來她規劃的辯護方向，不過這很正常，公訴辯護人的策略向來較偏被動，被告要求什麼、律師就做什麼，會積極探究原因的人很少。」

「就算私人執業律師，好像很多也是這樣耶。我看哦，只有你最用心了。」

「我其實懷疑自己是不是上了賊船，中了陳文慶的計。明明是他要找新的律師辯護，現在卻不認真，擺出一副根本不想理我的樣子。」

「那你為什麼想去找他前女友？」

聽雅蘭這麼一問，雲智翻出一審時的各項資料。

首先，陳文慶犯案是在去年十二月一日。曾姿如作證，說自己在去年七月向陳文慶提分手。再者，陳文慶於警詢和檢方偵訊時，都說自己失業、找不到工作、向親友借錢也都沒還，才想要殺人換坐牢，而廖律師向法院聲請調閱他的勞保紀錄，他從二〇〇四年至犯案前的八年間，總共換了二十三家公司行號，最後一家的退保日期是去年九月十九日，確實從那天起即失業沒工作。另外，再看他最後一次去診所就醫的病歷資料，十一月七日，他告訴醫生，女友已經完全不理他。

「老闆，我……我不太懂你想表達的重點耶。」

「妳再看這份審判筆錄。」雲智指給雅蘭看。「辯護人問的這幾句……」

辯護人問：證人有否察覺被告的精神出現異常？

證人曾姿如答：應該有。

辯護人問：被告會有什麼樣異常的精神狀況？

證人曾姿如答：他好像獨處時都會恐慌，容易緊張，其它精神狀況我不清楚。

辯護人問：被告有吃藥的習慣嗎？

證人曾姿如答：他隨身都會帶著藥，隨時會吃。

辯護人問：被告吃藥前後，精神狀況有什麼不同？

證人曾姿如答：吃完藥會跟原來的人不一樣。吃藥會有改善。

「看出來了嗎？」

「咿……」雅蘭搖頭說：「沒耶。」

「我認為，陳文慶和曾姿如兩人之間有強烈的羈絆。」

「怎看出來的？」

「妳能知道某個人『獨處時』的精神狀態嗎？不可能知道的，對吧？兩人相處六年多，曾姿如一定非常了解陳文慶。他精神不正常發作時，曾姿如肯定曾在他身邊，才會知道他吃完藥之後跟原來的樣子不同，至少在分手前，她應該非常關心男友的狀況，甚至可推斷她曾見過男友暴躁易怒的行為。可是，陳文慶後來犯下社會矚目的大案，因此曾姿如被傳喚出庭作證時，避免跟他再有更多的牽連，不太敢回答和他相處的細節。這就是我去見曾姿如的原因，我想進一步了解兩人為什麼會分手。」

「原來是這樣。」

「換個角度來說，曾姿如很可能是陳文慶人際關係中一個重要的存在。」雲智邊思考邊說：「陳文慶七月分手、九月失業，是感情和經濟上的雙重挫折；再來，曾姿如要他別再打電話聯絡；到了十一月初，曾姿如完全不理他；再不到一個月後，命案發生。依據這些資訊，我大膽推測，和曾姿如分手一事，應該是促使陳文慶犯案的重要觸媒。」

「我想想哦……感情沒了、工作也沒了，又有親友的負債，一下子對生活失去希望？所以說，他決定隨便殺個人後，去監獄吃牢飯……這就是他真正的動機？」雅蘭向雲智投以不可置信的眼神。

「妳覺得，動機很牽強嗎？」

「很牽強。」雅蘭大力點頭。「世上也有很多人失去情人、丟了工作、背著負債，但沒人像他一樣，想去殺人換牢飯吧？」

雅蘭說得有理，但雲智陷入了難關——當事人要出庭，卻不願意配合律師辯護，連彼此溝通都出了問題。

雲智嘆氣說：「看來這次，我真的需要有人幫忙才行。」

據雅蘭的調查，蘇瑞陽和雲智兩人年紀相當，七、八年來為許多精神異常的被告辯護過。雲智依約定時間來到蘇瑞陽的事務所，見到了本人。

蘇律師的額頭高挺發亮、眉毛稀疏，戴了一副復古的半框眼鏡，但左邊的鏡架向下歪斜不正。他一看到雲智，便站向前，大方地伸手相握。他的握力適中，且笑不露齒，眼神顯得很有自信。

「余律師，你好！得知你願意接下陳文慶的辯護工作，我真覺得你非常有勇氣呀！」蘇瑞陽聲音高亢。他拉出椅子，如迎重要賓客般，說：「來，請坐！」

兩人在會談室內相對而坐，彼此交換名片、簡單自介後，瑞陽立即展現關切的態度，問：「我聽你的助理說，你之前沒打過這類精神障礙的官司？」

「對，這是我今天想和你見面聊一聊的原因。」

「我不知道你怎麼有興趣接這種案子，但無論怎樣，你必須要做好心理準備，接下來會飽受來自各方的敵視和壓力喔。」

「來自各方？」

「是呀，替精神障礙者辯護，可得遭受嗜血媒體的報導、鄉民的輿論抨擊，那還是其次。不少法官經常會貶抑有精神障礙的被告，要不然就採用冷漠的歧視看待被告，對被告的精神問題不理不睬的，還未開庭前，法官可能就先以『有罪推定』的態度在審理了。不過就我個人的經驗，對我來說，最大的壓力是來自被告本身，應該和我站在同一陣線上的被告，各方面都不和我配合吶。」瑞陽用手指彈了彈自己歪掉的鏡框，說：「嘿，看到了吧？這是我昨天到台北出庭時被打的證據。」

「被當事人打？」

「是呀，他一開庭馬上抓狂，開始咆哮法官和檢察官，見誰就罵，整場庭審至少罵了二十次三字經，狂噴口水──真的是一直吐口水喔！程序根本沒法進行吶。後來他轉向罵我，說我不認真為他辯護，最後直接朝我的臉揮拳。」

「好嚴重啊。」

「還好啦，我曾經被被告扔過裝水的保特瓶，正中鼻梁，痛唉……」

「我還沒遇到這麼糟糕的狀況，不過現在也很讓我頭痛。」

雲智開始敘述接此案以來的各種狀況，包括會見陳文慶、他的前女友、前審的公設辯護人，以及自己內心的看法。瑞陽聆聽時，眼神對視不離，偶爾打斷並提問細節，十分專注。雲智告一段落後，瑞陽摘下眼鏡，沉默地調整了一下鏡框，重新戴上，並換上凜然的語氣，說：

「你如果心懷他詐病的成見，就不適合為他辯護。不好意思，余律師，我說得冒犯點，你可能不適合為所有精神有障礙的當事人辯護。」

「什麼……意思？」雲智感受到對方有意或無意的指責。

「目前，法律上只賦予法官和檢察官兩方能將被告送去做精神鑑定的權力，而檢察官通常也不會主動要求對被告進行精神鑑定。只有被告和辯護人一方能向法官聲請精神鑑定，但合議庭同不同意又是另一回事，因為法官也得考慮，法院有沒有足夠的資金投注在精神鑑定的開銷。

在這種狀況下，其實對被告非常不利。』」

「考量到法院的預算？」

「是呀，送精神鑑定是法院的工作，要花公家的錢。法院願意做幾次，要看司法預算。通常啦，十二月比較不會去做鑑定，法官通常會拖到隔年年初才有錢去做，有時候省麻煩，乾脆能不做就不做。」

「你說我不適合，是指……我哪方面做得不好嗎？」

「這關係到為人辯護的心態。我這麼問好了，假設有一樁被告犯行明確無疑，且犯罪證據確鑿的案件，偏偏這名被告的外在表現、行事和思考邏輯又異於常人，精神可能出了什麼狀況，然後他來到了法庭上，這時候，你認為——治療他，和處罰他——哪個應該優先？」

雲智思考著，尚無法作答時，瑞陽再拋出另一問題，說：

「假如一個可能有精神疾病的被告，他即將面對的是無期徒刑，或是生命不可回復的死刑，你當他的辯護人，會怎樣替他設想？」

「可是被害人……」

被害人的生命被奪走，再也不可回復了——雲智想這麼說，卻在開口前，鯁塞在咽喉處。他意識到，自己既然是將要站到法庭上的辯護人，即必須全心全意為被告設想，也必須和自己過往曾是被害者家屬的身分切割開來。只要自己的身分是辯護人，就必須將曾經受害的心情暫時拋至一旁。

「我不知道你為什麼接下這種案件。但假如陳文慶的辯護人是我，我會希望先治療他。」

瑞陽語重心長地說：「被判無期徒刑，或是坐等死刑執行，只要被告人在監獄裡，他都無法獲得妥善的醫療。但，要是他能接受治療，或許他就有機會復原，或許也有機會能意識到自己犯下的罪行，而對被害者或其家屬做出補償。」

「聽起來，你應該是站在修復式司法[7]的那一邊。」

瑞陽點點頭，壓低音量說：「但，動不動就要求法院判死的輿論很可怕，我只會私底下說，可不敢在公開場合張揚，以免被多數民眾丟石頭砸爆頭吶。」

「我大概了解你的意思了。審判時，檢方和法院主動為被告做精神鑑定的意願很低，如果加上被告自己精神錯亂、在庭上胡鬧，就只剩辯護人能為被告爭取權益——那麼，你所指的權益，是為被告進行『精神障礙抗辯』吧？」

所謂精神障礙抗辯，即指「以精神障礙為理由的辯護行動」，可依《刑事訴訟法》第兩百九十四條第一項[8]保障被告的訴訟權益，請法院裁定停止審判程序。雲智只讀過條文和相關判例，沒實際著手辯護的經驗。

「是呀，你可以向法院提出『被告有精神障礙』的疑慮，法院就會進行精神鑑定，看被告是不是在訴訟時，因為精神障礙或心智缺陷，導致他無法瞭解訴訟程序的意義，或無法和你共同商議及協助訴訟攻防。」

瑞陽接續提到，法院面對陳文慶此重大刑案，除了「精神鑑定」以外，很可能會另外做「心理評估鑑定」，以作為法官量刑的參考。瑞陽說明時，拿出了紙筆，邊說邊畫出一目瞭然的簡

7 修復式司法（Restorative Justice），其主旨是為犯罪行為受到最直接影響的人提供各種形式的對話與解決問題的機會，包括加害人、被害人、雙方的家屬，以使加害人認知其犯行的影響，而對自身行為負責、採取直接且有意義的行動，並且修復被害人之情感創傷和填補實質損害。

8 該條文內容：被告心神喪失者，應於其回復以前停止審判。

圖和流程。兩人同為法律人，儘管對話中夾雜許多專有名詞，雲智仍很快能掌握辯護程序。

簡單說，「精神鑑定」檢視被告是否有精神障礙或心智缺陷，例如憂鬱症、強迫症、性別焦慮、思覺失調症、成癮性疾患、心智障礙等各種精神性疾病，法院可將精神鑑定委外交由專業鑑定人施鑑。另一部分，「心理評估鑑定」或稱「心理衡鑑」，則檢視被告從小至今以來的生活經驗、社會能力、自我保護能力、對現實感的掌控能力，及過往的行為模式是否與犯案時的過程一致等等，這部分須將衡鑑紀錄交給法官參考，而法官必須從紀錄中，推定被告的「是非善惡的辨識能力」，以及判斷其「自我認知與自我控制的程度」，進而論罪裁罰——例如無罪不罰，或得減刑。

換言之，除了精神鑑定的部分之外，其它必須是法官從各種資料中，推斷被告「對於犯案行為屬違法的辨識能力」以及「對於配合此辨識能力而做出犯罪行為的控制能力」是否完全喪失，或顯著減損。

瑞陽隨舉一例，說：「有一名男性個案到別人家縱火，經精神鑑定後發現他有精神分裂疾患。結果經證人指出，他縱火的當下沒有精神症狀出現，而且他自己也非常清楚縱火是不對的，這樣來看，疾病就不是他縱火的原因。」

「假如說，」雲智依此例舉出不同情況，「他有幻聽，聽到外星人叫他去縱火，他明知道縱火是不對的，當下卻忍不住去做，就是……他有辨識能力，但控制能力明顯受損……是嗎？」

「你學得很快呀。另外，法官委外做完鑑定後，你或檢方都可以聲請傳訊鑑定人到庭接受交互詰問。」瑞陽用筆尖在紙面戳點了好幾次，特別強調說：「你和檢察官到時會質詢鑑定人，這時候會是攻防的重點。」

「看來，陳文慶若是裝病，或說謊，要通過這一層層關卡的確不容易。」

雲智原本懷疑，自己會不會成為陳文慶藉裝瘋而逃罪的幫凶？經過瑞陽詳細解說後，他現在已不認為詐病者能通過各項鑑定，更何況還有辯方、檢方詰問鑑定人，以及法官的法眼。

「是呀。」瑞陽微笑說：「不過，余律師，另有兩件事得好好提醒你注意。」

「是，請說。」雲智拾起桌上的筆，在紙上準備做筆記。

「你私底下或許不相信陳文慶有病吧，我感覺得出來。不過呀，他要是到時經鑑定後真的確認有病，我希望你多多注意心理評估鑑定報告，因為報告做得完整的話，就相當是被告的精神病史、成長生活史，如何從這部分去再現被告的生命歷程，去請求法官免刑或減免其刑，絕對是重點吶，這對被告往後的人生非常重要。如果你不清楚怎麼做，可以再找我討論，只要我人在高雄、時間允許，我隨時歡迎你過來。」

「這次有蘇律師幫忙，我非常感謝！」

「還有另一點。你應該沒有精神醫學背景吧？」

「沒、沒有……沒有相關醫學知識，會影響辯護嗎？」

「別慌呀，我也一樣沒有。所以我會建議，你身邊最好能有至少一位專業的心理師協助，能看懂鑑定報告的，當顧問也好。我這邊就有兩、三位，不過他們都很忙。你看能不能自己先找找看。」

雲智點頭，心想沒問題，鍾宛晴就是最佳人選。

但雲智隨即轉念思考，疑惑自然從腦海中迸出——

法院的程序上已經有委派的鑑定人，辯方這邊為何還需要專業人士輔助？

「需要專業心理師的用意是……？」雲智問。

「唉，這是精神醫學和法律上的難題，要說清楚很花時間呀。」瑞陽站起來朝外邊看。「我的委任人已經在外面等了，不如下次好嗎？你那邊鑑定結束後，記得盡快再來找我。」

他朝雲智再次伸手相握，這次的握力比初見時更強。

八月三十日如期於高分院開庭，時間是上午，近十點。

刑事法庭內，公訴檢察官賴仕翰坐在雲智對面，從卷宗裡抽出一疊紙，低頭翻閱，不吭不笑，氣定神閒。

賴仕翰的年齡約比雲智大六歲，雲智沒有和他交手過。據律師同業的傳聞，賴檢和許多高檢公訴檢察官一樣，通常是等踏入法庭後才開始讀資料，慢慢進入案情之中；然而，只要當辯方欲提出證據，或向法院聲請證據調查時，賴檢便會想方設法阻撓，彷彿睡獅自夢中驚醒後開始怒吼。雲智不懷疑自己所聽得的傳聞，但蹦蹦龍殺童案是社會關注的重大刑案，他認為賴檢今天應該會全程清醒，極力爭執各項證據的證據能力⁹。

現在比較麻煩的，其實不是檢方，而是被告陳文慶——

雲智會這麼想不是沒有原因的。文慶被押進法庭後，剛在雲智身旁坐下來，便開始東張西望，且呼吸時胸膛劇烈起伏，不時對空吐氣。

雲智向右側身，問：「你身體感覺不舒服嗎？」

文慶沒回話，反而朝向對席的賴檢，喊道：「你！」

賴檢抬頭朝這邊看了一眼。

「對，我在叫你！」文慶接續說：「你有沒有被關過？」

賴檢先抖了一下眉頭，然後向雲智瞟了一眼，好像以眼神示意說「管好你的當事人」，隨後低頭繼續讀資料，完全不理會文慶。

文慶見檢察官沒反應，就直接趴在桌上，嘟起唇，一直對卷宗上層的紙張噗噗吹氣。如此舉動，令書記官不禁朝這邊接連掃視了幾眼。

不久，受命法官入庭就位，開始準備程序。

書記官先朗讀案由，接著法官核對人別，問：「被告，你叫什麼名字？」

「我？」文慶抬頭，指向自己。

「對，報上你的姓名。還有你的身分證字號。」

「我不用身分證，因為我是聖人。」

法官聽完，下巴於半秒內垂了半截，眼睛瞪得超大，再問：「你是不是叫陳文慶？」

文慶先猛點頭幾下，馬上又搖頭。

雲智從旁小聲提醒：「你好好回答法官的問題。」

「我要答就會答！你憑什麼叫我答？」文慶厲聲反駁後，又趴在桌面。

法官再次出聲：「被告你坐好！」

文慶默不作聲。法警走近文慶的身旁，扶正他的肩膀。

接下來，法官和雲智花了一段頗長的時間才完成這項程序。

「檢察官請陳述起訴要旨。」法官說。

「檢方不服地院一審判決，故提起上訴。起訴要旨詳如上訴書所載。」賴檢的回應很制式化。

9 檢察官欲定被告的罪責，對被告負有舉證的責任。於刑事訴訟的準備程序中，檢察官提出的各項證據，會由法院、檢方和辯方共同討論是否可供認定犯罪事實之用，即各項證據是否具備審理時的效力，此稱為各證據的「證據能力」。

「請檢察官論告。」

賴檢先提起陳文慶一長串的犯罪事實，然後說：

「檢方建請法院量處被告死刑，以慰被害男童在天之靈。」

「好，被告涉嫌違反刑法第兩百七十一條第一項殺人罪，清楚嗎？」法官看向文慶。

他盯著前方的麥克風，沒任何反應。

法官接著說：「被告，你有權保持緘默，無須違背自己的意思陳述。你有權選任辯護人……好，我看到辯護人已經在場。再來，你有權請求調查有利自己之證據。以上說的幾項權利，你有否了解？」

文慶對著電腦螢幕猛眨眼，像沙子跑進眼裡，但法庭裡無沙無風。

「被告？」法官大喊：「有沒有聽到我說話！」

他輕輕點頭，有如蜻蜓點水。

「好，被告，檢察官起訴你殺人罪，你有何意見？」

「嗯啊……」

「被告，你說什麼?大聲一點！」

雲智眼見法官的耐性快用完，等不及下個程序，直接說：

「庭上，辯護人請求代表被告發言。」

「什麼事？」法官問。

「被告自前審至今，精神狀況始終非常不佳，就像現在大家看到的，」雲智指著文慶，再轉向法官，說：「要是繼續審判，恐怕嚴重影響他的就審能力。我們主張被告可能具有精神障礙，應該依刑訴法保障被告的訴訟權益，因此辯護人在此向庭上聲請，先將被告函送精神鑑定，並請醫院表示有無立即進行強制治療之必要，如果……」

雲智還未說完，文慶突然站起來，朝檢察官瞪一眼，又轉頭面對法官大叫：

「好啦！快點啦！」

「被告，你快點什麼？檢察官起訴你殺人罪，你有何意見？」

法官幾乎無視雲智提出的聲請及理由，又將自己原先想問的重複一次。

「小孩是我殺的，我不想要審了啦！」

「你坦承殺人，是不是？如前審供述……」法官低頭翻卷，讀著說：「你沒有工作、借錢沒還，所以想殺人吃牢飯，想被判無期徒……」

「什麼無期徒刑？你快點判我死刑啦！」

「啊？」雲智不經意小聲叫了出來。

他本來想拍文慶的背，安撫他坐好，不料他說出令在場所有人都目瞪口呆的話。法官的雙眉快要皺成一團，賴檢直勾勾地望著文慶的一言一行，手指緊緊揉起上訴書，而旁聽區所有人開始嘰嘰喳喳交談。

法官用眼神掃向全場，旁聽區頓時安靜下來。

雲智急忙站起身，說：「庭上，我請求代被告發言。」

法官不理，續問：「被告，你認真地再說一次剛才的話。」

文慶雙眼瞪開，一直喘氣。從雲智的角度看，可見到他鼓脹的肚腹不停起伏。接著，在一片靜肅的氣氛中，文慶的嗓音從喉嚨大聲衝出——

「我想要你判我死刑！」

第三章

二審第一次準備庭，著實是場鬧劇——雲智深有所感。

那天，光是陳文慶在法庭上不正常的舉止，就夠誇張了，法官又硬要繼續進行程序，更是荒謬。雲智認為，蘇瑞陽律師的建議非常正確，必得先釐清文慶是否心神喪失、是否無法像常人一樣進行訴訟，因此他當庭多次提出聲請，希望再給文慶進行精神鑑定。

幸好法官並非不通情理，勉強算是聽了進去。

合議庭討論後裁定，先發函給看守所，由法警戒護被告至高雄醫學大學附設中和紀念醫院精神科就醫診斷。不久，醫院診療後表示，文慶的精神狀況最好送請機構做精神鑑定。就結果而論，雲智達成了第一個目標。

而且，如蘇律師所預期，院方為求慎重，除了委請高醫和高雄長庚醫院共同給文慶做精神鑑定、心理衡鑑以外，另委託一間知名國立大學犯罪防治系的田秋明教授，對文慶施行人格鑑定，調查他的犯罪心理機轉，以及評估他未來再犯的可能性。

然而，等待鑑定結果的時日，不斷縈繞在余雲智腦海裡的疑問是——

起初遭逮捕，警方詢問、檢察官偵訊和在一審時，文慶說殺人是為了吃牢飯、想被判無期；為何到了二審，他居然於準備庭上翻供，說殺人的目的是為了被判死刑？

他的殺人動機究竟為何？

雲智百般不解，因此多跑了幾趟看守所去見他。雖然文慶和之前一樣，大多數時間沉默、不回應，但起碼一見到面時，他會增加「你又來了！」、「你來做什麼？」幾句。雲智感覺自己在他面前已經具有了某種存在感，而且看他屢次表現出異於常人的樣態和言詞，便愈來愈相信他可能真有精神疾患。

「上次的問題你沒回答我——」雲智今天又問：「你先前為什麼要寫信給鍾醫師，請她幫忙找律師？」

文慶趴在桌面，懶懶地說：「不想講。」

「你其實是想要活下去，才會找我來辯護吧？是不是？」

隔了很久，文慶才又說話。「殺手出任務殺人，可以賺錢吧？」

「什麼？」雲智遲疑了一下，順著他的話說：「嗯，可以，然後呢？」

「我殺人，也是為了賺死刑。」

雲智想起曾姿如說過，文慶曾想自殺，卻又怕死。於是他追問：

「你想要利用死刑自殺？」

「我是教主，上帝會教我怎麼做啊。」

「怎……教你做什麼？」

「你不懂這個世界才會一直問東問西的啦。」
又是兩人難以對話下去的窘境——雲智無奈，先做了一、兩次深呼吸。但是，看文慶繼續趴著，還打了兩個呵欠，雲智便知道深呼吸沒辦法壓住自己的火氣，他於是站起來走幾步到窗邊向外看。
戒護員在雲智身後，輕聲問：「余律師，你們還要談嗎？」
「唉，文慶平常在這裡，是不是也這種態度？」
「對，沒兩樣。」戒護員邊說邊搖頭。「態度差，不聽話，早課不想上，叫他做什麼常常也不應，不然就時間到了要他洗澡他也不要，衛生習慣也差，情緒又不穩，沒辦法跟同學好好相處，很難管教。他進來不久，我們把他關進隔離舍一陣子，後來再安排他和人共住，結果他又和同學吵架、差點打起來，反正他現在就是住隔離舍。」
「一個人住一間……那放風的時候呢？」
「我們會區隔開來，看他一個人是要乖乖待在角落蹲著、坐著，還是去打球、運動，反正我們避免他和人起衝突。」
「他沒辦法跟人互動嗎？」
「他和其他人不太會互動啦。最近他抓到一隻壁虎，居然把牠放進空罐養了起來，個性就孤僻吧我想，也不是我一個人這樣覺得。」
人是群居動物，不和人交際，要怎麼活下去？
雲智關心起文慶的生活起居，問：「不洗澡是怎麼回事？」
「你有沒有注意到他鼻子、額頭附近起紅斑，還脫皮？」
「有。皮膚病嗎？」

「是啊，乾癬。他皮膚不太好，背部那裡還有一大片紅斑、皮屑，自己又說不洗澡，這樣怎麼會好？照顧這些人的生活是我們的工作，沒什麼好抱怨的，可是他也要聽話呀。結果，我同事就強押他進澡間沖水，我幫他刷背，事後我們還幫他擦藥，都幾歲的人了真是的！啊……」戒護員察覺自己愈說愈大聲，趕緊摀嘴。

從戒護員的話聽來，文慶像是長不大的小孩。曾姿如也提過類似的話。

雲智再問：「他吃的用的方面呢？」

「只用我們所裡發的，像衛生紙，他就常常不夠用。我老實講，從關進來之後就律師你一個人常來看他而已，他根本沒親朋好友來探望，所以他不像其他同學有吃有喝有玩的。」

雲智很清楚，待在看守所裡，諸如衛生紙、襪子、牙刷牙膏、洗髮精、肥皂等日用品，都得收容人自己掏錢出來訂，請所方人員至福利社購買；即便看守所內有配給品，一般也不會主動提供，且給予的數量相當少。收容人若身上沒錢、也沒有家屬送來日用物資，在裡頭便只能過著最低水平的生活。

若是先滿足文慶的基本需求，他有沒有可能會變得比較容易溝通？——

雲智回過頭來盯著趴桌的文慶。隨後，雲智回到座位上，說：

「今天先聊到這裡吧……對了，文慶，你有沒有需要什麼東西？」

突然間，文慶的眼神亮了起來，抬頭注視雲智。

「我下次為你買過來，好嗎？」雲智補上一句。

「我真的可以說？」

「你要什麼儘管說，我幫你帶進來。」

「衛生紙、肥皂……」文慶搔著頭皮，像想到什麼又說：「還有我拖鞋夾腳斷了……」

雲智迅速拿起筆，將項目記在紙上，例如波蜜果菜汁、烏龍茶包都在其中。
「好，這些東西沒錯吧？我都記下來了。」雲智又問：「那……你有沒有特別想要什麼東西？」
面對這問題，文慶先是低頭，然後用小孩犯錯後的懺悔語氣問：
「真的嗎？」
「嗯，不管是什麼，我會盡量想辦法。」
「我、我……」文慶結巴一陣，說：「我可以要泡麵嗎？……一箱，可以嗎？」
雲智一聽，即刻忍住沒噗笑出聲——
一個自稱有上帝在跟他說話的聖人，渴望得到的竟然是一箱泡麵。
由於笑意仍卡在口中，雲智只能微笑點頭，假裝淡定，過一會才答：「好，我幫你買。」
聽到雲智答應，文慶也向他淺淺一笑，語調帶點歡躍，說：
「我想要牛肉口味的，好不好？可以嗎？」

雅蘭端了兩杯咖啡，邊走進辦公室邊以訝異的口吻說：
「我以為陳文慶會想要什麼高檔貨哩。」
「我也是。」雲智說：「我覺得今天快結束前，大概是我跟他交談最順暢的一次。」
「老闆，他最想要的是泡麵的話，我會開始想耶——他在殺人前，到底過的是什麼樣的生活？」
「什麼意思？」
「泡麵很香、很好吃，可是很貴吧。」雅蘭解釋說：「以前是沒錢的人吃泡麵，現在物價持續上漲，一碗附真空包肉片的泡麵都快值南部一個便當的價格了。對他來說，泡麵應該是好吃，但愈來愈買不下手的食物吧？」

「他殺人前的生活過得很窮困，不知是真是假？」

雲智懷疑雅蘭的推測，但心裡想到的是另一個問題。

「一審的精神鑑定，診斷並沒有提到幻聽的症狀，沒聽到有『上帝對他說話』，可是現在卻有了，為什麼？」雲智提出推論：「他原先就有輕微的精神官能症、不懂得和人相處，所以我在想，他會不會是被關進看守所後，生活環境改變，又沒有充足的生活物資，導致性格上變得更加封閉，原本的症狀也變得更嚴重？」

「有可能喔。你可以問問鍾小姐。」

「我比較想先找陳文慶的親人談談。」

雲智想知道，文慶犯案前究竟過的是怎樣的日子？

他在警局裡坦承的殺人動機，是沒錢、沒工作——

「找工作都找不到啊，沒辦法……」

「找到工作，做了一、兩天就被老闆辭了，也不知道是什麼原因……」

「向別人借錢都借到沒辦法了，之前借的都沒辦法還……」

「我向朋友、弟弟、姑姑借到他們現在都不想再借我了……」

據地檢署資料，文慶先前沒有任何犯罪紀錄。

基本資料寫到，他於一九九四年從國小畢業。他自己說，畢業後即開始工作；而勞保紀錄顯示，從二〇〇四年一月至二〇一二年九月，約八年間，他總共做了二十三份工作，時間斷斷續續的，做得最長的約一年多，短則數月，其中甚有投保生效日及退保日只差一天，更誇張的有當天生效、當天退保的情況，很明顯他有的工作可能只做了一、兩天就離職。

雲智再看警詢筆錄。文慶有一個小兩歲的弟弟，叫陳文銘。文銘說，他們父母於文慶國小畢業前離婚，他們之後和父親陳炳輝同住，而母親張金鳳離家不再出現。

此外，前去警局做筆錄的親屬，尚有文慶的姑姑鄭陳素梅，即陳炳輝的姊姊。素梅向警方表示，她知道文慶本身的經濟狀況不佳，但不曾聽聞他向家人拿錢或借錢。素梅在案發前曾經拿出一萬元給他，他說以後會還錢給她，但素梅說不用。陳炳輝也說，文慶平常不會跟不熟識的人借錢。

依上所述，文慶或許一直換找工作，但似乎並沒有走到向人借錢借到沒辦法的地步。他對警方述說的殺人動機，其真實性不禁令雲智生疑。

為了求證他當時的就職情況，雲智打電話去勞保紀錄單上的公司，一間一間向負責人詢問——

『他哦？你要沒打來問，我還真快沒印象了。看他外表老實老實的，幹了兩天就不幹了，也沒跟我講原因。你問他的個性？工作的時候？嘖，時間隔太久了，我真不記得了。』

『別和我提到他！哼！那時候工廠接單，全部的工人都忙到快死了，他給我做一天就沒來，起碼和我事先通知一聲，搞什麼東西嘛！我常講說年輕人像草莓族，一點也沒錯嘛！不是我在講，陳文慶就是一顆典型的草莓嘛！』

『叫陳文慶嗎？欸，我要查一下資料喔……欸欸欸！你剛講你是誰？律師？咿咿，在蹦蹦龍殺小孩、上新聞頭條的那個陳文慶嗎？欸，不好意思，我忘記嘍！他真的有在我這裡做過嗎？

不會吧，你、你是不是搞錯了？我先去找找他的資料，確認一下，有找到再回你電話好不好？可是，我不保證他的資料還在喔。』

『你的資料說他只做三、四天，那就是三、四天沒錯了，我的印象裡不超過一星期。我只記得他後來有天打電話，說他爸爸住院，他沒辦法繼續工作，後來也就沒再來了。』

『伊頭殼不知在想蝦米，真少講話，中晝食飯ㄟ時陣，伊嘛沒和同事鬥陣開港，在我這短短一個月，後來伊嫌工作太粗重，伊沒力搬，就和我講不想做了。』

『沒記錯的話，他來我工廠做了大概三個禮拜吧。他私底下是有跟我說他眼睛不舒服啦，啊金屬加工本來就耗眼力呀，所以我是鼓勵他，要他好好做啦，但隔天他就沒出現了，啊也沒跟我說為什麼不來，我到現在呀，唉，也在懷疑說，是不是他自己的問題還是怎樣的……』

『對，做了半年，後來說自己不適合這份工作。他話不多，做事認真，可是也有迷迷糊糊的時候。和同事聊天？不，他完全不會，上下班都是自己一個人。』

『他待了一、兩個月而已喔。對啦對啦，就孤僻啊，不然就光喊肩膀痛啊，做不下去啊，一直找理由啊。欸，大律師，我們不要談他了好不好？最近有員工要告我違反勞基法，不知道你有沒有常打這類官司？』

『我去看守所給他探望過。阿慶仔真的在我這兒就乖乖的、安安靜靜的，也不會惹事生非，我真的覺得他一定有什麼特別的原因才會殺掉那個可憐的小孩。我拜託律師先生好好幫他忙，他真的沒像新聞講的那麼壞，我不相信！拜託律師先生了！』

……

從這些通話中，雲智得出一個結論：沒有一間公司的老闆在文慶做了幾天後就馬上將他解雇，全是他提出各式各樣理由主動離職，甚至不告而別。再者，每個雇主描述的，文慶少講話、安靜、孤僻、無法和人相處或交談的狀況，和他現在於看守所表現出來的模樣一致。

雲智想，文慶的個性會不會是他不停換工作的原因？他說自己手痛、眼睛不舒服，會是藉口嗎？

隔好幾天後，鍾宛晴打電話告訴雲智，對陳文慶的精神鑑定和心理衡鑑開始進行，好幾個團隊陸續進入看守所，而她以觀察員的角色，加入田秋明教授的團隊中，輔佐教授進行鑑定。

「田教授的研究領域是……？」雲智問。

『教授可厲害了！』宛晴稱讚說：『他專攻犯罪心理學、社會心理學，尤其對國內外各種隨機殺人的案例瞭若指掌。』

「聽起來，我應該不用擔心鑑定的準確度吧？」

『你放心。田教授帶領的團隊沒問題。』

「那妳見到文慶了吧？他的狀況怎樣？」

『他現在不大願意和我們交談，但我們會進去做好幾次，一定會要他開口的。』

「幫他帶一些日常用品進去，或許能取得他的信任。」

雲智將上次在看守所內和文慶的互動狀況講了一回。

『好的，我會把你的話轉達給田教授參考。』

「你們在看守所的哪裡做鑑定？」

『法院特別請看守所的管理人員挪出一個安靜的空間……』

一審時的那次鑑定，是法院派人從看守所戒護文慶至醫院，當時由鑑定人、社工師、心理師等人進行訪談和檢測，當天來回，雲智覺得僅幾小時的時間非常急促。這次鑑定，宛晴說，看守所提供所內的訊問室作為鑑定場所，空間大小約十坪，門外雖有走廊，但所方同意在鑑定時，除非遇上緊急事故，不然戒護員不會進入訊問室，也不讓人隨意在外頭的走廊徘徊，保持絕對的安靜，以便各團隊晤談，並且全程錄音、錄影。

「戒護員不在場所附近，或許有助於文慶放下戒心。」

雲智認為，法院這次的安排相當謹慎。

『余律師那邊進行得如何？』

「對了，我想請問妳，他假如真有精神病——至於是哪種病，我不是專業我不清楚——可是，他有沒有可能因為住進狹小、隔離的空間之後，症狀變得更加嚴重？」

『如果他罹患精神分裂症[1]，在你說的環境中，妄想、幻覺、幻聽的症狀的確可能加重。不過，必須確認他在那樣的空間裡是否更容易產生焦慮，或承受的壓力變得更大。壓力源，或致使焦慮的因素，每個人不盡相同。』

「原來如此。」雲智掂算著接下來要做的事，於是說：「我是想了解他的成長過程，犯案前他過的到底是怎樣的生活。」

『你已經進入狀況了呢。』

「嗯。我想找他的親人談一談。」

『我可以幫上一點忙。等一下我們講完，我會將兩支電話號碼傳給你。』

「誰的電話？」

『一支是陳文慶老家的電話號碼，另外一支是他姑姑家的。』

---

1 二〇一四年七月二十五日，台灣衛生福利部將「精神分裂症」（schizophrenia）更名為「思覺失調症」。

「妳怎麼會有？」

『當初為了讓你接下這案子，我可費心做了不少功課。』

宛晴回答的聲音，充滿了自信。

他照宛晴給的號碼，打電話到陳文慶的家裡，是他父親陳炳輝接的電話，聲音聽起來沒什麼精神。雲智先自我介紹，並表示自己現在是文慶的辯護律師。

雲智沒料到第一關即遇上困阻。

『我無錢啦。』炳輝直接了當回應。

「錢這方面，你不用煩惱。我只想知道文慶犯案前，他是不是有什麼生活上的困難？」

『我毋知啦。』

「我是不是方便過去拜訪你呢？」

『我這真亂……』炳輝遲疑一會。『麥啦，你麥來這啦。』

「你為什麼不想去看守所看文慶？」雲智換話題。

『伊從我這搬出去後，我就毋管伊、攏沒聯絡啊啦。』

炳輝的語氣仍是不耐，夾帶了一點逃避的意味。

雲智再問：「哪裡可以找到文慶的阿母，你甘知？」

『伊媽媽哦？伊十幾年、二十年前早就跟我離婚啊，時間真久啊，伊人嘛不知在哪，你找伊找無人啦。』

「聽說文慶有一個弟弟，我甘有法度……」

雲智尚未說完，炳輝即刻回應：

『文銘無可能和你見面，找伊無效啦。』
「你為什麼會這樣覺得？」
『文慶殺人，影響文銘ㄟ工作，伊嘛沒想要去看守所探望……好啦好啦，你問到這就好啊，麥講啊啦……』

炳輝匆匆切斷了通話。

雲智被斷然拒絕，但他沒死心，再打宛晴給的第二支號碼。

這次接電話的是女性，聲音頗年輕，雲智推想大概三、四十歲。她簡短問了一句：『你是哪位？』當雲智表明身分和目的之後，對方馬上把電話切斷，他再次打過去，對方也不接，完全不給交談機會。

無論是文慶的父親，或他姑姑那方，顯然沒人願意收拾他搞出來的爛攤子。

一個一個碰壁，還有誰願意向我述說文慶的成長歷程呢？——

雲智坐在電話前，感到茫然。

「老闆，」雅蘭歪著頭問：「要不要我代替你試試？」

「妳打電話，或我來打，有差嗎？」

「哦？老闆，這你就不懂了！」雅蘭的表情顯露些神氣。「男人說話比較強硬嘛，如果換我打去，搞不好她會願意多聽我說幾句。」

「好吧，她若肯聽，妳順便告訴她我下週和陳文慶會面的時間。雖然一般家屬接見和律見無法同時進行，但我希望她能跟我同一天到，或比我早一點也好。」

雲智盤算著，如果鄭陳素梅願意去看守所見文慶，表示她對姪子尚存家人的情感，或許肯打開心房和姪子的辯護律師聊聊。

將任務託付給雅蘭後，雲智動身再去找文慶的前女友。

不過，他按了門鈴後，出來應門的不是曾姿如，而是她的妹妹。姿如的妹妹在門縫間露出半張臉，得知雲智的來意之後，說：

「我姊搬出去了喔。」

雲智站在門口，問：「我怎樣可以聯絡到她？」

「余律師，你不要煩我姊了，行嗎？你上次來找她之後，她一整天愁眉苦臉的，擔心又要出庭。我說啊，她跟那個人早就沒關係了吧，你們三番兩頭來找人，小孩又不是我姊殺的，別再來煩了行嗎？」

「很抱歉造成你們的困擾，可是我只是想……」

「哎，你等等我。」她關上了門，腳步聲遠離，隔了很久才再開門，伸手遞出一個掌形大小的紙盒。「我姊有交代，說你如果又來找人，就要我把這東西交給你。」

雲智接過小紙盒，問：「這是……？」

「另外還有這個……」她再交出一張對折的便條紙，說：「你看了就知道。別再來了，她不住我們家了。」語畢，她瞬間把門闔起，並扣緊門栓。

雲智吃了閉門羹，只得到紙盒和便條紙。

他回到車上，先打開紙盒一看，裡頭裝著一條金項鍊，鍊上的墜子是一塊璀璨發亮的碧玉，被雕刻成一座山的形狀，工法相當精緻。然後，他打開便條紙，上面寫著：

「余律師你好，我一直錯失機會，之前和他吵架、分手，都沒能把項鍊還給他。他犯案之後，我也怕麻煩，沒辦法交還，但是這畢竟不是我的東西，再說這也是他媽媽留給他的，我丟不掉。請你代我還給你的當事人，感謝你！這樣，我和他真的結束了，也請你們不要再來找我，拜託了！謝謝！」

雲智將山形碧玉置於指尖，上下左右仔細檢視。整條項鍊看似非常珍貴，應該頗具歷史。若說這是文慶的母親給他的，應該是好幾年前的事。這麼貴重的東西，他怎會交給姿如？或說，他是將如此寶貴的東西送給了姿如嗎？雲智不得不懷疑，文慶可能真的對姿如懷有十分強烈的情感。

失去了姿如，是否導致文慶同時喪失活下去的希望？

是因為姿如至今從沒去看守所探望，他才會改口說自己想要死刑嗎？

時間來到十二月二日。三天前，今年首波最強寒流發威，氣象報導高山上開始降雪，北部低溫下探九度，而且全台有三十人因急凍低溫猝死，其中包括街友數名。高雄因為白天受日照輻射影響，高溫仍達二十五度左右，但清晨差不多僅十一、二度，這樣的溫差，使得雲智昨天下午感冒，到今早他仍不得已癱在自家的床上，全身裹著棉被發顫。

『老闆，』雅蘭打手機來問：『你今天會進事務所嗎？』

「我……呼呼……」雲智感覺頭昏昏沉沉的，勉強回答：「我、我好像有點發燒……妳今天放假休息沒關係……反正，現在只剩文慶的案子……」

『你有去看醫生嗎？』

「昨天，我有去拿藥了。」

『你沒事吧？你現在在家嗎？』

「嗯，我、我還好……」
『聽聽你自己的聲音吧，還想騙人！你躺好休息，我馬上過去！』
雅蘭切掉通話後不久，如閃電般出現在雲智家門口。雲智一開門，見她滿臉笑盈盈的，手上拎著一塑膠袋，裡頭裝了三瓶舒跑，一包白米、一包黑糖和一根老薑。她一擠進門就說：
「我只在門口沒進來過耶。你家廚房在哪？」
「那邊……」雲智指向右後方的門，他的面頰和額頭持續發燙。「等……妳……妳要做什麼？」
「你去給我躺好！」雅蘭邊命令邊把袋子放在桌上。
「啊？」雲智來不及產生驚訝的反應，即被雅蘭一路推進寢室。
「今天事務所老闆放我假，所以我有很多時間可以好好照顧你，快去快去！你去床上乖乖躺著休息！」
雲智全身虛軟無力，同時嗜睡。意識模糊之際，好像喝了幾次甜中帶鹹的運動飲料，隨後又被灌入熱騰騰的薑湯，完全沒察覺雅蘭幫他數次掀蓋棉被，且擦過了好幾次汗。直到睡過了傍晚，燒漸漸退了，他終於惺忪地睜開眼，見她坐在床邊看書。
雲智回想，過去這三個月來，周遭起了不少事端……
像是，他久未見面的老朋友怒沖沖地跑來事務所，朝他破口大罵，指責他為什麼要為陳文慶辯護，離開前丟了一句：「你好自為之。」
另外，許多媒體大肆報導，指出雲智不是法扶律師，居然肯接下殺童案件，便懷疑起雲智接案的動機十分不單純。甚至有名嘴公開在政論節目中，對著鏡頭激動地說：
『殺人的，要講什麼人權？殺童的人一律就得判死嘛，這有什麼好講的！那你接下來可能會問，為這麼凶殘、邪惡的人辯護，存何居心？你用肚臍想嘛，一定是居心不良嘛，對不對？至於說，他是為名，還是為利？從我手上現有的資料，我現在很難判斷，可是請電視機前的各位觀眾睜亮雙眼，好好用常識想一想，他一定是有所圖才會接這種案子，對不對？假設啦，假設他在這個、這個、在整個的辯護過程當中，他真的沒拿到什麼好處，假設真的是這樣好了，那我們眼睛已經可以看到的是，他就是站在邪惡的一方了嘛，他代表的就已經是邪惡的象徵了，對不對？』

這位名嘴說得口沫橫飛、聲音拔尖，且手勢誇張，擺出一副嚴正的態度，雖然沒指名道姓，雲智當然也知道名嘴所指稱邪惡的人是誰，然而他卻只能默默地關掉電視，將無奈的怨氣往肚裡吞，心中不時湧起是否該放棄辯護、就此打住的龐然矛盾。

報導和節目逐步擴大的效應，便是民眾的不理解。因此，雲智事務所的電子信箱遭到了幾次不明信件的病毒攻擊。他還收到了幾則匿名的恐嚇信件，情節比較嚴重的例如「你為殺童者辯護，就得有和他一起被判死的心理準備」、「你小心一點，最好你沒有孩子、也別想生孩子」、「我到時殺你家小孩，看你會不會為我辯護」之類的內容。

雅蘭建議，可請警方追查IP位置，但雲智說不用，因為他本身就是隨機殺人案的被害者家屬，他明白民眾對殺童犯行的焦躁與憤怒，只是沒料到有些人會用如此激進而極端的言語表露自身的心情。

事務所似乎受到文慶一案的影響，雲智幾乎接不到新的委託，當然也就沒錢入帳，但雅蘭始終沒離開他身邊。

雲智此刻望向她的側臉，脫口問：「妳會不會後悔……跟我一起做事？」

「咿耶，你醒啦！有沒有好點？」

「對不起……」

「你在說夢話呀？我裝作沒聽到好了。」

「幾個月前本來就該收掉的，或許我不應該接下這件案子……」

雲智嘴上說著，內心也確實感到相當糾結。他不太想放棄，但如今走到這步，宛若踏入三面皆是高牆的死巷，除了回頭以外，再沒路可走。

「你很煩耶，病人碎碎唸什麼。」雅蘭放下書本，問：「餓了嗎？我去幫你盛碗粥吧？」

雲智的腸胃確實有空虛感。他無法拒絕，點頭說好。

雅蘭去廚房時，他想起了文慶的姑姑……

鄭陳素梅總共掛掉了雅蘭打去的四次電話。只要雅蘭一報上自己是文慶這邊的辯護方，對方馬上閉口不說話，然後切斷通話。最後一次在一週前，雖然雙方通話時間多出一分鐘左右，但對方只是安靜地聽她說話，沒任何回應，又再掛掉。

而文慶那邊，各鑑定團隊已經進入看守所八次，分別進行了各項檢測、晤談和評估。打從雲智為他買進一些生活用品之後，和他見面時，兩人開始漸進式產生了對話的交集。儘管他偶有短路、岔開話題的狀況，但大部分時候，都有問有答。

比如說，當雲智提及案情，問：

「你說自己殺人是想要死刑，那殺人後，為什麼直接逃走了？為什麼不待在原地讓警察逮捕你？」

「我殺完第一個，感覺很煩很煩啊，想逃回家拿藥吃。想殺第二個，可是下不了手，想去撞火車，可是又怕。」文慶繼續說：「殺第一個，我覺得應該不會判死，如果我殺了第二個就是確定死刑了，可是我那時候真的不知道該怎麼辦啊，就在網咖那裡等著等著，想看看會不會想出能讓自己死掉的方法，結果警察很快就來了啊。」
「你怎麼會覺得只殺一個人不會死刑？」
「我不是說過了，大概一、兩年前，我有認識一個朋友啊，他說殺一個人不會死刑，殺兩個才會被判死，我跟他討論過啊。」
「可是，我記得你跟檢察官說，你是看漫畫才知道的，不是嗎？」
「嗯啊，檢察官問一堆話的，不想跟他說實話啦。」
「那……你那位朋友是男的還女的？」
「男的。」
「叫什麼名字？」
「忘了……好像，他名字有一個ㄌㄧㄥˇ。」
「哪個ㄌㄧㄥˇ？」雲智仔細問。
文慶猶豫了一下，說：「……山嶺的嶺。」
「你在哪裡認識他的？」
「蹦蹦龍，打電動認識的。」
「是喔。」雲智沒有否定他，但內心十分懷疑。
雲智曾埋首於卷宗裡詳讀資料。究竟文慶是從何處得知殺一個人不會判死刑的資訊？——關於此問題，文慶原先在檢察官面前說的是「從日本漫畫中得知」；到了法院一審時，他改口成「上網查到的」；後來二審再開準備庭時，他又改稱是「我一個朋友說的」，他還在法庭內比手畫腳誇張地表示「我那個朋友是外國人，是黑人」。
文慶數次更改供述，所以他向雲智說「打電動認識的」，當然不可信，而且聽聞他在職場上和同事幾乎毫無互動，雲智自然不相信他會有什麼朋友能一起討論死刑這類嚴肅的話題。不過，雲智再次出庭時，仍向法院陳報這件事情，希望法院函請警方至遊藝場查訪，確認是否真有這號人物。

結果，查訪紀錄顯示，遊藝場裡並未有任何姓名帶有「嶺」字的人存在。

雲智認為，找不到人是意料之中的事。文慶的說詞反覆，應該得習慣了。

至少，自己能和文慶問答時較順暢些，雲智覺得已經是一大進展。

至於曾姿如交付的項鍊，雲智在律見時經戒護員同意後，拿出來放在桌上試探文慶，結果他一瞄到項鍊，臉色一剎那變得凝重，眼眸內彷彿滲流出一絲恐懼，接著呼吸加重，撇頭閃避，好像山狀的玉石是不祥之物，其後他便呈現什麼話都不想說的樣子。為了不破壞和當事人建立起來的信任關係，雲智只好迅速收起來，說暫時會替他保管。

說實話，圍繞於文慶周邊的種種謎團，於此三個月來並未獲得詳解。為他辯護，甚至引來某些民眾的惡言威脅……

想到這裡，雲智不禁一陣心力疲乏。

此時，雅蘭端了一碗粥進來。雲智的雙肘連忙撐住床面，挺身向後坐了起來。

「要不要我餵你？」她舀起一匙，吹走粥湯的熱氣。

「我、我我自己來。」雲智結巴地說。

「你今天是病人，真不考慮讓我餵？」她的眉毛向上彈了兩下。「不是每個老闆都能享受這樣的服務唷！」

「謝謝妳為我煮粥，我很滿足了，真的。」

雲智側身拿飯碗時，放置在床頭櫃上的東西霎時鑽入眼角的視野內——

那是他和俐芳的幾張合照，以及胎兒的超音波照片……
這些回憶彷彿提醒他得堅持下去，不可忘記過往經歷的痛楚。
他捧著瓷碗，熱度確確實實傳到手心，但他口氣平淡地向雅蘭說：
「妳照顧了我一整天，謝謝！辛苦妳了！待會快點回家休息吧。」
雅蘭聽完，原是微笑的嘴唇頓時拉平，從喉嚨擠出了「嗯」一聲。
雲智沒察覺她細微的表情變化，他只專心想著——
走到這一步，不管遭遇什麼困難，絕不能放棄追尋陳文慶的殺人動機。

兩天後，雲智的身體康復，事務所也回歸日常。
「你今天下午三點多要去見陳文慶吧？」雅蘭問。
「對，」雲智答：「我會順便給他帶點餅乾、零食過去。」
「傍晚溫度會掉很多喔，你記得多帶一件外套。」
「好，我會記得。」說完，雲智問：「妳昨天有再次打電話給他姑姑了嗎？」
「有。」
「她那邊知道我今天要跟文慶會面吧？」
「我有說了，不過對方只講了一句話。」
「什麼話？」雲智急切地問。
「不要再打了，也不要去她家拜訪……然後就切斷了，跟之前一樣。」
雲智原本想依警詢筆錄時記載的地址，親自走訪她家。如今，對方表明了態度。若雲智現身於她家門口，不但不會受到歡迎，恐怕還可能被潑冷水趕走。

挫折感一時壅塞雲智的心胸，而當下的期望似乎只能寄託在文慶身上，希望他早日吐實。

下午三點，氣溫仍舊偏高，雲智開車一路來到燕巢。

他正要從旗楠路拐彎進入監獄看守所、明陽中學那條路的交岔口時，一名身穿墨綠色衣裝的女人，從對邊會客菜[2]的攤位前，朝雲智的方向快速前進。她壓低著頭，根本沒看紅綠燈，便直直橫越馬路，完全沒注意轉彎的來車。要不是雲智迅速按了一聲喇叭提醒，她差點兒就要撞上了。

喇叭一響，女人有如瞬間清醒般，慌張地動嘴唇，並對駕駛座車窗頻頻點頭。

雲智在車裡聽不清楚，但從她愧疚的臉色判斷，應該是在道歉。

他心想，人沒事就好，於是繼續向前開，然後朝右彎進入看守所的停車場。

不久，他來到律見室，和文慶談起下次出庭的準備工作。

談了二十分鐘後，雲智說：「對了，你零食吃完了吧？我今天帶了幾包夾心餅乾、蝦味仙給你，等一下會去前台辦手續，你晚上就能拿到了。」

「嗯。」

文慶輕輕點頭，沒有回應任何感謝的話。事實上，雲智為他買任何東西進去時，他從沒表示過謝意。雲智推想，或許文慶平時講話的用語裡沒有「謝謝」兩個字，也或許他不懂得如何表達心中的想法，頂多只有幾次在臉上顯露靦腆的表情。

沒任何感謝不要緊，只要文慶能多講一點話，且做鑑定時能向鑑定人吐露更多內心真正的想法，才是最重要的——雲智心中如此期待著。

離開了律見室，雲智領回手機，一路來到接見辦理室服務台，抽了一張號碼牌，順手填完「送入物品申請單」後，隨意挑了張椅子坐下，等待叫號。放眼望去，今天和收容人會面的親屬不算多，正在位子上等候的一張張面容大部分呈露鬱重陰沉，雲智覺得這地方顯現出許多人性。他回頭一瞥，坐在斜後方的婦人還從包包裡抽了好幾張面紙擦眼淚。

隔幾分鐘，輪到雲智的號碼。他走到指定窗口，把手上要給文慶的那袋零食給服務人員秤重、檢查，很快即辦完手續，準備歸途。

出了接見辦理室正門，朝停車場的方向移動時，他突然看見剛才在路口差點和他撞上的那位女人。她外貌看起來約三、四十歲，一手拿了一個方形的小紙盒，另一手抓著手機，站在階梯上徘徊不定，有點猶豫要否進去的樣子。從雲智的方向看去，紙盒外包裝畫著綠色的植物葉片，字體很小，不是非常清楚，但似乎是茶葉之類的東西。

會是需要幫忙的家屬嗎？——

雲智停住腳步，正想要過去協助，他的手機卻響了。是雅蘭打來的。

『老闆！你趕快去接見辦理室正門！快點！』

「我現在人就在正門。怎麼啦？」

『陳文慶的表姊才一分鐘前剛打進來事務所！』

「表……哪個表姊？」

『鄭陳素梅的女兒！』

這下子，換雲智緊張起來。他激動快速問道：「她、她說了什麼？」

『她問我們，不知道能不能送七葉膽茶包進去。』

2　「會客菜」或「代客寄菜」，監獄或看守所周邊經常會出現的店家或攤販，專提供進入所內會面的親屬寄菜給收容人或受刑人。

「她人呢？」
『就你現在所在的位置附近。』
一陣直覺剎時閃過雲智的腦海。手機仍壓在他的耳際，他轉過身，直接朝剛才那名女人的方向走去，仔細看她拿的那紙盒上的文字……

長庚生物科技七葉膽茶包。

「他表姊叫什麼名字？」雲智朝手機問。
『姓鄭。鄭桂玲。』
「雅蘭，謝謝，我想我找到人了。」
切掉通話，雲智再走近幾步，停在女人面前，對她問道：「請問，您是鄭小姐嗎？」
「你是……」鄭桂玲眨了眨眼，說：「你是余律師，對吧？」
「是的。我是文慶的辯護律師。」
雙方打上照面、短語幾句後，雲智帶領桂玲進正門，問：
「七葉膽，文慶喜歡喝？」
「他以前提過，說這種茶的口感很好，可是我知道，他自己沒錢買。」
「妳今天難得來這裡了，要不要順便見見他？」
「不不……」桂玲當下婉拒，說：「我……我還沒做好心理準備。只想把茶帶給他，今天這樣就好。」
雲智也不勉強她，協助她辦完寄物手續後，兩人來到外頭。

「妳怎麼過來的？」

「我坐捷運，在都會公園那邊又轉搭公車，沒想到來這裡好遠。」

「我開車送妳回去，好嗎？」

「這樣很不好意思，我……」

「妳別客氣，我回市區順路載妳一程而已。其實我……我一直很期待跟文慶的家人碰面，很多話想跟妳坐下來聊聊，當然，妳要是趕時間，我可以改天再……」

「我有看見你出現在電視上！」桂玲搶話，說：「你肯幫文慶，我很感激！可是他做出罪孽深重的事，我們除了一開始配合警察做筆錄，後面實在不知該怎麼辦……」

「文慶是成年人了，我不認為他的家屬非得為他負責，而不能挺胸做人。再說，妳是他表姊，不是他的父母。」

「對，我不是他那兩個不負責任的爸媽，這點絕對沒錯，可是我從小和他一起長大，他是我看大的，我實在……」

「我們邊走邊慢慢說，好嗎？」雲智有意帶路，又問：「妳剛說『我們』？是指妳母親？」

「你的助理打給我媽好幾通電話，我媽對我說過了好幾次，我都知道。你第一次打，是我接的，昨天你助理的那通電話也是我接到的。我決定，好吧，今天來給文慶送點東西，也許遇到你，也許不會，如果遇到，看看你想和我們說什麼。」

桂玲打電話到事務所，很可能是藉口——雲智如此揣想。因為她大可當場問看守所的服務人員可否送茶包進去，不用特地打去事務所問。他揣測，桂玲的內心應該有意和律師見面，或許心中有話想主動找律師談。而和文慶的家屬會到面的這天，雲智已經等待良久了。

沿途，雲智簡單說到了目前為文慶辯護的情勢發展。接續，他問起文慶上一輩的家庭狀況，桂玲皆毫無保留坦述。

陳炳輝生於望族，小時候家中長輩從事漁業加工，但是從他父親那一代開始家道中落，因此成長過程並不富裕。他下有兩弟，上有一姊，即鄭桂玲的母親鄭陳素梅；素梅是長姊，擔負起養大三個弟弟的重責。不過，炳輝並未學習姊姊認真持家的精神，反而不好好工作，做什麼工作都不長，總想著要一夜致富。

「我大舅很沒用。」桂玲不屑地繼續說：「他和風塵女結婚，生下文慶和文銘，可是兩人根本不配當人爸媽！」

「風塵女？是指文慶的母親，張金鳳？」

「據說她是大舅在酒店認識的小姐。我不很清楚舅媽的身世，聽說在和大舅結婚前有另一段婚姻，同樣生了兩個小孩，在她未成年的時候，就是一般人講的，未婚生子。」桂玲抿了一下嘴唇，又說：「我是這樣看的，出身怎樣都好，那是另一回事，但為人母親不就該好好照顧小孩嗎？」

「妳覺得文慶的父母都失職了？」

「徹底失職！」桂玲語氣加重。「兩人很愛玩，幾乎每晚都跑酒店，把文慶一人丟在家裡不管，常常都到早上才回家睡覺。」

「妳說文慶一人在家，那文銘呢？」

「他弟弟個性不一樣，比較能適應喧囂的環境，會跟在爸媽身邊。文慶就沒辦法，他覺得那種場合人多聲雜吧，會一直哭個不停。」

「妳怎麼知道的？」

「我家和大舅家都在同一條街上，不很遠。他家的情況，我媽很清楚，她怕文慶一人在家孤單，常會過去關心，有時候就要文慶來我們家住，所以我才說我是看著他長大的，我和他小時候相處在一起的時間很長。」

「文慶的年紀比你小很多嗎？」

「我比他大七歲。」

「我猜，妳小時候的角色有點像是……像大姊姊？可以這麼說嗎？」

「唔哦……我覺得，我比較像是文慶的褓母吧。」

桂玲接續陳述，母親素梅忙著沒時間照顧文慶時，她便會擔起幫忙看顧文慶的責任。然而，炳輝和金鳳後來居然養成習慣，一週內有五天把文慶丟在素梅家。

「我讀高中，有一天放學回家，發現文慶在我家門口，安安靜靜坐在一張竹凳上，身上的白色制服印上好幾個鞋印，而且臉上有傷。他那時差不多小學四、五年級。我問他怎麼了，他說被同學踢、被打。」

「霸凌？」

「那時沒有霸凌這個詞。反正他那時個頭小，也不太和人講話，就是靜靜地被欺負。我很快帶他進門擦藥，邊洗傷口時我邊問他，你有沒有反抗？他說沒有。什麼都沒有。他根本沒有給欺負他的同學還嘴、或還手，就是安靜地挨打。我聽了真的很心疼。從那時開始，可能怕又被欺負，他有時候就乾脆不去學校上課，就像那天一樣，常常搬一張小小的竹凳，就坐在門口等我媽，或等我回家。學校老師聯絡不到文慶的爸媽，曾找到我們家來，可是他們夫妻倆根本不知反省，只負責生、不負責養，有時候丟給他一、兩百塊就跑出去玩，整天不管他了。我打從心底瞧不起這樣的爸媽，後來大舅又變本加厲，開始動手打小孩。」

「家暴？陳炳輝對文慶施暴？」

「不只文慶，連舅媽也被打。」

桂玲提及，炳輝和金鳳這對夫妻有段時期開了間簽賭站，金鳳擔任樁腳，炳輝負責跑腿。二十幾年前，在台灣錢仍淹腳目的年代，先是「大家樂」，而後又是「六合彩」等簽賭風氣瀰漫全台，夫妻倆竟然當起組頭，做起賭博投機事業。

「做生意本來有賺有賠，但是搞了簽賭站，他們的收入像開雲霄飛車，一下子賺到高點，一下子又賠到最低點。」桂玲嘆道：「大舅的心情和他的收入一樣，也是大起大落。掉到低點、沒錢花的時候，他就瘋狂喝酒，打老婆，對家人動手動腳，搞到有次還拿菜刀追砍舅媽，舅媽只好逃到我家躲他。」

「小孩呢？」

「大舅曾經用整桶水潑文慶和文銘，說他們不聽話。而且文慶他……他還曾被他爸用腳猛踹下體！文慶他根本不知道怎麼反抗，就乖乖讓他爸揍……在那種父母不關心小孩，又經常看父母大吵大罵，還動刀動手打人的環境，就算身體上沒有重大的傷害，你覺得他心裡會好受嗎？……可是……真的……」桂玲講得非常激動，聲音略帶哽咽。「文慶他……他真的就是在這種環境裡長大的。我一直覺得，他凡事不會反抗、什麼事都沉默以對的個性，就是在那種家庭養成的。」

「我看警詢筆錄寫，文慶的父母在他國小畢業前離婚，是事實吧？」

「事實沒錯。但是我相信，筆錄上應該沒記到，從那時開始才是文慶過苦日子的起點。」

桂玲講到這裡，雲智的車已經開入市區，來到高鐵左營站附近。他邀請桂玲到一間裝潢素雅的鬆餅簡餐店喝下午茶，並表示要請客，她馬上回說：

「余律師，不行不行！文慶做錯事，你幫他辯護不收一毛錢，還給他送東西進去，我怎可以又讓你破費，不行！這樣子不對！」

「鄭小姐，我當文慶的律師，是因為有一位女醫生曾給文慶看過診，因為關心他，付了我訴訟費。我買生活物資給他，是希望他能敞開心胸跟我說實話，希望他能跟我好好配合。同樣地，現在我想請妳坐下來仔細跟我談他走過的人生，這些全是為了弄清楚他為什麼會犯案？他怎麼會走到今天這個地步？」

「可是他做的錯事已經無法挽回了，小孩都死了……」桂玲的說話聲頓時變得細小。「探究過去的這些事情，有什麼意義？」

「這不是妳的真心話吧？剛才一路上，妳不停告訴我，文慶的爸媽不負責任。其實，妳心裡真正想說的是——文慶的錯，不完全在他自己身上吧。不然妳今天不會主動打到事務所找我的，不是嗎？」

「我……我是這樣想過，文慶不完全有錯，他的爸媽應該負很大的責任，可是、可是我……我終究說不出口……」淚水從桂玲的眼角流下。「想到文慶，我其實心很亂……因為我不確定……現在的文慶，到底是不是我小時候認識的那個文慶。我記憶中的文慶，不會動手傷害別人，更何況是殺小孩？怎麼會發生這種事！」

「這是妳沒進看守所探望他，今天也還沒做好心理準備見他的原因？」雲智問。

桂玲點點頭，一面用手指抹去淚痕，吐了一口長氣，才說：

「你之前一直打電話找我們，可是我們不知該怎樣面對。探究他的過去，能挽回什麼？現在責怪他的爸媽，又能改變什麼？畢竟，在蹦蹦龍殺死小孩的不是他的爸媽，是他自己下手的！他是真的做了錯事！而你……你為什麼要幫他幫到這種程度？」

「接下這案子之後，我常在思考一個問題，妳想知道嗎？」

「什麼問題？」
「我在想——台灣會不會存在第二個陳文慶？」
「第二個？」
「儘管每個人遭遇的處境不盡相同，但我們同在一座島嶼上，同樣生活在景氣起起伏伏、經濟富裕及貧困並存的時代，也經歷過賭博風氣盛行的時期，我們同時看到有霸凌、有家暴、有不負責任的父母親，還有各式各樣的社會問題。」雲智說：「這樣的環境，會不會存在一個人——就處境極為相似的那麼一個人——他的命運和文慶那麼雷同，而他或許正走向和文慶同樣的路，即將同樣造成無辜者死亡？」
「不要！我不想看見和文慶一樣的人又出現！」
「對，沒有人願意見到同樣的事情發生。可是每天的新聞都能見到霸凌、家暴，各種問題一再重複出現，我們不能保證自己生存的環境中沒有第二個文慶。」
「要阻止第二個文慶出現，是你……你想打這官司的原因？」
「嗯，這場審判，縱然是在衡量文慶的責任，是想知道他應該接受多少的懲罰，但我認為，」雲智發自內心並審慎地說：「審判更重大的意義，是讓大眾見到他真實的樣貌，讓我們能看到他至今走過的人生中，是不是有哪個環節出了錯？是不是他曾遭遇的哪種情境，也正在我們的周遭發生？所以現在，鄭小姐，妳願意告訴我更多關於文慶走過的路嗎？」
「好、好……」桂玲把淚擦乾，用力點頭幾次。「我所知道的，今天全部會告訴你。」
兩人下車進到簡餐店，坐下來點完飲料後，桂玲延續在車上的話題，開始談炳輝和金鳳離婚後的狀況。
「舅媽離開後，大舅的簽賭站就收掉了。他去附近的工廠打零工，做一天休五天的，沒工作就待家裡喝酒，不然就來我家抱怨喊窮，向我媽不知借了多少錢去了。我後來才知道，二舅、小舅念在兄弟的情分上也借了他不少，可是借他的這麼多錢，一分一文根本沒用在兩個小孩身上，不知拿去哪揮霍光了。」

拿去賭掉了吧！——雲智這麼猜測。一個人曾靠經營簽賭站獲得巨利，若想一夜致富的心態不改，往後很可能繼續藉賭博，把之前能輕易拿到數把鈔票的生活贏回來。不過，雲智比較在意的是文慶之後的生活，於是他問：

「文慶那時差不多要上國中了吧？他國小畢業，怎麼沒繼續讀？」

「還不都是他爸害的！」桂玲冒起一把怒火，提高音量說：「他說文慶不會讀書，就強迫文慶跟著當工頭的二舅，在遊覽車組裝工廠工作。」

「才國小畢業就……」

「文慶年紀那麼小，又是個性安安靜靜的、叫他做什麼就乖乖去做的小孩，他有什麼選擇！」說完，她別開雲智的視線，「我那時忙著準備聯考，文慶也很少來我家，所以我都不知他後來……過的是什麼樣的日子……」

「文慶他怎麼了？」

「不知律師你有沒有看過遊覽車的車體？底盤、引擎、輪胎鋼圈……有很多大型的零件。文慶在青春期發育階段，就被迫搬運鋼板、組裝那些東西，做著粗重的勞動，沒兩、三年就弄到左手肩膀習慣性脫臼，後來學焊鐵，弄到眼睛散光六百度，身體根本撐不住，還一直做到二十歲。結果，用勞力、用受傷換得的每分錢，都拿去供養他那個不工作的爸爸，還資助弟弟讀書讀到國中畢業。」

「文慶親口告訴妳的？」

「不是，他就是靜靜地、規規矩矩做事的小孩，不會講這些。」

「那妳怎麼知道的？」

「過了好幾年，到他們二十幾歲，文銘才告訴我他和哥哥以前的生活，兄弟倆有時候窮到兩人合吃一碗泡麵。我覺得大舅根本把文慶當成是棋子……」桂玲的眼眶不禁又泛紅。

雲智頓然領悟，泡麵這種食物對文慶的意義——

那是他小時候窮困的日子裡得以充飢的美味。

不過，雲智即刻升起疑惑：既然兄弟倆生活在父親的暴力下，照理說應該曾有共患難的手足之情，但弟弟為何至今未曾去看守所探視哥哥？真是像炳輝說的，哥哥殺人而影響到弟弟的生活嗎？

雲智想岔題發問，但又不想打斷桂玲，只好先將疑問擱在一旁，讓她繼續說下去。

「後來，文銘也是很辛苦，畢業後也是去做工賺錢。」

雲智從桌上抽了一張面紙遞給她，等她抹了抹眼眶後，繼續問：

「妳說，文慶從大概十二、三歲到二十歲，在遊覽車工廠做車體的……」

「裝修，就是技工。」

「他沒服兵役？」

「沒有，肩膀習慣性脫臼的問題。」

「他二十歲之後呢？」

「二舅意外過世之後，他有去找工作，可是都做不久。」

接下來桂玲所說的，大致和雲智從每間公司打聽到的差不多。文慶除了做機械零件拆組的勞動工作，也曾做過服務業。

「我幫他介紹過，去建築工地做，可是他怕高，因為散光，他說眼睛常常會太乾、會痛。」桂玲說：「又因為肩膀的傷，他沒辦法搬東西，所以也做不久。」

「妳知不知道他去看精神科看了好幾年？」

「我知道，小舅去醫院的時候有遇過文慶，有和我說過。我覺得，二舅還在世時，文慶的生活過得比較好一點，二舅很照顧文慶，後來給他的薪水可以到一天兩千塊，而且不會隨便給他加班。文慶一週做六天，每天乖乖去上工到下班，誰要他搬東西就搬、叫他幫忙找廢鐵就去做，車廠的長輩都說沒看過這麼乖的小孩。可是二舅突然走了以後，文慶到外面做什麼都不順，生活過得很苦，可能因為這樣，他感覺壓力大，就一直去精神科拿藥。我和我媽以為……我們原本認為文慶有一天可能會自殺，所以他犯案前沒多久，難得開口向我媽借錢時，我媽二話不說，馬上給他一萬塊、給他過生活。我們都願意幫助他，只要他肯開口，可……可是我真的沒想到他後來會去殺人……」

桂玲說到此，眼淚又撲簌簌流下。

雲智推想，炳輝四處向親戚借錢揮霍，而文慶打從心底鐵定瞧不起父親的這種行為，自然不想要自己變成像父親一樣，即使生活過不下去，也難以向人開口求助。他遭逮捕時，曾向警方謊稱他向人借錢借到沒有辦法的地步；雖然是在說謊，但那時真正暴露出來的，會不會是他個人強烈的自卑感？只開口借過一次錢，卻放大自己向人借錢的「錯誤行為」，而覺得罪無可赦？

雲智的思緒回到當下，趁桂玲擦眼淚時，他從公事包拿出裝玉石項鍊的小盒子，打開後，問：「妳認得這條項鍊嗎？」

「這……是舅媽離婚之前送給他的。」她反問：「怎麼在你手上？」

「他把這條項鍊給了前女友，我不知道為什麼。不過我猜想，這項鍊或許對他意義重大，他才一直把它留在身邊，之後又送給前女友。」

「舅媽離開時，文慶雖然嘴裡沒說什麼，可是我覺得……爸媽離婚對他的打擊應該很大。」

「怎麼說？」

「離婚是舅媽要求的，可是她曾和我媽說過——她想要帶兩個孩子一起走。」

「一起離開那個家？」

「可是小孩的監護權在大舅身上。」

「這麼說的話，父母離婚後，母親應該會想回家看小孩吧？」

「被我大舅阻止了。他不想讓舅媽坐享當一個母親的方便，禁止舅媽再踏回家探視兩個孩子，後來她就真的沒再回去過了。你知道嗎？我大舅甚至騙兩個孩子說：『家裡沒錢，我們過得那麼慘，都是媽媽害的。』這是文銘長大後和我說的。」

文慶可能覺得自己遭母親背叛了！——雲智直覺這麼想。可是，文慶內心有一部分肯定還對母親抱著期待，所以他一直保留著母親給他的項鍊。按此推斷，他將項鍊送給姿如，是否意味著他在心理上，把姿如當成像是自己的母親一樣重要的存在呢？

雲智專注地凝視項鍊上的山形玉石。

「文慶在國小的成績，是到了五年級才開始變差。他開始對讀書沒興趣。」桂玲也盯著項鍊，說：「舅媽的管教比舅舅嚴格很多。我想，舅媽當年送文慶這東西，大概是希望他再多用功一點吧，就像在爬山那樣，勇敢地爬上高處，成為人上人。」

「結果，他沒爬上去……」雲智的話只說到一半。

話的另一半是：爬到中途，文慶就摔了下來，跌落了谷底。

「我不知道這樣想對不對，可是我最近常會想，」桂玲含淚說：「文慶如果能被判死，對他這一生來說，會不會是一種解脫？」

雲智沒有答話，只在心裡想——

文慶能對被害者家屬做出什麼樣的補償？

儘管他的家庭背景坎坷，但他知不知道自己做錯了？

以他現在的精神狀況來看，死刑會是最好的解脫辦法嗎？

「老闆，說得通耶。我整理一下你剛說的喔……他小時候情感依附的對象是媽媽，雖然媽媽要跟爸爸離婚，可是媽媽答應要帶他和弟弟離開，最後卻沒有做到，感覺就像是被媽媽騙了。後來他……他長大後，終於遇到一個值得信任的女人，就像媽媽一樣，所以他處處依賴著前女友，但……」

雲智幫雅蘭接下去，「但交往了六、七年後，曾姿如對他提分手，又要求他別再聯絡。他覺得再次遭到背叛，一定感到相當痛苦。」

「感覺像被騙了第二次。」

「對。可是因為他的個性，無法把這種痛苦表達出來，一直悶在心底。」

「加上他本身就有憂鬱的傾向，活得很難受、很痛苦，想要自殺。」

「可是他怕死，又死不成。」

「所以他最後想出一個辦法，就是……」

「對，就是這樣——用殺人來換死刑。」

雲智回辦公室後，和雅蘭一起唱雙簧般推導出一個可能的結論。

今日終於見到了文慶的家屬，詳聊後又從中推想出他可能的殺人動機，對雲智的辯護工作而言乃是一大進展。

「再來，就是等鑑定報告了。」雲智說：「看看專家的說法和我們的結論吻不吻合。田教授和鍾宛晴那邊，應該能從文慶口中問出更多的事情。」

「老闆，你現在很高興我知道，但……我要說一件悲慘的事。」

「什麼事？」

「辦公室沒咖啡了。」雅蘭站起來說：「你那麼高興，一定想喝咖啡吧？」

「真了解我。」

「我去樓下對面買現成的！」雅蘭邊講邊抓起椅背上的外套。

「不，今天我去。」雲智很堅持說：「晚上外面又變冷了，我去買上來，妳等我。」

「好吧。但是……」雅蘭的頭歪向一邊，問：「你知道我想喝什麼嗎？」

「當然！」

雲智微笑著，馬上奔出門，小跑步到樓下。他此刻的腦袋裡除了文慶的案件，剩餘的一小處空間便是熱騰騰的咖啡。特別是在此寒冷的天候下，他更需要一杯熱咖啡醒醒腦。他想要再好好詳細梳理文慶的動機。

馬路上的燈號見雲智到來，馬上轉成綠色，彷彿此路為他而開。

然而，他才到咖啡店門口，一名男子忽然從他身後冒出來，叫喚：

「大律師，你好啊！」

雲智轉頭一望。對方不是他認識的人。

男子穿著深藍的長袖襯衫，領口至胸前一片汗濕，襯衫外只套了一件單薄的夾克。仔細看，他五官細長，眼睛瞇成一條線，頭髮散亂，鬍渣沒刮乾淨，揹著深灰色的肩包，掌中抓著一小本記事簿。

「你是……哪位？」雲智問。

「嘿嘿，不知余大律師呀……你現在有沒有空呢？」

他從夾克內側掏出一張名片，迅速遞給了雲智。名片上寫著──

「參週刊採訪記者　施勇達」

雲智瞄了一眼，問：「有什麼事嗎？」

「我想請問，為割喉魔辯護到現在，你有什麼樣的感想？」

「不好意思，我無可奉告。」雲智轉身，要推開咖啡店的門。

施勇達搶先一步，伸出手臂擋住雲智的去路，說：「別這樣嘛。你今天見到陳文慶的親屬，還和對方喝茶聊天的，一定套到很多有用的資訊吧？透露一點吧，你為割喉魔想到了什麼辯護新招？」

「你……跟蹤我？」

「跟蹤？說那麼難聽幹嘛呢！」勇達露出猥瑣的笑容。「記者有記者的職責，這叫做採訪！採訪嘛！對不對？」

「我沒有什麼好說的，請讓開。」

雲智不甩他，硬是擠過他的手臂，直接進門點咖啡外帶。

店員的服務很有效率，五分鐘不到，便把雅蘭每次會買的拿鐵和雲智自己常喝的濃縮咖啡備妥。他付了錢，開門走出店外，想不到勇達還站在原地。

雲智緊拎著紙袋，頭也不回走向紅綠燈。

勇達宛如蒼蠅飛黏在身後，說：「欸……欸？你別走那麼快嘛，余大律師！你可是全台矚目的焦點，好幾束燈光都打在你頭上哩。不然這樣，你跟我透露一點，陳文慶又說了什麼驚天動地的話嘛。」

「他沒說什麼話。」雲智邊走邊應付。

「這倒也是，哼，他一審運氣好被判無期，結果到了今天還沒向被害者家屬道歉呢，他不知反省嘛……我應該可以這樣寫進我的報導吧？」

雲智定住腳步，嘆口氣，然後轉身說：「他有自己的人生困境。」

「哦？看來你跟他的家屬挖到不少料嘛。」勇達說完，哼笑了一聲，繼續說：「因為自己有困境，所以殺了別人的小孩，造成別人家的困境，可真了不起啊。」

「你到底想知道什麼？」

「我只是個靠寫字謀生的，哪想知道什麼呢。不是我想知道什麼，而是我的讀者想知道什麼、輿論希望從我寫的文字看到什麼。」

「你認為民眾想看到什麼？」

「嘿嘿，」勇達賊笑了一下，「你在網路上隨便點一條陳文慶的新聞，下面的留言不是很明顯嗎？我直接講吧，免得大律師回家看完所有留言，良心過意不去，結果晚上失眠睡不著覺……」他霎時收起笑容，板起嚴肅的面孔，說：「殺人者償命，就是過半民眾的聲音！」

「償命？」

「為了廣大的民眾，嘿，陳文慶的庭審，我可是每場都去旁聽了。他當真想用殺人換死刑的話，為什麼不乾脆自殺，死了不就算了嗎？哼，他幹嘛非得帶走一條和他自身無關的生命？結果呢，他自己現在卡在審判中要死不死的！哎，小男孩死得真無辜呀！很多民眾對這點可是超不滿的。殺人不償命，還有什麼社會公義呢。」

「有哪個人真有資格代表被害者家屬發聲！」

「哦？沒死小孩的人，就沒資格評論囉──你是這個意思？」

「評論是個人自由，就像你要怎麼寫報導也是你的自由。可是，不管民眾、報章雜誌怎麼評論，我不認為他們真正感受到被害者家屬的痛苦，畢竟他們沒有親身經歷過。他們只是恐慌、害怕，他們擔心自己或自己的親人成為下一個受害者。」雲智鎮定地說：「只有體驗過同樣痛苦的人，才有資格站出來代表被害者家屬說話。」

「說得頭頭是道嘛。不過大律師呀，我提醒你一點，免得你忙著為殺人魔辯護，結果忘記了。」勇達諷刺一笑，又說：「民眾的喧囂附和，或是你說的恐慌心情，先擺著不談好了。現在喊著殺人償命的，可確確實實是被害者的家屬喔。你該不會沒看新聞吧？」

「假如一個人因為頭腦生病而殺人犯罪，被害者家屬會同樣要他去死嗎？你不會想讓他先接受治療，而要求直接把他送入刑場嗎？」

「嘿，像你剛說的，我不是被害者的家屬，我無權決定被告的生死。不過，生病是你在說的吧。陳文慶一審的精神鑑定可沒什麼病呀，對不對？」

「精神鑑定已經重新在進行了，這次會做得比前審更詳盡。結果出來之前我不會對你多說什麼。」

「哼，萬一，我說萬一……萬一這次鑑定結果是陳文慶有精神病，你撇下律師的身分捫心自問，你會相信哪個結果？你覺得民眾會相信哪一個是真的？好吧，你不想談民眾嘛，沒關係。

可是，你覺得家屬會相信哪個結果？有病，或是沒病？」勇達再冷哼一聲，用訓話般的語氣說：「再提醒你一點呀，大律師！不管結果是哪個、不管死者的家屬相不相信，他們都不可能感到滿意的！」

聽完，雲智愣在原地，答不出話，只能默默見記者漫不經心地揮手道別、離去。

他轉身抬頭，望向紅燈，驀然想起了五年前害死俐芳的凶手朱健宗。倘若朱健宗當時沒自殺，確實做完了精神鑑定，且結果是有精神病，那麼自己肯相信鑑定結果嗎？如施勇達所說的，自己會因為朱健宗有病，而原諒他將俐芳推落鐵軌的殺人行為嗎？

雲智感覺，手上的兩杯咖啡似乎不像剛拿到手時那麼溫熱了。

二〇一四年農曆年過後，三個鑑定團隊對陳文慶的共同鑑定完成，進入看守所共計十五次，取得了大量資訊。雲智不久後即從法院拿到了鑑定報告，法院並通知三月底將分兩天進行鑑定證人之詰問，以及最終的言詞辯論庭。

鑑定結果顯示，文慶在精神科臨床診斷完全符合「分裂病性人格疾患」，帶有部分「邊緣性人格疾患」的特徵。他的邏輯思考有自閉傾向，且情緒長期低落，符合「低落性情感疾患」，在犯案當時及之前幾週的情緒，很可能達到「重度憂鬱症」的程度。

雲智疑惑，一審做精神鑑定時，只說文慶存在憂鬱和焦慮的症狀，和這次的診斷比較，兩次結果怎麼差那麼多？

他立刻打電話到蘇瑞陽的事務所。正好是蘇律師本人接的。

『余律師，你時間算得真準吶！我才剛回高雄哩。』

「精神鑑定完成，結果到我手上了。我有幾個問題想請教蘇律師。」

『好呀好呀，我待會下午兩點有空，你帶資料來我這裡吧？』
「好的，謝謝，我會準時到。」
電話剛掛掉，馬上又響了起來。雲智順手接起。
『余律師，是我。』是鍾宛晴的聲音。『我們前幾天做完所有鑑定，已經把結果函送給法院，接下來要麻煩你了。』
「在我手上了。」
『你效率真高！』
「我還沒仔細看，但有個問題先要請教妳。文慶犯案前，曾去過一間診所，診斷結果好像叫……潛伏型精神分裂症，跟這次的診斷有關嗎？」
『名稱不同而已。是同一種症狀。』
「什麼意思？」
『精神疾病常見的分類系統有兩種。一種是世界衛生組織出版的《國際疾病分類》系統，經常簡稱ＩＣＤ；另一種是美國精神醫學學會出版的《精神疾病診斷與統計手冊》，簡稱ＤＳＭ。』
「兩種分類法？」
『是的。潛伏型精神分裂症，是一九七七年ＩＣＤ第九版提到的名稱，剛好對應到一九九四年ＤＳＭ第四版的分裂病性人格疾患。你在鑑定報告中還會看到一種名稱，叫準精神分裂症，是另一個團隊在用的，出現在一九九二年ＩＣＤ第十版。』
雲智一手拿電話，邊聽邊做筆記。
『潛伏型精神分裂症、分裂病性人格疾患、準精神分裂症，三者均有相同的診斷特徵。換句話說，同一種症狀，但不同的稱呼。』宛晴續道：『另外，美國DSM去年五月翻新成第五版，所以我剛才提到的各種名稱，也可能會有變動。』

「名稱好多，弄得我有點混亂。」雲智略顯抱怨地說：「怎麼不統一命名呢？這樣法官怎會知道哪個症和哪個症是相同的？」

『我待會傳簡單的資料給你看看。今天打給你最主要是要跟你約時間。』

「妳要過來跟我討論？」

『不只是我，還有田教授，他願意和辯護律師談談這件個案，以個人名義過去。』

「田教授要過來？這……」雲智略顯遲疑。

現行法律雖無明文禁止辯護律師和鑑定人私下約談，但在司法實務上，於開庭之前和鑑定人接觸通常會有檢方在場，而且雲智印象中曾聽蘇律師提過，大多數鑑定人會避免和辯護律師討論案情，以免降低作證時其證詞的可信度。但是，現在田教授居然想要主動私下會面，這使得雲智感到些許訝異。

『明天上午方便嗎？』宛晴追問。

「好吧，我時間上可以。可是，我和田教授會面，可能得低調一點。」

『好的，那麼我明早會和教授一起過去事務所。』

雙方掛上電話。很快地，雲智收到了宛晴寄來的資料。

上面羅列出文慶經診斷後具有的兩種疾患，分裂病性人格疾患和邊緣性人格疾患，並注明出自DSM第四版。

雖然是簡省過的條列式資料，其中出現的幾個專有名詞，雲智看得不是很懂。不過，他仍可大略掌握診斷特徵的描述。文慶確實符合其中的某些特徵，比如說文慶自稱是教主，思想怪誕；說話方面則有時模糊、隱晦難懂，有時又過分詳盡；另如缺少人際關係、幻聽、多次自殺、過分的社交焦慮感、情緒反應過度、心情不穩定、難以控制憤怒等，皆符合雲智聽聞到及親眼見到的樣態。

雲智打量著，自己還得花時間比對手上的資料，詳細閱讀鑑定報告。

然而，眼前必須做的，即是動身前去蘇瑞陽的事務所。

一進門，雲智便見到瑞陽的額頭上多了一大片絆創貼。

「蘇律師，你的頭怎麼……」

「這麼明顯呀？」瑞陽輕輕摸了摸額頭。

「你又被……被告打了？」雲智問。

「唉，甭提了，律見時他邊打、還邊嚷著要代替玉皇大帝懲罰我，無奈唉……」瑞陽嘆氣後，反問：「你呢？陳文慶沒對你出手吧。」

「是沒有。」

「那你比我好多了吶。」

「我其實……不覺得接這件案子有比較好，我現在遇到一個問題了。」

「有問題才好，司法才會進步呀。你說說吧，是什麼問題？」

「一審的鑑定說文慶的憂鬱和焦慮症狀並未影響行為能力，但二審的鑑定怎麼出現那麼多種嚴重的病症？」

雲智將病名一一列出，順便提到因分類不同而產生的名稱混亂。

瑞陽揚起眉毛，以試探的語氣問：「這樣不好嗎？這次是由好幾個團隊共同鑑定，結果也對你的當事人有利呢，看你反而不大開心的樣子？你該不會還覺得陳文慶詐病吧？」

「我只是懷疑，兩次鑑定未免差太多了。」

「你還記得前年挪威那件大規模射殺的槍擊案嗎？」

「你是說布雷維克？死了七十幾個人的那樁案子？」

「是呀，大屠殺吶。」瑞陽搖搖頭，嘆道：「他先放炸彈，再用狙擊槍隨機掃射，唉，真的死傷慘重哩[3]。」

「凶手好像是為了什麼政治理想吧。」

「我們不談他的政治思想，談精神鑑定就好。他被逮捕後，做了兩次鑑定，結果完全不一樣，第一次說他有一卡車的精神病，第二次又鑑定說他沒病。」瑞陽繼續說：「日本東京都和埼玉縣連續幼女綁架殺人事件[4]的加害人，總共做了三次精神鑑定，結果分別是有責任能力、多重人格、和精神分裂症導致精神耗弱。台灣也有一個著名的案例，凶嫌先殺害了一對年紀小的姊妹，服刑幾年出來後，又殺了一名少婦[5]。」

「法院有對他做精神鑑定？」

「當然有啊，他犯下第一起殺人案之後，總共做了四次鑑定，居然拿到了三種鑑定結果——心神喪失、精神耗弱、正常有責任能力。如果今天你當法官，你要怎麼判呢？是要直接判他死刑，還是判他無罪、無期、或減刑呢？」

「怎麼三種結果都有？是因為每次精神鑑定的標準不一致嗎？」

「確實是呀。」瑞陽的口氣很理所當然。「我先問你啊，什麼是『精神』？怎麼定義？」

「精神？一個人的內在的、心理的……呃，定義範圍好大……」

「如果無法定義什麼是『精神』，連『健康的精神』是什麼模樣都說不出來，又怎能說一個人『精神有病』呢？坦白說，各式各樣的精神疾病其實是被許多叫做專家的人所定義出來的。我認為呀，研究精神病的專家們必須承認，精神醫學有它的極限吶。

「另外，精神病的成因非常複雜，像精神分裂症就是，不管做抽血、X光、腦波檢查、核磁共振，都很難找到確實存在的病因，目前只能從許多側面情況做綜合判斷。我只能說，我們要完全認識人心的運作，其實還有很漫長的研究路要走。」

「話雖如此，但法庭上要進行精神鑑定，總得有一套標準。依正規的標準流程來判斷有病或沒病，有病的話又是什麼樣的病，至少能讓民眾信服，不會讓他們對判決有疑慮。」

「你的意思是……目前沒有一套施行的標準？」

瑞陽肯定地點點頭，說：「好萊塢的法庭劇不是常會演，被告假裝精神病，透過操弄司法而逃過法律刑責嗎？演戲歸演戲嘛，實際上我認為，真正的問題不是出在被告，而是精神鑑定的標準不一，沒有統一的規範。這方面，台灣更是嚴重多了——沒有標準流程，被告要生要死的命運，完全靠精神科醫生的主觀判斷。」

---

3 二〇一一年七月二十二日午後，發生於挪威首都奧斯陸市（Oslo）的爆炸事件，以及數小時後發生在烏托亞島（Utøya）向人群隨機射擊的槍擊事件，其犯人為三十二歲的挪威人安德斯・貝林・布雷維克（Anders Behring Breivik），當場遭逮捕。兩事件共造成七十七人死亡、六十六人受傷，引起國際關注。

4 此指發生於一九八八至八九年間的日本重大社會案件，其犯人宮崎先後綁架、傷害及殺害四名女童，並幻想吃掉女童後會使死去的爺爺復活。

5 陳姓凶手於二〇〇三年殺害八歲及九歲的劉姓姊妹，因自首、且被判定患有精神分裂症（思覺失調症），兩度更審獲判十二年徒刑，並入監服刑六年多。他出獄後，於二〇一〇年十月，藉徵人廣告誘騙林姓女子至新北市租屋處，持棍棒將女子敲打致死。

「不是有ＩＣＤ或ＤＳＭ可以參考嗎？症狀表現、特徵之類的？」
「唉。你知道台灣有醫生為了給被告鑑定，而施予催眠、或給被告注射樂耐平嗎？」
「樂耐……那是什麼東西？」
「一種鎮定劑，可以當安眠藥使用。鑑定醫生說打了這種藥，被告就能達到最放鬆的狀態，而最放鬆的程度就是睡著，維持睡著的狀態就能讓被告說真話，回答任何問題……什麼跟什麼嘛！國外標準的鑑定方法，是藉由問答、問卷、測驗、觀察等方式旁敲側擊，哪有給對方施打藥物的？」
「精神鑑定時打藥物，蠻誇張的。」
「誇張？那還比不上要被告去觀落陰，和死者對質吶。」
「觀落陰？！」雲智近乎尖叫。
「五花八門的鑑定方式，什麼奇怪的都有吶！台灣的精神醫學到底是不是一門嚴謹的科學，我到現在仍然很質疑。法院若再不公開精神鑑定的流程和進行方式，民眾當然就繼續看不到，自然會繼續對疑似有精神病的犯人產生集體恐慌，甚至說呀，民眾最後仍會繼續譴責做出無罪或減刑判決的，通通是恐龍法官。」
「明明絕大多數法官不是精神科醫生，沒有精神方面的專業。」
「是呀，一定有很認真判案的法官，卻被輿論罵得很冤枉。」
「你覺得陳文慶的精神鑑定準確嗎？」雲智問。
瑞陽翻閱鑑定報告，聽到雲智的問題，突然抬頭瞪了一眼，又低頭說：「我簡單翻了一下……按理說，精神鑑定是距離案發時間愈接近愈準確，不過也要看狀況而定。這次鑑定雖然離案發有段時間了，不過相較於前審只進行一天的鑑定，這次有三個團隊在做，且做了快半年，前前後後十五次，面談時間夠長、資料也夠多……來，你看看這張。」

瑞陽指著前審的鑑定時間。陳文慶當天被戒護至醫院，上午九點半抵院後，開始由鑑定人、社工師和心理師陸續進行訪談，直至中午；下午開始，即交由心理師做心理測驗。當天往返，一天內結束。

「時間不夠長！」瑞陽馬上說：「早上才兩小時多怎麼夠！」

「你覺得時間太短？」

「你可能以為，像你我之間的一般人對話，花上兩小時可以聊天說地的、談很多事情，但陳文慶不是一般人吧？你和他剛開始見面的互動狀況如何？」

「現在是好了一點，可是他起初不大想跟我說話，一直趴在桌上，問什麼也沒法好好回答。」

「是呀。以兩小時半來算，真正能問到重點的，恐怕連半小時都不到吧，還有很多個案家庭背景、犯案細節的問題得問……我不大相信第一份鑑定。」

「鑑定人為什麼不向法院表明時間不夠？」

「你問我我怎麼知道！」瑞陽忿忿地說：「醫生明知道鑑定過程有限制，和個案談話互動中，欠缺能判斷有病沒病的素材，卻硬要做出報告。醫生大可說被告不理我啊，雙方沒建立信賴關係啊，時間不夠啊！鑑定不出就說鑑定不出嘛！」

「你有遇過類似的鑑定嗎？」

「何止！我有很多被告，做鑑定時都是這樣搞的。」瑞陽潰堤似地滔滔不絕。「大概六年前吧，高雄左營有一間洗衣店被人縱火，死了一家四口，另外兩人受傷，那時新聞鬧很大，警察後來追查到一位在科技大學任職的陳姓講師，現場證據都直指是他縱火的。檢調單位發現他去高醫看了好幾年精神科，曾有妄想、躁鬱的病歷，可是呢，檢察官光從外表看，就判斷他精神狀況和一般人沒兩樣，直接依殺人和公共危險罪起訴他了。說來諷刺呀，因為精神障礙而鎖定被告，起訴後卻主張被告的心智正常，唉，不知道這位檢察官是存什麼心態在辦案的。

「後來，案子到了法院，我向法官聲請做精神鑑定，結果醫院鑑定的時間只有六小時，而且呀，寫報告的鑑定醫生竟然沒有面對面和陳姓被告訪談，你說誇不誇張？」

「沒訪談也能寫出報告？」

「誇張吶。」瑞陽怫然不悅地說。

「我好像可以理解，你上次為什麼會建議我最好能有一位心理方面的專業人士從旁輔助了，必須有人幫忙看鑑定報告做得仔不仔細。」雲智拉回正題，問：「那麼我這個案件，你再來會建議我怎麼做？」

「我在想呀，檢方可能會傳前審的鑑定人，支持被告有責任能力的論述。無論如何，法官並不懂精神醫學，所以你和檢察官交互詰問每位鑑定人時，可以強調前審和這審的鑑定時間長短，構成一種鑑定準確度的對比，好讓法官內心自然形成較支持這次鑑定的心證。」

「這次做得這麼詳細，法官或許會相信這份鑑定，可是……」

雲智頓時想起了參週刊記者說過的話——

〈你覺得家屬會相信哪個結果？有病，或是沒病？〉

〈不管結果是哪個、不管死者的家屬相不相信，他們都不可能感到滿意的！〉

「被害者家屬，唉……」雲智吐一口長氣，感慨地說：「他們會相信陳文慶真的有精神方面的疾病嗎？」

「余律師，我開個小玩笑，要是冒犯到你，不好意思啊。不過，」瑞陽轉為笑臉，說：「自從上次和你見面聊過，我愈聽你說話呀，愈覺得你像是被害者家屬那邊的人，可你明明就不是，對吧，哈哈……」

雲智沒跟著他一起笑，反倒一言不發，表情木然。

「哈……呃……」瑞陽愈是搬笑，笑容愈是僵硬，末尾趕緊補一句：「玩笑話、玩笑話，只是感覺而已。」

「我確實，是另一件案子的被害者家屬。」

「呀？呀呀呀啊……」瑞陽頓時傻眼，問：「你說什麼？」

雲智原本不願意說出口，但他頓了頓，終於把過往的經歷和此次接案的來龍去脈簡潔地說過一遍。

瑞陽聽完後，吸了好大一口氣，顯露彷彿了然於心的神態，說：

「難怪呀！我就感覺你接這案子，理由一定不單純。」

「面對陳文慶，我的心情有時還滿矛盾的，我自己有發現。」

「矛盾是人之常情。但我想問，你覺得遺憾嗎？」

「對什麼遺憾？」

「把你未婚妻推落火車月台的那個犯人，你剛說他姓朱對吧？」

「對，朱健宗。我一輩子都忘不了他的名字。」

「你對朱姓犯人自殺，會感覺遺憾嗎？」

「會吧……」

「為什麼會？」

「感覺他……他有很多事情都沒有交代清楚，就這樣死掉了。把俐芳推下去的那刻，他在想什麼？他為什麼事後沒有表現悔意？他知不知道被害者也是人？他把對方看成是什麼，是什麼樣的心態讓他做出這種事情？很多很多……」雲智說著說著，心情不覺惆悵了起來。

「我相信案件發生後，多數的被害者家屬應該都會有跟你相同的疑問。」瑞陽又問：「假如他五年前沒自殺，你會希望他被判死，好還你一個公道嗎？」

雲智不是沒想過這問題。當初他至犯罪被害人保護協會接受心輔時，宛晴也曾點出同樣的問題，而他的答案至今依然沒變。

「不會。」雲智答：「我會希望朱健宗活著，活到真的知道自己做錯了，他……他必須一直活到跟我道歉，跟俐芳道歉，跟她的父母道歉。」

「假如他沒自殺，經鑑定出來有精神病，接受法院的監護處分[6]，在指定的醫院進行藥物和心理治療，他的心靈有一天確實可能復原，可能會知道自己有錯，會向家屬道歉。」瑞陽進一步說：「不過呢，要是他治療了五年之後，醫療對他沒產生什麼效果，他仍不覺得自己犯錯，也不曾向家屬道歉，那麼你還會想要他繼續活著嗎？」

「不管怎樣，發洩心中不滿，去殺人，然後想自殺……我、我絕不能讓他這麼好死……在死刑場上對他開一槍，太便宜他了！我不會讓他如願，讓他真的就去死！」雲智語氣帶著慍怒，卻也非常篤定。但話一講完，他便察覺自己失態，於是他很快縮起下巴、壓抑住情緒，說：「當然，這只是我的想法吧。不見得每個被害者家屬都跟我有同樣的看法。就像現在這件案子的男童的家屬，他們或許覺得，一命抵一命是最佳的解決方式；犯人死亡，或許能夠舒緩他們心中的不平。每個人想法不同吧。可是我會想，儘管無法改變犯人——但會不會只有要他一直活著，才能證實他真的無法改變？如果輕易地將他處決，我們就永遠不能知道他到底有沒有機會認知自己的錯誤了，不是嗎？」
「看來我沒幫錯人。我的選項和你一樣，但選答的理由和你略有不同。」
「你的理由是……？」
「精神障礙者犯案的動機往往令人費解，所以我不認為我們非得在短暫的審判過程中找出他們的犯罪動機，只要他們不被判處死刑，我們就有時間和機會慢慢了解他的一切。但無論如何，余律師，我們選這同樣的答案，就得要有心理準備。」
「什麼樣的準備？」
「被輿論譴責的準備。」瑞陽突然面轉愀然。「這麼說好了，陳文慶往後的路可能只有三條：一、死刑。二、一輩子或半輩子關在監獄。三、接受監護處分，到醫院做處遇治療。」
「現在大部分輿論幾乎是偏向第一條，得判他死刑，直接讓他在我們的社會上消失。」
「正常吶。多數民眾表面上可能認為，速審速判速槍決，能遏止其他有潛在殺人傾向者的模仿效應。不過我認為呢，問題並不是出在陳文慶被判死了之後，是不是有人會因為害怕槍決而不敢犯同樣的罪。問題在於，選了第二、第三條路所造成的隱憂。」
「隱憂？」
「關在監獄，總有一天可能假釋出獄；在醫院做完治療，總有一天會復歸社會。」瑞陽冷靜地吐了一口氣，說：「民眾真正擔心的，其實是自己將來如何面對重回社會的陳文慶？」
「什麼意思？」

6　監護處分，屬保安處分的一類，主要針對精神障礙者，且不能在監獄裡執行，須送入精神病院或醫院等處所矯治。依《刑法》第八十七條第三項規定，監護處分最長五年。

「你想想呀，一個精神有問題、和一般人相異，而且曾經殺害兒童的人，我們要怎麼和這種高風險人口共處？」

「所以，民眾的心態早已把他排斥於社會外了？」

「對唉，出於恐懼的心理。畢竟沒人知道他回到社會後，會不會仍是一顆不定時炸彈，隨時可能引爆。」

「如果在監護的醫院裡就把他治好了呢？」

「最多待五年，有可能嗎？就算有可能好了，難道他復歸社會後，就不再需要醫療協助，或定期追蹤了嗎？現有的醫療和社會資源能銜接他回到社會嗎？民眾能放心嗎？偵辦和審判期間，他的基本個資已經全台遍知，你認為他回到社會後，有人能不帶有色的眼光看待他嗎？」

社會安全和精神醫療，兩者的平衡點在哪裡？——雲智不禁思及這問題。

瑞陽見雲智未搭腔，又繼續說：「美國的司法有一種『精神健康法庭』，法官會要有精神疾病的犯罪者可轉向社區處遇，並運用社區資源，一方面有助於他回到社會生活，另一方面可以減少監獄超收的財務壓力，不過通常是用在犯罪情節較輕的病人。日本缺少保安處分制度，主要交由精神衛生單位去做，但有人會質疑，可強制住院的時間短，對社會安全的維護可能不足。各國都在思索各自的方法，但我要老實說，台灣這方面更是嚴重不足。」

「台灣哪裡不足？」

「我們的高檢署對監護處分費用有一定程度的控管，講簡單點就是資金不夠。再來呀，很多醫院因為健保、經費問題，還有執行上長期、短期戒護的手續過於繁雜，根本不想收這類病人，甚至有醫院直接回函給法院，說這人沒有精神病、或說不需要監護處分吶。

「結果現在的狀況變成呢，幾乎是將罹患精神疾病的犯罪人放在各地方獄所內自行管理，講難聽點，就是讓這些病人在監獄裡自行腐朽，畢竟戒護人員能提供的照護有限，要是本身沒受過充分的醫療訓練，也常會把受刑人的精神狀況當成是『來亂的』。現在只有非常嚴重的病人，才會勉強塞入台中的培德監獄的附設醫院強制治療。我不得不講呀，現今有精神狀況的人犯愈來愈多，但人力、財力、物力、收容空間等資源嚴重不足，這些病人當然不可能得到多麼充足的醫療照護，更別指望他們能恢復、回到社會。

「光台灣現行的制度規劃，就很難保證他能被治好了，更甭提精神醫學有其極限，還不夠進步到能將病人完全治好。我看過最多的，就只是用精神藥物勉強控制行為而已，心理治療根本不足呀。」

很多司法、獄政、醫療、社會資源運用等問題待解決，然而一般人的思維往往會挑簡單的路走——要嘛把罹患精神疾病的犯罪者一輩子關到死，不然就是直接將他們處以死刑，尤其是針對惡行重大的犯罪者。

若當真他們能重回社會，現行的制度並不能確保社會整體的安全，因此民眾的不安全感便油然而生。此刻，城市裡正蔓延的集體恐慌、恐懼，不只出於對犯罪者凶殘的做案手段，更多是出於對精神障礙者的隔離和排斥。

想到這裡，雲智終於明白瑞陽會不斷替許多精神障礙者辯護的理由。

「我這樣講完，你還想繼續為陳文慶辯護嗎？」瑞陽問。

「這次審判，或許能同時讓大家見到制度上的不足。我相信，種種制度會有改善的一天，而且時空不是不變的，或許……或許明天，或到了明年、後年，未來會有更好的藥物或治療方法誕生，不管怎樣，我都不希望他被判死，他必須接受更好的醫療，然後終生向被害者家屬懺悔。」雲智停了一會，以力挽狂瀾的態度說：「我不會放棄！」

「堅持站在多數輿論的對立面，你確定做好心理準備了嗎？」

「請你指點我，詰問鑑定人時，我該注意的地方。」

隔天上午，田秋明教授和鍾宛晴來到事務所和雲智碰面。

田教授約五十歲上下，身高比雲智矮半個頭，體型卻頗健壯，似乎有在練身，比較引人注意的，是他嘴上留的八字鬍，就像品客洋芋片的商標，增添了一股中年男子的性感帥氣。他一開口說話，清亮的嗓音瞬間讓年齡掉了好幾歲，而他注視人的眼神，不時釋出一種親和感，又像在反覆審視對方，彷彿和他面對說話的人都是接受鑑定的對象。

「律師，久仰大名了！」田教授接過雲智的名片時這麼說。

「我昨晚熬夜讀報告，」雲智也以客套回應：「先得感謝教授認真帶團隊，這麼用心為我的當事人鑑定。」

雅蘭端了三杯咖啡進洽談室，說：「兩位請用！」

「哎啊，這麼漂亮的助理呢。」田教授向雅蘭稱讚。「聽宛晴說，妳是余律師得力的助手呢。妳和律師一起為這件大案費心費力的，年紀輕輕的真不簡單。」

「哪裡，我盡本分而已。」雅蘭臉紅了起來。

「妳不介意，就跟我們一起坐著聊，好嗎？」田教授說完，轉頭對雲智問：「多個助理一起聽，一起了解狀況，可以吧？」

「沒問題的。」雲智答。

「那我……」雅蘭掛起微笑，說：「我先把外面桌上的檔案整理一下，待會馬上進來。你們先聊。」

宛晴趁寒暄之際，從公事包拿出一台筆電，開機等待畫面。

雅蘭出去後，雲智馬上進入主題，說：

「這次鑑定，過程應該耗了不少功夫。」

「這審的法官非常認真，」宛晴一面移動滑鼠，一面說：「法院肯花大手筆撥款囑託三個單位鑑定，顯見法官們很重視這件案子。」

「宛晴說得對。」田教授喝了一口咖啡，說：「長庚醫院的魏醫生就有跟我私下聊到，只要是做司法上的精神鑑定，醫院一定虧本，肯積極承接案子的，大概只有規模較小的民營醫院，要不然就是軍醫院。一般醫院要是接到這種司法鑑定，因為拿到的錢不夠，所以只肯勉強撥出有限的時間和被告晤談、做測驗，鑑定品質自然下降、不夠準確。但這次鑑定的狀況，真的不同於以往啊。」

雲智說：「我記得《刑訴法》有規定，鑑定單位可以把被告留置在那裡一週，好檢測他的各項精神狀況。」

「規定是這樣規定，」宛晴補充說：「但法院在實務上通常只准許被告當天來回醫院和看守所，很少像這次破例讓我們幾個團隊進去看守所。」

「這次能得到那麼多分析的素材，多虧了律師指點。」田教授眉開眼笑，說：「我們每次進去，文慶都會要求我們買東西給他，雖然花點小錢，但相互之間很快就建立起信任感了。」

「不然一開始，問他什麼都不想回答。」宛晴附和。

田教授喝了一口咖啡，說：「他的邏輯其實很單純。」

「怎麼說單純？」雲智問。

田教授撇頭問：「宛晴，檔案開好了吧？」

「可以了。」宛晴將筆電螢幕轉了四十五度角面向雲智。「余律師，麻煩你坐得靠過來一點，我們一起看。」

雲智調整座位角度後，宛晴開啟影片檔案夾，說：「有幾個重要的片段是我昨天整理出來的。我們看完之後，教授會指出他觀察到的重點。」

接著，她點按滑鼠播放，說：

「這段是田教授和文慶第一次對話，開始囉。」

田：你的名字叫陳文慶，對吧？

陳：……（趴在桌上沒說話）

田：你別緊張。我姓田，現在換我來跟你聊聊。

陳：啊嗚……（打呵欠）

田：剛才的測驗，會不會很難寫？

陳：（抬頭看田教授）你上次是不是有拿餅乾給我吃？

田：上次不是我喔。你……你現在餓了，是嗎？想吃東西？

陳：想。

「先暫停一下。」田教授指示宛晴。

畫面暫停後，雲智問：「你有拿餅乾給他嗎？」

田教授答：「按規定是不行，怎麼能用食物賄賂他呢？不過我當場想了想，要是能讓他改變態度說實話，給他一點小東西應該沒關係。所以你等一下會看到，我問旁邊的管理員有沒有一塊餅乾之類的，後來管理員就出去拿了一小包營養口糧進來。」田教授向宛晴說：「來，我們繼續看。」

畫面上，文慶拿到口糧後，沒說什麼便立即要剝開口糧的塑膠包裝，可是他打不開，表情一時嚴重皺結起來，手指來回扯著袋子，一次又一次使勁，宛如拿到一根香蕉的猴子，看似既興奮又非常焦急。好不容易扯開包裝了，他即刻抽出一塊，狼吞虎嚥地一直啃著。

陳：……（不停地吃）

田：你慢慢吃唷，別噎著了。

陳：嗯……（繼續咬餅乾）

田：整包口糧都是你的，好不好？慢慢吃，我可以陪你吃兩小時沒關係，你慢慢來，別急。

陳：……我想喝水……

田：（轉向管理員）不好意思，能不能替他倒杯水？

陳：……（繼續吃）

影片繼續播放，田教授說：

「有沒有看到他拆包裝、吞嚥的動作急成那樣？」

「好像很餓。」雲智盯著畫面說。

「餓是一回事，平常人可不會像他這樣誇張的動作。你得注意的重點是，那是一種出於心理上的飢渴。他肚子餓歸餓，真正渴望的是拿到東西吃的那種感覺，所以你看他，他一塊接一塊的一直往嘴裡塞……」田教授指著螢幕，說：「你看你看，水喝得從嘴角一直流下來。」

「他拿到餅乾，沒表示什麼感謝的話。」雲智邊看邊說：「吃的時候也不太理你。」宛晴按暫停，說：「文慶在吃的時候確實沒理會教授，不過，教授給他吃餅乾這招，很快便讓文慶在見面第一天就願意互動、交流了。」她挪動螢幕上的游標，「再來，我跳一下，拉到比較後面一點的地方。同樣是第一次面談。」

影片開始。陳文慶和田秋明兩人宛如普通朋友般聊天。

田：你很生氣？因為同事常常偷藏你的手機？
陳：嗯啊，不常啦，一、兩次。（趴在桌面上）
田：他們會欺負你，所以你就不想跟他們一起工作？
陳：嗯，做膩了，眼睛有散光，不好做事。
田：你沒想過，去交幾個朋友？
陳：我長得又胖又難看，誰會找我當朋友？
田：誰說你胖又難看的？
陳：我殺人之前有去工廠找我爸，他在那裡當守衛。他一看到我的臉，就說我的臉有皮膚病，很醜、很難看、這張臉找不到工作，一下就把我趕走了啊。
田：還有其他人會這樣說你嗎？
陳：那個……韓國明星啊（歪頭看向教授）……你知不知道那個 S.E.S.[7]？
田：S……S.E.S.？
陳：S.E.S. 的中文名字叫什麼？
田：我不知道耶。你剛說你爸趕走你，記得嗎？

陳：嗯。

田：你聽你爸這樣說，會很難過嗎？

陳：沒感覺啦，反正我爸把我當棋子，他知道我這顆棋子不能用了啊，我說的都實話啊。（邊說，音量邊提高，同時抬起頭來）

田：你這麼生氣，有沒有做過什麼讓自己放鬆一點的事情？

陳：我以前會在家打電動，下班後會一直打。

田：聽起來是很健康的活動。

陳：可是我眼睛有散光啊，嚴重到六百度，眼鏡要戴也戴不久，打電動打很久會很不舒服，眼睛很痛。（伸出手指揉眼睛）

田：眼睛沒辦法長時間看喔……那除了打電動呢？還有做其它活動嗎？

陳：我以前會喝酒，喝酒可以放鬆，可是後來喝到會吐，吐得很嚴重，就沒辦法再喝下去了啊。反正同事欺負我，女友也不理我，又沒朋友，什麼都沒意義了啦。這個世界都是靠弱肉強食的真理在運作的，真理是弱肉強食的話，怎麼做都是對的啊，不然我怎麼會做錯事，我人這麼好。

田：喔，你相信世界是弱肉強食的？

陳：要不然我怎麼會在這裡啊。

田：你認為自己是弱的、被欺負的一方，現在才會在這裡？

陳：嗯啊。

7 韓國女子歌唱團體S.E.S.活躍於一九九〇年代後期至二〇〇〇年代初期，由三名成員組成。

田：我剛才請你吃餅乾，你會覺得我是強的一方嗎？

陳：那不一樣啦，你不懂啦，那叫做投資報酬率，你給我多少，我就要還你多少啊，要不然我為什麼要坐在這裡給你問？

「暫停一下。」田教授嘴唇上揚，說：「不知道他從哪裡學到『投資報酬率』這詞彙的。他的語彙其實很貧乏，他講出這個詞的時候讓我稍微嚇了一跳。」

「他對這個詞好像理解錯誤。」雲智說。

「我剛說他很單純，思考邏輯很簡單，就是因為這樣——得不到好處就不講實話，有好處就通通說給你聽——他其實看待人際關係的方式很機械化，不清楚這叫做『禮尚往來』，反而用很實質化的表達，誤稱叫『投資報酬率』。」

「文慶不容易信任人，」宛晴接下田教授的話，續說：「但只要得到什麼好處，就認為自己該給出相對應的回饋。」

田教授扭動嘴唇，略帶無奈說：「他的思考模式很僵化、又很負面，本身的自尊心很低落啊。」

「他怎麼突然會提到 S.E.S.？韓國的明星？」雲智問。

「我後來去查，確實是韓國的歌唱團體。」宛晴答：「文慶有時話說到一半會突然岔開。長庚的魏醫生說，文慶還突然問過：『赤道為什麼二十四小時都是白天？』完全和當下對談的情境無關。」

「他這樣正常嗎？」

「不正常。」宛晴搖搖頭。「魏醫生說他被關進隔離舍之後，可能開始出現幻聽。」

「我也是這樣推測的，一審的鑑定中並沒有這項症狀。」雲智說。

「和他說話的聲音，男女都有、人數很多，有上帝、各種神明、魔鬼和死去的人，還會跟他談論宗教的教義、民族意識等等，我不覺得幻聽是假的。」

「怎麼知道不是假的？」

「我們有順帶問過看守所的人員。他們確實有偷偷觀察到，文慶自己一個人在隔離舍時會突然脫光衣服，躺睡在地板上，還不時露出詭異的笑容。」

「這麼嚴重？」

「不止。」宛晴繼續說：「他整天坐在牆角，一下子用手摀住額頭、一下子手指在地板、空中亂比劃，不知道在寫什麼，有時候還會喃喃自語，或大聲吼唱軍歌。」

雅蘭這時輕聲開門，走進來後，迅速拉了一張椅子坐在雲智身旁。

「我播一段魏醫生和文慶的對話，你們聽聽就知道。」

宛晴說完，按下播放鍵。

魏：你有想過殺掉自己嗎？

陳：嗯啊。（上半身歪向左邊，左手手臂貼於桌面，手肘弓起撐住頭部）

魏：有付諸行動嗎？

陳：什麼？（眼神飄忽不定）

魏：你殺人之前，有過自殺的經驗嗎？

陳：喔，好幾次了啦，網路上不是有自殺手冊嗎，我查了啊，可是我又怕死，割腕要是沒割到動脈，傷到韌帶不就下半生殘廢？吞藥也想過啊，可是沒死就會腎衰竭。上吊也想過了，可是我住的地方沒橫樑，沒辦法。跳樓怕高，失敗也會變殘廢啊。跳海又怕水，也可能死不成。還有農藥也想過啦，可是我怕喝下去會吐。

魏：你剛說的都是你想過的，但你有沒有真的採取過什麼實際的行動？

陳：我吞過老鼠藥啊，一吞就吐了。我也開過瓦斯要去吸，可是怕窒息的感覺又趕快關掉了。

魏：還有呢？

陳：燒炭、吞醫生開的藥，反正有四、五次吧，最後都死不成……（停頓約二十秒）然後啊我會看到吧，就是啊，我眼睛閉起來就會看到一個網子。

魏：網子？長什麼樣的網子？

陳：形狀長得像……像電蚊拍的那種。（愈說愈小聲）

魏：像電蚊拍的網子？

陳：可是一張開眼睛，網子就消失了（語調變得平板）……反正、反正我怕死，可是就像按鈕，按下去就沒辦法解除，自然走到死亡的結果，應該說死了對我有利，可是我最後還是不敢，想死，又會怕死。我死了，我爸一定很開心，他把我當賺錢工具啊，活著不如死了算了。

魏：你覺得自己死了，你的父母、家人會很開心？

陳：（輕輕低嘆兩聲）我媽的話，我不知道啦，反正文銘長大後才跟我說，我媽很久以前其實只有要帶他離開，沒有要帶我走，唉，我從小反應差啊，我也知道自己理解力比較差，我媽就對文銘比較好啊，就要帶他走，沒打算帶我一起離開我爸。我那時候沒想到他們會離婚。

魏：你爸媽離婚時，你有什麼感覺？
陳：感覺什麼？（連續眨眼五、六下）……飛機為什麼會慢慢地起飛？
魏：呃……飛機會慢慢飛上去，可能是空氣會阻擋飛機，因此飛得會比較慢，有它的道理。回來說你爸媽離婚時的狀況吧，你那時應該有什麼感覺吧？會不會傷心難過？
陳：聽到的時候很驚訝吧，可是沒什麼傷心的感覺，之前已經難過到沒辦法了。
魏：什麼時候開始難過的？
陳：（閉起眼睛，下巴抵在桌面上）……忘了。
魏：你很愛你媽媽嗎？
陳：有吧，可是我從小頭腦就不好啊，也沒想過去找她。
魏：那你和文銘的感情好嗎？
陳：我畢業後就開始工作啦，文銘後來有他自己的朋友，我和他就變得更少說話了。反正我每天工作會累，一回家跟我爸、我弟也沒什麼話可以講。
魏：我們回來聊一下好不好？你說你想自殺，可是都不成功，後來怎麼會想去殺人呢？
陳：想自殺（抬起頭）……讓法官判我死刑就可以。我覺得第一審真的判太輕了，誰知道法官會判我無期，沒想到判那麼輕。
魏：如果沒有死刑，你就不會想用這方法來死嗎？
陳：嗯，沒錯啊。
魏：所以你殺人不是為了想吃免費的牢飯？
陳：我完全沒想過要吃免費牢飯啊，之前說的那是騙人的，說得愈可惡的動機，死得愈容易，第一審跟法官、律師說的不重要，跟你說的才是實在話。（音量提高）想吃牢飯，偷拐騙搶都可以吃得到啊，這世界不公平、弱肉強食，我隨便怎麼做都可以，反正我是真理教教主啊。

魏：什麼時候開始想殺人的？

陳：……和女友分手後吧。（聲音變得低沉）

魏：為什麼分手後就想殺人？

陳：沒有聊天的對象……平常沒什麼興趣……覺得什麼都沒意義了，反正覺得不公平，殺個人來判死刑，應該沒差吧。

魏：你殺人之前有殺過什麼活的東西嗎？

陳：什麼？就殺活人啊，我聽不懂你問的意思。

魏：你殺人之前，有沒有拿小動物來練習過？

陳：咿噁，我連雞都不敢殺，太殘忍了！（皺眉、皺起鼻頭）我看到有人把青蛙的腿往後折，還有釣魚的時候把魚鉤勾在魚的嘴上，我看了都覺得很殘忍！我人那麼好，怎麼會殺小動物！

魏：那你殺人的時候，不會覺得殘忍嗎？

陳：殺第一個的時候，覺得很噁心，不過如果是現在的話，我想第二個男生也會死掉（微笑）。殺第一個之後，只要出去隨便引另一個進來，說你朋友叫你啊或者編個什麼理由的，那個小孩也死定了（再次微笑）。而且我體內的人格，也會教我一些有的沒有的。

魏：人格？什麼人格？

陳：啊，沒有啦沒有啦。（朝半空揮揮手）

魏：體內的人格是什麼意思？

陳：精神分裂啊，會有上帝、神明教我怎樣活在這個世界啊，問我S.E.S.的名字啊，有的沒有的，就其它一些不是自己的念頭啊。

魏：殺人的時候就有了嗎？

陳：殺人之前沒有。

魏：現在才有？

陳：住進隔離舍之後就有了。

魏：所以你現在有精神分裂的人格在說話？

陳：嗯，對啊。

魏：那我們回來談剛才的。你殺完第一個，怎沒叫第二個小朋友進去？

陳：原本就要殺兩、三個的，我應該說過吧，就是殺人的感覺很不好啊，很噁心啊，第一個殺下去感覺很怪，就怪怪的很恐怖。（皺眉頭）

魏：恐怖？為什麼覺得恐怖？可以詳細說給我聽嗎？

陳：（持續皺眉頭）好像在割肉，很噁心啦，突然他的腳就軟了就倒地，又開始噴血的，我沒想過會流那麼多血，嚇一大跳吧很可怕。

魏：聽起來真的很可怕。那第一個倒地之後，你有什麼感覺？

陳：覺得很髒，心很亂啊，想要趕快洗乾淨清理一下，可是血流滿地的，沒辦法清洗，我就想趕快趕快離開那裡。可是我只殺一個，一逃掉就不會被判死刑了，所以我逃到網咖，很煩，我就在想，是不是要去撞火車。

魏：所以你殺人是想要自殺，但是殺第一個覺得恐怖就逃開了，是嗎？

陳：嗯啊。（低頭，揉眼睛）

魏：你為什麼這麼想死？
陳：你問這個沒有意義。
魏：沒意義？為什麼？
陳：（視線直盯著醫生看）你為什麼那麼想活？

「先到這裡。」宛晴按暫停，說：「余律師，你剛聽到了吧？——文慶的殺人動機。」

雲智點頭。他當然聽得一清二楚。

至今為止，關於文慶的殺人動機，終於解開。因為自身長期的精神問題，和家人、其他人的關係薄弱，當女友提出分手，終於成為壓垮駱駝的最後一根稻草，自殺的念頭再度湧起，然而，他要自殺卻始終下不了手，最後決定殺一、兩個人，好讓公權力殺掉自己。

可是，雲智萌生疑點。他問：

「文慶可以在警檢偵辦時就說出真正的動機，他為什麼要隱瞞？說自己想吃牢飯？」

「我有和醫生討論。」田教授說：「我認為，死亡的威力讓他回到了現實。」

「死亡的威力？」

「律師和他相處過，而且從剛才的片段中，可看出他容易緊張，膽子其實很小，幾次自殺未遂，想死、又怕死，思考邏輯很簡單。解決問題的方式大多採用『試誤法』，做了覺得方法不行了，就再換，沒有縝密的計畫，一直嘗試錯誤。」

「殺人時也是？」

「是啊。」教授緩緩地詳說：「他原先粗略的計畫是想用殺人換取自殺，一種扭曲、偏差的思維，但是在廁所拿刀殺下去之後，鮮血從小孩身上大量噴濺，那一刻，文慶生平第一次見識到死亡的威力，他應該嚇壞了，感覺噁心、恐怖、很怪、很髒，當下馬上恢復了現實感。他殺不下去了，於是趕快去洗手、洗刀，停止計畫，他當下產生的念頭就是趕快逃跑，而不是再拉另一個小孩進廁所。他若因為時間不夠，怕有人進來廁所發現，他大可再去其它公共場所尋找下個目標繼續殺，但他卻躲在網咖裡好幾個小時。」

「他在網咖包廂裡……覺得害怕？」

「正確點，應說是混亂、掙扎。他想死，但沒想過死亡是這麼可怕的事，直到他殺了小孩，他才親眼看見，真真實實的感受到了人死掉時的恐怖，因此某種程度上他已經產生了『被判死刑』的恐懼，和他原先要追求的目標互相衝突。」

「要是我被判死刑，劊子手殺掉我的場面是不是也會這麼恐怖？」雲智順著教授的推理，模擬文慶的想法。

「對，他在血淋淋的殺人現場時，是有現實感的，但因為離開了現場，回到包廂、回到日常，偏差又扭曲的想法再次出現。所以他在網咖裡，內心又想著是不是要去撞火車，想用自己能掌控的方式自殺。」

「所以他被警察逮捕後，難以說出自己殺人以換取死刑的目的……」

雲智終於明白了文慶在犯案前後的心態轉變。

「對，他覺得混亂，很煩，對死亡的想法不斷改變。後來在警詢時，因為在他認知裡，只殺一個人可換吃牢飯一輩子，就這樣說出口，而把真正的犯罪動機掩飾過去了。」

田教授的推論相當合理——雲智聽至此，完全釐清了文慶的動機。

可是……

「他有沒有可能說謊？」雲智又問。

「我不認為他在說謊裝病。」宛晴的口氣顯得理所當然。

「我也是。」田教授應和，「他說話的邏輯有時非常有條理，但有時又很不清楚。讓律師觀看的片段，是他說得比較清楚的時候。他岔題、不合邏輯的當下，大概是腦子裡的病症造成的。」

「怎麼判斷他不是在裝病呢？」雲智問。

宛晴解釋道：「假如他有意藉精神病脫罪，他大可說自己分裂的人格在殺人前就有了，或是分裂的人格叫他去殺人的，可是他明確表達『殺人之前沒有』，而是『住進隔離舍之後』才產生了幻聽。」

接著，宛晴拿取雲智桌上的精神鑑定資料，翻開其中一頁。「另外兩個團隊本來要做更多測驗，例如魏氏智力測驗、認知功能障礙篩檢量表、班達完形測驗、威斯康辛卡片分類測驗、連續性操作測驗等，不過文慶的配合度有限，最後只做了同理心量表、和自閉症量表。」宛晴指向幾行字，說：「你看。」

兩項量表測驗的結果寫著——

「主觀同理心反應，顯低於正常組以及低於亞斯伯格症／高功能自閉組」

「自閉症量表分數，高於正常組平均，但並未超過亞斯伯格症／高功能自閉組標準」

「我不太懂。」雲智的額眉皺起，問：「妳可以解釋一下嗎？」

「文慶有自閉傾向，但不是那麼嚴重。而同理心的部分，明顯低落。也就是說，他對於別人的感覺並不敏銳，較不具有同理心，可能導致無法理解別人的情緒，或別人的意圖，因此會造成他在人際交往上的困難。」

「妳放給律師看……那個……小孩的家屬會怎麼想的那一段。」田教授指示。

「好的。」宛晴放下鑑定資料，動了動滑鼠，播放影片。

魏：你殺了那個小朋友之後，有沒有想過小朋友的家人會怎麼想？

陳：不知道吧。我不知道被殺小孩家人的想法。

魏：如果說，這個小朋友的家人會傷心難過，那你會怎麼想？

陳：唔，會覺得有點奇怪吧，因為已經過了一年多了吧。

魏：感覺奇怪，是什麼意思？

陳：就覺得奇怪啊。

魏：你覺得過了一段時間了，所以小朋友的家人應該已經好起來了？

陳：我沒有小孩過啊，而且我跟我弟弟也不好啊，所以我也不會有那種感覺啊。

魏：是喔。所以你周圍的人消失，你都不會覺得痛苦就對了？

陳：欸啊。

「文慶不覺得人死了之後，親人會難過，如果讓自己死掉，他認為自己的親人也不會難過。」宛晴邊說邊按暫停，「你可以說他思想偏差，但檢測結果是同理心低。」

雲智想了一下，轉而思考其它部分，例如文慶和弟弟之間的關係。

據表姊鄭桂玲所言，兄弟雖然一起經歷過合吃一碗泡麵的苦日子，但文慶和鑑定醫生的對話內容似乎比較合乎事實：因為弟弟在校讀書，有自己的朋友圈，又長大後向文慶吐露，母親其實之前沒有要帶文慶離開那個家，因此文慶覺得不公平，兄弟倆的關係並不親近，而文慶犯案後，弟弟怕影響工作，當然沒有去看守所探視的理由。兄弟間的感情並沒有桂玲想的那麼融洽。

既然和父親、弟弟的感情不好，文慶成年後自然不會再想留在那個家吧——

雲智想到此，脫口問：「他什麼時候搬出去的？」

「我有問。」田教授答：「他說是二十一歲的時候。那時他弟弟當兵，家裡只剩他和他爸，而他已經離開遊覽車車體工廠，到處找不到工作，回家後見父親成天不工作，無法接受，就自己搬出去住了。」

「我從他表姊口中得知，他小時候在家暴的環境中長大，他父親愛喝酒，會打小孩、打老婆。」

「文慶有提到這點。他的父母經常發生衝突。」田教授說：「後來他長大一點，國小畢業去車體工廠工作之後，工作算輕鬆，一開始像在玩，可是他在找尋鐵料時，因為經驗不夠，常會覺得心理壓力大。」

「他十三歲時就曾想去看精神科……」宛晴像在提醒教授。

「對對，沒錯——」田教授肯定地說：「他爸應該也有精神疾患。」

「什麼意思？」

「文慶開始工作後，有時候會覺得壓力大，很容易憤怒，會想破壞東西，他就和他爸說要去看精神科。」

「結果呢？」

「他爸很生氣。」

「為什麼？」

「他爸當兵時常會頭痛，去看過精神科，醫生開了鎮定劑給他，他吃上癮沒辦法改，覺得這種藥不好，所以文慶提說要去看精神科時，他爸就氣得制止，沒帶他去看醫生。一直到文慶十九歲開始有自殺念頭，各種精神狀況愈來愈嚴重，他才自己去看精神科，陸陸續續去拿藥回來吃。他是有病識感的，但愈到後來似乎愈不能控制自己的行為。」

「田教授，你的意思是，」雲智接續問：「文慶的同理心低，還有他的精神症狀，像容易有壓力、恐慌焦慮、憂鬱、看到網子等等，這些會是遺傳因素嗎？他犯下殺人罪，有沒有可能和基因有關？」

「宛晴，你來回答律師的問題。」

「好的。」宛晴的視線轉向雲智，說：「遺傳基因只是其中一個因素。你記得一年多前美國桑迪胡克小學的槍擊案[8]嗎？」

「記得。轟動全球的案子，我記得死了二十幾個人，凶手最後自殺了。」

「是的，事後有遺傳學家試圖取得凶手的DNA，做全基因體定序分析，想要找出他的DNA是不是帶有MAOA[9]基因，或其它可能導致他犯下大屠殺的基因。」

「MOA……什麼基因？」

---

8 此指二〇一二年十二月十四日發生於美國康乃狄克州桑迪胡克小學（Sandy Hook Elementary School）的槍擊案，凶手亞當．藍札（Adam Lanza）時年二十歲，先於家中開槍殺害母親後，即開車前往小學，隨機槍殺二十名學童和六名教職員，最後飲彈自盡。

9 單胺氧化酶A（monoamine oxidase A, MAOA）。

「存在於X染色體上的MAOA基因，專業的遺傳學我就不多說。總之，和MAOA基因有關的行為包括憂鬱、焦慮、神經質、注意力缺失、過動、精神分裂、賭博成癮、吸菸酗酒、暴力攻擊行為、反社會人格等，很多研究還在進行。因為MAOA可以調節控制大腦中多巴胺和血清素的含量，如果該基因有變異，可能會影響人的行為。」

「這些行為只跟MAOA有關？」

「其實還有很多種基因變異可能也和這些行為有關，比方說我們身體有一種叫COMT[10]的酵素，若產生這種酵素的基因發生突變，可能會導致精神分裂患者的侵略攻擊行為，但這些研究不是取樣數太少，就是無法排除其它因素干擾，都存有爭議。所以說，學界的研究至今並沒有發現基因和行為之間有直接、明確的關係。」

「為什麼生在這樣的家庭？」雅蘭原先默默地盯看螢幕，忽然問了一句，話中盡是憂鬱的氣息。「咿欸，抱歉，我插個嘴……生活環境是不是才是影響心理的因素？像文慶小時候經歷家暴，他的母親在他童年時離開，他和父親又相處不好，和弟弟也沒話說，然後帶他一起工作的二叔離世，往後只有女友肯傾聽他說話，但是後來又離開他……」

「問到關鍵了。」宛晴說：「以往，心理學家常會把每一種犯罪歸咎於不幸的童年、家世、生活環境，但實際上並非每個擁有不幸童年的人都會犯罪。同時，遺傳學家發現了許多可能會使人產生精神疾患的基因變異，認為這些基因會影響人的情感、大腦和行為表現；甚至還找到了可能使人犯罪、同理心低或產生反社會行為的基因，比如剛剛我說的MAOA基因，但實際上全世界有至少百分之三十的人口擁有這種基因，這些人卻不必然會犯罪。」

「跟遺傳和環境都沒有關係？」雅蘭問。

「正好相反。」

「所以是……」雲智揣測著，問：「兩者有交互關係？」

「是。研究神經的生物學者已經證明了，生活背景環境會在一定程度上影響一個人的大腦發育過程，並且會控制特定基因的活化、表現，這部分是現今研究的熱門焦點，稱做『表觀遺傳學[11]』。重要關鍵是，基因表現與否具有動態性質，用簡單的比喻來說，就像是活動式的開關，隨時會受到許多外在因素而『打開』或『關閉』，不是終生一成不變，也不是出生一開始就決定好的。一個人擁有所謂『犯罪的基因』，只是具有可能犯罪的傾向，但個人後天身處的環境和習得的經驗，又會以複雜的方式，反過來和自身的生物基因特徵相互影響。」

「好在基因不是唯一的因素。」雅蘭撫拍胸膛，咧嘴一笑。「我們還是有自由意志可以決定自己的行為。」

「妳說基因表現會開、會關，那有哪些外在因素會影響？」雲智進一步探問。

「目前發現到的，包括飲食、化學藥品、撫育經驗，這些都有影響。」

「撫育經驗，是指父母和小孩的相處吧？」雅蘭偏著頭問。

「幼兒早期的社交經驗，會讓腦部神經網絡的發育產生結構上的改變。」

「什麼意思？」雲智續問宛晴。

「假如有位母親她的心理健康、有社交能力，和幼兒互動時，自然而然會強化幼兒察覺他人的情緒，同時幼兒也會強化自己的情緒表達能力，刺激大腦神經發育；反過來說，父母若表

10 兒茶酚-O-甲基轉移酶（Catechol-O-methyltransferase, COMT）。

11 表觀遺傳學（epigenetics），屬生物遺傳學領域，指不改變ＤＮＡ序列（排列方式）的前提下，透過改變某些基因轉錄時的機制、或改變基因轉錄後的調控機制，使基因表現或細胞表現產生變化。

現冷淡、疏忽小孩的需求，小孩就學不到表達情緒的模式，因為腦部接收的刺激不足，也就無法察覺他人的情感，神經元迴路的形式在發育過程中因而固定下來。往後的人生，大腦雖然不是不能改變，但成年後想要改變的話，會相對於幼年時困難。

「目前學界已經證實，像老鼠或恆河猴之類的哺乳類，不同的育幼行為會改變基因的活性、神經元的迴路，會給不同的後代帶來更多生理和行為上的差異，不過並不會改變ＤＮＡ原有的排列方式。我相信人類也是一樣的。」

「也就是……」雲智邊思考邊說：「人的一生中，大腦的運作方式會一直發生變化，可是幼年的神經系統要是少了什麼刺激，成年後要再改變大腦的運作方式就很困難，是這樣嗎？」

「余律師的理解完全正確。」宛晴笑吟吟地說。

雅蘭露出原來如此的笑容，說：「我看過幾篇新聞報導，指某某研究說，看一個人的基因，或天性，就能決定未來是不是會犯罪——原來是誇大了。」

「對。」宛晴音量稍揚高，強調似地說：「目前沒有任何一篇研究會主張環境的影響毫不重要，實際上有愈來愈多的證據顯示，我們幼年的經驗會影響心理和生理發展。這也是為什麼受虐兒長大後，比起養育過程中不曾受到虐待的人，有更高的機率會有某種精神障礙，甚至出現犯罪和反社會行為。但是，這不代表每一個受虐兒往後的人生就一定會出問題，因為大腦是具有可塑性的。」

「而且啊，」田教授順著宛晴的觀點發聲，「有部分的犯罪者，他們的童年並沒有遭受虐待。童年受虐，只是一個潛在的風險因子。」

個人基因和幼年的生長環境，兩者同等重要——雲智仔細思考，基因的排列順序是一出生就決定的，無從改變；但若一個人擁有潛在不佳的基因，還是能靠幼時的環境去改變基因的表現。

「這麼說來，」雲智發出低嘆，「像陳文慶這樣精神出狀況、同理心低落的隨機殺人犯，該如何預防呢？」

「談到預防，老實說不太容易，還牽涉到相關單位如何去執行。我待會和你們分享一點想法。」田教授神情頓時變得凝重。「不過，談這之前，關於律師你說的隨機殺人啊，我想必須用嚴格一點的定義說明。」

「什麼樣的定義？」

「在過去，警方或推理小說在追尋殺人動機時……」

宛晴從旁輕聲補充道：「教授喜歡看推理小說。」

「對對！尤其是寫實的、或真實案件改編的犯罪推理小說、影劇，我很愛看啊。你們有在看嗎？」

雲智和雅蘭同時搖頭。田教授見兩人的反應，即露出詫異的表情，說：

「有機會找幾本來讀讀吧。我要說的是……咦，我要說什麼？」他摩娑下巴的鬍子。

「殺人動機。」宛晴出言提醒。

「對對對，我們在過往常會認為一個人的殺人動機嘛，不外乎情殺、財殺、仇殺，還有為了逞性慾而殺人的。我要談的『典型無差別殺人』，和這些動機都無關，而且凶手和死者是互不相識的陌生人。另外還得排除國族之間的戰爭殺戮、幫派之間的鬥毆殺人，因為這兩種是基於意識形態，和『典型無差別殺人』不同。」

田秋明接續花了兩分鐘定義「典型」和「非典型」無差別殺人兩類——

所謂「典型無差別殺人案件」即指，非因情、財、仇、性等動機，不選擇被害人，也不刻意選擇時間、地點所執行的殺人案件。而「非典型無差別殺人案件」指的是，因為情、財、仇、性等動機，而未選擇特定被害人，也不選擇犯罪時間、地點的殺人案件。

對於非典型無差別殺人案件，田教授特別舉出發生於台灣的毒蠻牛千面人事件[12]。當時犯人意圖向飲料公司勒索，將氰酸鉀注入上架的飲料中，並貼上印有「有毒勿喝」字樣的標籤，結果有民眾購買後不慎誤飲，造成一人中毒死亡、兩人中毒受傷。犯人的最終動機是為了錢財，但並未挑選被害者，屬於非典型的無差別殺人。

「那黑心食品算不算呢？」雅蘭露出疑惑的表情，說：「我的意思是，呃，不肖商人製造黑心食品，在市場上到處流竄，導致很多人吃進有毒的物質，可能會生病，或得癌症吧，受害者如果在醫院病死的話，這些食品好像也算是無差別殺人吧？」

「哈哈……」田教授瞧雲智一眼，說：「你的助理不但年輕漂亮有才能，頭腦也轉得很快呢。」然後，教授轉向雙頰泛紅的雅蘭，柔聲說道：「的確也很類似無差別傷人、殺人。不過我想，致病、致死因子是不是因為黑心食品的關係，可能還有待其它領域的研究。我就暫時不把妳說的這種狀況列進去，可以嗎？」

雅蘭點點頭。教授微笑地繼續說明：

「其實，國外的定義有很多種。我之所以不用『隨機殺人』，而用『無差別殺人』描述，是因為當你說『隨機』，也可以指隨機選取的家人或認識者，這樣理解吧？我嚴格定義的『無差別』就是指『任何陌生人都可能受害』。」

「把範圍定義得那麼小，典型無差別殺人案件的數量會有很多嗎？」雅蘭又問。

「不多。有人做過統計，台灣一年共四百二十一件殺人案之中，典型無差別殺人案大概只佔百分之六，包括既遂和未遂[13]。」田教授說：「可是，這數字可能低估，比方說統計數字是指有經警方移送的案件，沒通報警檢的是黑數；還有加害人死亡，無從了解動機；另外就是殺人未遂的案件可能只以傷害罪結案，或加害人與被害人和解。這樣的狀況就無法算進去統計。」

「有這麼容易能釐清無差別殺人的動機嗎？」雲智發問，因為他想到了文慶一開始還不願吐露真正的動機。

「沒錯，弄不清殺人動機的，佔一定比例。」田教授答：「尤其是精神出問題的犯人，他的動機往往令人匪夷所思。但媒體經常見獵心喜，自行發揮想像力，就把凶手塑造成人魔的形象。」

「我真覺得典型無差別殺人，好可怕！」雅蘭的雙手環抱胸前，露出一臉膽怯，說：「不知道什麼時候、什麼地點，而且任何人都可能被害，幾乎是沒辦法預防的犯罪吧。」

「各國都在研究防範對策，台灣這部分真的起步很慢。歐美的社會文化和台灣不大相同，我講跟我們比較近的日本。」

接著，田教授列舉日本法務省無差別事件的研究報告內容，指出無差別犯案者大多是男性，年齡較輕，其家庭交友關係不佳、工作和經濟狀況不穩定、住所也較不固定，且大多數犯人無前科。而犯人的個性特徵，包括敏感、自我批判、自卑、容易煩惱、想法偏頗，以及內心有許多不平、不滿和憤怒。

雲智愈聽愈驚覺這些特徵和陳文慶極為相似。

「他們的犯案動機呢？」他覺得好奇。

---

12 此指二〇〇五年五月，發生於台中市的千面人案，王姓嫌犯於五月底被逮捕。

13 此處因應統計數字而特別強調「殺人未遂」（殺人未成功）和「殺人既遂」（殺人成功，致被害人死亡）。

「大部分是對自己的境遇不滿。」田教授答：「不過也有對特定對象不滿，比如說年長者、女性等等。還有一種，就是希望入獄、自殺、或被判死刑。」

雅蘭頓時驚叫，說：「想自殺、想被判死刑，和陳文慶說的話一模一樣！」

「原來日本也有和陳文慶類似的案例。」雲智說完，心想自己和雅蘭先前的推測果然無誤，且它國有前例可循。

「是啊。另外一種動機是對殺人產生興趣、有強烈的殺人欲望，台灣目前還沒出現這類型的無差別殺人犯。」田教授續說：「精神病理學部分，日本他們統計出來，犯人多半有人格障礙……」

「但不一定是反社會人格。」宛晴補充。

「對，還有人際疏離，有暴力傾向，酒精或藥物濫用，還有曾經遭受霸凌或虐待。」宛晴接話，說：「像英美、比利時等國，無差別殺人犯是精神患者的比例極少，但台灣似乎比較特殊，從目前既有案例看來，有很高的比例要不是精神患者，就是藥物濫用、成癮者。」

「如果能參考它國的研究，再去比較我們台灣每個無差別殺人案例的特徵，把這些風險因子一一分析出來，或許能加強各方面的社會防治，」田教授接著低吟，「但老實說，真要做到萬無一失，恐怕很難。」

「而且，可能造成汙名化。」宛晴說。

「想要制訂防治策略，總得折衷一下吧。」教授反駁。

「什麼汙名化？」雅蘭問。

「我認為可以用大數據當基礎，找出一些風險因子，製作快速篩檢量表給基層醫療、衛生單位使用，只要發現高風險個案，就可以結合警政單位去做追蹤。」教授大方提出看法。「比方說，陳文慶犯案前不是陸續去精神科長期就診嗎？像類似的案例，警方應該要能隨時掌握他的行蹤、定期訪視關懷。」

「但加強管制可能會有人權、隱私權的問題。」宛晴話說得很硬。「你不能確定，一個罹患精神障礙的人一定會往隨機犯罪的方向走。精神疾病愈嚴重的人，不表示他們犯罪的可能性就會比較高。」

「可是妳看啊，台灣現在出現的無差別殺人犯，不是有精神病、毒癮，就是有人格障礙，這些人像不定時炸彈在社會上走來走去，醫療單位也沒有強制處遇的機制，藥癮酒癮追蹤的體系也不存在，非得司法介入才有強制力……」

「教授，我之前跟你討論過很多次了。」宛晴打斷話，持反對的語氣，說：「高風險的精神患者人數非常多，但會成為犯罪者的機率極乎其微。你現在是本末倒置了。雖然我們研究時，是找尋犯罪者是否具有精神疾病或人格障礙的背景，但若要進行防治，可以倒過來說精神疾患是導致犯罪的因素嗎？精神病和犯罪之間存在因果關係嗎？」

宛晴和教授兩個無視他人，逕自爭論起來。

雅蘭聽完雙方的論點後，微微點頭，一副恍然大悟的樣子，說：

「喔，我了解了。給高風險的精神患者貼標籤，可能會是一種汙名化。」

雲智則聽出言外之意：尚未犯罪的人，現今的司法無力強制介入。

至此，一路從個人的基因表現、家庭環境，談到人格特質、身心健康，一直擴大到社會層面，例如人際關係、就業經濟狀況……

「到底該怎麼做，才能避免無差別殺人犯罪再度發生呢？」雲智脫口問。

「方法嘛……現在沒標準答案吧。應該也不會只有一種預防方法。但我當了數十年的研究者，會希望犯罪者能一直活下去，讓我們有機會繼續研究他的犯罪心理機轉。我剛提過了，無差別殺人的案例那麼少，能供分析的素材真的不多，但又不知道下次什麼時候會發生同樣的事。不過，唉啊，很多人好像覺得，去追究犯罪的脈絡、去理解犯罪者的動機，很浪費時間。」

「輿論多半是要司法直接處死。」宛晴語帶不滿。

「處死陳文慶，不就如他的願了嗎？他就是想被判死刑啊。」教授搖了搖頭，續道：「什麼『治亂世用重典』啊、『六法全書唯一死刑』啦，很多人看待犯罪，腦袋運作就像膝反射，直接想用死刑、不然就鞭刑去嚴懲犯罪者，我常會有台灣人仍舊活在戒嚴時代的錯覺啊。

「唉啊，不知民眾是不是看了太多包青天電視連續劇，也不想想那齣劇是虛構出來的，結果一回到現實裡，凡看到犯罪就想交給王權去行使正義。我看啊，連送入刑場的過程都免了，每位法官最好備有一座狗頭鍘，當庭把那些可供犯罪研究的素材通通鍘光就好。好像只要這樣做，社會就會恢復平靜，沒想過要好好發展我們台灣的司法行為科學研究，很可惜啊。」

接著，田教授和宛晴回頭再談一點陳文慶鑑定時的情況，上午的會面便於平淡的氣氛中結束。

雲智已經明白，田教授站在他這邊，異於檢方向法院求處文慶死刑的立場。他接下來必須斟酌蘇律師給予的建議，為一個月後的言詞辯論庭做好萬全的準備。

接續，雲智邀請兩人中午一起去附近的餐館用餐，可是田教授表示自己還有事情，而且一起私下吃飯，並不妥當。雖然教授的立場和雲智一致，但他說自己身為即將出庭的證人，和辯方仍是保持點距離比較好。

送走了兩人，雲智對雅蘭說：「我們一起去吃飯吧。」

「老闆，你怎麼知道我餓了？」雅蘭滿臉意外，說：「好唷。去哪裡吃？」

雲智帶雅蘭來到了原先計畫和教授一起吃飯的餐館。

兩人一坐下，服務生馬上送來清爽的檸檬水，接著上菜單。

點完餐，雅蘭環視四周，然後鼻頭湊近雲智，悄悄說：

「我沒來過耶，這家的裝潢看起來很高級……有點貴耶。」

雲智笑笑，簡單回應：「今天我請客。」

「真的？」雅蘭睜大眼，問：「員工福利？」

「我那天生病被妳照顧，一直沒機會好好謝謝妳。」

「謝什麼啦！你以後如果又病了，我每次都去照顧，然後你又請好幾次客，那你不就虧大了。」

雲智憋住笑意，而後誠懇地說：「謝謝妳，雅蘭。」

不久，開胃菜送上桌。兩盤生菜沙拉。

雅蘭用叉子將生菜捲成狀似一球，抹了抹千島醬，送入嘴裡。

「好吃……」她邊咀嚼邊露出滿足的笑容。

「不知道我買給文慶的東西，他吃完了沒。」雲智感慨地喃喃。

「老闆，其實……我在猶豫要不要跟你說……」

「什麼事？」雲智叉起一塊全麥麵包，輕咬了一口。

「田教授和鍾小姐早上剛到時，我在我們事務所的電子信箱收到了信件。你們剛開始聊的時候，我想了想，後來就直接刪掉了。我想你應該不會生氣吧。」

「什麼樣的信？」

雅蘭回答是匿名信件，跟上次一樣。寫信的人打了很多情緒性的用語，主要是譴責雲智為文慶那種殺人魔辯護，還罵前審法院判他無期徒刑，根本是浪費社會資源，這次審判應該要讓他直接死一死。

「就這樣？」雲智問。

「大概就那些話。」

「妳刪得對，當沒看到就好。」

「信上還寫到一點，說文慶若被判無期關在牢裡，民眾憑什麼要納稅養雜碎、養凶手；要是他接受精神治療，政府拿民眾的稅金養這類人渣實在不值，付出的社會成本太高，就之類的話。」

「恐慌，會讓人喪失理性。大多數民眾的理性，恐怕在無差別殺人事件中一點一滴流失。」

「你覺得他們沒好好思考？」

「妳想看看，文慶國小畢業後，沒有像一般人繼續升學，沒進入學校團體和同儕、老師學習正常的人際往來。他被迫去做工，小小年紀就承受基層勞動工作的苦力，弄到肩膀脫臼、眼睛散光，導致他無法當兵，又失去了到軍隊和大家一起團體生活的機會。

「他去看精神科，診療紀錄是從十九歲開始。妳剛也聽教授說了，文慶十三歲就想要去看精神科。我在想，不管是家庭社會因素讓精神病發作，或是精神病很早就潛伏著，使他無法融入社會。妳難道不覺得，他的生命中有哪個環節出錯了嗎？」

「環節？」

「嗯，我從律師的身分來看兩個環節。法律上，執行義務教育的單位究竟在做什麼？法律規定，六歲到十五歲的小孩應該要接受九年義務教育，沒入學的，學校應該報請各鄉鎮市設立的『強迫入學委員會』派人做家庭訪問，然後核發書面通知、警告家長，不遵守的話，就處罰鍰，罰到家長把小孩送入學校為止。可是這些行政機關，為文慶做了什麼？

「再來談到職場，雇主照理說不可以雇用未滿十五歲的小孩工作，更何況是粗重的體力活；十五歲以上未滿十六歲的受雇者，一般稱為童工，不得從事繁重、危險的工作，要雇用的話，也必須有法定代理人的同意書，不然就是違反《勞基法》。可是，負責進行勞檢的執法者，真有確實到現場執行檢查嗎？這些機關，有確實保護到幼小的文慶嗎？」

「這兩個環節，不是文慶的錯。」

「當然不是。」雲智斬釘截鐵地說。「妳剛看完影片，文慶堅信他身處的世界就是弱肉強食的法則，這種偏差的想法，難道不是因為過早踏入社會，在青春期即將變成大人的那段時間內，經年累月逐漸養成的嗎？」

「他還沒成為犯罪者之前，」雅蘭放下了叉子，「法律給他的保障好像真的……」

「真的漏接了。」雲智順著她的話講。「他個人和家庭出問題，我們無可避免，但他從家庭來到了社會上和我們共處，我們的社會、行政機關卻漏接，沒能關注到他的存在。」雲智停下來長嘆一聲，又說：「如果文慶得終身待在監獄，給他治療、矯正的時間得延長，那麼其中投注在他身上的人力和資源，我認為是政府，甚至是整個社會曾經沒保護到他、而虧欠他的，特別是幼年時期、青春期的他。而現在，我們都必須還給他。所以，我不覺得是在浪費人民的稅金。如果說我們還有意要維繫起一個社會的發展，那麼給他在監獄、醫療上的支出，都是社會每一分子得共同負擔的成本。」

「人踏到社會上，好像還有很多環節，不只教育、勞動層面。」

「嗯，如果我們能多重視這些環節，監督政府做好更多事情，或許不只無差別犯罪，同時也能防範更多罪惡的發生吧。」

兩人一談完，服務生端了兩份主菜過來。雅蘭點的是海鮮總匯，盤上裝滿蚵仔、蛤蠣、干貝等，光是蝦子就有肥美的六條。而雲智點的牛肉鍋，除了湯頭香濃，雪花肉片至少也有二十片。

然而，和雅蘭一起彈指享用時，雲智腦海裡一時浮起的，不知怎麼，卻是文慶和他要求過的——牛肉口味的泡麵。雲智不禁懷疑，假如文慶曾擁有過一桌美味佳餚、曾擁有和家人一起吃飯的幸福感……只要能讓他感受到一丁點幸福，是不是就有機會降低他殺人和企圖自殺的可能性了呢？

兩人吃完主菜，喝完飲料，輪甜點上桌。

雅蘭一臉開心地用小湯匙挖梅肉凍，還舀了一口伸過來給雲智吃。

這時，一叢身影來到兩人桌邊。以熟悉的聲音說：

「真巧啊，大律師，我正好也來這餐廳吃飯欸。」

雲智抬頭，眼見記者施勇達，以及他近乎猥褻的笑容。

「不如我就坐這，和你們一起吃吧，怎樣？」他邊說邊隨便拉了張椅子過來。

「這張桌子只能坐兩人。」

雲智冷冷地回應，猜想著施勇達可能又採跟蹤手段，打算緊咬著文慶的消息不放，說不定他今天窺見了田教授來事務所會面。

「欸，別這樣嘛，何必拒人於千里外呢。」

「我們快吃飽了，準備要走了。」雲智說，同時用眼神向雅蘭示意。

「哦？這麼快閃人，好可惜呀，看你們倆像在曬恩愛的樣子，我想好好祝福一下，結果你什麼話都不想講呀。」

「我不會透露任何消息的，你想知道陳文慶的狀況，就請你耐心等到開庭那天。」
「好吧，你不講沒關係。不過，嘿，我倒是有消息想和你分享分享呢。」
雲智聽著，卻不作聲。雅蘭也加快速度，將最後一口梅肉凍塞進嘴裡。
「余大律師，我前一陣子終於查到你的底細了……嘿嘿……你有過一個姓尤的未婚妻，是不是啊？實在很不幸啊，她幾年前被一個叫朱健宗的人給推下月台，死得很冤枉吧？」勇達的眉毛輕快地抖了兩下，一邊的嘴角直往上拉。「留在世上的另一半，怎麼非要為隨機割喉魔辯護，我可一時間還真是想不透。」他坐在拉來的椅子上，撇頭轉向雅蘭，別有深意地說：「妳老闆很奇怪吧，是不是？」
「每個人都有自己的過去。」雅蘭站起來，回了一句：「請你說話有分寸一點。」
但勇達並未停話。他雙手交叉，抵著桌面，重新面向雲智，掛上一臉奸笑，說：「我想了想，決定往另一條路調查看看，嘿嘿，你真是不簡單呀，余大律師。」
雲智也站了起來，拾起桌上的帳單，準備到櫃臺買單。
勇達依然不動如山地坐著，緩緩出口：
「律師你啊，居然跟凶手的妹妹在一起，我可真是完全想通了呢。」
他在說什麼？凶手的妹妹？誰？——
雲智低頭偷瞄了一眼，發現記者的目光正慢動作挪動著……
接下來，勇達的視線掃向桌面的另一側，直到雙眼直勾勾地鎖定雅蘭……
他為什麼要看著雅蘭？現在是什麼狀況？——
雲智登時一愣。然後，他慢慢拉起頭，看向眼前的雅蘭……
只見她下巴低垂，頭部往下沉，額前的髮絲遮蓋了眼簾。

「雅蘭？」雲智叫喚。

但她沒回應，不發一語地，她握起拳，像要抓住什麼東西，拳頭緊緊縮貼在大腿兩側。

「妳……」雲智又輕喚了一聲，「雅蘭，妳怎麼了？」

她依然沒應聲。她的肩膀開始微微顫抖著，淚水一滴滴自臉頰滑落，劃出了兩道淚痕。

「雅、雅蘭？妳為什麼在……妳怎麼哭了？」

雲智正為眼前的狀況感到困惑時，她的淚水轉而如激瀑般持續灑落。

難道說，雅蘭的身分是……

雲智攤開手掌伸向前，想搖一搖她的肩膀，要她好好說清楚。

不料，指尖還未觸碰到人，她即刻抽起椅背上的外套，壓低著頭，旋即朝門外快奔出去。

「等、等一下！雅蘭！」

雲智慌張地喚喊，但手上的帳單還沒付，只能眼見雅蘭愈跑愈遠。

匆匆付完帳、衝出餐廳後，雲智一路上左右環顧，卻已經看不到雅蘭的蹤影。他再跑了附近的幾條路，一面找人時，腦子一面想著記者透露的消息。

怎麼回事？記者不是在亂扯吧？

夏雅蘭……她是朱健宗的妹妹？不會吧？真的是他妹妹嗎？

雲智一路尋找，同時拚命打她的手機，她卻不接。

他決定先回事務所看看。但是，他奔回去一打開門，雅蘭並沒有在事務所裡。

他迅速拿出手機，用 LINE 傳訊息給她，得到的卻是已讀不回。

夏雅蘭和朱健宗真的是兄妹嗎？

她如果知道哥哥害死的對象是誰，為什麼不跟我說清楚？

各種疑惑在雲智心頭打轉了好久。

兩個小時後，雲智終於收到了雅蘭的 LINE 訊息——

『老闆對不起，我下午曠職了，請你直接把我解雇，不用付我任何錢。辦公室裡我的東西，你可以全部處理掉，你作主就好。謝謝你今天請我吃飯，我很開心，但我沒辦法再做下去了，對不起。』

雲智馬上按鍵回訊：

「妳現在人在哪裡？不要讓我擔心好嗎？妳快點回來，我有很多事情想問妳！我想見妳！」

對方讀完，隔了十多分鐘才回傳——

『我回到家門口了，沒事的。你別擔心。』

「我想現在去找妳。妳住哪裡？履歷表上的住址對嗎？」

『求你不要現在，給我一點時間，好嗎？』

「妳真的是朱健宗的妹妹？」

對方遲疑了很久，才回——

『是的。對不起……』

難道說，雅蘭一直向我欺瞞她的身分？為什麼？

雲智緊抓手機，內心不解，再繼續打字：

「我想知道真相，告訴我好嗎？妳到底是誰？為什麼要瞞我瞞那麼久？」

對方已讀後未再回傳訊息。雲智內心的疑惑自行膨脹、增殖，令他坐立不安。

雅蘭來事務所應徵，是不是有什麼企圖？還是說，她故意不把身分講明，其中有什麼難言之隱嗎？

雲智邊思索邊在辦公室裡焦急地來回踱步，此外他再找出雅蘭的履歷前前後後看了好幾次，又不斷查看手機是否有新訊息傳進來……

過了一個多小時，對方終於傳訊過來，內容比剛才多出好幾倍——

『我不是一開始認識就想瞞著你。你那天在西子灣告訴我你有一個未婚妻時，我起初嚇了一跳，再得知她叫尤俐芳的時候，我整個人都嚇傻了。因為殺害她的凶手，正是我同父異母的哥哥。

『我哥三歲時，就被他媽拋棄，爸爸除了上工以外的其它時間都在喝酒，把我哥丟給奶奶照顧。幾年後，他爸認識了我媽，生下了我，我媽原本以為有了家庭，爸爸會好好照顧家人，可沒料到他還是不停喝酒，每天和我媽吵架、動手打人。我媽知道這種生活過不下去，對我的成長不好，所以她後來去法院訴請離婚，最後取得對我的監護權，在我國小六年級時，帶我離開了那個家，我也換跟了我媽的姓。

『我很怕你知道我是誰，但我又很想在你身邊，所以我試著慫恿你去接陳文慶的案子，因為我覺得陳文慶和我哥的狀況或許很相似。我哥大我兩歲，他小時候真的沒有那麼壞，不是從小就會吸強力膠的人，和他相處的那幾年他還很照顧我這個妹妹，像是爸媽吵架時，他會牽我的手帶我離開現場，也會講笑話安慰我、哄我開心。所以，我聽到他殺人的消息，真的很難相信是事實。我想他行為再怎麼惡劣，都不可能推人送死，但千真萬確就是他犯下的罪。

『跟你在西子灣那時，我心中抱著一個不切實際的期望，期望你去了解加害人，期望你能明白加害人的家庭生活處境，我好希望你能明瞭，他們的人生在一起步的時候，可能就已經遭受不平等的待遇了。像是我，我還有一個清醒的媽媽，但我哥，他還能有誰？

『我那時候真的覺得陳文慶對你來說是機會，也許能解開你的心結、跨過以往的傷痛。我那時在想，如果你能稍微消除一點仇恨，是不是能把心放在更寬廣的未來？如果解開心結的同時，能產生那麼一點點對加害人境遇的同情，你是不是就不會嫌棄加害人的家庭、不會瞧不起他的妹妹？你也許有一天，也許肯願意牽起她的手、願意在一起試看看？

『可是我清楚，你的床頭還放著過去的回憶，而我現在……

『我只是一個沒資格喜歡上你的人……』

雲智讀完訊息，恍然察覺——

不管是雅蘭，或鄭桂玲，加害人的親屬內心可能存有一種自卑感。

所有人彷彿全在同一條船上。因罪行而牽動的，不只是受害者及其家屬的人生，加害者的家屬可能同樣受到波及。

「我都知道了。我現在想見妳可以嗎？」雲智謹慎地按下傳送鍵。

他傳出訊息後，再補上一句：

「不管妳願不願意，我現在想去妳家，有很多話想說。我現在從事務所出發。」

雲智迅速關掉電燈、鎖上門，離開事務所，很快奔至一樓。

他正踏出樓下大門時，見到一個雙眼紅通通的女性站在騎樓的柱樑旁，蜷著背脊縮於牆角，臉部肌肉糾成一團，手指狂按手機。

他訝異了一下，叫喚：「雅蘭……」

雅蘭聽見呼喚，抬頭望向雲智。她糾結的表情瞬時消失，但嘴唇緊抿、顫動著。

「我想告訴妳——」雲智走上前，說：「妳哥的罪，不該由妳來承擔。」

「我、我跟他同一個爸爸……」雅蘭用滿是鼻音的哭腔說道：「你會……你一定會討厭我……」她紅腫的雙眼流下了不止的淚水，濡濕了面頰。

「鍾宛晴今早不是說了，基因不是決定人生的一切。」雲智邊說邊再走近一點。

「可是……可是你以後看到我，就會想到過去……你那麼恨他……」

她哽咽說著，眼神不敢直視雲智，在地面和他的胸膛來回游移。

「五年多前事發時，我的確恨他，恨到想親手殺了他。」

「我就知道……」

「恨一個人，很容易。」雲智說：「可是，我現在走上了不同的路。」

「……」

「是妳鼓勵我，走上一條去理解加害人的路。」

「是慫恿……」雅蘭垂下頭。

「說慫恿也好、鼓勵也好，我就是走上了比較困難的路。雖然我到現在還是無法原諒對方造成的傷害，甚至說，妳哥那天做出的行為，我可能、我很有可能一輩子都做不到原諒，但我真的會同情他們。我會想，他們遇到人生中許多重要的環節時，為什麼不能擁有更多的選擇？他們的路為什麼走得愈來愈窄？」

「同情不會等於原諒。我也沒有要你做到原諒。」雅蘭的下巴垂得更低。「畢竟，傷害不會消失。要原諒我哥，太奢求了。」

雲智再向前跨兩步，伸出右手，牽住雅蘭冰涼的手心。

「我需要妳，繼續當我的助理。」

他說完，用另一手的手指托住她的下巴，續說：

「如果妳願意，可以請妳這次——當我人生的助理嗎？」

雅蘭凝視雲智，淚花直灑，又邊拭淚邊說：「我、我會努力……」

「嗯，我們一起努力。」

雲智湊近，將嘴唇貼上了她的唇。時間宛如為兩人停歇。

經過深情的長吻後，雲智突然想起一件事，於是說：

「我以為妳在家，剛才打算衝過去找妳。」

「我沒說我在家裡面啊？」

「妳的訊息不是說，要我別現在過去，給妳一點時間？」

「其實……」她嘟起嘴，「我傳給你第一個訊息，我就後悔了。」

「後悔什麼？」

「辦公室有我的一個包包，我剛要你直接處理掉。可是我回到家門口才發現……我租屋的鑰匙在包包裡面，我當下不知道該怎麼辦。」

「所以妳說『求你不要現在』，是指……？」雲智追問。

她吞吞吐吐答：「我沒鑰匙，給我一點時間找人開鎖……」

雲智哧哧笑了兩聲，用指尖拭去她眼角的淚滴，然後將她緊緊地擁在懷中。

一個月過得很快，至少對雲智而言確是如此。

預定於三月二十六、二十七日兩天的審理流程，包括證人之交互詰問和最終的言詞辯論庭。出庭證人共五位，除了三個鑑定團隊的代表醫師及教授外，法院也另傳喚了一審的鑑定人，以及陳文慶於犯案前不久曾去看診過的精神科診所醫師。面對連續兩天的審判，雲智反覆檢視資料，多次請教蘇瑞陽律師，可謂做足了準備。

時間終於來到二十六日上午。

高分院為此次重要的審判，特別開放兩個延伸法庭[14]，容納了更多民眾和媒體記者入內旁聽。主法庭內，陪席法官右側另拉下一塊投影布幕，以便隨時將審理中的相關資料影像公開讓所有人看得更清楚。

開庭前幾分鐘，令雲智訝異的是，蘇律師也來到現場旁聽，兩人視線交會，彼此輕輕點頭打了個招呼。當然，參週刊記者施勇達也沒缺席，他戴著一臉奸猾的微笑，一開始安靜地坐在長椅上，蹺起了二郎腿，看似悠哉的模樣，但開庭後不久，他便打直腰桿，豎耳仔細聆聽檢方和辯方的攻防，並不斷在記事本上振筆揮舞。

此刻，法庭內一片寂然，只有檢察官賴仕翰和長庚醫院鑑定證人的問答聲，透過麥克風迴盪於庭內。

「魏醫師，我想再問，鑑定時間是否愈早愈好？」賴檢問。

「按理說的確應該要採信前審的鑑定，不過陳文慶打從警詢、偵訊，一開始就沒對誰說過實話。他是一直到這審進行精神鑑定時，才說出自己的許許多多事情，還有他自己內心的很多感受，而且他講的這些內容，前前後後都有符合邏輯性，就像我剛講的那些要點。」魏醫生看了一眼審判長，再轉向賴檢說：「我認為在判斷上，不是在於先鑑定或後鑑定時間差的問題，而在於說，我們是不是有蒐集到足夠的真實鑑定資料。我個人還是比較相信邏輯，也認為這次的鑑定是比前審準確很多的。」

賴檢看著桌上的資料停頓許久，才抬頭對法官說：「檢方這邊沒問題了。」

「辯方還有什麼要問的？」審判長問。

「有。」雲智轉向證人，「魏醫師，你剛才說，被告活在自己的世界裡。可否請你把這點說得更清楚一點？」

「好，我剛有講，被告是長期在一種很偏差、扭曲的環境中長大的，從小到大沒什麼人際互動，他不太能理解別人的想法，也不知道別人會怎麼看他殺人的事情，他感受別人的能力很低，遇到很多問題時，都是自己在自己封閉的思考裡想解決辦法的。他活得很不舒服、很不愉快，試著要死卻又死不了，他在自己的世界好像找到了解決辦法，例如說去殺人換取自己被判

14 延伸法庭，指利用攝影器材和電腦連線技術，將一間法庭內開庭時的影像、畫面及聲音同時連線到其它法庭，以使更多人見到同步轉播的庭內實況。

死刑，但他不知道這些辦法已經脫離了現實。」

「你的意思是，被告的精神疾病已經讓他自己脫離了現實，是這樣嗎？」

「他有沒有達到精神疾病所謂的脫離現實，我沒把握。但他確實沉溺在自己的世界，用自我對話，就是自己和自己對談的方式在處理人生的各種問題，這是非常明顯的。」

雲智點頭，說：「庭上，辯方到這裡沒有問題了。」

這時，陪席法官在審判長耳邊細語，兩人交頭接耳一陣。接著，審判長面向證人，朝麥克風說：

「我有問題請問醫生。」

「是。」

「你認為被告犯案時，他的辨識能力和控制能力如何？」

魏醫生聽完問題，上半身輕微抖了一下，同時尷尬地揚起嘴角。

在蘇律師的指導下，雲智知道醫生那尷尬的表情所代表的意義。法律上，辨識和控制能力是否喪失或缺損，必須由法官綜合各項資料進行判斷；但實務上，有許多法官會直接詢問精神鑑定人，使得部分鑑定人不知是否該迴避法官的問題。

很快地，魏醫生重回肅穆的面容，說：

「被告知道死刑是什麼，在犯案前兩天特地去買刀，當天也在遊藝場逗留、挑選殺人對象，但他行為的基礎，也就是他的邏輯其實很簡單——挑一個人殺掉，好讓自己死。還有就是，他對人的情感薄弱、思想偏差，例如他覺得若是自己死了，父親會很高興。」魏醫生吞了吞口水，彷彿在重整思緒，繼續說：「當他不知道怎麼解決問題時，他會採取自己認為最簡單的方式去處理。例如說我們一般人會去推論，覺得『如果殺別人，別人應該會很痛苦』。但是，他是沒有這個能力的。」

魏醫生講得很含蓄。整段話在雲智聽來，即暗示文慶犯案時，辨識和控制的兩項能力並未完全喪失，但顯然較一般人低落。

「檢方對證人剛才的證詞有什麼意見？」審判長問。

「僅供參考。」賴檢淡淡地說。

「辯方呢？有意見嗎？」

「沒有意見。」雲智答。

「被告，」審判長面向文慶，「你有無意見表示？」

「……」文慶的側臉緊黏在桌上。

「被告聽見了嗎？」審判長加大音量，露骨地表現出嫌惡，再次叫喚：「被告！」

雲智在文慶耳邊重述法官的問題，並要他好好回答，他才懶洋洋地抬頭說：

「跟律師一樣。」

「真的沒有意見？」審判長確認。

「欸啊，聽律師的。」他說完再次趴回桌面。

「好，繼續下一位證人詰問。」

接續，輪到一審的鑑定人走上證人席。

同樣地，法官先確認人別，並詢問其學歷及從醫經歷。醫師姓董，是五名證人中唯一的女性，她自大學醫學系畢業後，當精神科醫師十一年，擔任專科精神科醫師則有七年，而接受法院的鑑定工作已達九年。

「請檢察官開始主詰問。」審判長說。

賴檢一接棒，劈頭就說：「董醫師，我不會因為妳是女性，也不會因為妳的資歷比其他幾位鑑定人淺，就覺得妳說的不夠專業。等會兒，妳若是對其他鑑定人有什麼意見不同的部分，妳都可以盡量說明沒關係……」

單聽第一、二句開場，雲智差點沒當庭翻白眼。他認為，賴檢話語中所蘊含的性別歧視著實非常嚴重。

等賴檢問完，輪到辯方反詰問，雲智馬上追問：

「醫師，我想請問妳，一審時，被告和妳見面會談的時間多長？」

「大約半天。」董醫生答。

「能不能請妳精確一點，總共幾小時？」

雲智打算先從小問題，推導至自己欲追求的結論。

「三個，不對，兩……兩個多鐘頭。」

「兩個多小時，好。那麼請妳回憶一下，兩個多小時內，妳所問的問題總數，被告認真回答的有幾題？約佔總數的多少比例？」

「我想，大概……三分之一不到。」

「不到三分之一？確定嗎？」

「確定。」

「假若我們算兩個半小時好了，」雲智算起簡單的數學。「一百五十分鐘之內，被告只有三分之一，也就是僅五十分鐘的時間認真回答，那我想請問的是，另外的一百分鐘，被告在做什麼？」

「他當天很緊張，精神看起來也不太好，有焦慮的行為、症狀，我要持續丟出很多問題，他才會答一題。他正面或實質的回答很少。」

「好，接著我想問問妳的看法。假設妳花上超過一百五十分鐘，用更多時間和被告會談，妳會不會認為，自己能得到關於被告更精準的訊息？」

「確實多花點時間，我覺得才會得到比較正確的訊息，可能也需要，像是更多旁人的觀察，才能夠診斷得精準一點。」

「再來，」雲智改換另一個問題，「剛才一開庭時，妳有看到螢幕上播放的——田秋明教授和被告面談的錄影片段畫面嗎？」

「有。」董醫師大力點頭。

「魏醫師和被告面談的片段畫面，妳也看到了嗎？」

「看到了。」

「我想請問，幾段影片中的被告，和妳那天實際接觸到的被告，他表現出來的反應和態度，妳覺得有沒有什麼差別？」

「差……差滿多的。」

「可以請妳說說，妳認為哪裡有差？」

「他在影片中真的說了很多，有問有答，可是……和我見面那天，他幾乎不想講話。」

「好，我確認一下。妳的意思是，被告吐露給魏醫生、田教授的訊息，比和妳會面時多出好幾倍，是這樣嗎？」

「……是。」董醫師點頭的幅度變小。

雲智引導至此，接下來是關鍵問題。

「妳今天出庭前，有看過這次共同精神鑑定的結論嗎？」

「有。」
「既然妳剛才看到了片段畫面，也看過了這次的鑑定結論。那麼今天，若要請妳修正妳原先的精神鑑定報告，妳願不願意？」
「我……」董醫師偏頭看向檢察官，又迅速沉默地低下頭。
審判長盯著醫師的面孔，等她的回答等上了十幾秒，最後似乎是等得不耐煩，便出口提醒說：「證人，請回答辯方的問題。」
此時，雲智的話鋒一轉，朝書記官說：「等等，我要修正一下我的這個提問。」他轉向董醫師，胸懷自信，再謹慎地問：「至今為止，妳看過了許多資料，包括剛才的影片、還有共同鑑定的書面報告之後，妳願不願意接受這次共同鑑定的結論？」
雲智自認打出一記好球。假若她此刻答說不願意，只會讓法官和當庭所有人認為她是一個報告做得不完整又個性固執的醫生。
「我那時覺得他人格的部分有蠻大的問題，思考的邏輯也有一些障礙。」
「請妳正面回答我的問題。」雲智直視著她。
董醫師遲疑了幾秒，以極其鄭重的語氣答：
「在一定程度上，我是會想要改變原先精神鑑定報告上所持的見解……我會……我願意傾向接受這審共同鑑定書的結論。」
她這段話足以推翻一審的鑑定報告，而雲智在這場戰役中相當於獲得了完勝。
審判長似乎為了讓庭審能進行到一個段落，一直至中午約十二點十五分才宣布休庭，並說明午後兩點整，將準時繼續開庭。

許多記者魚貫到法庭出口旁邊的廁所排隊。雲智一見廁所外的混亂景象，即轉身閃避擁擠的人群，往樓梯口走下去，再向西走過一段長廊，到另一頭的男廁。

廁所裡頭空蕩蕩的，沒半個人。

雲智走到定位，褲襠才解開，他便發現賴仕翰靜悄悄走了進來，彷彿很有默契似，同樣拉開拉鍊。兩人相隔一個小便斗，皆面壁不語，只聽見嘶嘶的撒尿聲。

「我自己……」

賴檢面朝白瓷壁磚，頭也沒轉，突然說起話來。

雲智不動聲色，仔細聽賴檢想說什麼。

「雖然我不過是公務員，一份穩定的工作罷了，每天案子一件一件來，我做我該做的而已。但是，我自己是有小孩的人。」他自顧自說著。「面對不幸的男童的家屬，我不可能無感。」

「沒想到，你會選在這裡抒發心情。」雲智應和一句。

「不管人在哪裡，只要是人，對這案子都會有感觸。」

「陳文慶也是人。」

「但他不適合活在我們這個社會。」

「你的依據何在？」

賴檢呼出一口氣，面無表情，答：「沒錯，他固然沒有採用虐殺的方式對待小孩，但他沒把人當人看。他終究物化了孩童，把小孩當成是他追求自殺的物品。」他抖了抖下半身，冷冷地說：「你可能覺得他從小生長在一個弱勢的家庭，但你別忘了一件事，男童的家庭比他更弱勢、生活更貧困。被害的一方值得更多的關注和同情。」

雲智沒回話，可是他知道，賴檢的話是正確的。

等賴檢板著臉離開廁所後，雲智才拉起拉鍊，到洗手台洗手。

法庭上，辯方和檢方處於相對，甚至是敵對的立場；然而在法庭外，被害方和加害方需要更多的對話——這是雲智最近領悟出來的一個想法。

雙手甩乾，他拿出手機，將靜音調回一般模式後，便一路往停車場的方向走去。

正要經過金屬探測門時，蘇瑞陽在身後叫住他。

「余律師，你早上的表現真不錯，該打的重點全直指出來，非常好啊。」

「謝謝蘇律師幾次的協助。」

「依現在的情勢看呀，對你這方有利啊。」

「我覺得不能疏忽，待會下午、和明天，都還有仗得努力打下去。」

「我下午也會繼續來旁聽喔。這可是一場重要的審判吶。」

「那麼，」雲智提議：「要不要一起到附近用餐？我請客。」

「好呀，我就不推辭了。我隨便吃都好呀。」瑞陽笑得開心，說：「找個靜一點的地方，畢竟你還得有充分的時間好好為下午準備一下。」

兩人先後出了探測門，才沒走幾步路，雲智的手機忽然響了。是雅蘭的號碼。

「喂，雅蘭？」

『我不是你的助理！』

另一頭傳來男人的聲音，聽來相當急促。

雲智再仔細聽，語中帶疑地說：

「你是……你是山、山花？你怎麼會用雅蘭的手機？」

『不好了！出事了！』

「什麼事？雅蘭怎麼了？」

『你現在快點去……』

「快點？什麼？」

對方停頓一下，傳來間歇的雜音，好像有旁人說話。

過了十多秒，對方才說：

『快點，你等一下快去市立大同醫院，中華三路。』

「雅蘭是不是出了什麼事？快告訴我！」

『你的助理……她動脈大量失血休克，我們要送往醫院急救……』

「什麼！」雲智驚慌地大喊出聲。

雅蘭為什麼會大量失血？她得接受急救？發生什麼事了？

再不到一小時半就要開庭了，現在該怎麼辦？

第四章

時間退回二〇一三年九月二日，星期一傍晚七點多。

高雄前金區光復三街近愛河的狹窄街段上，一聲槍響劃破了天際。巨響的回音縈繞一陣，於暑熱的空氣中消逝，唯留下的是一具仆倒在血泊中的屍體，以及約兩分鐘後，從鄰近住家開門走出來巡看的老婦所發出的尖叫聲。

新興分局接到通報，劉岱華馬上帶員出動，和阿隆抵達命案現場調查。天色雖餘留暗橙，街燈也已開啟、灑落光線，但照明仍舊不足，屍體的四周全靠現場的員警，包括巡佐、警務佐等人，一同開手電筒打光，以便法醫相驗勘察。

子彈從後腦射入，鑽過腦部，卡在前額骨。從彈頭射入口判斷，傷口四周有細小的點狀出血，此是些許的火藥微粒殘留所造成的。大致可推斷凶手當時站在死者後方，槍口和傷口的距離不及一公尺，卻也非槍口緊貼皮膚而射出的放射綻裂形傷口。總之，仍得先將屍體運回解剖，取出彈頭，並交由鑑識中心確定槍枝種類後，才能獲得較明確的命案現場狀況——法醫是這麼說的。

由於死者身亡的地點在街道的正中央，而現場並未發現凶器或彈殼，也未找到致使子彈射出的任何裝置，且經鑑識人員勘驗，死者的雙手未驗出火藥殘留，因此岱華立即排除「自殺」的可能性。此外，台灣一般民眾難以取得槍枝，以現場狀況來看，這樁案件也不太可能是「意外」。

檢調人員皆認同岱華的推論，同往「凶手槍殺後逃逸」的方向偵辦。

不過，警方的運氣似乎差了點，因為命案四周都沒有裝設監視錄影器。

岱華看著警員將屍體裝入屍袋，問：「身分確認了嗎？」

「死者叫陶勝忠，六十三歲。他住的地方離這裡只有幾步路，」阿隆放下平板電腦，指向前方，「就前面靠河東路那邊。」

「好近。等於是他在回家的路上被人射殺的。」

「應該是耶。」

「家人呢？怎沒人來指認？」

「資料上是寫，他老婆十年前過世，他們有一兒一女，可是兒子十二年前出車禍死亡，女兒歸化取得加拿大國籍。」

阿祥向屍體第一發現人問完話，匆匆跑過來，說：

「華哥，死者他一個人住，聽鄰居說他罹患類風濕性關節炎，不太能走路，平常活動範圍都在這區。」

「女兒在加拿大，沒回來過？」岱華問。

「二十幾年前就嫁出去了。附近鄰居只聽他提過，可都沒看過女兒回家。」

「妻子死後，就開始獨居了呀。」岱華接過阿隆手上的平板查看資料，又問：「鄰居對他的印象怎樣？」

「人際關係好像很單純。附近都知道他過得很辛苦。」

「怎說辛苦？」

「他一個人過日子，沒妻沒子的，手頭拮据，而且年齡大了，沒法做什麼工作。鄰居說，他好幾年前還有去應徵萊爾富超商，去值夜班，可是後來兩腳患了關節炎，一方面是腿部負荷太大，二來可能體力也不行了，沒法繼續做下去，後來就在自家做做資源回收。」

「做回收？」

岱華邊問，邊朝前方陶勝忠的住處走去。阿隆跟在岱華後面。

「對啊，把騎樓的空間當成是小型的回收站。」

阿祥也跟了上去，接續解釋。

陶勝忠的住處是三層樓的低矮平房。他二十幾年前租下一、二樓兩層，三樓本來有房東的兒子入住，但小孩離開後便一直空著。現在，三層樓皆是陶勝忠在使用，等同房東將整間房子交給他照料和看管。就派出所的員警所知，房東見陶勝忠年紀大了，他老婆小孩又不在身邊，所以二十幾年來一直沒給他漲過房租，似乎是想讓他有個地方勉強棲身。

不過，他約五年前在一樓外面騎樓開始堆起資源回收品，引來蟑螂老鼠，環境因此變得比以前髒亂，左右兩邊鄰居紛紛抗議，和陶勝忠發生過幾次口角衝突，還有一次叫警察來調解。

岱華抵達陶家門口，外面放著超過半身大的麻布袋、黑色塑膠袋，以及疊成兩層的大型壓克力置物箱，裡面各自堆放著玻璃、紙板、便當盒、塑膠空瓶、鐵鋁罐等回收品。

「分類蠻整齊的，不算雜亂。」岱華四處觀看。

「有股味道是真的。」阿隆摀鼻，說：「該不會是左右這兩戶……」

不等阿隆講完，阿祥搖頭說：「為了這點小事就槍殺鄰居，太離譜了。而且做案手法那麼明顯，不可能吧。」

「還有，」岱華補上疑問，「怎樣才能取得槍枝，也是問題。」

「其實不是所有鄰居都強烈反對。」阿祥說。

「是喔？」阿隆見紙箱旁鑽出一隻老鼠，嚇得退了一步。

「大家知道陶勝忠在做回收，所以三不五時會把家裡要回收的東西整理起來，直接堆到他的家門口，如果他們有跟陶勝忠碰到面，他每次也都會向他們道謝。所以我才說，這裡相當於是小型回收站，是他的地盤。」

地盤嗎?資源回收確實有地盤之分——

岱華不禁想起，有一次女兒欣欣要交美勞作業，必須用到瓦楞紙，所以妻子宜芝去超商詢問有否廢棄不用的紙箱；店員回應，每天下午三點半會有一名推著腳踏車前來的老婆婆，準時在超商門口「站崗」，等候拾取進貨、卸貨後那些被拆解的紙箱，然後迅速壓成紙板，捆成堆帶走。後來，宜芝只不過在老婆婆面前拿取其中一塊紙板，就被狠狠瞪了一眼，老婆婆還大叫，阻止宜芝再拿第二塊，因為這間超商是她的地盤。

回到這件命案，若是陶勝忠和其他做資源回收的人起了糾紛，令對方起了殺意呢?可是，有必要為爭地盤而殺人嗎?或是，陶勝忠將東西拿到資源回收場，和回收業者發生衝突了呢?但同樣的問題，有必要殺人嗎?

「死者可能惹上黑道嗎?」阿隆一臉懷疑。

「他是沒妻沒子，每天默默整理資源回收，賺沒幾毛錢的老人家，」阿祥推敲說：「有誰會刻意從他背後開槍？」

岱華嘴裡喃喃：「重要的是，凶手的槍怎麼拿到手的？」

其後的一週內，偵查人員探訪周邊路段的住戶和商家，皆無法獲得和老人槍殺案相關的證詞，行凶過程彷彿閃電一現，凶手自此消失得無影無蹤。面對此一案件，分局長表現得相當緊張，畢竟轄區內有一枝到處走動的槍，不知何時會再射出子彈、奪取人命，因此吩咐偵查隊隊長務必盡速破案，而辦案的壓力自然落到基層小隊長劉岱華的頭上。

案發後第七天，九月九日晚間，岱華拿到彈道鑑識報告。

令他甚感意外的是，在陶勝忠這名死者之前，還有至少兩名死者已成為這把凶槍下的冤魂。

隔天上午十點多，岱華攜著彈道比對的鑑識資料，獨自一人前往三民第二分局偵查隊。由於事前和承辦人員聯絡過，對方得知岱華一到，立刻出來招呼。

站在岱華面前的，是一名年紀小他十歲的偵查佐，一見面即向他微微點頭行禮，中規中矩地說：

「學長好，我叫潘大錫，剛才和你通過電話的那位。」

大錫的個頭雖小，但眼裡閃爍著一股銳氣，話音低沉有力，動作大方。他轉頭取杯，問：「請問學長喝茶嗎？還是喜歡咖啡？」

「喝茶好了。」岱華簡單回答。

「茉香綠？或是，你比較想要麥香紅？」

「都可以。你方便就好。」

趁大錫沖著茶包，岱華再次梳理自己來此探問情報的理由。

法醫從死者陶勝忠的腦內取出彈頭，給鑑識人員分析，好在彈頭沒有因碰撞顱骨而嚴重變形，勉強可分析出，子彈為點四四麥格農[1]，膛線為右旋，且五條寬度一致，大致可判斷是史密斯威森型左輪手槍。再經資料比對後發現，去年十月二十三日在三民區也曾發生過槍殺案，那時從死者體內取出的彈頭，其表面的彈道刮痕，和現在陶勝忠腦內的那顆完全一致。

換句話說，同一把手槍，十個多月前射死了兩人，八天前又造成陶勝忠死亡。

然而，令岱華不解的是，去年的兩名死者，一個是受害人，另一名竟然是凶手。岱華覺得，光看當時的偵查報告，不如直接詢問案件承辦人還比較快，或許跑這一趟，能同時取得報告上沒寫到的細節也說不定。

「學長有從電腦調資料出來看過了嗎？」大錫端了一杯熱茶過來。

「簡單掃過了。我本來要找這位……」岱華拿出手上複印的偵查卷宗。

然後，他指著第一頁承辦人的職稱和姓名——偵查佐：林昊義。

「哦，義哥哦，」大錫微笑，坐下來說：「他今年五月調到刑大了，現在是那邊的小隊長。」

「你跟他很熟？」

「是的，我剛來三民二分局時還是菜鳥，很多事不懂，是義哥帶我、教我實地辦案的。」

「所以，去年十月的槍擊案，你有跟著林昊義一起辦案嗎？」

「是，義哥那時候很苦惱。」

「怎麼說？」

「那件案子表面上是結案了，可是，我們最後仍是查不出凶器究竟是落到誰手上。」

1 點四四麥格農（.44 Magnum），子彈的一種型號。

「你方便帶我去現場嗎？」岱華翻出去年偵查報告上的命案照片。

「好的，可是我要先跟上面報備出外勤。學長，你如果不趕時間，請先喝口茶，等我一下，我馬上回來帶你過去。」

岱華拿起杯子，啜了一口，點頭說好。大錫迅速離開。

見大錫凡事謹慎、隨時向直屬報備，便讓岱華對比想到手下的阿隆。阿隆做起正事的確挺認真的，但沒幹正事時，常不知他跑去哪兒鬼混，好幾次讓岱華找不到人，打手機也沒回。岱華將杯中的綠茶一飲而盡，心想真該叫阿隆好好向大錫學學。

不久後，岱華跟著大錫來到命案現場——大順陸橋下方。

大順陸橋猶如背脊拱起的長蛇，頭尾呈南北向坐落，屬大順三路路段，北遇九如路，南遇憲政路。陸橋上可供汽機車同時通行，但每逢下班時間，便交通壅塞。至於橋體底下，是東西向的火車鐵軌，恰好劃出三民區和苓雅區的分界。

此刻，岱華和大錫兩人位於陸橋中央的正下方，即鐵軌北面的三民區寶盛里。從這裡抬頭看，橋體的高度並不高，頂多到三層樓，轟轟的汽車輪胎跑動聲相當低沉，隱約自上方不間斷地向下傳至頭頂，橫向的鐵軌上也不定時有火車轟隆轟隆急速奔駛。

「學長，看到了嗎？」大錫指著漆覆綠松色的牆面，說：「那裡是寶盛里活動中心，附設才藝教室。」

「有，前後還有設很多停車格。」

「長條狀的陸橋下面拿來當停車場和活動中心，可看成是一種善用都市空間的方式吧。」

活動中心剛好在橋體下方，正門向南，面朝鐵軌。活動中心的門口，和鐵軌柵欄之間的距離約莫六十公尺。

岱華從活動中心正門朝南直走。此時，他注意到，有一條小路沿著鐵軌旁左、右平行延伸，分別是大順三路三一六巷和三〇九巷。他橫越馬路，繼續走到底，看見柵欄旁有一間長方形、以幾塊大型木製塑合板貼合而成的小屋，屋頂僅加蓋鐵皮，屋外掛著一張木牌，以鐵絲固定，牌面印上「舊衣回收」四個粗大的紅字，而木牌的側邊有一張塑膠板緊貼住牆，板子上面的文字用麥可筆手寫——「大家好，回收物品請勿跟垃圾包在一起好嗎？請大家配合。」

岱華轉頭問：「這裡是……資源回收站？」

「是的。」大錫答：「兩人的屍體，就是在這間回收站前面發現的，就在我們現在站的位置，陸橋的正下方。」

大錫開始簡述去年十月二十三日發現命案時的狀況。

死者是女性，約莫四、五十歲，無名屍，遭人槍擊。子彈射入她的心臟，當場斃命……

「等等，」岱華喊停，問：「你們沒找出死者的身分？」

「沒有。她身上沒帶任何身分證件，不知道是從哪裡過來的。可是，我有查訪周遭附近的住戶，好幾個人說，他們都有看過她在這附近撿回收，常會拉著兩台破舊生鏽的小菜籃車來這個據點晃，約有半年之久吧。」

「原來是街友啊。」

「從這裡沿三〇九巷一直走過去到底，轉彎後會接到九如路上的科工館南館，也會看到市政府社會局兒童福利服務中心，和社會局婦女館。在婦女館後面有一座小型的長青門球場，對外開放，專門給老人家用的。」

「門球，嗯，我知道，中老年人蠻適合玩的運動。」

「對。」大錫接續說：「那門球場裡面蓋了兩座涼亭。有人就看過，那名女性生前常到涼亭內直接鋪紙板睡覺，活動的範圍大概都在那個地帶。」

岱華和妻子以前曾經帶女兒去科工館玩過，館內介紹寫說，南北館加起來約占地十九多公頃。他此刻憶想，館外各處空地擺置了好幾個垃圾桶，而桶內隨時會有回收品，街友可能會撿去賣錢。

「另一名死者呢？」岱華問：「我看報告上說，那男的是凶手？」

「是的，他叫羅品鴻，死時三十六歲，沒有前科。」

「沒前科？開槍射死了女街友？」

大錫點頭，說：「然後，用同一把槍，朝太陽穴開槍自殺。」

「見女人死後，馬上自殺？」

「是的，兩槍間隔不超過五秒。」

「怎知道少於五秒？有目擊者？」

大錫回頭，抬高手，指向安裝於方形橋墩上方的監視錄影器，說：「我們調了畫面出來，影像很清楚，正好拍到兩人是怎樣死的。」

「兩人都當場死了，槍怎會不見？」岱華感到迷惑。

「學長，說來話長……」

「你說說看。」

「你知道台灣的私槍非常氾濫吧。我們四面環海，要防堵走私的槍枝極為困難。聽隊上的前輩說，以前比較好查，私槍的來源大部分從東南亞私運過來，像菲律賓、泰國，一般都從高雄港偷偷進來，可是從十幾年前開始，像巴西、阿根廷、美國、比利時、義大利、德國、捷克等，超過四、五十個國家都把台灣當成是走私槍械的中介站，有媒體寫過，說我們自己是『私槍聯合國』，其實一點都不誇張。」

「我也有耳聞。所以你認為，羅品鴻拿到的是透過管道取得的私槍？」

「是的。我猜想是從黑道那裡取得的，義哥那時也說要把槍追到手。可是，檢察官不願意查。」

「為什麼不想查下去？」

「單一把私槍，很難追到源頭，檢察官想要的是大魚，不抓小的。」大錫嘆一口氣，又說：「不過最主要的原因，還是出在那兩名死者。學長，你要不要猜一猜，這件案子為什麼不被重視？」

「難不成是……其中一名死者是街友，沒姓沒名的，就算死了也不會有人重視吧，是這樣嗎？」

「Bingo！答對了一半。而且監視畫面拍得很清楚，兩個人都死了，檢察官認為沒有起訴的必要，叫我們不用再查下去了。所以你看到的偵查報告，只記載兩人死亡，只說是子彈分別射心臟、射頭而亡，可是沒有記載槍枝的去向。當時義哥很頭痛，他認為不能就這麼輕易結案，於是他堅持請鑑識人員分析後，將彈頭刮痕的資料附記上去。」

「看來，你口中的這位義哥，真的很有正義感呀。」

「希望義哥在刑大過得不錯，別動不動得罪長官就好。」

「嘞？等等，」岱華發現大錫的話沒講完，「你說我對了一半，另一半呢？」

「學長，你再猜猜看。」

「女街友，不知身分……而羅品鴻……等等，羅品鴻自殺死掉，他的家屬沒要求你們追查那把槍是怎麼來的嗎？」

「你真厲害，學長！」大錫先是微笑讚美，很快又擺出肅容，說：「嚴格說起來，羅品鴻身邊沒家人可依靠。他的父母都過世了。」

「等等，我剛剛那個問題，槍枝到底是怎麼消失的？」

「羅品鴻死後一分鐘，出現第三者，撿走了落在屍體旁邊的槍。」

「是誰？報告上好像沒寫到……」

「我和義哥把他稱為『黑衣人』，一名穿著黑色風衣的男人，看身材像是男的，但我們不知道是誰。」

「怎會不知？」

「他動作很快，閃過了監視畫面，沒拍到正臉。」

岱華沿槍枝的走向，迅速在腦中歸結出事件的順序——

①羅品鴻不知何時、也不知從何處取得手槍。

②羅品鴻於二〇一二年十月二十三日以該把手槍射殺身分不明的女街友。

③殺人後不超過五秒，羅品鴻拿同把手槍開槍自殺。

④一分鐘後，黑衣人取走手槍。

⑤黑衣人於二〇一三年九月二日以同把手槍射殺老人陶勝忠。

⑥黑衣人和手槍皆消失。

這到底是一樁什麼樣的案件呀！岱華內心滿是謎團——

羅品鴻為何要殺害女街友？黑衣人是誰？又為何要殺害獨居老人？更迫切的危機是，黑衣人此刻在哪裡？那把至少已奪走三條人命的手槍又在哪裡？黑衣人是否會用那把手槍再次犯案？

「學長，你中午想吃什麼？」

大錫一問，岱華才意識自己的肚子咕嚕嚕叫。

他手指左右掃動，答：「呃，我在外面都隨便吃。小吃、麵攤什麼都好。」

「隨便吃可不行，我們跑外勤的更得注意飲食。」

「工作時哪想得了那麼多。」

「你若時間不趕，不如我帶你去附近一間比較健康的店吃點東西，我們可以再邊吃邊討論。」大錫提議，問：「學長覺得好嗎？」

岱華簡單回：「你帶路囉。」

岱華隨大錫開上大順陸橋，下橋後直接向左拐至憲政路。兩人經過了轉角的四海豆漿，沒隔幾公尺就停了下來。岱華先下車，環視一回，附近一排皆是賣米糕、鱔魚麵、牛雜湯、蝦仁飯、咖哩飯和專賣羊肉等的平民小吃店。

大錫停好車後，領著岱華光顧其中一店家。店面不大，外頭上方的紅底招牌上寫著「蠻牛湯包蒸餃」幾個大字。尚未進門，岱華便聞到了蔬菜的香氣。

「現在沒什麼人，我們可以直接跟老闆點。」大錫說：「老闆人很好的。聽他說以前做過公務員，退休之後閒著沒事，因為對養生食譜有興趣，就開了這間店。」

「你幫我點好了，看你推薦什麼。」岱華想先吃招牌菜。

「好，我幫學長點。」

大錫說完，走向前跟老闆打招呼。

老闆體型高大，略帶駝背，挺著臃腫的大肚，步履緩慢且蹣跚。他正站在蒸籠前方，在盤內擺上各種當季的蔬菜，一見大錫便抬頭，說：「噯，你帶新朋友來吃飯哦。」接著，老闆一臉和氣，轉向岱華說：「第一次來呴！來，我跟你講，我賣的呴，是不惜成本的創意料理。最重要的，菜用蒸的，不油不膩，就很養生！你找遍高雄呴，我相信吶，都沒人像我一樣賣這麼特殊的，來，你們看看……」老闆志得意滿地說著，一手遞出菜單給大錫。

點完餐，兩人坐了下來。

「剛才講到哪裡了，學長？」

「黑衣人。」

「對。我們看畫面推測是成年男性。他拿走了槍，就失去下落。」

「我想，黑衣人應該認識羅品鴻，或認識那名女街友。」岱華推敲說：「一般人看見兩具濺血的屍體倒在路上，嚇都嚇死了，第一時間不可能去取槍，所以黑衣人不太可能會是不認識的路人。」

「我的想法跟學長一樣。可是義哥認為，黑衣人或許只是正好路過，或對槍枝感到好奇的人。」

「黑道嗎？」

「或許。總之呢，不能排除黑衣人是路人的可能性。」

「真是普通人的話，太可怕了！要搜尋的範圍也太大。」

「所以學長，你是想從羅品鴻的人際關係著手調查嗎？」

岱華點點頭，說：「女街友的身分不明，追她那條線，肯定會先碰上瓶頸。從已知的下手，比較好辦。你們之前應該調查過羅品鴻了吧？」

「是的。我剛剛有說吧，他的父母雙亡。」

「家庭背景？交友、工作的狀況呢？」

「羅品鴻的父親做修繕工，給人整修房屋。他母親是家庭主婦，會車縫，常去工廠批一些貨回來做，像布包、零錢包、筷袋之類的小東西。一家三口，生活本來還過得去。可是他上了國中，父親有次給人修屋頂時，從樓上掉下來，摔死了。雖說母子倆拿到了一筆保險金，可是不多，好像一百多萬而已，從那時候開始，他母親就靠車縫養家。」

「除了經濟，聽來沒太大問題。」

「麻煩的問題在後面。羅品鴻好不容易考上大學，大一時，母親罹患重病，要活就得用藥，可是藥很貴，健保沒給付。羅品鴻為了照顧母親、賺醫藥費，只能休學，直接去工作。」

「生什麼病啊？」

「什麼病我忘了，記得是某種癌，要用標靶藥物治療。結果，說是癌細胞擴散，最後仍是沒醫好，他母親就過世了。」

「唉……對了，你聽誰說的？」

「羅品鴻的叔叔，叫羅順、羅順昌？順發？……」大錫摸摸腦袋，說：「我有點忘了，要回去查。總之呢，他的屍體是請他叔叔去殯儀館指認的。」

這時，老闆先端了兩碗山藥排骨湯和兩碗肉醬飯過來，一面自豪地介紹說是自製肉醬，加入了薑黃，口味獨特。濃郁的排骨香令岱華的食指大動，他先喝了幾口湯、啃了塊肉，又塞了一口飯，繼續問：

「父母都死了，他有繼續升學嗎？」

「沒有，他可能開始到處做零工，也是他叔叔說的。」

「我聽不出有拿槍射殺街友的動機。」
「學長別急，我還沒說完他的麻煩。」
「麻煩還沒完？」
「他工作時傷到手臂，沒辦法再工作，養不活自己。」
「結果呢？」
「有天他就從叔叔家失蹤了，然後就拿槍出現在陸橋下方，就死了。」
「鬧失蹤？怎麼搞的？我怎感覺這部分是重點，你再講詳細一點。」
「沒了，我所知的只有這些。在殯儀館時，他叔叔的樣子很沉重，不願意多說什麼。」
「還有其他人認識羅品鴻嗎？」
「有，他的前女友，我們有找到人，姓彭。他受傷之後不久，跟彭小姐分手了。」
「那位小姐有提供什麼線索嗎？」
「彭小姐說，他們吵架分手當天，羅品鴻說自己想跑去深山裡死一死。」
「你有做筆錄吧？」
「沒有。剛說了，檢察官不想查。可是我知道怎麼找到她。」
「羅品鴻的前女友，和他叔叔，這兩人我都想問清楚。」

岱華又舀了一口湯，視線轉向冒起白煙的幾疊蒸籠。他認為，人和人之間是生命共同體，就像疊在一起的蒸籠，若從底下開火加熱，熱量便會不斷向上傳導。假想羅品鴻是位於下方的盒籠，那麼和他相疊的人，不可能不知情。他殺人和自殺的事件背後，肯定隱藏了什麼原因。

吃飽後，岱華跟隨大錫回三民二分局，拿到了兩名相關人的姓名和聯絡方式。由於大錫手邊有業務得忙，從此處起，岱華必須靠自己去調查。

同一天下午快四點，岱華來到大豐二路和義德路交口，7-ELEVEn和八方雲集鍋貼水餃店在路口相對望，空氣中流動著一股韭菜的氣味。

他停好車，朝義德路走了幾步，看見文理、美語、才藝等各種補習班林立於路旁，而陽明國小的正門就位在斜對面。在校門口，有一位導護志工媽媽手上拿著兩根旗幟，正等候身旁的另一位穿上反光背心。今天星期四，國小各年級統一的放學時間約四點半，因此附近還未見接送的家長，小孩們也還沒有從正門接連湧出。

再過去一點，岱華看見一間家庭理髮店，外面的騎樓擺了一攤「好Q章魚小丸子」，招牌上手繪了許多卡通人物圖樣，頗能吸引小學生的目光。攤位後方，一名綁起馬尾的女性正在翻動鑄鐵模具。她穿著粉色蕾絲圍裙，前胸極具視覺衝擊力，且外貌十分可愛，像剛畢業的大學生。若岱華沒有事先從大錫手上取得資料，真看不出她已經三十三歲。

岱華走向前打算問話。這名女性警覺性甚高，馬上笑盈盈對著他喊：

「好吃的小丸子唷，要不要試試？獨家日式原味淋醬，可以加美奶滋、哇沙米唷！」她的聲音非常甜美，像鶯鳥啼叫，瞇起眼的笑容也很自然。

「妳好，」岱華說：「我是警察，我……」

「警察？」剎那間，她雙眼瞪大成兩顆彷彿會噴火的去皮荔枝，喉嚨也瞬時變了聲，準確說可用粗礫相磨來形容。「你們到底要開幾次？開幾次，說呀！裡面開理髮廳的老闆娘，我可是有付租金給她的說，跟兩個月前我在眼鏡行前面一樣，我租金都付了耶！付了耶！你們上個月來取締我這種小老百姓，違反交通條例什麼的，現在又要開我單？！八張了，夠不夠？還是你們罰單要湊滿十張整數才甘願！我走到哪，你們跟到哪，你們都是這樣幹警察的，是不是？

是不是，說呀！」

她愈罵愈大聲，完全不給岱華說話的餘地。

「我是來……」

「好，你來！」她解開圍裙，甩到一旁，像氣炸的夜叉女，從攤位推車內的雜物中先掏出捲尺，高擎於半空，好似要人見證什麼奇蹟，然後另一手硬是抓起岱華的手腕，邊拖到騎樓邊喊：「來！你要來就過來！」接著，她拋下岱華的手，開始從理髮廳門口拉開捲尺，一直拉到攤位旁的瓦斯桶。

「彭小姐，我……」

岱華拿出刑警證，可是她一眼也沒瞧，又粗聲嚷嚷：

「我叫什麼名字你們早都查好了，要開單是不是？你先看好！來，你看清楚，兩公尺還多一點，夠不夠？你在捲尺上面要走要奔要跑要跳都隨便你，你自己說，寬度夠不夠？」

岱華大概知道是什麼狀況了。在騎樓擺攤做生意，可能會遭人報警檢舉。攤位主人若非騎樓的法定所有權人，或是騎樓未留足夠的通道供路人使用，或使用可能造成公共危險的瓦斯桶，皆有違法之虞，但目前各單位法令執行的標準不一。若因為空間使用問題而被開紅單，每張一千二至兩千四百元之間跑不掉。因此，像章魚燒這類小本經營的攤位老闆，被開了八張紅單，當然一肚子火。

不過，岱華要查的是命案，不是捲尺測量出來的長度。

「彭瑋潔，妳冷靜一點！我是來問羅品鴻的事情，沒有要開單！」

「要開單就先給我看清……哈？什麼？品、品鴻？」

捲尺頓時刷了一聲，整條全縮了回去。

岱華終於有說話的空檔表明來意。

聽著刑警問話，瑋潔逐漸收起嚇人的荔枝眼，應和的聲音也回到原先嬌柔的鳥啼。

「討厭捏，我剛搞錯了，真不好意思哩。我送一盒丸子給你啃，等我啃！」

「沒關係，我不餓。」

岱華確實感覺，中午那淋上南瓜醬的蒸菜，應該還在他肚子裡沒消化完。

問到正事，原來瑋潔高職在學時讀的是餐飲科，畢業後即出社會工作，和品鴻住同一層雅房。後來兩人交往，她才知道品鴻的母親過世後，他原先的住處被法院查封、拍賣，他只得休學，在外租屋，並從事派遣的建築工，工作經歷至少達十年之久，有時甚至得短期前往嘉義、台南、屏東等地，經常逐工地而居。

「工期時間不一定耶，長的可能三個月呀、四個月的，短的大約一個禮拜，短的佔比較多，他回來跟我相處的時間都片段片段的。阿鴻的體力是能做，後來也有在鍛鍊，但工地常有很多繁瑣的規定他不知道，外勞也常搶工作，他做得很辛苦。」

「妳說搶工作的意思是，老闆比較喜歡用外勞，因為薪資便宜？」

「對呀，阿鴻回來跟我分享，說建設公司以往一直用低價搶標工程，只想省錢，省到後來的結果，就是沒法保證有穩定的人力在工地做事，台灣工人的薪資變差，做不下去呀，然後很多老闆就會一邊罵年輕人吃不了苦，一邊從外面引進外勞。阿鴻說外勞愈來愈多，結果自己的待遇也跟著被拉低，要不就是自己的工作不穩定，他很嘔。反正，他常跑外地工作，早一點還有一千二的行情，後來一天從早做到晚只能領四個小朋友[2]，他想多賺幾天，但每個月工作的天

2 指一張壹千元鈔票。

數愈來愈少，賺沒幾個錢，根本沒辦法在社會上翻身嘛。但我跟他說，不管怎樣呀，我叫他別放棄——我們一起努力呀！我跟你的兩間房就是愛窩，你別擔心！」

「愛什麼……？」

「愛的小窩唷。他不在的日子，我天天擺攤，就一直等他回來。」

「我聽說他手臂受傷，大概是哪時候的事？」

「前年的七月。」

「怎麼傷到的？」

「就公司要省錢呀。工地本來就要做安全防護措施的，公司也沒做，他那天要爬上去安裝模板，就傳統那種木頭合成板，結果不小心從五樓摔到三樓。掉了兩層沒死，很幸運吧！好在是在高雄這邊做工，我接到工頭在醫院打給我的電話，馬上趕過去榮總照顧他。」瑋潔原先開朗的表情自此刻起轉為陰沉，續道：「結果我到了之後，老闆才到，他居然只出了送去急診的醫療費，後面就撒手不管了，說他是派遣的，後來阿鴻發現，派遣公司那邊也沒依規定保勞保，根本就沒登記他的名字。」

「妳提到老闆不管後面？摔下來之後，他沒好起來嗎？」

瑋潔搖頭，表情無奈，答：「他的右手，靠肩胛骨那邊就開始會痛，阿鴻是說，他那天掉下來的四樓好像有一根橫凸的大錨栓，他自己有印象，說手臂接肩膀部位有撞到那根。後來，他就時常會痛。」

「沒去看醫生？」

「他的健保停繳已經快一年了，帳戶內也沒錢可扣，早被強制鎖卡了[3]。」

「當時你們怎麼辦？」

「一開始是去藥局買止痛藥吃，後來痛的頻率愈來愈高，就算吃了止痛藥，連搬水泥袋也會抽痛。到八月底之後，阿鴻根本沒法再去工地。看他痛成那樣，我就想說，帶他去一般診所，偷偷請小姐用我的健保卡刷，好不容易過了一關，結果醫生說他這種傷要去大醫院檢查，小診所沒儀器。可是大醫院查得很嚴，沒法再偷刷我的健保卡。他欠的卡費，我也沒錢幫他清償，大醫院自費又很貴，我實在……」

「妳應該很愛他，我覺得。」

聽岱華一說完，瑋潔馬上閉起眼眸，伸手指揉揉兩眼的淚溝，說：

「警察先生，你……請你不要逼我哭……我等下還要做生意。」

見她的手指微微濕潤，岱華發現自己身上沒衛生紙。他環視四周，鎖定攤位前方的面紙盒，手正要伸出去抽取時，瑋潔拍掉他的手，彷彿拉起了防線在維護地盤，自己用力抽了一張，快速地抹去丁點的淚痕。

「好了……沒事、我沒事了。你還有什麼要問的？」

「他受傷後，是不是有跟妳說，他想要去死？」

「我一直想不透，他為什麼最後會……」瑋潔的鼻尖泛紅，說：「他沒有工作，手又痛，變得很自暴自棄，開始怨嘆自己的家庭，抱怨過去，怨自己沒法讀上去，但我也沒辦法幫什麼忙呀，我跟他一樣朋友很少，借不到幾個錢，就跟他開始吵架。去年初，大概農曆年過後吧，

---

3 自二〇〇六年起，欠繳健保費達兩個月，健保署會寄發催繳單給欠費人，費用滯繳達五個月，健保卡即會自動鎖卡，健保署並移送法務部行政執行署，強制自欠費人的所得中扣費，欠費人便無法持卡就醫。二〇一六年六月七日，新政策實施，全面解除鎖卡。

我跟他大吵了一架，他說想要死也是從那天開始，說自己全身已經被這個社會利用完了，再沒價值了，想要去山區死一死，然後他……四月初，他就拋棄我，就消失了。我、我很想他，但又不想要他回來，因為我當他的女朋友，根本幫不上他的忙，但是我真的想要他平安回來，我……」瑋潔又抽了一張衛生紙擤鼻涕，邊說：「警察先生，你真的很討厭捏，為什麼又……又要讓我哭？我答應過自己不去想的……」

接下來，瑋潔斷斷續續提及，去年二〇一二年約十月底，案件發生幾天後，有位叫林昊義的警察找到了房東，間接又找到她問話。

「妳心裡想不透的疑問，是他為什麼殺人、為什麼自殺吧？」岱華見她雙眼發紅，安慰她說：「我今天來，也是希望經過調查後，能把這些疑問解開。」

「阿鴻會自殺，我其實不意外，他很久以前就不是一個經常會開心的人，我很努力跟他在一起，想讓他開心。但是你要相信我，他真的不是那種會去殺人的人，我真的不相信警察說的！一定是哪裡搞錯了！」

監視畫面和鑑識資料不會有錯——

岱華果決地想，不過此刻無須和她辯明。他又問：

「他說的山區在哪裡？妳清楚嗎？」

「我不知道。但阿鴻以前講過很多次，想帶我去屏東的山上走走，但是我和他都得工作賺錢，沒時間去外地玩。」

「他有認識哪位比較好的朋友嗎？」

「我所知的，好像沒有。工地裡的派遣工人，很多跟阿鴻一樣都是月光族，每個人都有自己的問題，他又比較內向一點，應該沒什麼人跟他比較好……哎呀！對不起，顧著跟你說話，丸子烤到焦掉了！我弄新的給你唷！」瑋潔手指忙著捏轉瓦斯開關。

「沒關係，不用重弄了，我……我喜歡吃烤焦的。」岱華從口袋掏出銅板，堅持說：「我跟妳買。」

回到車裡，岱華打開紙盒，用竹叉把丸子表面焦黑的部分剝乾淨，然後配著柴魚片和哇沙米，勉強塞了兩顆到嘴裡。咀嚼時，他第一個念頭浮上來——丸子咬起來Q彈，餡料調理得非常美味，台灣路邊的小吃不能因檢舉取締而全部滅絕。

他接著反覆想，彭瑋潔看來是非常直接的人，她話語中所附帶的情緒幾乎毫不掩飾地表露在臉上，說哭就哭、說笑就笑的，不過她果然瞇起眼比較可愛。岱華試圖把她的臉蛋和身材暫時拋出車外，又插了一顆丸子入嘴。他認為瑋潔不大像會說謊的人，但品鴻在工地受傷後的行動實在令人惹疑，有必要進一步找他的叔叔問話。

然而，岱華多次打電話、也到家門外探訪，一直聯絡不到羅順德。順德的鄰居表示，他離過一次婚，沒生小孩，經常到外地工作，在家的時間不固定。岱華只好留給鄰居口信，請順德回家後，來一趟警局配合約談。

這段期間，由於轄區內又發生了一些大小案子，而月初殺害陶勝忠的那把槍又未再現身，局內追查槍擊案的熱度即隨時間流逝，慢慢冷卻下來。此外，媒體再度火熱炒起苗栗縣大埔里強制拆遷房屋的抗爭活動，不斷報導張藥房老闆的離奇死亡案件，以及苗栗縣長遭社運人士丟鞋砸頭的新聞[4]，獨居老人的槍擊事件便完全隱沒於輿論中。

4 二〇一三年九月十八日，苗栗大埔拆遷戶張森文於上午失蹤，下午被人發現陳屍於竹南鎮公義路大埔橋下的排水溝渠裡。當日晚間，苗栗縣長劉政鴻至張家探視，被聲援的民眾及學生阻擋辱罵，並遭社運人士陳為廷丟鞋砸中頭部。

後來，羅順德收到鄰居的傳話，來到警局時已經是十一月五日，離槍擊案發生已經兩個月。

羅順德今年五十六歲，身材矮小精壯，臂膀上的每塊肌肉相當強硬結實。他的頂上無髮，眉毛粗濃，眼神銳利。他人一到警局，剛開始用台語交談，得知岱華欲問羅品鴻的事情，一時間突然擺出不屑的態度，掉頭就走，好在俊哲攔住他，阿祥也依岱華吩咐，趕緊端上一杯麥茶，他才坐了下來，用生硬的中文說話，偶爾穿插一、兩句台語。

「我打你的手機好幾次，你怎麼沒接？」岱華問。

「我在嘉義做工，沒時間應付從高雄打來的電話。」

「好歹回個電話吧。」

「欸，我卡ㄟ知是警察的電話？恁警察什麼時陣開始關心我和阿鴻這款人？」順德將茶水一飲而盡，說：「阿鴻的代誌，我對恁警察沒蝦米好講的。事到如今才要查，我老早講過了，恁警察是青盲卡ㄟ認為他會去殺人。」

至今有兩名和品鴻親近的人都表示他不可能殺人，而岱華手上確實持有他向女街友開槍的清楚畫面。不過，岱華怕順德不願說下去，於是轉話題，問：

「品鴻受傷後，住過你家？」

「兩天。」順德用手指比出數字，說：「我去枋寮醫院接他回來，才兩天他就消失了。」

「可以詳細說說嗎？」岱華希望知道更多。

順德深嘆了一聲，開始敘述那段過程。

原來，去年二〇一二年四月初，品鴻離開女友瑋潔後，他所前往的山區是屏東縣獅子鄉的里龍山。

里龍山是恆春半島上唯一海拔超過一千公尺的一座高峰，在南部山岳中佔舉足輕重的地位。岱華曾想找朋友一起征服這座山，因此從山友口中和書報裡得知許多可能的山況。據說里龍山的坡道愈上去愈陡峭，沿途必須拉繩貼壁，雖然里龍山和中央山脈的幾座主山相比之下並不高，但沒有登山設備和萬全的準備將難以登頂。岱華直覺想，像品鴻這種未取得入山許可證即隻身前往的新手，再加上他手臂有傷，很可能發生山難。

果不其然，順德說，品鴻被行經山路的山友發現，當時他已經處於失溫半昏迷狀態，山友便立刻通報林務局、枋寮分局歸崇派出所，馬上將他送下山，到枋寮醫院治療。警方後來在他身上發現身分證和親筆書寫的遺書，立即通知順德，那時是去年七月底。

「他活得下來是天大的萬幸。」順德的語氣充滿感慨。

「遺書上寫了什麼？」

「他躺在病床上昏睡時，我有拍下來。那張紙，我偷偷收起來，後來就揉掉丟掉了，不想讓他看到又想去自殺。」

順德拿出手機，滑出一張照片，遞給岱華。

品鴻的字跡細小潦草，密密麻麻的鉛筆字沒有分段，寫在廣告傳單的空白背面。

「我一事無成，上大學讀不了書，去做工賺不到錢，現在又成了殘廢，變成小潔的累贅、社會的負擔。有錢人一直很有錢，做工的只能一輩子做工。活在不公平的現實社會，做工的不可能得到出頭天的機會，最好也不要生病受傷，不然就會像我一樣，被社會糟蹋到死。可是要怎樣死，我自己做決定。我本來想去當流浪漢，可是我如果死在別人家門口，會給人帶來麻煩，所以我現在已經想好要去哪裡死了，我死了之後不用麻煩人處理後事，我現在只想去山裡化成一堆白骨，這樣就好，不會拖累到任何人。小潔，如果有人發現我的屍骨，找到這張紙，妳要原諒我不告而別，妳應該會很高興看到我和我爸媽相見。我想我到他們那裡之後，會比在人世間開心很多。原諒我不小心在工地受傷。原諒我沒辦法和妳一起築一個愛窩。原諒我。」

順德咳了一聲，像喉嚨卡到硬物，「阿鴻會這樣想，我有責任。」

「怎麼說？」

「派遣公司是我認識的一個朋友介紹的，我不知公司會騙阿鴻。」順德頓時駝起背來。「我長年必須在外面跑，一段時間沒和阿鴻聯絡，我不知他遇上真大的困難，唉，伊寫的就是阮做工ㄟ命。親像我，做水泥匠，你看我的手……」

順德先翻起手背，又掀開領口靠脖子的地方。這兩處皆有一粒粒大小不一像蟾蜍背上的疙瘩突起，而疙瘩所附著的整片皮膚呈現塊狀的鐵紅色斑點，猶如燒燙傷的痕跡。

「紅毛土會咬人。」順德指的是，水泥很傷皮膚。

「很嚴重耶。」岱華湊上前看。

「阮做土水ㄟ，免不了啦。」

接著順德說，水泥攪拌後，如果伸手直接碰觸，泥中的顆粒便會一直摩擦皮膚，造成損傷，又因為皮膚表面遇水會軟化，使得皮膚更易受傷；此外，雇主經常會在水泥漿裡加入機仔粉[5]，使水泥更容易黏附在皮膚上。師傅長年工作後，若沒有適當保養，即可能會長期罹患接觸性的皮膚病。

「你不知做工的辛苦。」順德眼神無光，平淡地說：「阮做工ㄟ，賺到的一分一分錢，攏是用自己的身體換來的。」

岱華拉回話題，問：
「你接品鴻回你家之後，他那兩天有沒有哪裡不對勁？」
「伊ㄟ面真臭，話沒多，親像不想跟我講話。我本來想等他體力恢復，帶他去給醫生看手，看手臂關節救不救得回來？是不是要動手術？」
「結果呢？」
「他兩天後，人一大早就不見了。」
「那天是幾月幾號？」
「八月……三號……對，隔天是星期六。」
「你沒報案？」
「有啊！我等他等了一天沒回來，就去派出所要求找人，但是你們警察只要我填通報單，有人認真在找嗎？」
岱華安靜地吞了吞口水。順德的指責有理，但除非報案人能證明失蹤者牽涉案件，否則警方不會主動尋人，因為一年之中有太多人無緣無故失蹤，警方沒有足夠的人力去找人。然而，任誰也想不到，兩個多月後，品鴻再度自殺，還順便拖了另一個女人的命一起上路。
「你跟他在一起的那兩天，有發現他身上帶槍嗎？」
「無啦無啦！無可能啦！」順德猛力揮揮手說：「除了他塞在皮夾的身分證和遺書，伊歸身軀剩兩個十塊元ㄟ銀角仔，卡有槍這款物件！」
「他失蹤之前，有沒有開口跟你要錢？」

5 機仔粉，即噴固精的俗稱，一種用於水泥砂漿的潤滑粉，屬化學藥劑，可增加水泥的黏性。

「無。」順德搖頭。

「家裡有沒有錢被偷走?」

「無。」他仍舊搖頭。

「值錢的東西呢?有沒有不見什麼東西?」

「無啦。伊不是彼款會偷人物件的囝仔。」

假若順德所說為真,那麼可確定,品鴻於去年八月三日至十月二十三日之間,不知在哪裡取得槍枝,可是眼前沒有更多的線索,又怎能追得出他這段時間內的行蹤呢?台灣的黑槍價格不菲,他身上沒半毛錢,又怎能拿到手的?想到此處,岱華心生一股無力感。

但他不想放掉任何一絲線索,再問:

「阿鴻有沒有說過,四月至七月這段時間去到了哪裡?」

「做乞丐,去路邊給人分,就……就流浪漢啦。」

「有沒有人收留他?」

「我有問啊,伊是講,高雄有一個……服務中心,還是協會的,有給他吃、住一陣子。」

「你記得那個機構叫什麼名字嗎?」

「叫做……」順德搔著頭想了一會兒,然後又搖頭說忘記了。

雖然順德記不得名稱,但岱華的印象中,高雄收容遊民的機構應該不多,他第一個想到的是社會局街友服務中心。

二十多年前,高雄市設置「遊民收容所」,原先受警察局管轄,後來安置遊民的業務從警政轉至社政單位,即由社會局社會救助科辦理,再於三民區和鳳山區成立兩處收容所,並於二〇〇八年更名為「街友服務中心」,常簡稱為「街友中心」。不過,兩處的實際運作乃採公設民營的方式，由市府委託民間單位經營。

於是，羅順德離開警局後，岱華馬上用電話聯繫街友中心。

他心想，要是品鴻曾接受公家單位的救助，可能存有社工紀錄，從紀錄中或可得知品鴻在那段時間內有什麼異樣，或遭遇了什麼奇怪的人物或狀況。

在電話中，岱華問到，去年列冊輔導[6]的名單中是否有一位名叫羅品鴻的人，並表示他肩膀有傷、沒辦法搬重物。接聽的行政人員是男性，說等會若找到資料再回電。

過了約半小時，回電的是一位社工小姐，姓郭。她的鼻音很重，聽她說話的遣詞和語調，很像日常中好助樂施的大嬸，年齡應該四十歲上下。

『劉警官，我們的資料咰……』

「呃，我的階級不是警官，我只是在調查一件……」

『好啦，警官，資料找不到你說的人喔。』

「找不到喔，唉。」岱華覺得失望，準備掛電話。

『可是咧，我遇過他哦。』

「妳見過？！」

『我不是很確定，可是咧，很像你要找的人。他姓羅啦，我問他叫什麼名字，他說叫阿鴻就可以。他的肩膀一邊歪歪的，說他自己以前在工地受過傷。』

「郭小姐，請告訴我詳情。」

6 高雄市街友安置輔導措施依《社會救助法》第十七條辦理，其中列冊接受輔導之街友，規定應建立個人基本資料，以及其所接受服務和輔導事項。該名冊每三個月更新一次。

社工說道，去年二〇一二年五月初，阿鴻不知從哪兒來到了後火車站的三民公園，晚上本來好好睡在溜滑梯上，結果出現了三、四個年輕人，似乎是為了訓練膽量，其中兩個徒手揍阿鴻，另一個持木棍毆打他，還有一個居然拿打火機燒垃圾、扔到他身上。附近民眾可能遠遠見到有火光，馬上報警。巡邏員警一到場，見阿鴻痛苦地趴倒在公園的地磚上，要帶他去醫院治療，他說不用，所以警察便打電話給街友中心，請人過去關懷、處理一下。

『我到場了解狀況，可是咧，假如你不想接受輔導救助，我們也是尊重你的意願嘛，對不對？高雄有列入名單的差不多快三百人，但沒被列入又需要幫助的街友實在太多太多了，這幾年比阿鴻年輕的也愈來愈多。』郭小姐說著說著，像在和朋友聊天，更像在發牢騷，不給岱華說話機會。『哎耶，以前會淪落成為街友，大概都是家庭啊、個人因素啊比較多，比如被棄養的老人啊，不然就是小孩辭職回家照顧重病的父母，醫療費花到傾家蕩產，結果父母一過世，小孩離開社會太久，要回去工作沒老闆願意用，手上又沒房、沒錢的，房子也租不起，就成了在外流浪的街友；可是現在咱，很多是被解雇的，什麼傳統產業沒落、工廠一直往外移，那學校教育咧，要不教出一群只會讀死書的，要不就只教單一種謀生技能，大學生出社會一失業就慘了。』

郭小姐歇了歇。岱華抓到時機，插話問：

「阿鴻沒讓妳看身分證？」

『我問了咩，他支支吾吾說沒帶。我想可能是騙我的啦，可是咧，有的街友本身就欠了一屁股債，被地下錢莊追殺、逃得大老遠的也有，所以不想讓人知道身分，我也不勉強他啦。萬一我問出來，他的戶籍不在高雄，我們中心也不能安置他、讓他住進來啊。』

「暫時安置，要看戶籍？」

『這是規定啦。假如街友要請什麼福利或補助，也必須回他自己的戶籍地啊。』所謂街友，即已是無家可歸的人，救助政策卻規定他得回家辦理手續，此不禁令岱華先是失笑，再一陣感嘆。

「你們主管沒想想辦法？」

『我跟你講實話，』郭小姐壓低音量，她的鼻音顯得更沉。她細聲說：『上面救助科承辦的人啊，每年換來換去的，公務員嘛，大部分都志不在此，會想要跳到更好的單位嘛。』

「那麼，打阿鴻那幾個年輕人，警察有抓到嗎？」

『老早跑掉了啦。警官，我告訴你呴，街友被打的事情很常見哦，記者可能報到不想報了，沒新聞價值嘛。比如啊，有的街友會夜宿人家做生意的騎樓，他們想說店家打烊了，可以在那邊睡一晚，可是社區、鄰里巡守隊的人會來驅趕啊，嫌他們髒，把他們當垃圾。』

聽及此，岱華心想，巡守隊員的組成多半是退休族，有老人或婦女，他們或許會擔心社區安全。

『民眾有時候打電話來，要我們過去處理。可是咧，他們不要我們社工，而指定要公務員去處理，不管哪個單位的，反正他們就想趕快把街友弄走，只要你快點弄走，你啊就是一個好棒棒的公務員。

『所以說呢，比較資深的街友就知道睡公園不會被趕，比較保險。可是咧，也會有人去公園惡整街友，什麼打人啊、潑水、放火燒人啊，去年台北不是還有兩個高中生給街友潑灑糞尿，教育部長還出來說話，警官記得吧？』

「有印象，新聞有報。」

『真的很過分！街友就不是人嗎！不是我在說啦，他們又不是生來就想當街友，每個都有自己的困境嘛。然後咧，政府現在也一步一步在清除每座公園裡的街友，說什麼有礙市容瞻觀啦，哎耶，當人是垃圾就直接講，還選字用詞那麼好聽的。』

「街友不會造成環境衛生的問題嗎？」

『欸，警官，你講這樣，好像街友都很不注重整潔衛生。我告訴你，只要是人，哪個不想把自己弄得清爽、乾乾淨淨的？可是他們沒家啊，有的只好借公園的洗手台沖水、擦身體。你要知道咧，街友不是每個都髒兮兮、發惡臭的，那些只佔很小一撮。還有人說什麼，街友是傳染病的來源，聚在一起會群聚感染，在亂講什麼嘛！侮辱人之前有沒有實地去跟他們接觸過？沒有嘛！台灣別的地方我不清楚，可是我們高雄的街友各自單獨行動的多，就算同時在大公園出現，也少有群聚、集體行動的狀況，是要傳染什麼嘛。』

岱華再次拉回主題，問：「妳只在那天見到阿鴻嗎？」

『我隔天中午有買一個雞排便當去關心他，他差點哭出來了，我就陪他在公園看他吃完便當，一整塊雞排啃得超乾淨的。我問他多久沒吃了，他回說已經四天了，上一頓飯是挖到垃圾袋裡人家吃剩一半的便當。』

「妳沒問他怎麼過生活？」

『怎會沒問！』郭小姐嗓門拉大，『我也跟他說啊，中華二路接中原街那邊有個行德宮[7]，每天傍晚固定會發兩、三百個免費的善心便當，他真找不到吃的可以去排隊。唉，街友最擔心的除了沒地方可以安身，再來就是吃的。有的街友會去和外勞搶工作，像發傳單啊、舉牌工啊，可是高雄的行情，發傳單的鐘點價差不多一百五、舉牌工兩百塊左右，還有時間限制喔。』

「時間限制？」

『對啊，不是讓你舉整天的，通常只在上班、中午休息或下班時段，一天只能賺三、四個小時而已，一個月工作時間可能不到四天，你說說，一個月賺不到三、四千塊是要怎樣過日子？要怎樣翻身？脫離流浪的生活？』

「我聽說一些街友會撿資源回收？」

『對，很多咩。可是咧，揹了兩大袋回收，可能只能賣四、五十塊，一天最多只能賺到兩個便當的錢。』

「真的賺很少。」

『能賺兩個便當還是運氣比較好的時候，不是天天都有的喔。社會上很多人生活無虞，只會出一張嘴，說什麼——自己不努力難怪找不到工作！好手好腳怎麼不去找工作？工作處處有，隨便找就有，真心要工作不用門檻的很多！——其實啊，講這些話的人根本不了解無能翻身的苦，真要叫這些人去過看看街友的生活，去發傳單，做回收做一、兩個禮拜看看，他們一定又不屑做這種低階的工作，可是沒做過就別隨便批評、講不實的話嘛，唉。』

「做資源回收真的很難生活吧。」

『是咩，不穩定啊，有的街友手邊有推車，可以一次搬比較多，沒工具、沒推車的生手就比較吃虧，而且回收品的價格跌得一年比一年低，但街友能選擇的工作就真的不多啊，要怎樣翻身啊你說？像阿鴻就跟我提說啊，他在路上找過資源回收，但手使不上力，也不知道上哪找更多的物品，可是他有一天遇到一個四十幾歲的阿姨，也是街友，很好心，教他怎麼找回收，兩人當天還一起拉兩台菜籃車去賣回收，後來他自己一個人去撿，還是心有餘而力不……』

7 行德宮於一九九四年創立。二〇一二年十月底，行德宮新道場暨高雄市街友關懷協會落成，每日持續提供免費便當，並於午後兩點至五點開放熱水淋浴間，以供街友洗澡。

「等一下！妳說……菜籃車？」

岱華忽然串聯起來，品鴻開槍射殺的是四、五十歲的女性街友，常會拉著兩台菜籃車撿回收。如果郭小姐遇到的對象真是品鴻，且拉菜籃的阿姨也確實是那名死者，那麼品鴻為什麼要殺害教他取得物資的人？

『是菜籃車啊，怎麼？』

「他遇上那個好心的阿姨，是什麼時候的事？」

『我再帶便當去公園找他的……的前一、兩天的事吧。』

「妳認識他說的阿姨嗎？」

『不認識耶。經濟不景氣，街友的數量年年都在增……』

岱華急著打岔，追問：「阿鴻在三民公園待了多久？」

『大概，我想一下……大概一星期不到吧，我後來又去給他關懷一下，他最後是跟我說，有一個慈善機構考慮會收留他。』

「什麼機構？」

『他沒講清楚啊。』

「然後呢？」

『他就消失，離開公園了啊。』郭小姐暫頓了一下，問：『所以你們找到阿鴻了吧？他現在生活狀況怎樣？有沒有家人在身邊？』

岱華遺憾地答，品鴻過世了。不過，他並沒說出阿鴻對女街友開槍並自殺的事情。

掛上電話後，線索至此完全斷絕。

岱華仔細回想羅品鴻的行蹤——

去年二〇一二年四月，他離開女友去流浪、變成街友，在三民公園逗留一陣子，遇上了幫助他的死者，接著離開公園、被人收留。他可能依舊無法賺夠錢、沒能自社會底層翻身，因此決定去南端一點的里龍山自殺，後來在七月底叔叔前去醫院接他回高雄。不料兩天後，他從叔叔家中失蹤，再過了約三個月，便發生了命案……

品鴻失蹤後到底在想什麼？

他殺人並自殺所用的那把槍，究竟流落到誰手上了？

過了一會，岱華仍感到困惑時，阿隆晃頭晃腦走進來，一臉悠哉的樣子。

「阿隆，你剛才上哪去了？」岱華嚴厲地問。

「沒去哪啊。」阿隆蠻不在乎地回答。

「你嘛幫幫忙，去哪裡好歹跟我說一聲。要是我每回找不到自己人，上面又罵我不會帶人。」

「華哥別氣啦，我就去蹦蹦龍繞了一圈呀。」

「去那裡幹嘛？」

「隊長下午一進來，看了看隊上的人手，就隨便抓一個去遊藝場那裡查一下了嘛。」

「他指派你去查？」岱華問完見阿隆點點頭，又問：「去查什麼？」

「陳文慶的案子啊。說法院正在審理，要我們警察去現場確認一下有沒有他講的一個人在那裡。」

「什麼樣的人？」

「我也不很清楚。隊長說那個人的名字可能有一個『嶺』字，山嶺的嶺。」

「真莫名其妙。那你有找到嗎？」

「我只查了員工。負責人事的組長翻了翻紀錄，說沒有這個人。我問完就回來啦。」

「唉，法院怎不趕快判一判？」岱華低聲抱怨。「蹦蹦龍的事鬧那麼大，搞得民眾和小孩都不敢隨便出門，唉。」

「我有追陳文慶的新聞喔。」阿隆滿臉得意。

「他的事情有什麼好追的？」岱華不以為然。

「畢竟是我和華哥一起逮到的人嘛。」阿隆的語氣顯露自豪，繼續說：「我覺得哦，幫他辯護的那個姓余的律師，他在鏡頭前好像很低調。他只透露說，法院已經請了幾個單位給陳文慶做精神鑑定。」

「律師不是姓廖嗎？」

岱華其實並不關注案件後續發展，也不想得知任何關於陳文慶的消息，因為逮捕、偵訊之後的接連幾天，岱華只要一想到死者的慘狀，心頭便莫名感覺一股悶脹。他只隱約記得前幾個月的報導，當時沒人想為陳文慶辯護，法院只得為他指派公設辯護人。

「第二審換人了啦，律師叫余雲……對我想起來了啦，叫余雲智。」

「你說什麼！」聽到姓名，岱華一時詫異得從椅子上跳起來，瞪大眼睛，再確認問：「他叫余什麼？」

「余雲智。天空白雲的雲，智商很低的智。」

聽完，岱華頓時皺起深眉，口中低喃：「他為什麼……」

「華哥，你怎麼了？我、我講錯什麼了嗎？」

岱華半句話不回，迅即拿出手機，查詢關於法院審理蹦蹦龍殺童案的報導。

仔細一看新聞內容，陳文慶的辯護律師確實是阿隆說的那個人。

余雲智——他是岱華多年前的好友。

得知四年多未曾見面的老朋友居然為陳文慶辯護，岱華便再也坐不住，立刻找出以前的手機號碼撥打過去，不過對方已經換了號碼。他只好改用電腦查詢警政資料，找出了事務所的電話、地址，隨後二話不說，馬上打電話過去。

『俐智事務所，您好！』接聽的是女性的聲音。

「我找余雲智，」岱華問：「他在嗎？」

『余律師現在外出，半小時後才會回來喔，請問您哪位？』

「他四點半才會回來？」

『先生，請問您有預約嗎？』

「沒有，我是警察。」

『警察？』女性的聲音變得緊張起來，『請問有什麼事嗎？』

「就是有事才要找他啊！」岱華非常氣憤，喊：「他到底在想什麼啊？」

『那……需要我留言給律師嗎？』

「不用！我直接過去，半小時後到。」

『不、不好意思，請、請問您是哪位呢？』

「妳跟他說我開車馬上到，說我叫山花，他就知道了！」

岱華吐完話，不聽對方回應，即氣憤地掛掉電話，馬上驅車前往事務所。

途中，他不禁憶起一段往事……

十一年前，岱華通過了警察特考。才剛受訓完的那個連續休假，他整妥裝備，獨自一人往笠頂山爬坡登頂。

他不是第一次爬山。從十八歲起，他就喜愛親近山景，到山頂眺望遠物。在山上時，他都當自己在補充天然能量，極盡可能吸飽大自然泌出的芬多精，彷彿這樣做，就可以讓回到平地的他更有勇氣面對人群。由於他的目的純粹，就想接近自然而已，因此他通常不選很難攀爬的高峰，但無論登爬哪座山，他一定會事先做好功課。

笠頂山外型如斗笠而得名，位於屏東縣瑪家鄉佳義村，高度為海拔六百六十九公尺，是北大武山的支脈，位置近屏東平原的尾稜。笠頂山主要共有三處入口，岱華一早先從佳義國小後門的小巷直行，走到底即見到入山的步道，此是最容易上山的入口處。他原打算下山時走另一條約四十度而較為陡峭的坡道，那也是當地住民的獵徑。

或許是平時有在鍛鍊體能，他走過石子路，很快地經過一段泥濘和牛角灣溪的舊河床後，即見到一個又一個山友亭，不及一小時就來到了笠頂山頂，和一個皮膚黝黑、不大說話的阿伯同坐在觀景台內，遠望油綠帶黃的山景，稍做歇息。

然而，他爬得不太過癮，自認尚存滿載的體力。於是，他向阿伯詢問路徑後，決定不按原先的計畫，而接續往東北方高達一千一百六十六公尺的真笠山前進。

走了一段路，來到三角點七百[8]時，他見到休息區旁邊有一塊以紅墨水寫上「觀自在」三字的大石，附近另有幾顆寫著「天涯海角」、「無念無求」的小石塊。但是，他沒停步，繼續往林徑爬坡而上。從這段路起便看不到什麼人煙，反而在走了十多分鐘後，他偶然發現一隻於低海拔頻繁出現的人面蜘蛛。

他暫緩腳步，停下來湊近看，蜘蛛的體長約五公分，腹背處有鮮豔的金黃縱紋，展開的八爪也有黃色斑紋，但他沒有生物學知識，不清楚這隻是雌性或雄性，他只覺得蜘蛛吐結的絲網不太緊密，牠僅掛在崖邊脆弱的枝葉上，相當危險。岱華想像，絲網若因強風破損，或牠若一不小心在網上踩空，便可能於半空中一路墜至山崖，邊掉下去邊吶喊嗚呼哀哉。

「救命……」

此時，傳來一陣虛弱的聲音。

絕不可能是蜘蛛在叫吧？——岱華盯著牠看，順便拍打自己的臉頰。

「救命啊……」

聲音再度傳來。這次，他肯定不是蜘蛛。

他往四周張望，尋找音源，結果發現，一名戴眼鏡的女子就在離他七、八公尺的山崖邊，她的雙手猛抓住一條突出於崖壁外頗長的樹根，身軀掛在半空一動也不敢動。

「小姐？」岱華邊喊邊跑近，隨即趴在地面向下伸手。

「救我！我快掉下去了！」

「好，好，妳別緊張，我拉妳上來。」岱華兩隻手往下抓。

這時，他身旁突然出現一個戴了一副土氣眼鏡的男人，也跟著趴地。

「我來幫忙。」眼鏡男說。

兩個大男人流著滿頭汗使力抓住女子，沒一會兒終於把她救了上來。

「我以為我快死了……」

女子眼神無力，額頭和左臉頰各覆上一道灰土。她向兩人輕聲道謝後，即全身虛脫，累得背靠山壁，癱坐下來。不過，她稍微歇了一下，很快又勉強爬起來，說要下山。

8 即海拔七百公尺。

岱華見她走路腿軟、輕飄飄的，不禁擔憂她的安全，於是放棄攻頂之路，陪伴她一起下去，而剛才那個眼鏡男也跟在兩人身後，一同來到了三角點七百的休息區。

三人坐在長板凳上，俯瞰視野絕佳的風景，彼此聊了起來。

原來三人恰巧同歲，那年皆是青春年華二十二。

此便是岱華認識余雲智和尤俐芳的起始點。

雲智讀法律、俐芳讀物理，岱華則想當警察，三人的專業可謂風馬牛不相及，唯一將三人串起來、彼此保持聯繫的便是登山健行。

有次，三人聚在一起聊天時，雲智問：

「你為什麼想當警察？」

「嗯……」岱華想了一下，答：「因為，有槍的人比較威風。」

「真的假的？」俐芳的嘴張得大大的。

「沒啊，開玩笑的。」岱華自己笑出來，「說實話，我上國中時發育晚，那時個頭小，有幾次被虎背熊腰的幾個同學拖到廁所霸凌，被揍得很慘，又不敢跟爸媽講，反正那時候就開始有點討厭人，特別是那些動不動欺負別人的。當然，我也覺得自己太弱了，讀書方面又不太行，心裡就一直會想著，是不是能讓自己變得更強。幾年之後，我想說順便可以減輕家裡的負擔，去考警察考看看吧，就這樣上了。」

「搞不好當警察就是你的才能。」雲智顯露褒獎的態度。

「我很少聽見名字裡有『岱』字的呢。」俐芳說。

「不常見嗎？」雲智扶了扶眼鏡。

「這名字是我媽取的。」岱華露出淺笑，說：「她當初在想，『岱』是泰山，據說是坐得很穩的一座雄偉的大山；那『華』呢，跟『花』共用同一個字，可是她沒考慮同字異音，就直接寫下去了。」

「兩個字放在一起，什麼意思？」雲智問。

「意思就是『山』和『花』，」岱華臉頰泛紅，不好意思地說：「我媽希望我呢，外在像山一樣堅屹不搖，內在就像花一樣柔情。」

「哇！」俐芳誇讚說：「好有文學意涵喔。」

「那以後乾脆改叫『山花』好了。」雲智說。

「好哦好哦！」俐芳拍手附和。

「厚，你們兩個怎麼這樣啦！」

「如果我叫你『山花』，你會有意見嗎？」俐芳問。

「其實……」岱華結結巴巴答：「其實不、不會討厭，我還、還好……」

事實上，岱華打從心底喜歡俐芳，但俐芳有意朝學術向上深造，可能會讀到博士，因此他常對自己的學識不足而感到自卑，始終沒向俐芳表達過自己的心意。

反倒是雲智比他早一步行動。在彼此相識的第三年，雲智向俐芳表白，他們兩人於是交往了。不過，岱華並未因兩人在一起而覺得失望。他認為，雲智的各項條件，能比自己帶給俐芳更多的幸福。自己只要在心裡為兩人點燃祝福的燭光就好。

雲智和俐芳交往後不久，岱華另結識了現在的妻子，戴宜芝。他沒想到自己不到半年就和宜芝迅速論及婚嫁。其後，為了準備婚後的生活，再加上自己當時忙著報名偵查佐甄試，和雲智及俐芳的往來便逐漸變少。儘管如此，三個好友依然約定每四、五個月一起去爬一座山。

「山花，」俐芳在山徑上邊走邊問：「你怎麼不帶老婆一起來山上走走？」

「她體力不行啊。」岱華答：「上次帶她走柴山，高雄小小的柴山喔！最後變成是我在揹她。」

「那是她在撒嬌吧。」俐芳笑著說。

「才沒這回事。」岱華嘆了氣，轉話題問：「倒是你們兩個，決定哪時候結婚？」

「她趕論文重要。」雲智指了指俐芳。

「我想先實現夢想。」俐芳抬頭挺胸，步伐走得更快。

「哦？什麼夢想？」岱華問。

「我講簡單一點好了。」俐芳持續向上走著，悶著話，想了一下子才答：「世間的一切，不管是人、物，或是各種事件，彼此之間的關係，到底是偶然，還是必然？——我想了解更多，說不定能解開物理學界的謎團。」

岱華吸一口氣，說：「好深喔，很難的感覺。」

「山花，你的反應很正常。」雲智搖搖頭，「我也常常聽不懂她說的。」

「好比說，我們一直往上爬，最後能到達山頂，但如果發生了一場山難呢？」

「別詛咒好嗎？」雲智吐槽。

俐芳哼一聲，沒理男友，繼續說：「會發生山難、或不小心掉下去，有很多種原因，可能是霧太濃、腳踩空、走錯路，或者飲水和糧食不夠，有各種因素。」

岱華跟上她的思路，說：

「也可能是沒什麼登山經驗，不了解山吧。像小孩什麼都不懂，在山裡就可能會走失。」

「對。迷信一點還可加上山神的力量，或山裡有妖怪、有魔神仔在搞鬼。假如說，這些因素是隨機加總在一起，結果發生了山難，而我們把山難看成是一種偶然，我們不就會一直覺得很恐懼嗎？」

「可以不用爬山。」雲智再次吐槽。

「總之，我想要找出世界的運作是不是有一種必然性在決定的。我相信會發生山難，一定有原因，一定有某種必然性存在。或許，只是因為我們還沒找出關鍵的因素，或是目前找不到彼此交互的關係，我們才會不了解運行的道理。」

「所以，」岱華揶揄說：「妳找不出來就不跟這傢伙結婚了？」

雲智苦笑一陣。俐芳則停下腳步，邊哈哈笑了幾聲，答：

「我哪天解不開世界的必然，就會偶然嫁給他也說不定喔。」

二〇〇八年十月初，岱華收到了兩人的喜帖。

雲智在電話中告訴他，俐芳懷孕了，非常偶然。

然而，不到一個月後，噩耗便傳進岱華耳裡。

至今，岱華仍贊同俐芳所說的，世界的運行擁有一種必然的關係存在，只不過人類還沒弄清其複雜的關係；就像俐芳之死，岱華認為，朱姓凶手會犯案，一定有他的動機存在，人不可能無緣無故殺人，要不是為了復仇，就是金錢或感情因素，但他後來卻在看守所上吊自殺，沒人來得及弄清他在月台把俐芳推下去的理由。

岱華此刻無法理解，甚而感到憤怒——

雲智為什麼要替同一種人辯護？他忘了俐芳是怎麼死的嗎？

岱華開車來到事務所，把車停好，爬上二樓，時間正好四點半。

他推開門，一名裝扮樸素的短髮女性走過來招呼，表情看似緊張。

「是……」她問：「是警察先生嗎？您剛有來電嗎？」

「阿智在哪？回來了嗎？」

岱華才問完，背後傳來久未聽到的聲音：

「山……山花？」

岱華轉頭看，是雲智。他除了換上一套體面的西裝，改戴秀氣一點的眼鏡，整體沒什麼改變。雲智的眼裡散發出殷勤和期待的目光，說：

「我開車開到一半，助理打手機跟我說你會過來，沒想到你速度好快。來！坐、坐！」他迅速走進來，然後揮手對助理說：「雅蘭快點，咖啡！」

「我，」岱華一見到人表現和善，怒氣不知為何消了一半，用較為鎮定的口氣說：「我不是來喝咖啡的。」

「啊，對，我忘記你不喝咖啡。」他再轉頭對助理說：「妳去樓下幫我買烏龍茶，買最好的，無糖常溫。」他一臉開心轉回來，問岱華：「我記得你不加糖，對吧？」

「不用了。我來是要問你一件事。」

「怎麼了？你現在在執勤嗎？」

「我問你，阿智，你為什麼要替陳文慶辯護？」

雲智的臉色頓時沉下來，吐了好長一口氣，緩緩地答：「很多人問過我同樣的問題了。說來話長，你如果不忙，我們坐下來聊一下好嗎？自從俐芳過世，我們好久沒聚聚了。等這案件結束，我本來想找一座山，邀你……」

「你還記得俐芳啊？」岱華語氣尖酸地說：「我以為你忘一乾二淨了。還是，你忘了姓朱的，那個凶手？」

「我就是沒忘，才會想接這個案件。山花，你冷靜聽我說，好不好？」
「我才不想聽！你知不知道陳文慶是我逮到的？」
「知道，偵查報告有你的名字。」
「那你知不知道他殺人後表現出來的態度？」
「知道，我見過他了。」
「那你還為他辯護？你沒看新聞怎麼報的？」
「新聞不可盡信。」
「哪裡不可信？」岱華愈問愈大聲，「你想說他不是凶手嗎？」
「既然你專程跑來對我指指點點的，我身為律師，也有話要說。」雲智語氣轉硬，「你們檢調單位，為什麼沒遵守『偵查不公開』的原則？」
「你說什麼？」
雲智回頭向助理說：「雅蘭，開電腦，還有拿偵訊光碟出來，準備播後面那一段。」
助理聽令，馬上坐到電腦前操作。雲智則滑起手機，沒一下子，將手機遞給岱華，說：「你仔細看，這是網路上搜尋到關於陳文慶的新聞。」雲智站到他身旁，要他點進去看，並指出每一則新聞內容的關鍵句。

「陳文慶落網時曾揚言，『在台灣殺一、兩個人不會被判死刑！』……」
「陳嫌落網後竟狂言：『在台灣殺一、二個人不會判死。』……」
「男子陳文慶昨日在蹦蹦龍遊樂場廁所，凶殘地將十歲溫姓男童割喉至死，他落網後嗆：『殺一、兩個人不會判死刑！』警方在案發後……」

「落網當下，陳文慶竟然態度囂張地嗆聲：『在台灣殺一、兩個人不會被判死刑。』對於這件……」

「他被逮捕之後，又公開挑戰法律，嗆聲：『反正只殺一、二個人，不會被判死刑。』……」

「去年底犯下高雄蹦蹦龍殺童案的嫌犯陳文慶，曾經嗆說，『在台灣殺一、兩個人不會死！』一審判決結果於今日……」

岱華疑惑地問：「你讓我看這些是要怎樣？要罵我們警檢辦事不力？」

「你當天逮捕問訊之後就離開了偵訊室，輪檢察官進來問，是不是？」

「沒錯，蔡檢座親自到場偵訊。」

「檢察官問完該問的，也做完了筆錄，可是攝影機沒關。你知不知道陳文慶和檢察官兩人後來聊了起來？」

岱華微微搖頭說不知。此時，助理從電腦椅上離開，說：

「老闆，我弄好了。」

「文慶和檢察官聊天的內容，都錄進去了。」雲智說：「你坐下來，好好看他們聊了什麼。」

岱華被雲智輕推到電腦前，坐了下來。助理從旁操作滑鼠，點按播放鍵。

畫面中，原先做筆錄的俊哲暫時離開，偵訊室裡只剩陳文慶、蔡檢座，和正站在印表機前操作列印的阿祥。

蔡：嘖，我是覺得奇怪，你為什麼想用殺人坐牢？

陳：（手肘抵桌，微低著頭）警察剛剛不是有問了嘛，我如果去偷東西、搶錢，不是關一

下子就出來了。殺一、兩個人，關一輩子，不是很好嗎？（表情木然、冷靜）

蔡：你覺得殺一、兩個，只會被判無期？

陳：嗯啊。（語氣平淡）

蔡：萬一你被判死刑怎麼辦？你不是就死掉了嗎？

陳：（低頭張口微笑）才殺一個人怎麼可能會被判死刑啦……（突然抬頭微笑）會嗎？

蔡：……（檢察官沒回答）

陳：……（表情恢復冷靜）

蔡：你覺得不會喔？

陳：欸啊。（語氣平淡）

蔡：為什麼覺得不會？

陳：日本漫畫上有寫啊，有的人殺一、兩個人，都是關無期，不然就關十幾、二十幾年啊。

「好，雅蘭，停。」雲智轉向岱華，說：「我一開始接這案子，翻遍了警方和檢方的偵查筆錄，完全找不到記者引用的——在台灣只殺一、兩個人，不會被判死刑——這句話。我心裡一直覺得非常納悶，為什麼在筆錄上從沒出現的一句話，竟然在案發隔天會被各家媒體瘋傳？你想知道我的推論嗎？」

「……」岱華盯著靜止畫面，沉默地聽。

「後來，我仔細看這張光碟，終於發現了。原來是在這段不小心錄進去的內容裡。」雲智臉色發紅，彷彿略帶怒意，「檢察官做完偵訊，你們刑警在列印筆錄時，應該是聽到了檢察官和陳文慶閒聊的這段對話，所以警局裡有人偷偷將消息洩漏給媒體。結果，每家媒體就自行發揮想像力和創作力，寫出了那句根本不存在筆錄上的話，接著一家抄一家，都是同一句話。你說，你們警檢有嚴守『偵查不公開』嗎？

「好吧，退一步說，媒體得知了未出現在筆錄的實際狀況，想把事實寫出來，但集體刻意把他塑造成殺人魔的形象，製造出更大的恐慌，究竟是存何居心？你自己重複播放仔細看，陳文慶是非常冷靜地在和檢察官說話，根本不是媒體寫的『嗆說』、『嗆聲』、『囂張地嗆』、『揚言』、『狂言』，可是這樣的形象卻在案發後深植在民眾的腦海裡，造成全台恐慌。你看了這段對話，還會覺得他是在『公開挑戰法律』嗎？」

「他、他講那句『才殺一個人怎麼可能會被判死刑』時，他真的笑了啊？」岱華反駁。「你再播一次，他真的是笑著講的，不是嗎？」

「你說得對。我看了好幾次，他確實在微笑，但這個笑，不是輕蔑、自大的笑，而是因為檢察官問到了他內心真正關心的事情——死刑。」雲智要助理再播一次，順著畫面中的對話，解釋道：「檢察官問其它問題時，他表現的模樣就是漠不關心、沒打算認真回答；直到提及死刑，他的眼睛才亮了起來，抬頭用靦腆的笑容說『會嗎？』，他那個表情是一種藏不住的竊喜——殺一個人就能獲得死刑，可能嗎？有那麼好的事情嗎？——那才是他微笑的真正意義。可是，檢察官沒回應他的問題，接著反問他『你覺得不會喔？』時，他又回到原來冷漠的狀態。因為，他想要的就是死刑，這審他在法庭上已經明確講出口了。」

「用殺小孩來換死刑？」岱華起身大叫：「跟吃牢飯的理由，同樣荒謬！」

「你問我為什麼替他辯護？」雲智平和地說：「我現在正在做的，就是想釐清我們都無法理解的荒謬。」

岱華不能接受雲智的看法，怒道：「他在裝瘋你也信？」

雲智只低頭嘆氣，沒應聲。

「你幫他辯護，俐芳的父母會怎麼想？你知道嗎？」

「我知道……」雲智的頭垂得更低，「我接下案子之後，她爸已經叫我不用再去看他們兩個老人家了。」

「這不就你自找的？」岱華帶著憤慨說：「你如果繼續為這種人辯護，我也沒辦法跟你講下去了。」

「我……」雲智一臉難過。「我不會現在就放棄。」

岱華將憋著的氣一口吐出，恢復理智，說：「你好自為之。」

他不想見到朋友再為陳文慶這種人浪費時間，但他同時也了解雲智的個性，只要雲智決定說出口要做的事，就會設法一路貫徹到底。

「我知道。謝謝你，山花。」

「唉……」

岱華看著雲智，再瞥了一眼他的助理，不禁搖頭嘆了一聲長氣，然後不再多說什麼，就掉頭離開了事務所。

岱華和雲智碰面後的四個多月，殺害陶姓獨居老人的手槍再度現蹤。

二〇一四年三月二十六日週三凌晨近五點，劉岱華難得在家睡得正熟時，值勤中的阿隆來電。

『華哥，隊長要你馬上來現場調查。那把槍出現了！』

「咳咳……」岱華的意識仍在恍惚，反射性地隨口問：「什麼槍？」

『去年九月初的槍擊案，陶勝忠，做資源回收的老人家啊！』

岱華聽完，眼睛一時瞪開，立刻清醒過來，緊緊握住手機……

他回想起自己追查到的那把槍枝，曾先後落在羅品鴻和黑衣人手上。案情的所有細節迅即閃現於腦海——

二〇一二年十月二十三日，羅品鴻在三民二分局轄區內殺害女街友後自殺，過了一分鐘，手槍被一名黑衣人撿走；過了十個多月，二〇一三年九月二日，黑衣人拿這把槍在前金區近愛河的小巷道射殺陶勝忠。由於陶姓老人死亡現場附近找不到有力的線索，於是岱華嘗試向前追溯，詢問了品鴻生前的女友和他的叔叔，以及在三民公園遇上他的社工，但除了得知他充滿困頓的人生之外，對於黑衣人的行蹤及可能身分，岱華毫無斬獲。

如今，那把手槍又現身。岱華趕緊邊下床邊問：

「現在什麼狀況？」

『我人在忠孝公園，有流浪漢中彈死在廁所裡。』阿隆的說話聲急促。『凶手同樣從死者後腦開槍，做案手法很像。』

「怎又是街友！……槍呢？」

『現場沒發現，只留下彈頭。』

「凶手抓到了嗎？」

『沒耶，可是和死者同樣睡在公園的流浪漢，有人目擊凶手是男的，往公園正門逃出去。我現在要請里長調德智街和忠孝一路交口的監視器，先跟你說一下。』

「好，我馬上過去。」岱華走進廁所，站在馬桶前，問：「隊長還有交代什麼嗎？」

『他說，如果鑑識出來確定是同一把槍，他會請局長會同三民二分局聯合辦案，成立專案小組，我們這邊就由你負責追查凶手。』

「好，這次一定要逮到凶手！」

岱華切斷通話，掀起馬桶座墊。他才拉下褲襠，轉頭便看見宜芝站在廁所門旁，一臉惺忪。她用半睡半醒的沙啞嗓音說：「你上完換我上，別沖水。」

「半年前的槍擊案有突破點了。」岱華邊撒尿邊說：「我剛講話講得比較大聲，抱歉吵醒妳了。」

「半夜發生槍案喔？」

岱華點頭，把尿甩乾淨後，自言自語：「不知道凶手的目的是什麼……」

「最近社會好亂，走在街上愈來愈沒有安全感，一些家長也在對我抱怨，說小孩放學來教室的路上，不知會不會突然冒出個變態，緊張得要命。上次你不是逮到在蹦蹦龍殺小孩的犯人嘛，結果又來個亂開槍的，唉。」

宜芝教兒童水彩繪畫，兩年前找來另兩名美術老師，於住家附近開了一間小型的私立美術教室，自己做主任兼負責人。教室離國小不遠，有的孩子由父母接送，有的放學後會自己走一小段路到教室。宜芝會擔憂學童的安危，岱華並不見怪，但他屬於行動派的人，因此妻子的微言他聽歸聽，並沒多回嘴，他覺得盡早抓到人重要。

「這開槍的，該不會又是隨機殺人吧？」宜芝猜測說。

「世上沒隨機殺人這種事存在！」岱華扭開水龍頭，「凶手殺人一定有原因。」

只在於檢警人員用不用心把犯案的動機揪出來而已——他心底這麼想。

岱華前往的忠孝公園，總面積不及一公頃，位於新興區永寧里，由民生一路、忠孝一路、德智街和仁愛二街包夾起來的範圍，內部四處遍布棕櫚樹、竹林。高雄市區內少見如忠孝公園充滿茂密而高挺的大小喬木，總數將近四百棵，走入其中彷彿四周及上空皆受油綠包裹，常令人忘卻民生路上繁重車流所排放的空汙。

高市圖新興分館原本在公園內，約二十年前遷址至中正路之後，於公園東面留下一座民眾閱覽室。而岱華前去調查的命案現場，位於偏西邊的公廁裡。

據他所知，公廁周邊區域近年來變成街友的聚集地，日常的吃喝拉撒睡都在公園的範圍內。附近居民曾投訴，許多街友會打赤膊或只穿內褲，在公園裡遊蕩、聚會，沒事時則躺在長椅、涼亭或遊樂器材上，或以紙板鋪地就睡，而酒瓶、果皮、罐頭、報紙、枕頭棉被、塑膠椅等日用雜物經常堆得滿地是，甚有街友直接在廁所外的洗手台旁裸身洗起澡來，諸多狀況導致民眾不敢接近。另外，此地曾有街友為搶地盤而打架鬧事，也曾經發生街友在涼亭內用火不慎、引發火災，結果將柱子和水泥椅燒得一片漆黑的公共危險事件。

里長為使公園維持原來的整潔有序，數次請求派出所警員協助，也委請社會局前來處理，設法安置此地的眾多街友。近來狀況雖有改善，但仍有街友零星在此出沒。

今夜在男廁裡受害的，便是其中一名。

乍看下，大概是四、五十歲的男性。子彈自後腦射入，從左眼窩射出，彈頭正好落在小便斗裡。

「有沒有辦法確認死者的身分？」岱華盯著倒在血泊中的屍體，再抬頭看噴濺於牆上的血跡。

「需要花點時間。」阿隆答：「只知道死者的綽號叫雄仔，他一星期前才來公園的。」

「綽號是誰在叫的？」

「喔對，第一發現人同樣是流浪漢，就現在坐在外面長椅上的那人，同路人都叫他大隻仔。他本來在溜滑梯那裡睡覺，三點半左右忽然被好大的砰一聲嚇醒，醒來後發現伙伴雄仔沒在身邊，他想雄仔可能去上廁所，但過了十幾二十分都沒回來，他走進廁所察看，就嚇傻了，馬上衝出去按附近住戶的門鈴，請人報警。」

「你剛電話跟我說有目擊者？」

「對啊，叫阿寬，三十幾歲，另一個流浪漢，說話東拼西湊、精神應該不太正常。」

「不正常是什麼意思？」

「人不小心掉到社會最底層，在街頭生活久了，要是不瘋都難吧。總之啦，他的證詞說……」阿隆先吸了一口氣才講：「他說關公從廁所衝出來，到公園門口就把腿收起來，快快地飛走了。」

「什、什麼話？」

「我推想啦，死者的血應該濺到凶手的臉，又有銳利的殺氣的話，樣子就像關公吧……」阿隆囁嚅地說完，隨即轉移話題，「據說阿寬每天半夜會跟他親近的小黑去附近跑步，他是跑步回來目擊到的。」

「小黑是哪位？」岱華走出廁所。

「華哥，不是人啦，是流浪狗。」阿隆跟在後頭，繼續說：「阿寬和小黑感情不錯，有找到吃的會一起分著吃，大隻仔跟我說的。我讓阿寬坐警車回我們局裡，社會局的人要等早上才會到。」

「阿寬看見凶手收腿？飛走？」岱華懷疑地問：「他如果有精神失常，說的話可信嗎？」

「所以我找里長調監視畫面，那兩台是鄰里自己裝的。」

「里長人呢？」

「跟俊哲在他家看畫面。里長好像有起床氣。」

「你凌晨四點半把人從床上挖起來，通知他發生凶案，哪個不會擺臭臉給你看？」

不久後，俊哲通知岱華，拍到了嫌犯逃逸的清晰畫面。嫌犯確實是男性，穿著黑色夾克，身手矯捷，年齡推估二十五至三十五歲之間，且犯案時間和前述證人之證詞一致。至於「收起腿」、「快速飛走」等證詞，實際指的是「嫌犯騎乘機車逃走」。偵查隊這次的運氣挺好，儘管機車咻一聲飛快離去，但兩台監視畫面明確捕捉到嫌犯的正臉及車牌號碼。

畫面送回隊上時，清晨的藍白光逐漸籠罩了城市的街道。

等分析完，並調出和凶嫌相關的資料時，時間已來到上午九點。

車牌登記在呂亞楠名下，他今年二十七歲，其身分證照片和畫面中的嫌犯完全吻合。

俊哲進一步查證發現——呂亞楠十五歲時有竊盜、恐嚇取財前科，少年法庭裁定他接受保護管束半年。到了十七歲時，他在工地吸食安非他命，不僅和別人打架鬧事，還以棍棒毆打街友致粉碎性骨折，再次接受保護管束一年並強制毒品勒戒。

「父母沒在管嗎？」阿祥問。

「我有查。他父親十八歲、母親十六歲時結婚，生下了呂亞楠和他妹妹，兩人差一歲。」俊哲說：「他父親現在已經四十六歲了，以前混過黑道，有暴力犯罪前科，監獄來回關了好幾次，現正在坐牢；至於他母親，二十八歲的時候割腕自殺，資料上寫死因時有提到憂鬱症，她有精神科就診紀錄。」

「他妹妹呢？」阿祥又問。

「人不在高雄，她在台中唸書。」俊哲說。

「那呂亞楠誰帶大的？」岱華問。

「他大伯呂榮鎮那邊在帶的，今年五十二歲，家住在鳳山五甲。」

這時，阿隆毛毛躁躁衝進來，說：「我找到了！呂亞楠本來住大伯家，後來搬到外面自己租房子，不過他去年十月就退租了。」

岱華嘖了一聲，問：「所以他現在到底住哪？」

「沒人知道吧。」阿隆歪著頭說。

「你沒問？」

「我有打電話去他大伯家啊，就呂亞楠的堂哥接的，說他爸早就凌晨三點去菜市場上工了。」

「那麼早？做什麼的？」

「宰雞的，屠宰師傅。他還要盤點、清洗收攤，忙完可能快中午了。」阿隆邊說邊將隨手抄的資料遞給岱華。「他堂哥說，早知道呂亞楠遲早又會捅婁子。」

「怎麼說？」

「呂亞楠高職沒畢業，就跟著堂哥去做砂石業，學開怪手、山貓[9]。有一次堂哥發現他和他那時的女朋友在吸安，勸他也勸不聽，後來因為打傷流浪漢就被抓了。」

「他有攻擊街友的前科，」阿祥捏後頸、轉轉頭，脖子喀了一聲，說：「這次肯定是他幹的。羅品鴻自殺，呂亞楠拿走了槍，先殺了在做資源回收的陶姓老人家，這次又在公園廁所對街友開槍。」

令岱華困惑的是——為什麼要殺害無辜的老人和街友？

---

9 「怪手」指挖掘機、挖土機；「山貓」指鏟裝機、推土機。

俊哲搔了搔耳際，像在思考什麼，說：「做案手法很像，但會是同一把槍嗎？獨居老人的命案時間是去年九月二號，今天三月二十六號，兩案相隔半年多，真的有關係嗎？」

「先逮到人再說。」岱華打定主意後，吩咐：「阿祥，你馬上送彈頭到鑑識中心，比對我們之前的彈道資料，先去請隊長批准，視為急件！」他轉向俊哲，說：「你去調通信資料，追查手機位置。」

向上頭報備後，岱華旋即帶上阿隆，循線索抵達鳳山五甲地區，再追至住家附近的傳統果菜市場。

呂榮鎮在市場裡的一間雞肉批發行當伙計，負責整理並盤點貨物、處理非活體雞隻分解。

他年紀雖然已過半百，肢解全雞的刀法和動作卻相當迅速俐落、力道拿捏適中，無論是斬骨剁肉、拉開雞皮、掰開骨頭接縫，或將雞胸沿背骨處切割等，他彷彿有能力透視雞身各處構造，將硬骨、軟骨和肉膜纖維摸得一清二楚，或可說是他長年處理雞隻的經驗累積，使下手的每一刀皆成為身體自然的反射動作，此令岱華問話時，不禁對這位職人起了幾分敬意。

「你們找錯地方了。我和亞楠半年沒聯絡了。」榮鎮手執菜刀，再抓過來一隻雞，中文、台語夾雜說：「他住哪都好，我為他、為他爸，該做的都做了，他二十幾歲快三十了，他長那麼大了，要自己會想。」

「你真不知道他人在哪？」阿隆問。

「不知啦！」榮鎮語畢，即揮刀剁掉雞爪。

這一刀，令雞隻的骨肉分離，又宛若斷掉的是親戚關係。

岱華尚未提及亞楠的犯行，先開口問：「亞楠為什麼搬出去？」

「你問我、我卡ㄟ知?他講自己交了一個新的七仔,說走就走,唉啊,算了啦,按捏嘛好,省掉一個麻煩。」

「麻煩?」

「他要不是我弟的小孩,我幹嘛照顧他!他給警察抓了好幾次,我哪次沒原諒他?惡行惡狀好幾條,不知好歹的孬種!」榮鎮將雞肉塊甩到大型的木質砧板旁,說:「不愛讀書是一回事,至少混個好看一點的學歷啊。他讀國中的時候常常給我逃學,讀個高職也讀不完,他就一心只想賺錢。我賞過他幾次巴掌,沒用!他爸拿水管、皮帶抽他大腿啊,沒用!我老婆也常拿木棍打他啊、處罰他啊,沒用!通通沒用!」

他朝岱華每說一次「沒用」,手持的菜刀就在油膩的圓砧板上重剁一下,像要把砧板劈成兩半似的。

「他爸不是在監獄?」阿隆問。

「有回來過,但出來沒幾個月,又進去了啊,不知道第幾次了。啊啊,」他拿著菜刀在空中揮了兩下,「父子倆同一個模子,我都不想管了啦!」

「你說,亞楠想賺錢是怎麼回事?」岱華問。

「他國中開始學賺錢,你們猜怎麼賺?去偷同學的A片、A漫,然後在學校搞出租,就租一次看看多少錢。他後來嫌錢賺得慢,直接拿美工刀去恐嚇低年級學生,法院的少保官跟我講過也講很清楚。」

「他為什麼那麼想要錢?」

「就愛玩啦,要玩就要有錢,不是理所當然?另外一個原因,亞楠可能就親像我弟,嫌家裡窮啊。」榮鎮開始碎唸,說:「唉啊,我們上一代,父母不是有錢人,做生意失敗、欠了一屁股債，沒留什麼土地、什麼厝給我和我弟，我們要什麼就得自己掙，但我也是一路苦過來的啊，也沒像我弟去混什麼幫派啊。唉，老實講，誰不愛錢？我也想多賺一些，不過我有去作奸犯科嗎？」

「你知不知道亞楠可能會怨恨誰？」

「他從小到大看誰都恨吶，同學、老師、他爸、他死去的媽、我老婆，連我好心花錢義務照顧他，他也恨我吶！他嘴巴不講，壓在心裡而已，我攏知啦！他恨人，心裡不爽就去打人、打流浪漢，這款行為算什麼！」

接下來，岱華問及亞楠做過哪些工作，榮鎮答說他做過很多種，除了開過怪手、去加油站打工，還做過裝潢建材搬運員、百葉窗和捲簾的包裝工等等，可是他每一行都做不久，後來只偶爾去廟會出陣頭。榮鎮也曾要他來雞肉店裡學宰雞，但他嫌錢賺太少、太慢而不願意做。

看來，從榮鎮的口中問不出凶嫌的下落，岱華只好認了。

他和阿隆坐回車上。準備發動引擎時，阿隆說：

「什麼人都恨，他的個性應該很憤世嫉俗吧。」

「這種人一拿到武器，會變得非常危險。」

「我最近在臉書上看過一種說法喔。華哥，你要不要聽聽？」

「你又看了什麼五四三的？」

「就臉友轉貼的連結啦，網頁上面說啊，人會瘋狂殺人，多少都有反社會傾向，他的憤怒沒辦法自我控制，不過那也代表一種非常嚴重的憂鬱症。」

「憂鬱？」

「那是專家講的，我不太會表達啦。」

「你講看看，說不定我聽得懂。」

「噢，好，我想一下下……」阿隆抓了抓下巴，歪頭思索，說：「我加自己的感想响，就是啊，我們台灣從小到大受的教育不是都用分數在挑選人才嗎？分數高，才能爬上社會比較高層的地方，去讀博士，做醫生、老師、律師，賺大筆大筆的鈔票，對不對？」

「當醫生或律師才能賺大錢的觀念，現在有在變了吧。」

「可是長輩、父母的觀念可能沒變，還是很傳統啊，要小孩至少有好看一點的學歷，好去社會上跟別人競爭，那不就等於是要小孩考試後的分數了？如果是這樣，那就要會讀書。但如果讀不過別人，競爭就會落後，有些人可能還會有罪惡感，覺得讀書、考試超難的，莫名其妙就會變得憂鬱吧。」

「你覺得，像呂亞楠的憤怒其實是出於一種憂鬱？」

「不是我覺得啦，是專家寫的啦。他想要賺錢，可是沒能力競爭，加上爸爸有前科，搞不好他爸被關的時候，他有被同學嘲笑過，所以他會怕以後在社會上沒辦法立足、爬不上去，心裡面老會覺得這個社會不公平，久了不就憂鬱了？我說的有道理吧？」

「是有點道理，不過，你哪時候開始改行當心理專家了？」

阿隆發出自滿的呵笑，「華哥褒獎我，那我繼續說。」

「怎麼還有？」

「專家是說憂鬱會讓人麻痺癱瘓，所以我在想响，他對流浪漢的暴力行為，應該想掙脫那種麻痺的感覺吧。」

「聽不懂。你現在找那篇文章給我，我自己看。」

「好好。」阿隆迅速拿出手機，先進入Google首頁查詢關鍵字，再滑了一下，然後遞給岱華，說：「這裡這裡，華哥你看。」

阿隆指的文章頗長，出自一本翻譯書其中某章節的摘要。岱華仔細看，這本書是一位國外的社會思想學家寫的，還有台灣的精神科醫生推薦背書。

文章中，作者先舉出一件前年發生於美國科羅拉多州的真實案例，一名頭戴防毒面具的槍手在戲院影廳裡，朝著正在觀賞電影《黑暗騎士：黎明昇起》的民眾瘋狂掃射，並投擲一顆催淚彈，造成十二人死亡，七十人受傷[10]。

接續，岱華注意到兩行粗體的關鍵句：

「像霍爾姆斯這般朝眾人的掃射之舉，乃是一種包括難以控制的憤怒及深度憂鬱的反社會行為。」

「他想殺人，然後他想被殺，對他而言，自己的身體和周遭世界的邊界是模糊的，所以殺人與被殺的界線也變得同樣模糊。」

「華哥，我很不錯吧？」阿隆露出非常得意的笑容，呵呵地說：「我可是有在讀書的。」

「屁啦，讀臉書也叫讀書？」岱華想多給他吐槽。「你就是不像別人很會讀書，才會來當警察吧？」

「我的八字有幾兩重我自己知道啦，以前讀書時爸媽也沒逼我啊。我的能力我自己清楚得很，要是我很想一直讀上去，或說我小時候，家人動不動對我打罵、拿水管拿皮帶抽打的話，那我的個性應該會變得很悶、很憂鬱，慢慢對外界變得無感、麻痺，搞不好一生氣起來就打到別人粉碎性骨折了。」

「那是因為你一直沒意願向上爬吧。」

岱華聽得出，阿隆正拿自己和呂亞楠做比較，但呂亞楠的個人和家庭狀況顯然複雜得多。岱華認為，父母施行體罰教育，或許對小孩會有不良的影響，比如說貶低小孩的自尊心、改變小孩看待事情的價值觀，但台灣許久以前的教育模式即包括體罰在內，卻不是每個受過體罰教育的小孩長大後都會對人施予極端的暴力。岱華覺得，一個人會產生暴力、攻擊，甚或殺人的行為，應該還有其它因素存在。

想到這裡，他不禁回頭檢視自己的家庭。他目前始終不會想用體罰教育對待女兒欣欣；宜芝則說過，儘管欣欣遭受處罰，最重要是讓孩子知道被處罰的理由。不過，這種教育方式也不表示欣欣長大後，她的情緒就不會出問題，而岱華也無法要求每個家庭教育子女的做法都像自己家一樣。

他低頭繼續讀，感覺有點傷腦筋，戳阿隆的手肘，問：

「這句的邊界……界線變模糊？這什麼意思？」

「華哥，你往下拉，看下面的解說。」

岱華吸一口氣，快速掃視文章，讀到的重點大概有兩個段落——

其一是：「現代人早年人格形成的階段，多花在和資訊機器互動，愈來愈少和他人親身接觸的環境，卻換取到愈來愈多的虛擬情境，人的身體逐漸處於一種無法感覺，甚至無法進行思考、判斷的空間內，造成對他人同理心的萎縮；作者認為，同理心不是一種天生的情感，而是

---

10 此指二〇一二年七月二十日發生於美國科羅拉多州奧羅拉市（Aurora, Colorado）的槍擊事件。案發後，凶手霍爾姆斯（James Eagan Holmes）馬上被逮捕，他於犯案之前未有任何犯罪紀錄。

一種需要後天教化和改良的心理條件，但童年時接觸過多虛擬的生活情境，已經使人無法感知現實世界裡和人該有的互動，因此人和人的同理心正在慢慢消融。」

而另一點：「現今全球化勞動的環境，資本家轉向勞動派遣制度，不再購買每個人所有的人生，人們失去了工作的穩定性；而每個勞動者的工作時間變長、且變得零碎，屬於自我的時間和屬於他人的時間變得碎裂且模糊，這似乎意味著，在心理上對自我的認知，以及對時間的認知，皆產生了裂解，呈現痲痺、模糊、不穩定的狀態，而且不是自己能掌控的。因此，當生活變得再無法忍受，某些人嘗試對抗痲痺、欲重新取得掌控權的方法，便可能在不確定的某個時間點，藉由失序的暴力行為來展現。但由於自我是模糊不穩定的，所以此種宛如抗議般的暴力，不但會向外施展於周遭世界，也會向內施展在自我身上，其造成的極端結果即可能是殺人和自殺，並可能同時發生。」

岱華的手指在面板上滑到文章最底。

他開始思忖——

人會產生暴力攻擊，甚而去殺人，得加上社會環境因素嗎？

因為社會環境快速變動，導致人的暴力行為也發生了變化？

想要殺人、同時想要被殺，且不定時引爆，這種狀況真有可能發生嗎？

「欸，華哥？」阿隆提醒，「你的手機！手機響了！」

岱華的片刻沉思被鈴聲打斷。他趕緊把手機還給阿隆，拿出自己的接聽。

俊哲來電通知，說：『華哥，阿祥那邊的鑑識結果出來了。和我想的不一樣，真的是同一把槍。呂亞楠就是那個黑衣人，拿走了羅品鴻手上的槍。』

「追蹤到呂亞楠手機的位置了嗎？」

『訊號範圍縮得很小，在瑞祥高中附近，隊長要我、阿祥去和前鎮分局那邊的派出所警員會合。而且，局長已經請示上頭，馬上會對高雄市各警察單位發布呂亞楠的全面通緝。』

「好，我知道了。」

『還有一件事，我找到有登記的，我翻一下……在這裡，呂亞楠最後的工作地點，跟你和阿隆現在的位置比較近，要請你們也馬上過去查一下，隊長交代的。』

「在哪？」

『我給你地址。是一間茶飲店。』

近中午，十一點四十五分，手搖茶飲店此時沒什麼客人光顧。

老闆姓黃，約二十七、八歲，算是年輕人創業。他的頭髮染成發亮的黃褐色，體格看似強健有力。他身穿深藍色運動吊嘎和輕便的短褲，更凸顯出手臂和腿部結實的肌肉。

他正把十多公升的茶桶抬上桌，動作俐落。置於定位後，他將桶蓋掀開一半，一陣熱氣和紅茶的香氣撲至岱華的鼻孔。

「呼，好，先忙到這。」

黃老闆邊說，邊拿下一直披掛在肩上的毛巾擦汗。肩頸的汗還未擦乾，又對一名在內場和中場來回穿梭的女店員喊：「等下記得把二號冰箱的大珍珠拿出來。」

女店員身材嬌小，戴著蓋住近乎半張臉的口罩，輕聲回了一句：「珍珠好像快沒了。」

「我昨天不是有拿貨？」黃老闆語帶責備，嚷說：「幹，妳來多久了？放哪裡不知道？！最上面那一層！去找！」

「喔，好。」

女店員怯生生地步離之後，黃老闆面向岱華和阿隆，說：

「你們剛剛是問誰？亞楠？」

「對，他姓呂。」岱華再說了一次姓名，接著問：「他今天沒上班？」

趁老闆在忙的空檔，岱華簡單觀察了一下，一名在外場收銀的男店員，和另一名在中場調製飲料的男性，都不是要尋找的對象。

「我不知道警察怎會找到這。你說的那個呂什麼、呂亞楠？……我記起來了。他做事情做得七零八落的，我後來叫他不用來了。」

「什麼時候的事？」岱華問。

「有一段時間了啦。」黃老闆摸摸腦袋，說：「四、五個月前？還半年前？我不記得了。總歸來說，他做什麼都不行。」

「他做得不好？」

「叫他去內場，去煮仙草、泡茶葉什麼的，結果原料給我亂弄，還在後面不該抽菸的地方偷偷抽，火也沒在顧，幹，茶要泡幾分鐘也亂七八糟算。我想說，再給他一次機會，做中場還是外場看看，結果客人要去多少冰、要半糖、無糖，他弄錯不知道幾次了。」黃老闆雙手一攤，無奈地說：「你肯做肯學，幹，我不是不教嘛！最後給我抓到，他居然偷零錢，所以幹他媽的我就把他辭了！」

「偷店裡的錢？」

「三、四次了啦。我原先就感覺奇怪，怎麼結算的數字會差幾百塊，結果我後來當場抓包，他趁店裡幾個人在忙，從收銀機抽了幾張鈔票塞口袋，幹，這種人我不用。」

「所以你不知道他後來去哪？」阿隆追問。

「我怎會知道。」黃老闆用毫無感情的語氣接著說：「你們沒什麼事要問，我就要去忙了。」

岱華見線索斷了，只得讓他回頭繼續做事。

黃老闆邊往內部走去，邊細聲碎唸著，「幹，連珍珠放哪裡都不知道……」

岱華和阿隆步出飲料店。阿隆跑在前面先進駕駛座，岱華則是重重嘆了口氣，心想著，呂亞楠究竟人在哪裡？俊哲那邊能順利逮到人嗎？

當阿隆發動了車，而岱華正要開車門，打算回隊上時，他的背後傳來女子的叫喚聲。

「警察先生別走！等一下！」

岱華轉頭看，是剛才在店內的那名嬌小的女性。

她匆忙地跑了過來，在岱華面前立定，屈著背、雙手抵住膝蓋，並喘了幾口氣，邊說：「楠、阿楠、阿楠他怎麼了？」口罩讓她的聲音顯得朦朧。

「小姐，妳別急別急……」岱華等她氣息漸平穩，問：「妳認識呂亞楠？」

「我、我……」她的眼神顯露慌張，「我只是他的朋友。我想問，阿楠是不是做了什麼事？」

「朋友？」

岱華幹刑警的直覺起了反應，先揮手要阿隆熄火，接著詢問她的姓名。

但她沒回答問題，反而問：「阿楠做了不好的事，對不對？」

「小姐，我在辦案，不能跟妳透露。」岱華說。

這時，黃老闆佇立於店門口，大聲朝偵防車的方向叫喚：

「佩瑩，妳不來煮綠茶是在做什麼？」

岱華側身，對黃老闆喊回去：「你的員工，我借幾分鐘問話。」下一秒，見老闆不甘願地搖搖頭走回店內後，岱華轉回來面對她，問：「妳叫佩瑩？」

「吳……吳佩瑩……」

她點頭回答時，閃爍的目光流露出一股心虛。

「妳為什麼覺得他做了不好的事？」

「……」吳佩瑩對上了岱華的視線，又迅即撇開頭。

「妳這兩天有跟他見面嗎？」岱華板起肅然的臉色，壓著聲音低喊：「跟我說實話！」

他故意裝出凶悍是有道理的。他猜測，佩瑩主動跑出來找警察，心頭一定有話想講，可是她不清楚自己向警察吐露後是否會造成嚴重的後果，所以現下表現得要講不講的。

「警察先生，你、你不會對他怎麼樣吧？」

「關於我正在辦的案子，我只想他到案說明，露個面、交代清楚，沒事就會請他回去，僅此而已。」岱華退了一步，不再進逼。

「阿楠他……他跟我同居。」

「他現在住妳那邊？」

「我不知道該不該說……我看到……可是我、我……」

「妳是不是想救他？」岱華鄭重地問。

佩瑩眉頭深鎖，點點頭。

「妳不把話講清楚，我救不了他。告訴我，他怎麼了？」

她猶豫了幾秒，開始吞吞吐吐道出一切。

原來，她小亞楠五歲，和他在去年九月底相識，兩人隨後交往。在一起不及一個月，仍是甜蜜期時，亞楠即搬進佩瑩的租屋處同居。

「我看他沒穩定的工作，只在有人家辦廟會的時候去出陣頭，所以就介紹他來我工作的飲料店。黃老闆那時剛好缺人。」

「結果他偷了店裡的錢？」

佩瑩輕輕點頭，說：「做不到兩個月就被老闆解雇了，老闆饒了他，沒報警。我不想給阿楠壓力，可是他後來覺得，我跟他伯父、伯母一樣動不動就唸他幾句，開始覺得我很煩。」

「很煩是什麼意思？」

「他離開飲料店之後，就成天待在我那裡喝酒、打網路遊戲，無所事事的，也不再去找其它工作。我跟他說，你既然想要錢就要工作去賺，結果他就常回說我老擺出一副了不起的姿態，說我有工作就瞧不起他，後來他還……」

佩瑩摘掉口罩，她的左臉顴骨下方有一塊半個拳頭大的瘀青，下唇側邊也有撕裂傷。

「他出手打妳？」

「我知道阿楠不是故意的，他只是在生氣……」

「生氣也不能出手打人啊！妳知不知道他有傷害人的前科？」

佩瑩霎時朝岱華投以驚異的眼神，接著很快又沉下臉，說：「他的個性就是比較壓抑，很多事會壓在心裡不想說，我知道的，他、他累積很多壓力，他會出手打我的時候都不是故意的……」

「他現在人呢？」

「我就是要說這個。」佩瑩繼續說：「他上禮拜跟我大吵了一架，然後失蹤了三天沒回來。」

「失蹤？他去哪裡了？」

「我不知道。我有想過他是不是回伯父家了，可是他好像跟家裡相處得不好，應該不太可能。他不見的那三天，我其實真的很擔心，因為吵架的時候我說了重話，可是我又覺得如果就這樣分手了，會不會對我自己的生活比較好，我……」佩瑩說不下去，雙手交叉貼放在腹部，緊張地握拳。

「妳跟他說了什麼？」

「我罵他，叫他滾出去……我說你乾脆去街頭流浪，當乞丐一輩子不要回來好了……」

「那他有沒有回來？」

「有，五天前。」

「然後呢？」

「他回來之後，每天半夜都會跑出去。」

「去哪裡？」

「我大前天半夜裝睡，他一出去我就偷偷跟在他後面，結果在我家附近的巷子裡，我看到有個男的把一包紙袋交給阿楠。」

「紙袋？裝了什麼？」

「他偷偷放在床底下，我知道。我就趁他不注意的時候打開來看，我真的沒想到裡面裝的是……是很重的一把槍，還有一盒子彈，像是真的槍。」

「槍？！妳沒報警？」

「我本來打算好好問他的，可是他昨天就沒回來睡覺了，到今天早上他人都沒回來，我很擔心，不知道該怎麼辦……」

剛才的鑑識結果指出，呂亞楠和羅品鴻使用的槍枝是同一把，但依佩瑩所說，是另有男人將槍交給亞楠。由此可歸結，亞楠不是那名黑衣人，並非他取走了品鴻殺人並自殺時所用的槍。那麼，半年前做資源回收的獨居老人是誰殺的？黑衣人到底是誰？會是那名把槍交給亞楠的男人嗎？

岱華追問：「妳有看到那個男的長什麼樣子嗎？」

「有。」佩瑩說：「我有用手機偷偷拍下來。」

岱華略顯情緒化，急喊：「快給我看！」

她聽見這聲威嚇，即神情慌亂地從口袋掏出手機。

趁她的手指在面板上滑動時，岱華心想，亞楠可能會回她的住處，於是再問：

「妳住哪裡？」

「我住忠誠路上，瑞祥高中後面。」

瑞祥高中？那不正是俊哲和員警前往的地點嗎？

「呂亞楠的手機是不是放在妳家？」

「警察先生……你、你怎麼知道？」佩瑩一臉驚恐地說：「阿楠平常，手機不離身的，他沒拿走人就不見，而且那包紙袋也不見了，我擔心他會做出什麼不好的事。」

她將手機遞給岱華，說：「我只遠遠拍到這兩張，那時候巷子裡有點暗。」

岱華看了一眼。其中只有一張將那男人的臉拍得比較清楚。

此時，阿隆從車裡探出頭，說：

「華哥，勤指中心發出消息！」

「什麼消息？」

「無線電說，民權公園附近有巡佐遭人開槍射傷，要各單位注意。」

「公園……又是開槍？！」

民權公園位於民權二路和二聖二路的交口。

「那名巡佐呢？」岱華問：「是誰通報的？」
「就是和他搭檔的同仁通報的，他們巡邏時見到可疑分子，打算上前盤查，想不到對方直接朝他們開槍，巡佐大腿中彈，已經送往醫院了。」
「犯人現在呢？」
「射傷警察的是一個男的，拿的是左輪手槍，面貌符合全市剛不久前連線傳到各單位的通緝照片，很可能就是呂亞楠。」阿隆調轉無線電的音量，拉近自己和無線電的距離，邊說：「他騎機車逃走，另一組警員在後面追拿，他們目前的位置在……在四維三路。」
這時，岱華的手機作響，是隊長的來電。
『喂？華仔，快點！』隊長喊得很大聲。『快聽無線電，犯人出現了！』
「我聽到了，四維路。」
『他轉彎了！沿復興路現在……他現在一直往北騎，你的位置很近，趕快將他逮捕歸案！』
「是！」
岱華結束電話後，馬上轉頭對佩瑩說：「我現在沒空仔細看妳拍的照片。我等一下會叫我的人載妳去警局一趟，妳要像剛才一樣實話實說，把手機裡的照片拿給他們分析，知道嗎？」
「阿楠不會有事吧？」她愁容滿面。
岱華吸一口氣，勉強回答：「妳先別擔心，我盡量確保他不會鑄下大錯。」
說完，他邊開車門，邊打手機給俊哲，要他馬上過來接佩瑩。
幾句通知一結束，岱華即刻坐進車內，阿隆同時發動引擎，兩人皆提高警戒似的拉長耳朵，專注傾聽無線電裡呂亞楠的即時動向。
「好，阿隆，放警示燈。」岱華在腦中畫起路線圖，說：「我們往西，等一下也向北，走林森路再彎到五福路，快！」

阿隆聽令，用力踩下偵防車的油門，一面將紅色的閃爍警示燈貼至車頂。

岱華迅速開啟蜂鳴器，鳴響了快車的追捕之聲。

呂亞楠想逃去哪？——

岱華內心才猜疑著，阿隆已經疾駛至五福二路和林森二路交口，在紅燈前減慢速度。

「我們執行公務，你是在猶豫什麼？」岱華喊道：「直接左彎過去啊！」

「喔，好……」阿隆打著方向盤。

正中午的炎陽使柏油路面來不及蒸散熱氣，熱量不斷蓄積於地表，人在車外若不當心觸及車身，皮膚大有可能會燙出一片灼紅。

眼見前方路口幾輛車倒退讓開之時，突然間，有個踏在斑馬線上的男人由右向左狂奔，猶如非洲鬣狗般迅速。他雙臂大力擺動向前，右手持拿的金屬物體有那麼一瞬間將高空落下的陽光反射至岱華眼中。

阿隆指著擋風玻璃大叫：「是他！」

「追過去！」岱華號令。

他同時朝右方瞥看，一輛巡邏警車橫向卡在五福二路康橋商務旅館前方，車門嚴重凹陷，坐在裡頭的警員陷於前後的車陣裡，而警車旁另有一台死躺在路面的機車，車頭扭曲變形，油箱破裂，汽油漏溢得遍地都是，顯見是呂亞楠的機車。亞楠騎機車逃到那段路時，可能被警車以車身阻擋機車的去向，雙方發生強烈碰撞，但現在機車不能動，人還有兩條腿可以跑。

岱華沒料到他的跑速如此之快，不過幾秒時間，他已經衝至新興高中校門正前方，往文橫一路路口繼續逃竄。

他到底想逃去哪裡？進入新崛江商圈嗎？——

岱華仍疑惑時，阿隆開上了五福路，避開快車道。

偵防車向慢車道瞬間右移至機車道，緊緊鎖定人行道上的亞楠，人和車的軌跡向前平行，就快追上了。

「公務！執行公務！機車別衝上來！」

岱華把頭探出車窗，朝後方的騎士大喊。

亞楠彷彿是聽見了蜂鳴聲及岱華的叫聲，頭轉九十度朝偵防車方向瞅了一眼，雙腿沒停地跨越文橫一路，繼續向前至轉角的 GIORDANO 衣飾門市。從這裡起已經接近商圈，人潮開始湧出。

「很好，把他逼到衣服店隔壁的派出所。」岱華慶幸地說。

不過，新興分局五福二路派出所外，只有一名警員站在門口走廊處，持著警棍，眼睛在人來人往中來回巡視。

「怎只有一人擋他？」阿隆訝異地喊。

「他們接到通報還來不及調人回來嗎？」岱華升起一股憤恨。

亞楠就要撞上警員的前一秒，馬上朝派出所門口開了一槍……

警員或許根本沒看到人，只聽見一聲槍響，即彎腰閃避，頭馬上矮了半截。

有路人嚇得驚叫了起來，有的模仿警員壓低身子，還有人則疑惑朝四周張望，搞不清楚狀況。

「繼續追！」岱華嘶喊。

亞楠向前奔逃，到了玉竹三街前的麥當勞門口，他霍然停下來喘氣，但他似乎沒有轉進新崛江的打算，反而朝偵防車這邊看了一眼。

岱華趁他的動作緩下來，迅速解開槍套，拔出自動手槍，並向車外喊道：

「呂亞楠，放下槍！別再逃了！」

亞楠只顧喘氣，沒回半句話，並朝岱華投以狼狗般凶狠的眼神，接著又開始動作，在大統百貨外的人行道上繼續直衝，遇前方有人也不管，直直撞倒了好幾位民眾，恍如車速極快的人形推土機，造成現場一片混亂，紙袋、便當、冰淇淋和皮包等物件散落一地，尖叫聲四起……

終於，亞楠抵達了五福路和中山路偌大的交岔路口。

岱華以為，亞楠面對左右流動的車潮勢必停步、束手就擒，不料他完全不顧紅燈號誌，不要命地直接跨越大馬路，往正在整修中的「城市光廊」跑過去。

叭、叭叭——

橫向的好幾輛車狂按喇叭，對失序的亞楠發出尖銳的抗議。

嘰吱吱——

一台藍色轎車閃避不及，於路面上畫出一長條不規則曲折的煞車痕，卻仍滑到對向車道，砰一聲，和一台卡車相互擦撞。

路口交通狀況頓時大亂，所有行人皆露出詫異的表情朝路中央觀望。

「閃！你，閃閃閃、閃邊！」阿隆緊皺眉頭，嘴邊急促地吐出抱怨。

他被互撞的車輛擋下來，左右穿梭如電的車輛又令他的方向盤左轉不是、右轉也不對。眼見亞楠愈跑愈遠，岱華急得右手緊握手槍，另一手開車門後，連帶打開槍枝保險，吸一口氣說：「我下車追！」他快速跳下偵防車，一陣熱風瞬間席捲而來，全身的毛孔因路面的高溫淌出了汗水，但烈陽威猛的炙烤並未阻擋他的肉身前進。他邁開雙腿，眼睛鎖定前方正迅速移動的目標，賣力向前奔跑。

忽然，亞楠被一塊凸起的水泥地絆倒，全身往前撲向一片砂土，他的左輪手槍拋滑至水溝蓋上。岱華和他之間縮短了距離。

好，這下終於逮到你了——

岱華心頭的勝利之音大響，腳步動得更快。

然而，他同時見到亞楠的背影，像在做伏地挺身，很快地彈起身、跪坐在砂土上，雙手拍撣了幾下，接續他全身定住不動，只將脖頸拉長、頭部高高抬起，彷彿找到了什麼寶物般正仰視著什麼。

他在看哪？他想去哪裡？——

岱華追隨他視線的方向，望向了佇立於不遠處的……大立精品百貨？

大立共由兩棟高樓建築構成。位於五福路和中華路交接圓環的十層樓建築是「大立精品」，每層樓各專櫃賣的全是如 Louis Vuitton、PRADA、BOUCHERON 等國際第一線名牌高檔，一件衣服可達四、五十萬，而一只皮包達上百萬的都有，像岱華這般領固定薪的公務員，終其一生都不太可能進去逛過，更別說在裡頭購買任何商品。另一棟「大立百貨」，位在大立精品旁，於五福路和文武三街交口處，共分成十二層樓，頂樓第十三層是露天空中樂園，而岱華曾陪宜芝去逛過，他知道各層販賣的商品和高雄其它一般百貨公司並無二致，但平均而言，價位比大立精品低檔一點。

亞楠為什麼往大立的方向看去？——

岱華摸不著他在想什麼，對他高喊：「別再逃……」

話尚未喊完，亞楠站起身，轉過頭來，對岱華呵笑了幾聲……

他的雙眼斜睨，嘴角別有深意地抽動了兩下，然後迅速把頭轉回去，彎腰撿取左輪手槍後，跑到路中央的分隔島，抬頭看向高樓，沿低矮的鐵欄再度向前衝刺，一下子就衝到了圓環。

岱華同樣跑向分隔島，在仁德街的街口對空鳴槍，可是亞楠未停下來，竟然站在圓環正中間，造成交通混亂，一輛公車不得不緊急煞車，衝上了低矮的水泥花圃，重心不穩差點翻車。

亞楠不顧身後的猛烈撞擊聲，往大立精品的門口奔去。

岱華於是瞄準他的雙腿，但正要開槍時，不巧遇上南北向的綠燈，繞行於圓環的機車流動不止，阻擋了視野。

等追至圓環，岱華站到花圃較高處的地方探看時，已經不見他的蹤影。

「華哥！」阿隆放棄偵防車，趕了過來，「他呢？」

「可能進百貨公司了。」岱華腳步沒停，繼續前進。

「哪個方向？」

岱華左右張望，喘著氣說：「沒看到，追丟了。」

大立精品這棟建築，於三樓和四樓各有兩座天橋做為連接通道，分別通往另一棟大立百貨的四樓和五樓。亞楠若進其中一棟，則可能從另一棟出來。

岱華正思考對策時，一輛閃著警示器的偵防車急也似地來到身旁。

俊哲探出頭，說：「華哥，我們分局更多的人手很快就到了。」

「呂亞楠他人呢？」阿祥邊下車邊問。

「我和阿隆先從大立精品進去，你和俊哲從另外那棟進去包夾。還有，通知保全人員保持警戒，他們沒配槍，別和呂亞楠硬幹。」岱華命令：「等更多警力過來之後，務必要他們守住兩棟樓的每個出入口，絕不能讓他逃跑。」

分派任務後，他和阿隆即快步往大立精品的門口邁入。

這棟的內外觀建築由荷蘭的一間知名設計公司操刀，內部裝潢以簡雅白淨為主，正中央為挑高的十層開放大廳。岱華一踏進去，冷氣的低溫令他感覺一陣沁涼。當然，他此刻是在執行公務，沒心思享受冷氣吹拂。他必須和阿隆迅速逐層搜尋嫌犯。

「看見他了嗎？」他朝對邊的阿隆吼。

「沒！」阿隆手上持槍，喊回來問：「會不會在另一棟？」

「繼續找！」

每層樓皆呈橢圓旋繞，一樓至十樓的電扶梯，以逐層旋轉的方式向上攀升。以兩人的腳步計算，於各層樓分開繞巡一圈再會合的時間約三十秒。由於兩人身著便衣，二樓、三樓的專櫃人員一見兩人拿著槍走動，無不竊竊私語，並露出驚惶的臉色，當他們移動至四樓時，蘇菲亞珠寶店的一名專櫃小姐甚至差點歇斯底里地預備高聲尖叫。

「別叫！警察辦案……」岱華邊走邊解釋：「別緊張。」

他一路搜探，並一面朝中空的大廳向下看，上下來回移動的三座膠囊狀透明電梯內皆未見亞楠的身影。

到底在哪裡？他為什麼不往大街逃走，反選擇逃進封閉的室內？——

這項疑惑才從腦袋迸出，該樓層其中一間珠寶捧花店的店員即小跑步過來，攔住岱華，說：「警察先生，不到一分鐘前，我有看到一個男的，怪怪的。」

「奇怪的男人？」

「好像跟你一樣有槍，藏在口袋，他走得很快，剛才他往下看你們在追，就跑更快了。」

岱華掏出手機讓他看亞楠的照片，問：「是不是他？」

「對，是他，我確定。」

「他往哪個方向？」

店員指向西邊，答：「中間連接天橋。」

岱華往天橋的通道走去，一面打手機，說：

「俊哲，注意一點，他往你們的方向去了。」

『華哥，我們沒看到人。』

「你們搜到幾樓了？」

『四樓，今天沒什麼人，但專櫃比較多，我和阿祥現在要上六樓了。』

亞楠真沒打算向外跑，他到底想做什麼？——

突然，岱華想起了阿隆給他看的文章……

〔殺人與被殺的界線也變得同樣模糊……〕

〔他想殺人，然後他想被殺……〕

亞楠因為想被殺，沒打算活了，所以往上逃向死路嗎？——

岱華在天橋折了兩個彎，來到大立百貨的五樓。阿隆跟在他身後，兩人很快找到了電扶梯，往六樓男性時尚區直上。這棟樓的電扶梯較老舊，機械向上慢速捲動時，兩人的腳底還會發出喀喀拐的摩擦聲。

不料，扶梯才走到一半，樓上剎時傳來砰砰兩聲接連的巨大槍響。

「快，用跑的！」

岱華等不及扶梯的龜速，一邊喊著，兩腿再次動了起來。

一上了樓層，半空又傳來一聲槍鳴，接連還有短促的跑步聲，兩人不禁同時壓低頭……

「華哥，這邊！」俊哲的聲音從右方傳來，「呂亞楠朝我的方向隨便開槍，有人中彈了。」

仔細看，倒地的是女性。她的表情因劇痛而扭曲、掙扎，胸前和肩膀染出一片血紅。俊哲半蹲在她身旁，隨手抽了一件掛在架上的襯衫，迅速折了幾次後，改成跪姿，兩手使力，將襯衫壓在傷口處止血。

「一一九，這裡是大立百貨。」阿隆將手機緊貼於耳邊。「有民眾身中槍傷，快點派救護車過來……不，不是精品那棟……在六樓……」

俊哲的雙手滿是鮮血，但他依然緊壓著傷口，對岱華說：

「救護車來之前，我待在這裡給她止血。阿祥已經追上去了，只有他一個人，你們快點上去支援。」

「好，阿隆，快點！」

岱華邊催促，邊看了中彈的女人一眼。

等等……她不就是……她是阿智的助理！──

岱華走近看，真的是她。雖然只見過她一次，但岱華身為刑警，辨識臉孔的能力有一定的水準。

「小姐，」岱華蹲下來問：「妳是不是阿智……余雲智的助理？」

「是……我是……」她的聲音有氣無力。「他、他的禮物……」

她說到一半，上半身開始抽搐，臉色、唇色也逐漸發白。

俊哲雙手使勁壓住她的身體，邊說：「這、這是失血休克的跡象，子彈打到動脈，血好像止不住……」

岱華忽然怨起自己上次和雲智吵架，沒跟他要手機號碼。可是，岱華的反應很快，旋即問她：「妳的手機在哪？」

「包……」女人的手指虛弱地點了點地板。

岱華掃視四周，找到包包，從裡面翻出手機，搜尋雲智的號碼後，立即撥打出去。

『喂，雅蘭？』雲智輕快的聲音傳來。

岱華急切地說：「我不是你的助理！」

『你是……你是山、山花？你怎麼會用雅蘭的手機？』

「不好了！出事了！」

『什麼事？雅蘭怎麼了？』雲智的聲音顯露焦急。

「你現在快點去……」

岱華說到這，頓了一下，然後抬頭問阿隆，「離這裡最近的急救醫院是哪間？問一一九，快！」

阿隆的手機還沒掛，照著指示問，隔了幾秒，回：「大同醫院。」

「快點，」岱華轉回頭來，對著手機說：「你等一下快去市立大同醫院，中華三路。」

『雅蘭是不是出了什麼事？』雲智拔高音量，喊：『快告訴我！』

「你的助理……」岱華眼見那件折疊了幾層的襯衫已經被血液滲紅了一半，他吞吞口水，答：「她動脈大量失血休克，我們要送往醫院急救……」

『什麼！』

「你快去醫院就對了，我現在沒時間說那麼多。」
岱華切掉通話，往電扶梯上升的方向望去，內心唯一的念頭就是得阻止亞楠繼續犯行。
他和阿隆往上追，幾乎是兩步併成一步的在電扶梯上奔走……
七樓休閒服飾，沒見到人。
八樓童裝、玩具反斗城，也沒人。
爬上九樓、十樓，仍未見他的蹤影。
再往上到了十一樓，鐵門拉下，上面貼了一張改裝啟事，寫著「櫃位調整中」。紙張的旁邊另貼了一張大型海報，以多種顏色變換的美工字體寫著：

「歡迎光臨　請上十二樓　蹦蹦龍歡樂世界」

仔細聽，樓上傳來各式電玩混融在一起的不協調雜音。
這裡……有蹦蹦龍遊藝場的分店？
岱華頓住，馬上回頭問：「今天星期幾？」
「星期三。」阿隆說：「華哥，怎麼了？」
「可惡！小學生星期三中午就放學了！」
一塊沉重的壓力之石猛然落在岱華的雙肩，而先前在辦陳文慶一案時的悶滯感，一時間也重新塞滿他的心頭。他不願再見到年幼且無辜的生命於毫無道理的殺戮中犧牲，但胡亂開槍的呂亞楠卻一路逃來此處。
岱華正祈求店內不要出現小孩時，樓上傳來砰、砰砰的幾聲巨響。

他不確定是電玩或現實的槍聲，快速向上奔去。

一上了樓層，沒走幾步路，一根打太鼓用的實心鼓棒如直升機的螺旋槳直接橫掃過來，岱華迅速側身閃過，棒子卻不幸打到背後的阿隆，正中額頭。

這時，兌獎處和換幣處的員工，全數壓低頭，緊張兮兮地躲在櫃臺後面。

岱華注意到，阿祥離自己約兩公尺處，半躺在大理石地板上，小腿中彈，血液泊泊流出，他左手壓著傷口，但右手裡的槍，槍口仍對準較遠處的亞楠。另一方面，亞楠正站在太鼓達人街機旁，槍口也指向阿祥。

然而，真正令岱華緊張的是，有一個看起來矮胖，約四、五年級的小男生，就站在阿祥和亞楠之間，雙手摀耳，哇哇哭叫，並掙扎地閉眼，鼻涕已經垂至下嘴唇、繼續落到下巴，整個人嚇壞了，一動也不敢動。

別開槍！千萬別對小孩開槍！——

岱華一面內心祈禱著，一面將槍口對著他喊：

「呂亞楠，你別亂來！你已經無處可逃了！」

「逃？呵……」亞楠聳了聳肩，拋來一個古怪的冷笑。

岱華慢慢走近兩步，斥問：「槍，是誰給你的？」

「不要再靠近了！」亞楠的槍口持續瞄準小孩的方向，嘶喊時並抖動著手臂。

「好，好！我不靠近。」岱華頓住腳步，說：「你把槍放下，有話好好說。」

他希望能用對話軟化亞楠魯莽的行動。但對方搖搖頭，不肯投降。

「你為什麼要殺街友？」岱華以和緩的語氣問。

「街友？呵……」他再丟出冷笑，答：「不，他們不是街友。他們是社會的垃圾，是比我還爛的垃圾。」

「就因為這樣，你就對街友開槍？」岱華摸不清他的動機。「你是不是搞錯了什麼？」

「我沒搞錯！」他獅吼了一聲：「對社會沒有生產力的垃圾，連回收的價值都沒有。」

「你說他們比你還爛，是因為你覺得自己……也是爛人一個？」

「不是這樣嗎？你們所有人看不起窮人，瞧不起一個有前科的人。我只是想賺錢！我想過好生活！我想要往上爬啊！」

「所以你對街友開槍，是為了什麼？」

岱華才問完，他的眼角瞥見樓層的電梯門突然打開，三名制服員警衝了出來。

亞楠趁岱華分心之際，迅即閃到遊戲機後方，如瞪羚般繞了半圈，踏上電扶梯，朝頂樓的露天空中樂園跑上去。

岱華和兩名警員追了上去，阿隆也摸著額頭爬起來，追在後面。

頂樓的空間不大，但容納了五種大型遊樂器材，像是呈單擺左右運動的「海盜船」、在軌道上移動並可旋轉的「瘋狂迪斯可」、架高並環繞頂樓一圈的「單軌列車」、類似旋轉木馬的「金馬車」，和定點旋轉並用氣壓原理控制上下高度的「太空爭霸戰」。此外，電梯出口處還擺上了賽車、按鍵跳舞機、槍枝射擊等六台街機，以及成排的扭蛋機。

此時豔陽高照，人煙稀罕。岱華抵至頂樓，掃視一回，就是不見亞楠的人影。

砰——

突然，一聲槍響從高處傳來……

「這……這裡！」

操作單軌列車的男性工作人員不幸中彈，他一手壓著腹部，血流不止，但仍搖搖晃晃地移步到生鏞的欄杆旁，以半蹲的痛苦姿勢，向下對岱華這邊喊。

「快，快上去！」岱華指揮一名員警說。

工作人員的另一手，指向單軌列車較遠處的軌道。

岱華抬頭遠望，不知亞楠怎麼爬上去的，正走在高空的軌道上。

「呂亞楠，下來！」岱華追到他的下方，槍口對著他直喊：「現在四個人對你一個，很快還會有更多警察上來，你已經被包圍，逃不掉了！快點下來！」

「你到底想做什麼？」

「我……」亞楠停步，高喊：「我總算爬上來了，爬到最高的地方了。」

亞楠忽然凝望天空幾秒，接著他低頭俯視著岱華，目不轉睛地說：

「你知道嗎？我從小到大，都沒有來過這麼高的地方。就算人來了，也沒錢能買得起這裡的東西，因為我是窩囊廢，因為愈高的地方就是愈有錢的人的地盤，呵，我今天雖然什麼都沒買，但總算滿足我的心願了……」

「你說什麼？快點下來！」

「你問我我想做什麼對不對？」

「快下來！」岱華繼續勸說。

「我告訴你我要做什麼——我就是要殺人！我就想把子彈通通用完！」

亞楠激動地喊完，隨即將槍口對準自己的側腦，猛然扣下扳機……

子彈貫穿了腦殼，從另一側爆出的血漿受高空的強風吹向這方，落濺於岱華的臉頰，亞楠的軀體也同時從軌道上墜落，砰一聲倒在岱華眼前……

岱華呆佇於原地，一時不知該如何反應。

他盯著頭部不斷淌出鮮血的屍體，內心頻頻深思亞楠的動機，換來的卻是更多的疑惑。

他踏著沉重的腳步向前，彎腰拾起血泊中的手槍。

彈開轉輪後仔細看，岱華發現……

亞楠對自己用掉的，是他的最後一發子彈。

第五章

昨晚離開事務所之前，雅蘭對雲智說：

「我們慶祝一下吧。」

「慶祝？」雲智問。

「你明後兩天不是要出庭嗎？我想說，後天二十七號等陳文慶的案子告一段落，想為你慶祝一下。」

「有什麼好慶祝的？」雲智不以為然。

「三二八不是你生日？」雅蘭用力眨了眨眼。

「啊，我忙到都忘了。不過，我其實已經好幾年沒過生日了。」

「去年我有陪你過啊，你忘啦？我們一起弄一件因家暴訴請離婚的案子，那天忙得好晚，後來我們忙完就一起去吃了宵夜。」

「去年的事，妳……」雲智很訝異她記那麼清楚。
「當然。」雅蘭吐舌扮了個鬼臉。「所以，我明天會抽空去拿一件東西，準備要送你哦。」
「喔?妳打算要送我什麼?」
「嘿嘿，驚喜哦。」她笑著再吐了一次舌頭，「我才不要現在跟你說!」
此刻，雲智在開車衝往醫院的路上，腦子裡不停湧起和雅蘭的生活點滴。
他心急如焚，抱怨沿途的車輛和紅燈太多，一心只想盡快趕到她身邊。
當他抵達市立大同醫院，時間差不多下午一點半。他在停車場再接到岱華的來電，告訴他雅蘭半小時前已經送入二樓的緊急手術室。
大同醫院是公辦民營的市立醫院，也是高雄市中度級急救責任醫院。院內有專門處理外傷的急救團隊——這是岱華附帶告知的訊息，他要雲智先別擔心、交給專業醫生急救，但雲智一聽完，一顆心仍舊忐忑不安。他叩一聲關上車門，連上鎖都來不及，便從停車場一路奔進醫院，直衝上樓。到達手術室外的家屬等候區時，他的額頭已經覆滿了汗水。
他一走近，和岱華的視線相會後，馬上急問現在的狀況。
岱華手上拿著一染血的紙袋，大致重述醫生剛才所說明的：子彈卡在雅蘭的左鎖骨附近，她的鎖骨下動脈嚴重破裂，血管斷口處大量出血，造成失血性休克。因為鎖骨下動脈是直接由心臟而出的主血管分支，攸關生命安危，所以手術醫生正給雅蘭止血、輸血，並試圖取出彈頭及縫合血管，然而醫生只說會盡力拯救傷者，實際狀況不知是否樂觀。
「她在大立百貨六樓中槍後，我的手下馬上叫救護車，就近送來這裡。」岱華解釋。
「百貨公司?那裡怎麼會有槍?」雲智大聲質問。
「我在追捕一名男性凶嫌，他用的那把槍是半年前殺害了一位老人的凶器，他今天早上又殺了一名街友。」
「他跟雅蘭有什麼關係？」
「沒有關係。他逃到百貨公司，你助理不小心被他的槍打到。」
「凶手呢？」
岱華的語氣顯露出無可奈何，說：「他當著我的面，開槍自殺了。」
「那個老人，和街友，也跟他沒關係？」
「應該是。」
「又是……無差別殺人？」
「……或許吧。」岱華嘆道：「我不清楚他殺人的動機，可能只是為了洩憤。」
雲智全身頓時癱軟，向後坐倒在椅子上，但心跳並未停止加速，他拚命搖頭，否定眼前的現實。
幾年前先是俐芳慘死，現在又輪到雅蘭受害。自己生命中的摯愛為什麼一再遭到無差別事件的波及？而且同樣地，為什麼傷害她們的犯人皆彷彿撇清責任般死去？
「我和雅蘭在交往，我們說好了，我和她會用心經營……」雲智垂下頭，沮喪地吶喊：「為什麼！為什、為什麼？怎麼又是……」他喊到說不出話來，一手摘掉眼鏡，另一手的食指和拇指緊壓鼻根，竭力不讓眼淚溢出。
岱華沒說半句話，只靜靜地坐到雲智身旁的位置，伸出手持續撫拍他的肩膀。
待雲智激憤的情緒稍加平復，岱華才將手上的牛皮紙袋遞給他。紙袋的表面沾著褐色的血跡。
「這是……？」雲智問。

「你的助理，她中槍時手上緊抓著這袋東西。救護車到場之前，她意識還算清醒一小段時間，她交代我的手下，說一定要把這個給你。她指名道姓，說是給余雲智的禮物。」

雲智打開紙袋，見到裡頭放著一個長條形的黑色扁盒，纏上金黃的十字蝴蝶結。他將盒子拿出來，一時聯想到是雅蘭要送他的生日禮物，他忽然猶豫著是否要現在拆開。但是，當視線一瞄見紙袋上的血跡，他便吸一口氣，毅然拉開蝴蝶結，然後翻起盒蓋……

放在盒中的，是一條寶藍色的領帶。

款式猶如他在西子灣不小心失手掉落的那條，只不過顏色更鮮豔了些。

他剎時摀鼻，試著忍住從鼻腔爆出的嗚咽。

求求你，醫生，求你一定要救活雅蘭！——

雲智望向手術室的自動氣密門，內心不停祈禱。

他不敢想像，如果失去她，自己該如何面對往後的人生？

過了一會兒，岱華的手機響起，他一接起，嘴上說了些什麼，一邊站起來離開這塊區域。

雲智看了一眼時間，午後兩點整。法院那邊應該準備開庭了。

但雲智繼續坐在手術室前，沒有任何動作，因為他剛才在法院已經將工作交給了蘇瑞陽。

當接到雅蘭中槍的消息，雲智在法院前一時不知所措，幸好專打陳文慶這類案子的辯護能手蘇律師就在身旁。由於雲智先前數次拜訪、請教，瑞陽早已掌握案情大要，他也有意協助雲智打好這場仗，於是兩人折回去進法院，向法官說明原因並請求通融後，至候審室要文慶當場簽下委任狀。

換言之，並非更換辯護人，而是再添一名辯護律師，但此臨變之舉必然將引發媒體關注，等一下也許會有記者追來醫院也說不定。

兩、三分鐘後，岱華回到雲智旁邊。

「我一定要追出這個男人的身分。」岱華邊看手機邊說。

「誰？」雲智問。

「對你助理開槍的凶手叫呂亞楠，但他手上的槍是別人給他的。」

「給凶手槍枝？」

「對，這把槍我查了半年有了，在我之前也有一個姓林的警察在查。」岱華的鼻孔呼出一口氣，續說：「呂亞楠的女友姓吳，吳佩瑩說她看到有個男的把槍交給了呂亞楠，而且她偷拍到那男的照片，她現在人在警局配合調查。我的手下剛剛把她用手機拍到的兩張照片傳來給我，第一張模糊了點，可是另一張，那男的臉拍得非常清楚。」他把手機推過去給雲智，「這張，你看！」

照片的背景灰暗，只有街燈打下來的白光，時間應該是晚上。兩個人看似在交談，站在巷弄的交岔口旁，背後是一片水泥牆。

「側身背對鏡頭的人是呂亞楠。」岱華分別指著兩個人，「伸手把那小包東西遞出去的，就是那男的。」

「紙袋裝的，是槍？」

「依據吳小姐說的，應該沒錯。」

那男的穿著黑色西裝褲，上半身也是黑色的衣裝，手提一個公事包。

雲智用拇指和食指按住畫面後稍微拉開，將那男的臉部放大一點……

他的臉形呈倒三角，眉毛中間斷開、散亂不勻稱，眼睛向上斜挑，眼尾勾圓成弧狀，鼻梁正挺尖細，唇形扁平。此外，表情肅殺，絲毫不見一點笑容。
不知為何，雲智忽然察覺……
這張臉十分眼熟，似乎在哪裡看過……
他是誰？是哪個委任人嗎？到底在哪裡？他一定在哪裡出現過！——
雲智一面回想，手指一面稍加縮小、又放大那張臉，來回操作了幾次。那副面孔，彷彿和腦海裡的某張人臉重疊，可是他又覺得記憶像隔了一層薄霧，一時間搜尋不到符合的資料。
「阿智，你沒事吧？」岱華問。
「可能是我搞錯了，可是我印象中有……好像有看過這張臉。」
「在哪裡？」
雲智輕輕搖頭，把手機還回去，以不很肯定的語氣答：
「可能，真的看錯了吧。」
這時，手術室的門嗤一聲開啟，一名戴著口罩的護理師走出來問：
「夏雅蘭的親屬在嗎？」
「我是。」雲智奔上前，慌張問：「她現在的狀況怎樣？」
「醫生已經動完手術，我們再來會把夏小姐移到ＩＣＵ。」
「Ｉ、ＩＣＵ？」雲智不常接觸英文，一時轉不過來。
「加護病房。」
「為什麼？」雲智這下聽懂了，他的聲音在顫抖。
「她因為失血過多導致休克，醫生急救時有做插管，剛手術也做了全麻，可是子彈已經取出來，血管、傷口也縫合了。不過，雖然暫時她的ＢＰ，就是血壓部分，勉強算是穩定，但偏低很多，所以我們現在必須送她進ＩＣＵ持續觀察。」

「她會醒來吧？」岱華問。

「夏小姐的意識不會很快恢復。」護理師補了一句：「她現在尚未脫離危險期。」

「她什麼時候會醒？」雲智焦急追問。

「呃，這個，要看她的身體狀況喔，我們不能保證什麼時候。現在要麻煩你拿這張去一樓辦理住院手續，另外，送她進來的警員先生是哪位？」

「有。是我。」岱華向前一步。

「麻煩這張，來，請你看一下，剛剛送進來時……」

護理師繼續交代各項手續。

雲智則呆立原地。他手指捏著單子，但耳朵幾乎聽不清楚岱華和護理師的對話，甚至連周遭的聲音也變得一片寂然。

雅蘭會清醒嗎？——這是他內心唯一關切的問題。

雲智辦完住院手續，想起雅蘭的手機仍在岱華身上。他想，他必須拿到手機，找號碼通知雅蘭的母親。

電梯門打開，裡面空無一人。他進去按下前往樓層後，門隨即關上。

他失心地看著數字緩緩漸增，心想著自己不能那麼沮喪，應該要對雅蘭有信心才對。他想找事做，分散心頭沉滯的憂鬱，腦中不禁又再試圖回想剛才那張照片上的男人究竟是誰。

突然間，他的背後傳來了久未聽見的呼喚……

『阿智……』

電梯裡應該只有自己一人，不是嗎？——

他想轉頭看看是誰，不料對方速度更快，再次出聲：

『別轉回來！阿智，看向前方喔，終於有一個很愛你的人出現了。』

「妳是……」

『是啊，我是。』

對方說完的同時，雲智的身後傳來嬰兒的啼笑聲。

他一下便領悟了對方是誰。

「我、我想妳……真的好想妳！」雲智的淚水不能自已地淌落。

『我知道。』對方輕聲回應。

「妳為什麼在這裡？」

『是機率喔，但我差不多該走了。』

「求妳……妳別走！」雲智想轉頭，可是身體恍如冰封，僵住了。

『在我離開之前，』對方繼續說：『有一件重要的事情，你千萬要知道。』

「什麼事？」

『你有沒有聽過 SOC？』

「什麼？我聽不懂。」

『我直接翻譯好了，SOC 就是自組織臨界性。』

「我是物理白癡，」雲智哭著說：「妳快要走了又跟我談物理，會不會太過分？」

『才不過份呢，如果能算出臨界點，我們就能提前預知災難，也能避開世上很多不幸的事情。』

「不要談這個了好不好？」

『你說過吧——掌控，好像是人自然而然會有的野心。記得嗎？』

「我不記得了。」

『不對，你沒忘，那是你自己說過的話。』

「我真的忘了。」

『那你要記起來喔。』

「讓我看妳一眼，好不好？」

『阿智，謝謝你，曾經那麼努力給我幸福，我那天卻沒有回到家……謝謝你、謝謝你、謝謝……』

對方的話音愈來愈細、愈小。雲智的四肢也逐漸暖和起來，可以動彈了。

他迅速轉頭……

然後，他馬上從椅子上跌下來。

過了幾秒鐘，他才意識到自己坐在加護病房前的座位區睡著了。

他歪晃站起身，瞥見自己的座位後面，有位婦女抱著小嬰兒，正在哄孩子。

是夢嗎？為什麼如此真實？——

雲智覺得自己神志不太清醒，想去外面買杯咖啡提提神。於是，他抬起沉重的腳步走到一樓。他經過心臟血管外科時，等候叫號的許多病患抬頭看著同一面螢幕，他不自主也多看了一眼。

螢幕上除了掛號的順序之外，正在播送晚間新聞。為了保持醫院看診的安寧，院方將電視音量開得很小聲，因此主播的聲音幾乎聽不見，只有新聞畫面、跑馬燈及字幕。

「台南七旬翁疑臥軌輕生　遭列車撞傷送醫」

記者拍攝了現場畫面。首先是莒光號火車停在月台邊，接著畫面轉到老人被醫護人員用擔架抬走，臉部打上了馬賽克，然後記者採訪了三位月台上的目擊民眾，皆是一、兩句短短的評語。普通又常見的一則新聞。

雲智將視線從螢幕移開，繼續向前走。

然而，他的腳才踏了三、四步，整個人彷彿被磁鐵吸住，猛然愣怔在原地。

他想起來了！

那張照片中的男人，雲智終於想起了他是誰！

接著，一股冷冽的寒意迅即竄入腦門……

他突然想起剛才的夢境……

〔如果能算出臨界點，我們就能提前預知……〕

〔掌控，好像是人自然而然會有的野心……〕

此時，電話響起。是蘇瑞陽打來的。

『喂，余律師呀，不好意思現在才打給你，我剛在躲記者的追問哩，下午的證人詰問很順利，你的助理沒事吧？』

「蘇律師，陳文慶現在人呢？」雲智說得很急。

『陳文慶？開庭完一個多小時了，應該押回看守所了吧。你怎會問這個？』

「看守所……」

『我不知道明天你有沒有要出庭，你的助理還好嗎？』

「感謝你今天幫忙，可是很抱歉我要先掛電話，我晚點打給你。」

『你還好嗎？怎麼……』

雲智切斷通話後，精神全部煥然清醒，兩腿朝一樓門口快跑出去。

不料，雲智到門口時，差點和岱華撞上了。

「你去哪？」岱華問：「跑那麼急？」

「山花，你現在馬上把照片傳給我。」

「照片？」

「你剛才給我看的照片！」

「那個男的？」

「我想起他是誰了。」

「誰？你先冷靜一點！」

「好，我現在說。我接下來要告訴你的推論，我很希望是錯誤的。因為，這件事如果在現實中真的存在，那會成為每個人非常可怕的惡夢。總之，我現在得去看守所見陳文慶，馬上！」

「好、好好，阿智你冷靜！到車上再跟我說到底是怎樣了。」岱華從口袋掏出車鑰匙，「還有，你坐我的車，我不放心你現在的狀態開車。」

車輛一奔馳上路，雲智便要岱華再開得快一點，並立即打電話至地檢署找檢察官賴仕翰。

「我現在必須馬上見陳文慶，可以請你通知看守所的人員放行嗎？」

『都七點多了，明早還得開庭，』賴檢回說：『你不給你的當事人休息？還有什麼辯護的事兒得和他討論的？』

「很重要的事。」雲智急切地說。

『我以為，我中午在洗手間對你講了一段話之後，你就臨陣脫逃了，沒想到你下午請來另一個律師，審理都快結束了，真是前所未聞。你說一說，你現在想問陳文慶什麼？』

「案情的真相。」

『什麼真相？法院的程序進行得差不多了，你現在才要……』

「你聽好！」雲智抬高音量，說：「我現在很急，詳細狀況沒辦法一下子說清楚。我會帶一位刑警一起進去，請你通知看守所，我人已經在路上了。」

雲智結束通話，旁邊的岱華立即開口說：

「阿智，你沒辦法跟檢座說明，但總可以跟我講清楚了吧？」

「你下午告訴我的，你在追的那把槍，可以先讓我知道詳情嗎？」

岱華面有難色，先皺了皺眉頭，才開始一五一十吐露數月來手上在辦的幾起案件。

首先是羅品鴻在工地受傷，他自暴自棄、離開女友到外面流浪，在山上獲救後再次離開叔叔，然後他不知從哪裡得到一把手槍，在陸橋下對一名女街友開槍，隨即當場自殺。羅品鴻死後一分鐘，落在兩具屍體旁的槍枝被一位不知名也不見面孔的黑衣人拾走。過了十個多月，同一把手槍殺害了一名撿資源回收的獨居老人，槍枝下落不明。再經過半年多，至今日清晨，忠孝公園又一名街友遭槍殺死亡，而持槍的呂亞楠，在警方追捕的過程中，傷及夏雅蘭、兩名警察和一位遊樂器材操作員，他自己也在百貨公司頂樓開槍自殺身亡。

「都是同一把槍？」雲智問。

「是啊。我是懷疑說，獨居老人和今早的命案為什麼相隔了半年……」

雲智搶著問：「羅品鴻的個性是不是和呂亞楠很相似？」

「我沒接觸過羅品鴻，可是就他周遭的旁人描述，他平常不是一個很開心的人，手臂受傷後找不到工作，又要用錢，自尊心可能受到打擊，抱怨社會不公平，淪為街友一陣子，至於你說的個性嘛……和呂亞楠應該不太一樣。呂亞楠從小就想賺錢，對有錢人好像有種厭惡感，對社會不滿，因為他的家庭背景，又有吸毒、傷害街友的前科，或許他很自卑也說不定。」

「吸毒、對社會不滿……」雲智一面細聲自言自語，腦海裡一面串連相互的關係，想了一下又問：「那，兩人朝他人開槍前的生活呢？」

「生活背景嗎？」

「對。」

「都過得貧困，算是在底層求生的人吧。」岱華說完，問：「你到底在想什麼？」

「山花，」雲智閉起眼努力回憶，說：「好幾年前，俐芳跟我講過一個物理學的理論，她當時用沙子堆成的小山跟我講解的。」

「什麼理論？」

「如果在沙堆上隨機向下灑落沙子，累積到一定的程度，沙堆就會達到一個臨界點，然後崩塌。在塌下來之前，每一粒沙子掉落都會產生碰撞的能量，沙堆的結構會因為這些能量累積到臨界值，最後失去平衡，就一整個塌下來了。這是俐芳還在世時所做的其中一項研究。

「她的研究可以運用在很多領域，可以計算雪崩、算交通流量怎麼達到飽和，還有人口數量膨脹、金融市場交易。要是能算出系統達到飽和的臨界點，就可以提早知道什麼時候會發生災難，或是預知何時會發生不幸的事情。這些事，我剛才在醫院全想起來了。」

「這跟我們遇到的案件有什麼關係？」

雲智睜亮眼，說：「我這幾個月不斷在追尋隨機殺人案的犯人動機。」

「世上沒有什麼隨機殺……」

「不好意思，你先聽我說完。」雲智打斷話，繼續說：「無差別殺人事件的背後，可能受到基因、犯人自身的精神問題、人格特質、幼年生活、家庭環境、就業狀況、社會支持，或人際關係等各種因素交互影響，各國都在研究。研究者也針對不同案例劃分成不同的類型。其中，一個重要的目的就是——要找出犯案的決意點。」

「決意點？」

「對，決心下手的時間點，決意走上一條隨意殺人的不歸路。而下定決心要殺人的那個時間點，應該可看成是系統面臨崩塌的臨界點。」

「什麼意思？」

「對無差別殺人犯來說，個人、家庭或社會的每一種因素都在累積他想要犯案的能量。當能量累積到接近臨界值，即便是一小粒沙，也足以讓結構失衡、讓整座沙堆崩垮。萬一……」

雲智說到此，自己禁不住打了一個冷顫。

「別吊我胃口啊，萬一什麼？」

「萬一——有人已經計算出那個臨界點……」

「什麼？想要殺人的臨界點能算得出來？這怎麼可能？」

岱華突然把車開到路邊，頓踩煞車，熄火停了下來。

「不，不對。」雲智改換另一種思維，邊思考邊說：「萬一那個人……就是使得崩塌發生的最後一粒沙子。」

「等等，阿智，你講的東西跳太快了。你的意思是，有個人算準了凶手有意要犯案的心理，然後促使凶手做出行動？」

「不是促使，是掌控。」

「掌控？」岱華驚呼，問：「為什麼要做這種事？」

「我現在還不清楚，我只能從發現的各種狀況推論。」

「阿智，我說你的精神壓力是不是太大了？你要推論就先推給我聽，不然我不想載你去看守所。」

「好，我先從你辦的案子開始說。」

「你說，我仔細聽。」岱華豎起耳朵。

「既然鑑識資料說是同一把槍，我有理由相信，黑衣人從羅品鴻命案現場拿到槍之後，交給了呂亞楠。黑衣人就是照片上那個男的。」

「我不排除這種可能性。」岱華點頭表示贊同。

「而原先羅品鴻拿到的槍，很可能是黑衣人給的，要他射殺女街友。」

「你意思是，羅品鴻和呂亞楠拿槍殺人，都是黑衣人策劃的？」

「正是。」雲智的口氣相當堅定。

「好、好吧，」岱華搔搔腦袋，「我姑且先相信你的推論，那……黑衣人是誰？你剛說你想起來了？」

「害死俐芳的凶手，你還記得嗎？」

「姓朱，叫……」岱華眨眨眼，「他名字我忘了。」

「朱健宗。」雲智正色說道：「是他把俐芳推落月台的。」

「把俐芳推下去的人是他，這我當然知道，可是……你該不會要說，朱健宗就是黑衣人吧？他不是老早在看守所裡上吊了？」
「對，他五年前確實是死了。」
「那黑衣人到底是誰？」
「法院審理朱健宗的案子時，曾在法庭上播放他將俐芳推下鐵軌的影片。」
「嗯，然後呢？」
「影片中，朱健宗選擇俐芳作為犯案對象的前幾分鐘，他曾鎖定一名男性，身穿黑西裝、手提公事包的上班族。」
「上班族？」
「而你給我看的照片，把槍交給呂亞楠的黑衣人——正是五年前朱健宗看上的那名男性，那個上班族。」
雲智試著以鎮定的態度道出驚人的事實。
「阿智你、你說什麼？」
「我印象很深，朱健宗曾站在那名男性上班族的背後，伸出雙手，看似要把他推下去，但那個男的很快回過頭，像是生氣地罵了什麼，朱健宗只好作罷。包括辯護律師、檢察官、法官，還有我也是，大家都相信，朱健宗原先要犯案的對象是那名男性。但……如果朱健宗和那名男性早就認識了呢？假如說，就是那名男性，在現場命令朱健宗隨機尋找對象、犯下殺人案呢？」
雲智再無法保持鎮靜，愈說愈激動。
「你真的沒記錯人臉？」岱華的語氣充滿狐疑。
雲智肯定地點頭。多年來，俐芳死亡前後的畫面已經在他的記憶裡重複播放了無數次，他不可能記錯。

「呃，好吧，」岱華吞了吞口水，說：「我姑且……姑且再相信你的記憶沒錯誤，那你現在要見陳文慶的理由又是什麼？」

「陳文慶在這段審理期間曾經說過，一、兩年前他在遊藝場打電動時認識一個朋友，當時他和那個朋友討論過死刑的話題，說殺一個人不會死刑，殺兩個才會被判死。我後來有請法院去查。」

「我知道。是我的手下阿隆去蹦蹦龍查的。」

「陳文慶說，他那個朋友是男的，名字中有一個『嶺』字，可是你們警察查無此人。」

「確實找不到。怎麼？該、你該不會認為，陳文慶說的是真話，那男的真的存在吧？」岱華的臉上彷彿貼著好幾個不可置信的問號。

「我現在不得不相信，有個男人一直躲在這些凶手的背後，操控著什麼。」

「這、這有可能嗎？」岱華喊道，他的身體同時往後仰，呼出一口氣，再退一步說：「好好、好吧，就算真有這人存在好了，這個男的、這黑衣人，他是刻意的嗎？他是隨便挑選這些人，要陳文慶他們成為凶手的嗎？」

「我不認為是隨意挑選的。朱健宗、羅品鴻、呂亞楠，還有陳文慶也是，這些隨機殺人案的凶手都有一個共通點——他們全是在社會底層求生存的人。」雲智愈說愈急，上氣不接下氣的呼喘著。「黑衣人可能正在觀察這類型的人。在這類人對生活、對社會不滿的能量快達到臨界點時，黑衣人有計畫地介入、掌控，利用了他們，驅使他們成為殺人工具。」

說到這裡，雲智重新回想俐芳的研究——自組織臨界性。

他懷疑，原本應該拿來預測災難和不幸、欲提升人類福祉的研究，是不是已經遭人暗中反過來運用在殺人了？但，為什麼要這麼做？試圖去掌控，甚至操控一切，真的是人類自然而然會有的野心嗎？

「山花，我忍不下這口氣。」雲智的情緒漸轉為氣憤，他張開手掌，五指狠狠地捏住自己的大腿，猛搖頭說：「眼見這一場場的殺人暗局，俐芳死於非命、死得那麼慘，雅蘭現在也受害，躺在醫院不知會不會清醒，還有、還有許許多多隨機殺人案的那些……那些無辜的犧牲者，我、我我真的……我無法縱容在背後操控的那個人……」

「阿智，你冷靜點！」

「我要請你……拜託！不要讓車就停在半路這裡，請你馬上開到看守所，拜託！」雲智發自內心懇求著。「黑衣人到底是誰？他到底在哪裡？——我一定要從陳文慶的口中追問出來！」

「好，我陪你去。」

岱華發動引擎，往看守所的方向前去。

「不行！手機不能帶進去，這是規定。」

戒護員站在律見室的柵門前，手上的塑膠盒朝岱華的方向推過來，語氣相當堅決。

「我們來不及把這張印出來，」岱華把手機照片擠到戒護員的雙眉前，請求說：「不能通融一下？」

雲智等不及雙方在此處僵持著，直接從岱華後方插嘴，說：

「現在是警察辦案。我們只想讓陳文慶指認出照片中這男的是誰，你等一下人在旁邊看著，不用擔心我們會做出什麼違法的行為。」

「嘖，可是……」戒護員的表情略顯猶豫。

「你知道事情的嚴重性嗎！你想看到更多人犧牲嗎！」雲智高喊完，突然意識到自己的勢態度過於強硬。他於是軟化口氣，壓低音量，指著照片說：「這男的在看守所外，不知道他的目的到底是什麼。我們發現和他有關連的另外三名凶手都身亡了，現在只剩陳文慶還活著，所有的線索都在他一人身上，你現在還不讓我們過去嗎？」

「這……實在難辦……」

戒護員搖搖頭，彆扭地轉過身，拿起安裝在牆邊的內線電話撥號。朝話筒講了幾句之後，他掛上電話，轉回來對兩人說：「只准他看，半刻都不准讓他碰到手機，知道嗎？」

雲智向他道謝，接著聽柵門嗶一聲開啟，便和岱華一同進去。

兩人並列坐著等候文慶出現。

「阿智，我說啊，」岱華湊近耳邊，動作拘謹，說：「他這種精神有病的，你如果問不出來怎麼辦？」

「他不可能不知道。」

雲智調整坐姿，嘗試收起心底對於文慶可能不願吐實的不安。

不久，陳文慶挺著圓滾滾的肚腩，隨著戒護員遠遠從另一邊蹣跚走近，他的兩條腿像是缺了膝蓋關節般，一步步前進時上半身左右來回晃動。

「坐好！」戒護員在座位旁施令。

他在兩人對面一坐下來，眼睛好似不舒服的樣子，手指於黑色眼鏡框中央推擠了好幾下，邊說：

「你來啦，我一直在法庭等，等了一個下午。」

雲智直接進入主題，伸手將原先置於桌面中間的手機推過去，說：

「我有話問你。照片中的這個男人是誰？」
文慶一眼也沒看，反問：「誰？」
「看這裡。」雲智用兩指將男人的臉部擴大，再問：「他是誰？」
文慶忽然冒出一句話，「你有沒有帶洋芋片？」
「洋芋片？」岱華粗聲叫道：「你以為這裡是……」
話未說完，雲智的另一手便在桌底拍了拍岱華的大腿，制止了他。
「晚餐就一點點而已，吃都吃不飽啊。」文慶若無其事地說。
雲智抬起屁股往前坐，拉近自己和文慶的距離，說：
「你先回答我的問題，我等下出去後，再到福利社幫你買。」
「牛排口味的，上次那種，好不好？」
「好，沒問題。」雲智點頭，表情肅然。「但是，你得先告訴我這男的是誰？」
文慶的身體往前傾，再推了推鏡框。他瞄了手機一眼，全身接著突然往後靠躺椅背，手臂擺到後頸開始抓癢。
「你是不是認識他？」雲智的食指點了兩下桌面。
「我最近常常看到啊。」
「看到他？」雲智指向手機面板上的臉孔。
可是文慶沒回話，改用指尖搔抓鼻梁上的癬斑。
無視他愈搔愈癢的模樣，雲智追問：「你到底看到了什麼？」
「網子啊，一格一格的。」
雲智想起，文慶接受鑑定時曾向魏醫生說過，他眼睛一閉起來就會看見一種網子，一張開眼，那種網子便會消失。

可是，網子和黑衣人有什麼關係？文慶是不是又在胡言亂語了？

雲智壓住情緒，勉強順著他的思路，問：「像……像電蚊拍的那種網子？」

「嗯啊。」

岱華從旁問了一句：「你看見的網子，跟這男人有沒有關係？」

「啊這重要嗎？」文慶吐完這句，瞬時趴在桌面。

「你說什麼？！」比起疑惑，岱華的語氣更像是氣憤。

「毀滅了就通通不見了，還有什麼比毀滅更重要？」

「你給我好好回答問題！」岱華弓起背，激動地拍桌，口沫快噴了出來。

「山花，麻煩你先去旁邊。」雲智轉頭，朝岱華揮手說：「我來問就好。」

岱華的耳根發紅，鼻孔噴張了數次，不斷呼出了憤怒的氣息。他瞪了文慶一眼，然後猛站起身，甩步走到戒護員的身邊，背對著所有人。

雲智的心情當然和岱華一樣，但是他很努力壓抑著內在的躁急。他轉回頭，面向文慶，再沉著地說：

「你不跟我講清楚，我就不買洋芋片給你。你是不是認識這個男人？」

「他就穿外套啊，很寬的大件，就黑色的很大件那種。」

聽文慶開始專注於問題上，雲智趕緊說：「你再講清楚一點。」

「講話會笑。」

「你是說這男的？他跟你說過話？」

「欸啊。」

「他叫什麼名字?」

「啊之前不是跟你說過了?」

「名字有一個『嶺』,對不對?可是我想知道全名。」

「他有外號啊。」

「外號?叫什麼外號?」

「……」文慶用力眨著眼,眼睛好像很酸。

「說啊,他有什麼外號?」

「唉,女友不理我了啊,也沒人可以聊天啊,日子很難過,一直獨處啊。」

「所以那時候,這男的找上了你,你跟他就認識了,對不對?」

「……」

文慶沒應答,雲智繼續說:

「他跟你提到死刑的事,還跟你說殺一個人不會被判死刑,要殺兩個才會,可是你殺一個就怕了,沒辦法下手殺第二個,是不是?還有,對,你跟我說過,小孩被殺是上帝的旨意,你要是沒殺小孩,也會有其他人死,都是注定好的,因為你知道他還找上了其他像你一樣的人,要你們去殺人,所以你才會跟我說,殺手出任務可以賺錢,而你可以賺死刑,是不是?」雲智再忍不住內心湧起的激動,來回問了好幾次。「你快說,是不是這樣?」

喊到這裡,雲智同時回憶起文慶說過的蝴蝶效應——假如有隻蝴蝶在美國拍動翅膀,不久便會造成台灣發生一場颱風,萬事萬物都有互相影響的關係——這個觀念,恐怕也是黑衣人灌輸給文慶的,目的就是要扭曲文慶對於殺人的認知,要他以為自己殺了一、兩個人,將可以間接影響到世界更多、更大層面的人事物,自己也因此會成為偉大的聖人。

「蝴蝶效應，是不是也是他教你的？快說！」

「唉，其實我現在比較會怕死啦，」文慶貼著桌面，嘴唇環拱成圓形，有如嘟起的魚嘴，啵啵說道：「我有聽上帝的聲音說啊，就是跟我說世界有輪迴啊，又要再來一次，很煩啊。如果死了之後就什麼都毀滅了，我是不怕。」

現在都什麼時候了，還在跟我講這些？——

雲智不禁站起來，靠近他的耳朵，不自覺以充滿張力的語調大聲問：

「你不要瘋言瘋語的，專心看這張照片！這人是誰？告訴我！是不是他叫你去殺人的？」

「……」文慶只伸手揉了揉眼睛。

雲智失去理性，吼了出來：「他是不是你說的那個朋友？在蹦蹦龍打電動認識的朋友？快說！」

文慶用下巴抵著桌面，眼睛吊高，看向雲智，喉頭擠出一陣悲苦的語調，說：

「如果我說不出來，明天……啊你明天就不幫我辯護下去了嗎？」

什麼？你……

你、你們……

你們的內心如此脆弱，聽信黑衣人的誤導、接受他錯誤的觀念……

羅品鴻殺了街友，呂亞楠也幹了同樣的事情，使雅蘭身受險境；朱健宗則是把我的未婚妻俐芳推向死亡；然後陳文慶你……你殘忍地殺了小孩……

多少無辜的犧牲者……

你們……

雲智愈想愈火大，掄起拳頭，突然顧不得一切，一時間想要爬上桌子，撲過去掐緊文慶的脖子。

戒護員站到桌前，在兩人之間保持警戒。岱華則轉頭過來，迅速拉住雲智顫抖的手腕。

忽然，雲智一時升起極端的念頭——

好，陳文慶你如果現在真的怕死，我乾脆立刻解除委任！

我不幹律師了！就讓你去給法官判死！

然而，就在他要憤慨出口的前一刻，俐芳的姊姊筱芳曾說的話頓然現於耳際——

〔你會錯把過去對朱健宗的恨意加諸在陳文慶身上……〕

〔當局者迷，你會把兩件案子重疊在一起……〕

〔你的內心會生出超過兩倍的仇恨，接著再下去就會變成殺意了……〕

筱芳的那段話，使得雲智瞬時頓住不動。

他閉起眼，試著安定心情，靜下來想想——

難道，點燃我心中的殺意，也在黑衣人的預想中嗎？

黑衣人企圖要讓我、讓法官，甚至就是要讓這個社會瀰漫著殺戮之氣嗎？

莫非，放大所有人內心潛在的殺意，就是黑衣人所要達成的蝴蝶效應嗎？

我該怎麼做？到底該怎麼辦？

當下，雲智宛如站在一只巨大天平的正中央，不管向左或向右，身體皆會因傾斜而墜落……

然而，經過搖擺不定的一番折磨，他終於睜開眼睛，說：

「我明天……明天，我會出庭，繼續為你辯護。」他用力呼出一口氣，雙眼眨也不眨地直盯著文慶。「你明天會見到我，後天也會、大後天也會，你一定會常常看到我。你今天不說、明天不說、後天也不說，也沒關係。可是，我總有一天會從你口中問出這男的到底是誰⋯⋯

「陳文慶，你仔細聽好了——你想死、想自我毀滅，我是絕對不會讓你如願的。你得給我好好地活下去，把所有真相通通都交代清楚，為你所犯下的過錯贖罪，你聽清楚了嗎？」

雲智不能讓文慶輕易受死。只要他活著的一天，就有機會從他身上挖出黑衣人的線索，找出隱藏在無差別殺人案背後的因由，並解開那些犧牲者何以死亡的謎團。

然而，直到雲智和岱華離開前，文慶依然趴在桌上，緊緊閉著口，什麼也沒說。

隔天，雲智履行了對自己的承諾，他和蘇瑞陽共同出庭詰問證人及進行最後的辯論。陳文慶的判決，法院將於一個月後宣判。

過了一週，岱華打手機通知雲智，警方還是沒能找出黑衣人的行蹤。由於犯人呂亞楠於現場自殺身亡，且犯案用的左輪手槍也找到、沒收，警檢已經決定收手結案。

「黑衣人明明就還沒抓到，你們警察為什麼不查下去？」雲智發出責難。

『唉，我們用人臉辨識系統查，和戶政資料比對，但是找不出來。我也跟手下一起去那張照片的地點，附近的暗巷裡也問不到目擊者。現在，更不可能去岡山火車站尋找和俐芳案件有關的目擊證人，都過五年了。上頭已經不願意再多浪費警力資源了。』岱華沉默一陣，接著說：『坦白講，要辦的案件很多，我們真的很缺人手。』

「要是黑衣人又⋯⋯」

『我知道，我也很擔心呀，我老婆也是一天到晚跟我唸現在的治安不好，一眼都不敢從欣欣身上挪開，怕小孩的安危，怕走在半路上會不會出事。可是沒有相關的線索，分局這裡是不會給我們更多的時間去查的。』

「只能等……唉。」

只能等待無差別殺人案再次發生，才可能發現更多線索了嗎？——

這句質疑雲智想在心裡，沒敢傾吐出口。他深怕出口成真。但是，所有人若只能枯坐著空等，要是當真再發生了同樣的無差別殺人案件，又會失去多少條無辜者的性命？

「山花……」

『怎麼？』

「我現在開始有點懷疑，會不會是我記錯了？」

『記錯什麼？』

「黑衣人那張臉。」

『咦，我沒跟你說嗎？幸好資料還沒銷毀，我請人把五年前俐芳那樁案件的監視影片調出來看了。你說的那男的，他的面孔、身材比例、穿的衣著，都和吳佩瑩拍到的照片一樣。你的記憶沒有錯。』

「那……」雲智忍不住嘆了口氣，「那要怎樣才能追出他的下落……」

『阿智你放心，就算上面不查，我也會繼續注意相關的案件。我們有一天一定會逮到這傢伙的。』岱華的話帶著鼓勵和振奮的意味。

「你好像……對無差別殺人案變得積極了？」

『經過這幾起案件，我在想，也許我的想法該變了。』

「怎樣的想法？」

『我以前總會認為殺人一定有原因，動機不是情殺或財殺，要嘛就是仇殺。不過現在，我覺得一個人會殺人，一定還是有原因，但這個原因可能更大吧，也許說，這些犯人本來就對生活、對社會不滿，就像你講的，累積到一定的某個點，很容易被有心人利用了，然後殺人的行動就爆發了。而且我覺得，犯人可能就像是……有點像人面蜘蛛吧。』

「人面蜘、蜘蛛？」雲智覺得疑惑，問：「那……什麼意思？」

『哦，台灣山區不是常會有人面蜘蛛嗎？我以前在山腰上看過一隻，印象深刻，如果沒記錯應該是認識你和俐芳的那天吧。總之呢，牠的網子結得很不紮實的感覺，好像一沒抓好，隨時會不小心掉下去，如果一掉就掉進谷底了，感覺牠們需要更大張、更強壯的網子才能支撐得住。

『如果把蜘蛛換成是人，一定更可怕吧，沒有堅固的網子支撐，輕易被人利用，然後又被社會拋棄了。這幾個犯人，我最近就在想，他們一直努力在社會上求生存，一直往上爬，可是他們掉下來的時候，我們會不會缺少了能接住他們的網子，所以才會被有心人操控……啊，我不像你那麼會說話，我會不會想太多了？』

「不，你的比喻很好。」

『過去的我，思考太狹隘了吧。犯案的動機應該再去研究得深一點。』

雲智從岱華話中聽得出來，他逐漸認同了自己的觀點。

「山花，謝謝你幫忙。」雲智發自肺腑說。

『你是在見外什麼啦。改天我們都有空的時候，再一起去爬山吧。』

「嗯。」

『那我得先去查案了。有什麼消息我們保持聯繫。』

雲智結束通話後，閉起眼靜靜地坐在車裡，腦中閃爍著昔日的影像片段，內心已經開始著生期待，希望和好友一起再到山上觀賞雲霧、敘敘舊的日子盡快到來。

他張開眼，拔掉鑰匙，下了車。

隨手扣上車門後不久，他即注意到車窗的倒影中迸現出一張熟悉的面孔，好似長年不散的陰魂再度現身了。

「大律師，為割喉魔打完官司了，是不是呀？」記者施勇達說著。「呀啊，這場審判，可真是辛苦你了啊。」他猥瑣地躡手躡腳貼過來。

雲智一眼也沒瞧著對方，逕自朝停車場出口方向快步前進，嘴邊說著：

「審判結束了。法院宣判前，你沒必要再纏著我了吧。」

「這審嘛，判下去之後，結果是好是壞，還會繼續打上去的，」勇達彷彿背後靈追隨在後，皮笑肉不笑地說：「不是還有最高法院嗎？嘿嘿……能挖到新聞的機會，我怎會隨意就放棄了呢，你說是吧？」

雲智頓停腳步，吐一口氣，轉過頭直面著他，冷淡地說：

「你到底還想問什麼？」

「上次是我不好嘛，在你和助理這對小倆口面前，我不該隨便就揭露你們各自的隱私，好像還惹得你們鬧不愉快的樣子……你看，我人現在不就在這裡向你認錯了嘛。」勇達矯情地雙手合十、快速鞠躬，把腰挺起來後，半邊的臉頰微微抽動了一下，又說：「不過，你要是不想我在週刊上爆出你們倆的祕密，總給我一些和陳文慶有關的好料，我這要求不為過吧。」

「你這樣子態度叫做道歉?!」雲智的心頭升起一把火，但他很快把火熄滅，冷靜地說：

「你想怎麼寫報導是你的自由。」

「欸，你是堂堂的大律師耶，別那麼小心眼的糾結在態度嘛，每個人的方式不同呀。就好比說，有個人想死，他採用自殺的方式不成，反拖了一個小男孩去死；也有人吸毒，把別人家好好的未婚妻推下鐵軌，一樣的道理嘛，陳文……」

「我對你只說一次，你聽好了。」雲智打斷他的話，正色說道：「我雖然曾是被害人家屬的一方，但我為陳文慶辯護，行事和理由光明正大。」

「哦？說來聽聽。」

「我只想要他得到應得的醫療，只期望他有天能被治好、能反省，向被害人家屬道歉、向他們贖罪。對，現在還得再加上一點……」雲智頓下來想了一下，接續說：「動機方面，有些疑點還沒完全釐清，我希望他活著，希望他有天能把犯案前後的所有真相向大眾交代清楚。所以，無論他接下來會到醫院治療、或在監獄裡受刑，不管他多麼想死，我也要他死命地活著——他的存在，就是給我們所有人的警惕，提醒政府機關落實各項保護措施，提醒我們隨時注意周遭的可疑分子，共同營造一個更安定的社會，不要再有第二個他出現。」

「欸，你說希望希望的，你的希望也太多了吧？像你這種充滿理想的人可真令人傷腦筋哩。直接判他死刑不就得了？嘿，一勞永逸嘛！」勇達講得理直氣壯。

「是誰一勞永逸？是政府？還是民眾？」雲智繼續說：「死刑當然是很簡單、很乾脆的選項。可是，那不能解決事件背後的各種社會問題。」

「但可以解決製造問題的人啊。」

「我不會否定你這個想法，畢竟每個人看事情的角度不同。可是，我可以確定的是，殺人事件背後隱藏的問題若沒解決，就算他被處死，也難保不會再有第二個類似的人出現。」

「哎，你就是要他活著對吧？但余大律師呀，你動腦想想，納稅人會想出錢養他嗎？現今大部分輿論可都不願意浪費呢。」勇達抖了抖眉毛。

「養他？」

「呵，不是嗎？」勇達得意地笑著說：「他最一開始不是說他想吃免費的牢飯嗎？」

「我在法庭上說過了，吃牢飯不是他真正的動機。即便他真的想要在牢裡天天坐等著吃免費牢飯——他也吃不到。」最後三個字，雲智加重了語氣。

「什麼？」

「你們記者在報導新聞之前為什麼不多做點功課？為什麼每次在寫新聞時，好像都極力想要引起整個社會的恐慌？我現在告訴你——牢飯並不是免費的！」雲智的語氣相當鄭重。「你可以回去查《監獄行刑法》第三十三條的相關條文，受刑人在監獄的花費並不是全由納稅人去負擔，部分花費是受刑人必須靠自己掙來的。一般的受刑人在監獄裡必須參與勞動作業，假如陳文慶被判刑坐牢，他在受刑期間所從事勞動的淨收入，會有一半的勞作金「強制充作犯罪被害人或其家屬的補償金；剩下的錢，得拿出來改善監獄生活設施、給監獄作業人員的獎勵費用等等，當然還得包括他自己的飲食費用，而生活用品、衛生用品、衣著等，都是他自己得想辦法負擔的。台灣的牢飯絕不是免費的！」他停頓一會，補充了一句：「你的想法，千萬別跟陳文慶犯案後所說的一樣無知。」

「我的……這……」勇達結巴，吐不出完整的字句。

「監獄裡，反倒是比例佔極少數的死刑犯，他們已經不被社會、被司法看成是有生產能力的人。從生活裡吃的、用的各方面來看，死刑犯才是真正全數花用我們稅金的人。所以，你稱他去坐牢、浪費稅金的說法，根本站不住腳。」

雲智語畢，立即轉回停車場出口，大步邁向前去。

這次輪到雲智遠離，留施勇達一人呆滯原地。

出了停車場，雲智朝醫院門口走去。
對他而言，這週以來最慶幸的事情，莫過於雅蘭在醫院裡的治療狀況。在手術後的第五十二個小時，她的意識終於甦醒。她清醒之後的隔天，即被送往一般病房，在那裡住了幾天。這段期間，雅蘭的母親和雲智每天輪流過來照顧她。而，今天中午是她要出院的時刻，雲智特別提早去醫院為她收拾行李及辦理相關手續。
不料，他才一踏入病房，馬上聽見好大一聲砰咚……
他仔細一瞧，原來雅蘭對面的那張病床旁，一本厚厚的精裝書掉在地上。躺在病床上的男性傷患說：
「抱歉抱歉……」
他的年紀已達中年。他一手輕輕壓住纏裹著紗布的肚腹，側身挪到床緣並掙扎地扭腰，要用另一手撿取地上的書本。
「李先生你別動，我來我來。」雲智趕緊上前彎腰，幫他把書撿起來。
「謝謝、謝謝你啊……」
據岱華說，他是在百貨公司遊樂園操作設施的工作人員，和雅蘭同一天被呂亞楠開槍打中，傷及腹部。手術後接連幾天，院方不斷給他打抗生素，預防術後感染。他老婆擔心得要命，每天早中晚來醫院送餐，悉心地照顧先生，雲智都看在眼裡。
其實，雅蘭這幾天的治療情況也差不多。然而，或許是因為中傷的部位不同，也或許是年

1 即「監所作業勞作金」之簡稱。

紀差距，雅蘭傷口的復原速度明顯比較快。

雲智把書放好在桌上，回頭一看，竟發現雅蘭的右手撫著心臟以上的部位，滿臉血色盡失，覆上了痛苦的表情。

「妳怎麼了？」雲智奔到她身旁半蹲著，緊張地問：「哪裡又痛了？」

「呼，沒……沒事啦。我、我剛才被聲音嚇到，動作太大，肩膀那裡自己拉到了一下。」

「來，抬頭。小心。」雲智細心為她挪好枕頭。

「我以為又是……」雅蘭咬起下唇，依然驚魂未定的樣子。

雲智知道她嚇一跳的原因，所以面露溫和的微笑，安撫她說：「別怕別怕，沒事，只是書而已。」

「抱歉啊。」李先生在另一頭輕喊。

光天化日遭狂人以槍枝射殺一事，雅蘭仍心有餘悸，她最近只要聽到身邊突來的聲響都會心驚膽跳的，雲智明白。不過，他此時為避免喚醒雅蘭內在更多的恐懼，僅給予柔聲的安慰，欲轉移她的注意力。事實上，他這幾天在病床邊只向她簡單提及自己對於黑衣人行動的推論，沒有開手機給她看那張黑衣人把槍枝交給呂亞楠的照片，以免勾起她對槍擊事件的懼怖感。

他開始動作，拉起病床隔簾，蹲下來，將小櫃子裡頭的衣物和日用品一件件收拾放入袋子裡。

「好在……」雅蘭欲言又止。

「好在什麼？」雲智邊動作邊問。

「台灣如果像美國一樣槍枝合法化，一定好可怕。」

「是啊。」他附和著。

要是在台灣可隨意取得槍枝，無差別殺人事件的比例或許會攀升也說不定，而且每次發生時的死傷應該會更嚴重。不過，有危險的東西不是只有槍枝、或刀械，更危險的或許是不知從哪冒出的、無名的惡意，以及操控人心的意圖，這是雲智近來的領悟。

「你早上去見文慶了吧？」

「見過了。」

「你跟我說的那個黑衣人，文慶仍沒講是誰嗎？」

「唉，他說在漫畫裡看到的，跟他當初對檢察官說的一樣。」

「還不想說實話？」

雲智把牙膏放入袋裡後，停下了動作，無奈地點點頭。

雅蘭突然問：「你記得文慶說到的網子嗎？」

「眼睛閉起來就會看見，眼一張開就消失的網狀物？」

「嗯。雖然說，可能是精神症狀吧。他罹患了幻聽，那一格一格的網子可能是幻視，不然就大腦出了什麼問題。可是，如果那不是幻覺呢？……」雅蘭止住話，偏著頭，一副沉思中的樣子。

「那會是什麼？」

「我會覺得，他的生活、他的人生一直往下墜，會不會是在期望，在現實中有至少一張網子能夠接住他。可是因為他得不到，所以就只能靠自己想像。」

「想像著一張網？」

「嗯，他決心犯案之前，應該非常寂寞吧，應該說是一種疏離感。他決定要殺人、走上絕路，好像是想切除自己和社會的連結，切掉所有的人際關係，所以突破了法律、道德界線，各種身為人的界線。」雅蘭沉吟著，再細聲說：「在犯案之前，他應該很需要朋友，需要家人、親近的愛人，就跟我們每個人一樣；甚至說，他也需要整個社會的關愛吧。他或許曾經……曾一直想著，想要安穩地躺在一張保護網上。不，不對，我覺得他有可能到現在都還是這麼想像著。」

歸結雅蘭的話，文慶的人生缺少了許多大大小小能牢固接住自己的網子，然後受到有心人驅動而犯下了重罪——雲智發現，雅蘭的想法和岱華說的幾乎一致。

「對我開槍的那個人，或許他也一樣吧。」雅蘭繼續說：「他們落入了底層的生活，經濟壓力、社會壓力等等，各種壓力產生的不安全感都在身上，內心非常寂寞，又找不到自我，陷入了生命意義的危機。好想死，不管了，豁出去了，抓幾個人來墊背，誰都可以——他們被煽動而決心犯罪時，腦子裡想的就像我說的這樣吧……」

「田教授說過，預防方法不會只有一種。不過，要等政府建構完整的社會安全網，不管是社政、警政、司法等各方的資源，可能會面臨很多法律及道德上的爭議，得一步一步來。」

「但我們可以從身邊做起呀。」雅蘭微笑，積極地說：「每個人至少至少能夠做的，就是盡可能去關懷自己周遭的所有人吧。」

雲智不願潑雅蘭冷水，所以靜靜地低頭沒回話。

他懷疑，人際充滿疏離感的社會，該如何關懷周遭不熟識的人？

他又思考著——假如我是陳文慶的鄰居，在他犯罪前，能看得出他內心的壓力和寂寞嗎？即使注意到了他的生活困境，也察覺到他抑鬱的心情，或異樣的舉止，我會打電話通報相關單位嗎？該通報哪個單位，社區鄰里長、警局、醫院、社會局或社福機構？這些單位能介入到什麼樣的程度？是否具有整合在一起的資源，能給予他協助？

但是，若把人際範圍拉回到最小，一般人對周遭人際能真正使上力的，似乎只剩自己的親人和朋友……

「每個人應該都可以成為一張小網子吧。」雲智隨思緒脫口而出，「接住自己周遭的親人、朋友，是最基本能做到的事情。」

他說完，抬起頭看著雅蘭。兩人相視而笑。

「我在想啊，」雅蘭轉頭望向天花板，又說：「陳文慶犯下殺人罪之後，他周遭幾乎所有人都選擇拋棄了他，沒人去看守所探望。你為他辯護之前，應該只有鍾小姐最關心他了，幫他找律師，還為他出委任的費用。」

「的確是這樣……」

「對了，既然這場官司差不多結束了，你要不要找鍾小姐一起去看守所探望他？」

「我也有想過。」

「說不定，陳文慶見到她，會覺得心裡暖暖的，搞不好願意說出更多內心話，給你更多黑衣人的線索唷。」

「嗯，有道理。」雲智以贊同的口氣說：「我來安排時間。」

自雅蘭提議之後的半個月，雲智打給宛晴兩次電話，希望她能去探視文慶，不過她接連說自己近期的工作繁忙，時間不太方便。一直到前幾天，雲智又打了一次電話。

「文慶最應該感謝的人是妳。」

『別這麼客氣，余律師。文慶的案件，輿論普遍認為是一件令人髮指、泯滅人性的案子。你為他辯護，和輿論相背，犧牲了不少名譽，甚至有同業律師不明就理，在網路上暗暗指責你為五斗米折腰，你卻仍堅持花心思在他身上，我真的很敬佩。』宛晴開朗地說道：『整件案子的審理過程中，你付出的更多。』

「我的收穫，其實應該比付出的還多吧。假若沒有妳一開始來找我，我對於無差別殺人案的本質還是一無所知，情緒上恐怕也一直會停在過去的憤怒、焦慮，也看不到社會上存在其它和殺人案一樣嚴重的問題。」

『能對你有幫助，那是最好的了。』

「話說回來，鍾醫師，我知道妳很忙，可是妳真的抽不出一點時間去見見文慶嗎？」

『我……』

「我在想，妳不用帶什麼吃的用的東西給文慶，只要去見他一面，讓他知道，他在這世上並不孤單，不管判決結果如何，鼓勵他只要活著的一天，就得好好贖罪……去看看他，好嗎？」

『說實話，我怕，見到他之後，我會、會……會情緒激動、會很難過……』

宛晴不願見他的理由不難理解。她是一名具有同理心的專業心理師，原有機會拯救一個人的人生，卻未能救到，儘管錯不在她身上，她會有這樣的反應實屬正常——雲智如此認為。

「妳見到他，如果一時說不出話，我幫妳接話，好不好？或許，能讓文慶看到妳一面，也就夠了。我希望讓他明白，他犯下了大錯，但還是有人在默默關心著他。我希望妳有機會能再多拯救他的心，妳覺得呢？」

聞言，宛晴遲疑了好一陣子，終於開口說：

『好吧。我就見他一面就好。』

判決前三日的午後兩點半，雲智提早抵達監所，在接見登記處的外頭等候。他和宛晴已經講好，兩人先在此處會合。由於這次非以辯護公務為目的，他事先申請的是一般接見，而非律師接見。兩種接見的場地不同。

不久，宛晴以一身潔白素色的衣裝現身。

「我是不是遲到了？」她看了看手機。

「沒有沒有。」雲智很高興她肯跑這一趟。「來，我們先去報到。」

很快地，兩人辦理完手續，被帶入一般接見區，來到四號窗口。

今天接見的人數算多，旁邊三號和五號窗口都有收容人和親屬正在講話。

接見區的每個窗口並列，窗口的左右兩邊僅用兩塊小型的長條狀壓克力檔板相隔，因此雲智若專注於兩側，可輕易聽到旁邊親屬的談話內容。收容人和親屬雙方在窗口會面時，於大理石製成的石板桌面上進行，正中央以厚實的玻璃檔板和數條圓弧形的白漆鋼條相隔，並於桌面上各相對置放了一組白色的按鍵式電話，雙方須接起電話才能聽見彼此的聲音。此外，收容人那方的空間走道細長且狹窄，而且每兩個窗口的後上方皆有裝設一台監視攝影機。

大概過了幾分鐘，文慶和戒護員從門後出現。他遲緩地踩著腳步前進，慢慢晃過狹長的走道。因為他的身材肥胖，走到一半還不小心撞到了坐在三號窗口的收容人，被對方斜瞪了一眼。

來到四號窗口，文慶坐了下來，和前幾次一樣，眼皮半垂，一副疲倦。

雲智先坐在正前方，拾起話筒放在耳邊，並指著電話，要文慶拿起來接聽。文慶揉揉眼睛，調整鏡框，然後懶洋洋地提起話筒，貼於耳際，上半身隨即鬆弛歪向一邊，手肘抵著桌面。

「文慶，鍾醫師來看你了。」雲智指向身旁的宛晴，說：「還記得她嗎？」

文慶的視線並沒有跟著雲智的手指移動。

「她特地過來的。你可以跟她說說話。」

雲智語畢，即刻抓著話筒，屁股離開椅面側向一邊，並向宛晴示意。等她就坐後，雲智把話筒謹慎地交到她手上。

宛晴的表情略顯緊張，問：「文慶你……在裡面過得還好嗎？」

玻璃窗的另一側沒有反應。宛晴突然用手掌摀住話筒，轉頭朝雲智說：

「怎麼會過得好？我這問題好蠢……」

「鍾醫師，妳想跟他說什麼都可以，沒關係的。」

宛晴吸一口氣，重新看向前方玻璃板，對話筒說：

「你有沒有缺什麼吃的，或用的？」

接下來六、七分鐘，宛晴問的大概都是關切文慶的精神、他的心理狀態，像是——面對判決會不會緊張？有沒有正常吃飯？睡覺的狀況好不好？最近有沒有心煩的事情——之類的問題，但文慶除了對吃的、用的方面在表情上比較有反應以外，談話的全程，臉色相當平板，要不手掌托腮，或下巴癱在手臂上，不然就是突來的幾下弄唇噘嘴，顯現出一股煩躁的氣息，幾乎沒回什麼話。當然，雲智從這頭其實聽不見文慶說了什麼，只能大致用猜的，他簡單算一算，文慶的每句話都不超過七個字，大概都是「喔」、「欸啊」、「嗯啊」、「對啦」等語助詞。雲智已經熟悉了他的說話方式。

宛晴見他似乎累了、不太回話，於是用不捨的語氣，說：

「那麼，我要走了。你要好好配合余律師喔。」

文慶像被口水嗆到般咳了一、兩下後，面部肌肉即回到無表情的狀態。

她將話筒遞給雲智，自動離開座位。

雲智撫著椅面，迅速遞補上來，看著文慶，朝話筒說：

「鍾醫師要離開了。可是我們還有時間，你……」他思考了一下，問：「如果鍾醫師將來有空的話，你還想要她來看看你嗎？」

「……」

文慶的眼皮依然闔著。他駝著背，頭斜斜歪向一邊，鼻子抽動了一、兩下，而整個下巴壓住話筒，彷彿快凹陷進去，但並沒回半句話。

「那，我們要走了。判決下來之後，我會再過來。」

雲智說完，正當要放下話筒時，文慶又咳了一聲，接著張開眼，嘴裡好像咕噥了什麼話……

雲智有點好奇他想講什麼，立即把話筒重貼回耳邊，問：

「你說什麼？」

「謝……」

可能因為文慶的下巴擋住了話筒，雲智聽見的聲音很模糊。

「文慶，你想說什麼？」

「醫……」

「我聽不清楚，你再說一次。」

忽然間，文慶將臉頰調正，舔了舔嘴唇，然後抬起頭來，隔著玻璃目視著宛晴，說：

「醫生……謝謝！」

字字清晰，尾音頓挫有力。

謝謝？一路接觸文慶到現在，他有對人表示過感謝嗎？——

雲智的內心恍如遭受微弱的電擊，頓時起了一股疑糊不明的顫動。

更令他詫異的是，文慶說出最後兩字的同時，嘴邊微微浮起了一個莫名詭異的微笑……

雲智對文慶做出的反應，耿耿於懷。

〔醫生……謝謝！〕

看守所外，和宛晴簡單道別後，雲智在回事務所的路上，腦海中一直想起文慶今日會面結尾所說的那句話。

為文慶辯護、給他送物資進看守所以來，雲智從沒有收到一句感謝。

然而，文慶今天居然主動向宛晴道謝。他那抹詭譎的笑容，伴隨著樸實的話語，彷彿是發自心底誠摯的謝意而襯映於臉上。

縱使對宛晴表達恩謝，是理所當然的事情，但雲智總覺得哪裡不太對勁。

文慶是會向人親口道謝的人嗎？

或說，宛晴為他找來律師辯護，施予他極大的恩情，所以他自然地表現感謝？

可是，也得長期和他相處，才有辦法慢慢卸下他的心防，不是嗎？

雲智繼續推想文慶能和宛晴交談、相處的時機。

會是……是在精神鑑定的時候嗎？——

雲智的心頭不知為何燃起一股莫名的不安。

他回到事務所，進辦公室翻了翻抽屜，尋找田教授的手機號碼。不久，他找到田秋明的名片後，打了過去。

「教授好，是我，余律師。」

『是律師啊，哎啊，你的助理沒事了吧？』

「謝謝教授關心，她還沒拆線，可是恢復的狀況很好。我打這通電話是想請問你一件事。」

『說吧，什麼事？』

「你帶團隊進看守所給陳文慶做鑑定時，鍾醫師是……我記得她是以觀察員的身分協助你鑑定的，是嗎？」

『是啊，怎麼了？』

「那段時間，鍾醫師有機會和文慶單獨面談嗎？」

『應該沒有吧，做人格鑑定的是我，全部是我主導項目進行的。宛晴嘛，她在旁邊負責記錄、拍攝，偶爾和我系上的學生幫忙處理器材。』

「文慶填寫心測或問卷，也不是鍾醫師負責的？」

『不是。是我團隊上的人帶他做的，宛晴沒介入。怎麼啦，律師？』

看來，鍾宛晴在鑑定時沒機會直面接觸陳文慶。

「我只是好奇問一下。」雲智想想，又問：「教授，我想再請問你最後一個問題。」

『你那天下午沒出庭，是不是沒問到我這個證人的話，所以你心裡很不甘，打來補問我問題，是吧？啊哈……』教授開懷大笑幾聲，電話中傳來間歇的氣音。

「呵，教授真幽默。」

『你問吧。』

「宛晴讀研究所的時候，你是她的指導教授，是嗎？」

『是啊，好幾年前的事了。』

「所以，你和她這幾年一直有保持聯絡吧？」

『保持聯絡？不，好幾年沒見了。我心裡還覺得訝異她怎會想起我這個老人哩。』

「幾年都沒……她、她什麼時候找你的？」

『好幾個月前吧，她才突然打電話給我，和我提到律師你，還有就是陳文慶的案件，說法院可能會把這案子交給我做鑑定。』

雲智一聽，除了感到非常詫異，對鍾宛晴的疑惑亦逐漸膨脹——

她當初怎能知道，這次做鑑定的其中一人會是田秋明？

「在你收到法院委託的通知之前？」雲智又問。

『是啊，她對這案件一定很熟，我猜想她可能和法院也有點交情吧。』

雲智和田教授聊完，異樣的感覺自心底持續翻湧上來。

雲智想找宛晴問清楚。不過，當他按下她的手機號碼後，另一端卻傳來用戶關機的語音。

他懷疑對方的手機一時沒電，但又不能肯定。這時，他才赫然發現自己連宛晴在哪家醫院工作都不清楚。不過，他很快就想起來，文慶曾去宛晴就職的醫院看診。雲智於是拿出了審理卷宗，翻查醫院名稱，然後打電話過去，再轉接到精神科。接聽的是一位處理行政的護理人員。

『心理師？』

「是的。」

『溫柔婉約的婉？』

「不是，是去掉女偏旁的宛，晴天的晴。」

『先生，你找錯地方囉，這兒沒這個人喔。』

「怎麼可能？」雲智驚訝地說：「妳會不會看錯，或是漏看了？」

『是你搞錯了吧先生，我在這兒做了十幾年了，沒聽過有一個心理師或醫生叫鍾宛晴的。』

開什麼玩笑？怎麼會沒這個名字？——

雲智想了想，決心立刻動身前往「犯罪被害人保護協會」高雄分會。他很肯定，宛晴幾年前確實在協會服務，為喪妻的自己做過心理輔導。自己總不會在那裡找不到人了吧。

這時，雅蘭單手端了咖啡盤過來，問：

「你怎麼了？下午從看守所回來之後，你就好像有點怪怪的。」

「事情的確有點怪。」雲智自言自語，邊站起身拿外套。

「和鍾小姐有關嗎？」

「對。我先出去確認一下，回來再跟妳說。」

雲智倉促地回應雅蘭，便離開了事務所。

一路上，他內心反覆回想……宛晴一開始是怎麼找上門的？

起先，她打電話到事務所，在電話中請求雲智盡速登入他個人的信箱收信。雖然網路商家登錄資料裡、或事務所名片上，都有事務所的電話和電子信箱，但雲智私人的電子信箱地址並未對外公開，只有前來委託案件的當事人才有可能知道，那麼宛晴是怎麼獲得地址的？她是從其他委託人那邊得知的嗎？

再來，文慶的案件當時正上訴至高分院二審，連卷宗都仍在移送的過程，她為什麼就急著選定並說服雲智成為辯護律師？那時，她居然還願意出五十萬給他替文慶辯護，若嫌金額不足還可追加，這有可能嗎？儘管她說自己曾接觸過文慶，沒有在他犯下大案前適時介入輔導而感到自責，但如今證實，她並未在那間醫院工作過；而且，一般的心理師，真會為了就醫的個案做到這種地步嗎？

除上述種種疑問，雲智再仔細回溯記憶……

尚有一項疑點是，宛晴怎麼得知文慶家人的聯絡方式的？文慶的父親陳炳輝，和姑姑鄭陳素梅兩戶人家的電話，宛晴是如何取得的？

當時雲智問過，她的回答是——

〔當初為了讓你接下這案子，我可費心做了不少功課。〕

私人家用電話，若非警檢單位，得費多少心思才能拿到手？

雲智不禁打了個冷顫，不敢再想下去。他覺得自己必須先找到她本人，直接向她詢問。

犯保協會設於地檢署第二辦公室內，離地方法院頗近。雲智很快即開到了中正四路，在附近繞了一圈找停車位。一把車停妥，他快步進入大門，找到了辦公室。

前來接待雲智的是一位和宛晴年紀相當的小姐。

「余先生，不好意思，您要問的是個資，我們不太方便……」

「我是受害者家屬，幾年前有接受貴協會的服務，妳可以查我的資料。」

「請問您是溫馨專案[1]的保護對象嗎？」

「是的。」

「這樣哦，那要請你稍微等一下喔。」

小姐走到後方，似乎在和主管討論，接著查詢電腦資料。過了不久，她回到座位上。

「余先生久等了。我剛剛確認過了，您的確有給鍾醫師輔導過，可是很遺憾要跟您說，鍾醫師已經不在我們犯保這裡服務囉。」

「她離職了？」雲智一時愣住。

「離開大約兩年了。如果您需要我們的服務，我們可能得重新審查，因為您的案子已經五年了，時間有點久……」

沒在醫院、也沒在犯保協會工作，她人到底在哪裡做事？——

雲智滿腹疑惑。但表面上，他假裝久未和宛晴聯絡的姿態，再問：

「鍾醫師比較清楚我的心理狀況，我實在很想找到她。是不是可以……可以讓我知道她離職後，去了哪間診所、醫院或是哪個單位工作嗎？」

「唔，這個嘛……」小姐皺起眉頭。

「鍾醫師人很好，對我的幫助真的很大，可是我最近遇到一些狀況，一直想到以前的事

1 溫馨專案，指法務部自二〇〇四年七月起，為協助因犯罪事件造成認知、情感或行為等功能失常之被害人或其遺屬適應社會生活，而制訂實施之計畫。其中並包括心理師及諮商師提供之輔導服務。

情。」

「我不方便給你她的手機耶，這很私人的。」小姐變得低聲細語。「再說，我不知道她這支號碼有沒有變，我和她沒什麼在聯絡了。」

「妳認識她？」

「認識啊，她離職前半年我剛好進來犯保，跟她算是蠻熟的。」

「那妳知道她去哪裡工作了嗎？」

「她是有提過……」她低頭思量了一會，才抬起頭來，再悄聲說：「這樣好了，我跟你說名字，你自己去找好不好？可是，我不太確定自己有沒有記錯，因為有一段時間了。」

「好的，非常感謝！」

「有一間社福中心，是中心還是協會的，我已經忘了。可是它的名字叫偉篙，這我應該沒記錯。」

「怎麼寫？」

「偉大的偉，高聳入雲的高再帶一個竹字頭。篙這個字不常見，我還有印象。」

「偉篙……」

「對，希望你能順利找到她。」

離開了犯保協會，雲智回到車內，馬上掏出手機查詢這兩字。

網路跑出來的資料除了人名和雜七雜八的資料以外，只有兩筆符合，一間是建設公司，另一間叫「社團法人台灣偉篙社福慈善協會」。雲智認定後者沒錯，點進網站，頁面迅速跳出來。他大略瀏覽了一下，頁面設計單調簡陋，字體和尺寸比例看似陽春，各選單具有閃動的 GIF 圖像，很像是十幾年前的版面設計。

網站的資料不多，活動照片不超過十張，其中六張是協會理事長、理事、常務監事各別和幾名政治人物的雙人照、團體合照，皆具職稱、人名及活動項目，注記於每張照片底下，雲智光看臉即認得出其中三、四位立法委員，他們經常出現在電視和新聞版面。他再點選了「組織介紹」和「服務宗旨」仔細閱讀，原來協會主要的業務是服務上門求助的街友，以及上街關懷被通報的街友，且在台北、高雄、台中和台南等各大都市，皆有分會設立，而各分會都有社工和專業服務人員。

接著，雲智找到了高雄分會的超連結，旁邊寫著電話、地址，位於高雄左營區。他打算前往分會前，先了解一下狀況，於是點按了超連結，但連過去之後，他卻發現網頁內部發生錯誤、無法顯示。他轉回來點按台中分會，同樣無法連結。再選擇台北總會，依舊連不過去。

他心想，這網站會不會早就沒人在管理了？

當然，他更想知道的是，宛晴在這間協會工作，為什麼不向他坦白說？

雲智決定直接去協會一探究竟。

開車途中，雲智的內心又迸出一項關於宛晴的疑點。

她拿出五十萬那天，說自己收到了文慶在看守所寫給她的短信，然後翻出一張委託證明書，說文慶要請她在外幫忙找律師。雲智記得，當時委託證明的紙上確實有委託人文慶的親筆簽名，受託人則是宛晴的簽名字跡。但是，雲智從沒有親眼見過那封短信。

莫非說，文慶從沒拜託過宛晴找律師？——雲智回憶，初次和文慶見面時，劈頭問他的幾句話，像是「你差不多一個月前寫信給鍾醫師」、「你對廖律師不滿」等等，他都沒做出什麼反應。也就是說，為文慶找律師，全是宛晴在背後一手策劃的，是這樣嗎？她為什麼要這麼做？

不，不對。若是如此，她如何拿到文慶的簽名？文慶又為何向她說了一句意義不明的道謝？

話說回來，關鍵問題仍在於文慶表達「謝謝」兩字的意義，究竟是什麼？
或說，是我想太多了？文慶不過是單純表達謝意而已，是嗎？
雲智摸不著頭緒，一心只想找到宛晴。
車子來到蓮池潭附近。目的地在巷弄中，所以雲智先沿路找停車格，不過這地帶不好停車，他不斷左右尋看。好不容易找到一處位置停妥，他下了車，改用步行，走了一小段路。終於，巷牌出現在他面前。
巷道的寬度大概只能容下五、六輛機車並排，看來沒把汽車開進來是對的。
他向前走了幾步，兩側皆是一般的民房，最高僅蓋到四、五層樓，柏油路旁隨處可見私人種植的草本植物盆栽，以及養得肥大、鮮綠的蘆薈，但整條巷內鮮少人煙，且不時飄來淡淡的泥土味，和外面大馬路的氛圍截然不同。他再走幾步路，發現地勢稍微向上傾斜，眼見一戶人家正在家門前的小空地晾衣服，屬於既尋常又無奇的庶民生活風景。
令雲智納悶的是，台灣北、中、南皆有分會成立的慈善協會，怎麼把會所位置挑在這種略微偏僻的地方？宛晴還在這裡工作，應該有她的理由吧？
他左右掃視門牌，終於找到了目標。
協會位於五層舊式樓房的二樓，壓在住家底下，不過外面並沒有掛上招牌。一樓是一間泰式桑拿館，從透明的玻璃門看去，裡頭黑漆漆的，看似還未營業，而門口停著三台輕型機車。
桑拿館的側邊有一座陳舊、且通道狹隘的小樓梯，和外頭隔絕的鐵捲門只向上拉到四分之三。雲智走近點看，樓梯的磨石地板覆滿烏黑的沙土，同時滲出了濃重的濕氣，他抬頭看天花板，緣角處懸吊著幾叢破裂變形的蜘蛛網，互相糾結成團，垂在半空，彷彿隨時會有蜘蛛掉下來。
雲智沿階梯一步步踩上去，才看到旁邊的牆上貼了一支箭頭，箭頭上方貼著「社團法人偉篙社福慈善協會，請上二樓」的紅色粗圓字體，但顏色已經褪得差不多了，如果沒站遠點看，還真的看不清楚寫了什麼。

樓梯轉了一折，走上去後，雲智見到了一片長條狀豎立的玻璃門，看起來和樓下桑拿館安裝的樣式相同，但門上以紅色的字形貼紙大大貼著協會的全稱，且燈光通明，從門面透了出來，顯然裡頭有人在辦公。

他再走幾步，來到玻璃門前方。未抓握鋼製門把之前，他在玻璃門外朝裡面探了幾眼。內部放置著五張排列整齊的辦公桌，右牆上方安裝了一台冷氣，下方立了四個透明的檔案櫃，櫃上每一層皆豎放著許多資料夾。此外，有三個男人正坐在桌前整理文書資料，另有一人坐在後方一點的辦公桌操作電腦，螢幕背對著雲智，擋住了視線。

但願能從他們口中問出宛晴的去向——

雲智抱著念頭，抓起手把，使力向前推開門，門上掛放的鈴鐺即刻發出清亮的聲響。操作電腦的那個人應該是聽見聲音，忽然站了起來，朝雲智的方向看過來。另外三人也分別從桌面抬起頭，同時看向門口。

就在這瞬間，雲智和站在螢幕前那個人，兩人的視線彼此交會……

雲智的手心還緊握著門把，但全身猛然僵住……

為什麼會出現在這裡？——

雲智不敢相信，眼前那個人的臉，居然是黑衣人的那張面孔！

門把的鋼材霎時吸走了雲智的體溫。玻璃門只開啟了一小縫，而冷氣的強風從室內接續襲來，倏然增加了他體表的寒意，他手臂上的毛細孔一剎那全縮了起來……

雲智再瞧一眼……

倒三角的臉形，雙眼往上斜挑，嘴唇扁平，不見任何笑意，眼神反顯露出充滿邪曲的殺氣……

是他沒錯！正是先前影片畫面和照片上的那張臉！

和陳文慶等四名凶手有關的那個人！

「有什麼事嗎？」坐在最靠門口的男人問。

怎麼辦？該怎樣回答？現在該做什麼？——

隨著愈加冷冽的寒涼吹來，一股惱人的焦慮感在雲智心底急速攀升。

「你找誰？」另一個男人站起來問。

黑衣人低頭打開抽屜，接著朝門口再次投射犀利的目光，他的雙腿從桌位開始移動，緩慢地往雲智的方向一步又一步踏近。

「我……呃，抱歉，我找錯地方了……」

雲智回答時，冷汗直冒，手掌自門把快速抽離。話一說完，門自動闔上，他掉頭就走，馬上快步向樓梯間前進。

他記得岱華說過，照片裡的黑衣人把槍枝交給隨機射殺他人的凶手。

換句話說，黑衣人身上現在也可能帶槍。

突然間，雲智的身後再次傳來鈴鐺清脆的聲響……

他心跳加速，低著頭並加快腳步，不顧空氣中潮濕的霉味，踩著階梯直往外逃。事實上，他不確定自己是否在逃，他的腦袋只想著得立刻打電話報警。

奔出了鐵捲門外，手機才抽出口袋，雲智即迎頭撞上一名虎背熊腰的壯年男人。

他抬頭看，男人穿著一件吊嘎和短褲，臂上刺了一條栩栩如生的黑蛇。

「媽的，有沒有長眼睛吶！」男人語帶怒意。

「對不起。」雲智腳步沒停，微微點頭道歉，眼睛同時朝旁邊一瞥。他注意到桑拿館的玻璃門打開著，裡頭仍是一片漆黑。他覺得男人應該是從館內出來的。他又細聲說了一次：「對不起……」

見男人轉頭面向桑拿館哼了一聲，雲智抓好手機，退後一步，側身轉朝巷口，一舉步就迅速用跑的離開。

他邊跑邊低頭，拇指邊點選岱華的號碼按下去。可是，對方講電話中……

快接電話啊！——他急得再打一次，岱華依然講話中。

他決定先放棄，一路跑回車裡，在駕駛座上做了好幾次深呼吸，試圖讓心情回歸鎮定，但各種雜念和滾成雪球般的疑惑幾乎佔領了整片腦海。

雲智幾乎可以確定，偉篙社福慈善協會表面上在幫助街友，實際上在暗中做一些見不得人的事情。黑衣人接觸了朱健宗、陳文慶，又給羅品鴻、呂亞楠槍枝，很可能指使了四名凶手殺人。但，他們為什麼要這麼做？最終的目的到底是什麼？又，宛晴為什麼會跟黑衣人一起做事？

雲智邊思考邊看了好幾次後照鏡，深怕黑衣人追上來，可是又不想離去。他的心情卡在「馬上遠離危險」和「不願放棄線索」的兩難之間，緊繃的焦慮感令他全身狂冒汗水，額頭上的汗珠滴到眼鏡的鏡面，他不得不把眼鏡摘下來擦乾淨。

這時，手機響起。他趕緊戴好眼鏡，抓起手機立即按下接聽。

『阿智，你剛打電話找我啊，怎麼了？』

「呼……」雲智調整不平順的氣息，說：「山花，我看到了。」

『看到什麼？』

「黑衣人！」

『你說哪個黑……啊！』不過兩秒，岱華的聲音跟著緊張了起來，大喊：『什麼！他在哪裡？』

雲智以簡潔的話語迅速交代幾分鐘前的狀況。

『街友嗎？這樣就連起來了！』岱華發出驚訝的呼聲，說：『我找過羅品鴻的叔叔，他說姪子曾經和一個機構接觸，那機構供他吃供他住了一陣子。我本來以為是社會局的街友服務中心，可是後來一個姓郭的社工又跟我說，羅品鴻在三民公園待了不到一星期，說有某個慈善機構會收留他，想不到……你現在找到了！一定是偉篙的人後來給他槍，要他開槍殺了女街友，然後黑衣人又回收了槍枝。呂亞楠的狀況肯定也一樣，就是這個協會幹的！』

「我跟你想的一樣。你趕快帶人過來。」

『不，阿智，你快點離開現場。』

「萬一黑衣人落跑了，怎麼辦？」

『我一個人逮不到四個人，需要有人手、要跟上面報備，過去得要花點時間。你先別管了！你剛說他看到你的人，你現在有危險，先閃人比較重要，快點！』

「可是他發現我了，應該會警覺到苗頭不對，他如果逃……」

『阿智，聽我說！你跟俐芳都是我最重視的好友，我不想再失去誰了，真的，你先快點離開！』岱華氣急敗壞地高喊。

事到如今，雲智和岱華兩人遇上的所有案件，其破碎的謎團即將拼湊成完整的真相，雲智怎能輕易放過持有關鍵的黑衣人？但是，他又覺得岱華說的沒有錯，光一名警察應該難以追拿嫌犯，可能還會有喪命的危險，需要時間等待警方招集多點人馬前來。

『喂、喂？阿智？你說話啊！』

「我在。我……我只是……我只想知道真相，這一切究竟是……」

『你想想，你如果出事了，你的助理雅蘭怎麼辦？』

雲智遲疑許久，答：「我不會有事的。你盡快帶人手過來。」

說完，他切斷了通話，發動引擎，將車開出停車格，接著挪好角度，停在機車道上。他汗流浹背、呼吸急促，持續盯著後照鏡。

倘若黑衣人在大馬路上追了過來，雲智打算馬上開倒車把他撞倒。

雲智在車裡緊盯著後照鏡，並頻頻回頭，就這樣過了六、七十分鐘，時間將近下午六點，但黑衣人並未追上來。雲智的心情雖然已經較剛才鎮定許多，他依舊保持警戒，等待警察前來。

這時，雅蘭打來電話，問：

『老闆，你人在哪裡？幾點會回來？』

「我現在這邊有點狀況，不確定時間。」現下狀況非一時能交代清楚，由於雲智不願讓雅蘭擔心，他只問：「妳怎麼了？」

『有委託人上門，坐在我們這裡等，說有案件要請你幫忙。』

「什麼樣的案子？」

『等一下……』雅蘭似乎是摀住了話筒，隔幾秒才說：『是車禍，跟業務過失有關。對方從業界打聽到你的名字，慕名而來……』

「先請對方留電話。」雲智邊說邊回頭瞧看動靜。

『他說他人可以等。不然……我先招呼他喔。』

「好，」雲智無法專心講手機，匆匆說：「等我回去再處理，他等不下去就留聯絡的……」

話說到這一刻，他眼見一輛警車遠遠從前方開過來，其後方隨行的是一輛閃著警示燈的偵防車。兩車靜悄悄的沒發出蜂鳴，和雲智擦身而過，不久便停到偉篙社福慈善協會坐落的那條巷口外。

「先不說了。我等下就回去。」

雲智結束通話，從後車窗遠遠看見數名警察的身影下了車，其中一名是岱華。雲智趕緊下車，邊跑過去邊朝他招手。

兩人碰面後，岱華指著雲智的雙腳，說：

「你待這裡別動。讓我和我的人進去逮人就好。」

岱華和一名便衣警員待在警車旁，另外四名警員迅速走入巷子裡。

「剛傳給你的網址，查了嗎？」雲智問。

「唉，」岱華手上拿著無線電，皺起眉心，說：「你是不是傳錯了？」

「什麼？」

「連不上去啊。」

「怎麼會！」雲智驚呼。

他馬上拿出手機重新查詢偉篙協會的網址……

真的！不到兩小時，網站的連結居然失效了！

「協會的住屋地址，我叫人查了一下才過來的。」岱華說：「我和房東聯絡上了，他馬上會來。」

「二樓是協會租的？」

「對，一樓也是用租的。一樓的桑拿館，和偉篙幾乎在同時間租下來，樓上樓下已經租了好幾年了。」

「偉篙的承租人叫什麼名字？」雲智不假思索地問。

「高天嶺。不過，我找不到這人的相關資料，應該是假名。」

名字中帶一個嶺字，和陳文慶說的吻合。雲智再問：

「房東沒發現嗎？」

「他電話中說，這地方鳥不生蛋的，有人肯長期付他租金，他就很高興了，而且啊，承租的又是名正言順的社福機構，所以他沒特別去查證。」

這時，無線電傳出聲音——

『呼叫小隊長，這裡有狀況，請趕快過來！』

「好，我馬上。」岱華對著無線電說完，轉頭向另一名警員說：「俊哲，你看好我的朋友，不准他離開半步，務必保護他的安全，知道嗎？」

「是，華哥。」

岱華回過頭向雲智說：「聽話，他們可能攜槍，待這待好別動。」

「你一定要抓到他。」雲智以懇求的態度說道。

岱華點點頭，提起步伐朝巷子裡跑去。

事到如今，協會已經被警方團團包圍，黑衣人的真面目即將顯露，他再也逃不過法網了——

雲智肯定地想，並滿心等待被上了手銬的一行人，被岱華從裡面押出來。

然而，隔了一會兒，只有岱華一人走回來。他的臉揪成一團，太陽穴微微抽搐。

「黑衣人他、他們人呢？」雲智不解地問。

岱華搖頭嘆了口氣，面帶愁容說：「我們慢了一步。我太小看他們了。」

「逃走了？」

「應該是。」

「才、才一個多小時，他們就……」雲智的頭搖得很大力，嘴裡唸著：「我、我不相信！」

他抬高手腕一把推開岱華，往巷子內直衝。

「阿智！」岱華追在他身後。

雲智奔至桑拿館前面，裡頭仍舊一片漆黑，但原本停放在外頭的三台輕型機車不見了。他用跑的再次上樓梯，抵達二樓，走近點從玻璃門外一看，室內只有制服警員正在走動、翻找東西並採集指紋。

原先在室內的四個男人消失得無影無蹤，而每張辦公桌的桌面都清理得乾乾淨淨的，原擺在桌上的幾堆文件全消失不見。再仔細一望，靠牆的四座透明檔案櫃裡變得空空蕩蕩，原置放於每一層的所有資料夾也全都一掃而空。

整間辦公室，宛如從沒有人使用過一樣。

「怎麼會、會這麼快就……」雲智呆愣在門口。

岱華追了上來，用沮喪的語氣說：「他們全撤了。」

「等一下！」雲智突然想起，黑衣人剛才在螢幕前打字。「我記得有電腦，裡面一定有他們的資料！」

他邊說著邊要推門進去找尋時，岱華即刻擋住了他，說：

「桌上的螢幕、鍵盤還在，但桌子底下的電腦已經被搬走了。」

做得那麼徹底嗎?這幫人到底是從哪裡冒出來的?居心何在?

錯過了這次機會,何時才有辦法捉拿黑衣人歸案,釐清一切真相?

雲智雙頰發燙,再無法好好思考,腦海裡漸變成一片空白,猶如眼前的所有證據皆被湮滅了一樣。

「好不容易找到人……」

「對不起,阿智。」

兩人交疊的話語,蓋上了一層沉鬱的陰霾。

雲智口中不禁吐出一陣陣的嘆息,彷彿意味著自己輸給了遮蔽真相的闇黑勢力。

雲智和岱華默默道別後,胸中梗塞著無言的惆悵,有點吃力地一路開車回事務所。

憶想今日午後的行動,雲智從文慶面露的不自然反應追到宛晴身上,再從宛晴周遭各項不實的跡證,查到黑衣人及其所屬的組織,但所有證據在短時間內全遭消滅。黑衣人與四名凶手間的關係,其細節依舊是謎,而宛晴又失去了下落……

自己為什麼會陷入這場他人設下的暗局裡?

幾個月來所做的一切,到底是為了什麼?

雲智愈想愈不甘。現在還可以相信誰?線索真的只能斷在這裡了嗎?

咬牙打著方向盤時,他仍持續留意車況,太陽方才落下,黑夜的罩幕已然籠蓋了整座城市。雖然街道有明亦有暗,但自己的雙眼若不放亮點,或漏看了什麼,路上發生的一點閃失便會惹禍上身。

回到事務所,他一踏進去,便發現燈仍亮著。雅蘭應該還沒離開。

『所以要活就要動？』『本來就是啊，手不去動，人在床上一直躺躺躺著，不就成木乃伊了。』『是唷，你真幽默呵……呵呵……』

洽談室裡傳來雅蘭和男人的對話，兩人有說有笑的。

『是不是有人進門了？』『等等哦，應該是我老闆回來了，等我一下，我請他進來。』『好的，沒問題。』

雅蘭滿臉開懷地從洽談室裡走出來，一見雲智就快步跑來，說：

「老闆，這位先生等了好一陣子，一個小時多了。」

「哪位？」雲智問，語氣顯得疲憊。

「我剛剛不是有打給你嗎？」雅蘭悄聲說：「他有案件想委託你，是慕你的名而來的。」

「他……」雲智想起來了。「他真有耐心……等到現在嗎？」

「他人還不錯、很健談，我們說著說著就聊起來了。」

「我有稍微聽到。你們聊得很開心的樣子。」

「是啊，他才提到呢，說我的手要復健就是要動。活動、活動，要活就要動。」

「哦？」雲智拉拉自己的襯衫領口，稍微整理一下衣裝，邊問：「他做哪一行的？」

「我來不及問，他剛也沒提到。你等一下自己問。」

雅蘭從桌上抽了一張面紙，擦掉雲智左臉的一點汙垢，說：

「他剛聽我講到中彈的事，就順道提說，我們事務所最好加裝防彈安全門，不然現在治安差，哪天有哪個瘋子闖進來，很危險。」

「嗯，好主意。可是他怎會說到這個，是在推銷嗎？還是他有認識的人在做安全門，還是做保全的？」

「你可以問問唷。」雅蘭轉移話題，問：「對了，你剛去哪了？怎麼好像流了滿身汗？」

「好，衣服這樣就差不多了。我等一下再跟妳說下午的事。先不要讓他等太久，我先進去。」

雲智向前走幾步路，在洽談室門外突然停下來，轉回頭問雅蘭：「對了，這位先生貴姓？」

「他姓高。」

「高？叫什麼名字？」

這時，洽談室傳出了又輕又慢的腳步聲。

男人踏步而出，在門口立定，和雲智的距離僅相隔一公尺。

雲智把頭轉過來，直視前方。令人不可置信的是……

眼前的男人，正是出現在偉篙社福慈善協會裡的那名黑衣人……

「先生的全名是高天嶺。」雅蘭清晰的聲音從背後響起。

雲智的臉色頓時發青，脖子一下子縮了半截……

他想找的黑衣人，就在辦公室裡……此刻，就在眼前……

一個小時多，他和雅蘭愉快地聊著天……談著她的槍傷……

危險人物！非常危險！……

對，找山花！快打電話給山花！——

雲智退了一步，正要伸手掏手機時，對方發出大笑，緩緩說：

「余律師，久違了。」

「你……」

對方走近一步，幾乎和雲智貼身，接著嘴巴靠近鼻尖，小聲說：「別動。」

「你、你想做什麼？」

「你想挨子彈，或是，想讓她再挨一槍？」

對方說話時，右手塞在外套口袋中，好像裡面藏有什麼東西。

雲智從對方外套向前突出的形狀判斷，他手中持有的東西絕非善物。當硬物抵住雲智的腹部，他幾乎可以確定是槍管。

「說！跟她說你認識我。」對方的槍口朝心臟部位移動。

雲智做了兩次深呼吸，不為他的話所動。

「別逼我開槍，快點說。」

「我……我如果不照做呢？你想怎樣？」雲智鼓起勇氣，挺直了身子。「你現在若要開槍，鐵定會先打到我。不管怎樣，我都會保護她，擋在她前面的。你、你別想再傷害她。」

「膽子挺大的嘛。」

「你別想傷害雅蘭。」

「我看起來像是會親自動手殺人的人嗎？」

「你現在不就打算這麼做了？」

「不到關鍵時刻，我是不會弄髒雙手的。但願，你別讓現在成為我說的那一刻。」

「你到底想做什麼？」

「陪我外出、兜風一下，如何？」

這時，雅蘭說話了……

「老闆、高先生，你們進去談啊。我馬上再補咖啡進去。」

「轉身。」黑衣人悄聲說，硬把槍管壓向雲智的肋骨。

雲智被逼著乖乖轉身，正面對雅蘭說：「咖啡不用了。」

「不用了？」

「這位高先生，我好幾年前就認識他了，我們真的很久沒見了，」雲智轉頭，故作親切地說：「對吧？」

黑衣人刻意笑了笑，點頭答：「一生中難得有像妳老闆這樣的麻吉。」

「原來你們認識喔。」雅蘭嘟起嘴，說：「响，剛才怎麼不早說呢。」

「咖啡不用準備了。」雲智的腰被槍口抵著，但語氣仍盡量表現自然，「我跟他……我們決定去樓下咖啡店裡喝、順便敘敘舊，我們倆以前常在一起喝拿鐵的，兩個人都超愛的……」

黑衣人笑著伸手從背後勾住雲智的肩膀，彷彿兩人是交情不錯的兄弟。

「是哦？」雅蘭這時語氣轉興奮，問：「要不要我陪你們去？」

「不不！……」雲智緊張地否定掉，回說：「雅蘭，妳先下班吧。門妳記得鎖，燈我回來關就好。我跟他喝一喝、聊一聊，很快就回來。」

兩個男人有說有笑的，出了事務所的門。隨後，兩人皆立刻收起了笑容。

「你要帶我去哪裡？」雲智正經問。

黑衣人嚴肅地說：「你照我說的走就對了。記住，別想玩什麼花樣。」

雲智走在前面，踏出了樓下大門。

「繼續往前。」黑衣人跟在身後下指示。

兩人來到了十字路口，一輛黑色的大禮車緩緩駛近，停在兩人眼前。

這種車身全黑且加長型的豪華車款在路上並不常見。

「把手機關機。」黑衣人再次命令：「快點！」

雲智不甘願地照做，並猜想對方可能想斷絕ＧＰＳ定位追蹤。

「好，手機給我。」

黑衣人很沒耐性，伸手直接攫奪，接著他開啟禮車的車門，口袋中的槍繼續對準雲智，說：

「進去。」

「要去哪裡？」

「廢話別那麼多，給我進去！」

雲智瞪了黑衣人一眼，沉默地吸了一口氣後，微微低頭，硬著頭皮擠進了車門。

黑衣人在他背後推了一把，邊嚷嚷：「走快點！」

他被強硬地推入車內，黑衣人也隨後跟進來，迅即將車門叩一聲關上。

雲智抬起頭，朝內部一看……

所有車窗皆以黑色布幕遮蔽。車內空間寬敞，前方駕駛座和中後方的八張座位中間以金屬檔板隔開，僅留中間一小處窗口。靠車尾、以及近駕駛座各有三張固定的座位，車內中段則有兩張可一百八十度轉向的活動式座位，每張座位皆以樣式典雅的細緻絨布套著，且座位旁具有許多按鈕的控制面板。

「去坐好！」黑衣人指向近車尾中間的位置。

禮車開始移動，但車底的懸吊系統防震效果極佳，幾乎感覺不到晃動。

雲智向前看，車尾座位的上方嵌入一塊偌大的液晶螢幕，國外某新聞台主播出現在畫面上，但新聞播報的聲音相當微弱，近乎靜音模式。他稍微抬頭瞥看了一眼，車頂掛有明度極高、可三百六十度自動調整角度的六盞燈泡，給空間灑落了暈黃色的光線，車內整體彷彿是一座小型劇院。此外，空氣中尚瀰漫著一股好似柳橙或柑橘的精油味，而傳入他耳裡的，是小提琴和大提琴正交鋒的雙重奏，擬真的揚聲器音色猶如現場演奏，未帶有沙沙的顆粒感。

雲智內心揣測，車內安裝的肯定是高級的立體環繞音響，而且連同車座、遙控等各項設備的總和應該要價不菲。

「快點坐好！」黑衣人再喝道。

雲智轉頭才坐下去，忽然見到中段的左邊座位坐了一個男人……

正確點描述應該說是老人。他看似年紀頗大，一頭銀髮，臉上的每道皺紋極深，特別是嘴角兩側的法令紋幾乎凹陷成兩條深谷，估計有七十歲以上，或許快八十了也說不定。他一身燙得筆挺的進口西裝，兩腳穿著黑色油亮的高檔手工皮鞋，悠哉地蹺起二郎腿，兩眼閉闔，嘴裡開始隨著琴音的旋律悶哼，同時伸出兩根食指輕輕在空中舞動，好似正把自己想像成樂團的指揮。

黑衣人向前移動，坐到右邊的座位上，和老人並列。一坐下，他手上的槍便從口袋掏出，槍口對向雲智。

「你們到底……」雲智肌肉緊繃，問：「到底想做什麼？」

老人停止哼曲，睜開一隻眼睛斜看，然後用半帶沙啞的喉音說：

「阿嶺。」

「是。」黑衣人表現出畢恭畢敬的態度回應。

「把槍放下。嗳，沒規沒矩的，人家是律師，別對他無禮。」

「是。」黑衣人朝旁邊點頭，接著把槍身平放，按在大腿上。

既然黑衣人這麼聽話，代表眼前的老人可能才是策動一切的……

「余律師，」老人說：「你喜歡這輛車嗎？」

雲智挺起胸，問：「所有事情，是不是你做的？」

老人不顧雲智的問題，態度保持閒適自在，說：

「我不常來這骯髒、黏膩的都會區。在車裡頭……你看看，街頭上每個人像螞蟻一樣，沒目標的盲目亂竄，嘜，真可憐。」

「把人推落鐵軌、槍殺街友、要陳文慶去殺人……所有的殺人案件，是不是你們指使的？」

「聽過這首古典樂曲嗎？」老人的食指劃向半空，「你知不知道這曲子叫什麼？」

大提琴幽鳴的琴音彷彿落於谷底，如溺水般重複同樣的音節，而小提琴的高音不停往上衝，愈催愈急，輕易地攀至了頂峰。

「我沒興趣知道。」

「講實在的，我也不知道這首叫什麼曲子。只是人老了，孩子都繼承了事業，我自己開始想培養一些興趣。像我有些朋友，一退休，或從自己一手打造的企業退居幕後，閒著沒事，世界各地都玩膩了，就去學學插花、書法，提高自己的藝文素養，順帶提升社會的良好風氣。我現在啊，也是一樣的。」老人講起話來氣定神閒。

「你們是……」

雲智正想問清楚老人和黑衣人的身分，立即被打斷。

「律師啊，不瞞你說，我最小的孫女今年滿八歲了，最近在學小提琴，我媳婦給她請了全台最優秀的師資，也給她聽了不少古典樂。我吶，如果最近不聽聽幾首曲子，恐怕將來和她會有代溝啊。」

雲智從沒見過老人，但他說話的態度好像已經認識自己很久了。

「你到底是誰？」

「是誰，重要嗎？」老人繼續說：「人最重要的是——自己有沒有往上爬的意願、自己夠不夠努力向上，是不是為國家社會付出了什麼、貢獻了什麼——這些才是最重要的，你說是吧？」

「回答我！你、你們，」雲智來回瞪了兩人一眼，「你們是不是利用了別人去殺人？為什麼要這樣做？」

「噯，年輕人說話別太激動。」老人自在地揮揮手，嘆道：「我不是剛說了嘛，你就當成是我這老頭兒一點小小的興趣吧。」

「興趣？是把殺人當興趣嗎？」雲智瞪視了黑衣人一眼。

「你這樣說有失公允，」老人看向旁邊，「阿嶺他可沒動過手，是吧？」

「是。」黑衣人附和，說：「真正下手殺人的全是他們自己。」

「你們為什麼要這麼做？」

「阿嶺，律師他既然還一頭霧水，保持著求知若渴的精神，我看你就簡單說一說吧。」

黑衣人聞言，回應老人：「是。」

隨即，老人又開口：「至於從哪地方開始說起，嗯……算了，你自由發揮吧。」

「是，好的。」

黑衣人轉頭面向雲智，說：「問我們為什麼要做這些事，呵呵，律師，你不覺得他們全是社會底層的汙垢嗎？」

「汙、汙垢？」雲智一聽這個詞，感到不可思議。

「不好好找工作，有了一份工作也沒法堅持好好做下去，對周遭、對社會憤怒、不滿，動不動喊著想死，卻沒勇氣自殺，其中有的淪落到街上向人乞食的地步，免費拿人的東西吃喝，白白浪費國家社會的資源。要說他們不是底層的汙垢，又會是什麼？」

雲智不以為然，反駁說：

「不只他們，每個人一生不可能永遠平順，都會有自己的人生困境……」

「有困境就要去突破！」黑衣人搶話，並加重語氣。「白白活著，庸碌又無能，成天光拿困境做為停滯不前的藉口，這類人只會拖慢社會經濟發展的腳步。」

「一點也沒錯。」老人開口補充了一句：「好逸惡勞的一群。」

「律師，不知你還記不記得，」黑衣人接著說：「曾有政治人物站在我們這邊，在寒冬中叫警察和工程管理處朝滿身汙垢的遊民灑水，要把他們淋醒，啟發他們努力向上、別再蹲躺在原地，還主張誰往遊民身上灑水，就會撥獎金獎勵誰，那真是促進社會良好風氣的一個很有智慧的方法。」

黑衣人說到這裡，老人剎時從喉嚨哼笑了一聲，再以沉著的語氣，補上一句：

「不過啊，那名議員再怎麼有智慧，可也比不上我好幾年前想出的方法。雖然說，還在實驗階段就是了。」

「阿嶺，你繼續講吧，時間有限，簡單說說我發想的基本概念就好。」

「實驗？」雲智問。

黑衣人恭敬地遵命，然後說：

「這是一場利益眾生、充滿功德的社會實驗。」

「功德？利益眾生？你在扯什麼！」

「這些滿身汙垢的人既然活不下去、想死又對自己下不了手，我們就在想，不如好好運用國家權力抹除他們的存在，直接讓他們在社會上消失，這是最快的方法了。」黑衣人邊說邊挺起胸膛擺出一副傲氣，「不過現今的潮流是民主，現在是民主時代，離戒嚴時期已經隔了一段時間，國家此時能正當運用的殺人權力只剩下什麼？你是律師，應該不會不明白吧？」
「你、你們利用了死刑……」
「聰明！」老人露出一個冰冷的笑容，拍起手來，同時頻頻點頭。
黑衣人等拍手聲止息，續道：「不過一次殺一個，效率實在太低了。更遺憾的是，五年前立法院居然三讀通過了兩公約[2]，這幾年要對罪犯處以死刑的標準愈來愈嚴格，所以我們調整了實驗的方向。」
「什麼方向？」
「你能當上律師，腦子應該很好，你想一想吧，為了讓環境更乾淨，加速清理社會裡更多的汙垢，你覺得要怎麼做效率才會更高？」
從數起槍擊案來看，羅品鴻和呂亞楠一開始鎖定的對象都是……
一時間，雲智終於恍然大悟，驚喊：
「你們用……你們利用了社會底層的人去解決同樣階層的人？！」
「不，不能這樣講。」老人搖搖頭，擰起眉心，雙眼從兩側吊高，投射出鄙視人的目光，接著說：「這叫做啊——用汙垢去分解汙垢。」一講完，他斂起目光，說：「阿嶺，繼續。」
「我們做的，和蟑螂藥的處理方式很近似。一隻帶回毒藥，回巢穴後一同分食。用一隻去解決掉一群，這才是效率的表現。」

2 兩項公約，指《公民與政治權利國際公約》和《經濟社會文化權利國際公約》，其中強調死刑的科處須經過嚴格、公正、有權尋求特定權利的程序，凡未廢除死刑之國家，其判處死刑的適用範圍僅侷限於「情節最重大之罪」。且於二〇〇五年，聯合國人權委員會並強烈要求未廢除死刑的締約國不要對患有精神疾病或智能不足者判處或執行死刑。

雲智邊聽邊蹙眉，不敢相信耳裡接收到的內容。

「實驗剛開始做得不是很成功，我必須承認。」黑衣人一時沉下了臉，「我在火車月台上還叮嚀朱健宗找好對象，千交代萬交代的，誰知他推下去的竟然是女人，還是一名對社會有益的學術分子，真的很遺憾。」

「你……」雲智緊握拳頭，全身不住顫抖。

「我曾經提出了建議，如果凶手選定的對象是比較強壯的大人，是不是用槍比較快？如果挑選的對象是那些好吃懶做的遊民，是不是能恢復社會的善良風氣，鼓勵人人力爭上游？實驗結果出乎我們意外，呵呵，太成功了！朝目標開槍再自己槍決了斷，連法律程序都可以省略了！還有啊，到了陳文慶犯案那天，果真達到預期的效果。他殺掉的小孩，是來自比他自己還要低賤的家庭環境，計畫真是天衣無縫啊。」

「人是不可能輕易說殺人就殺人的，你跟這些凶手說了什麼？」

「你這問題便是機密了，律師。不過，談一點應該無妨，簡單說就是——洗腦。一個人雖然不會說殺人就殺人，但這些凶手的腦袋是很好控制的。他們本身就對自己的處境既憤怒又不滿，這時只要加入一點點觸媒，就足以改變他們的意識，開啟他們殺人的開關。」

黑衣人說到此，轉頭問老人：「我可以舉例嗎？」

「你就對律師說吧，點到為止。」老人從容回應。

黑衣人轉回來，表情略帶獰笑，說：

「像呂亞楠頭腦簡單，本身就有毀滅傾向，給這種人能迅速殺人的一把武器，再告訴他有比他更不如的汙垢正四處走動，搶食社會資源，連帶害他爬不上去，沒辦法過更好的生活。這麼一來，要他動手開槍，不就是件容易的事嗎？

「再說說羅品鴻吧。我收留他一陣子，但他懷著一顆善心，始終無法聽話下手，可是當我告訴他，殺人是種善行、是無邊無量的功德，是得以解決他人一切痛苦的手段時，他就慢慢聽進去了，最後選擇去解決了曾幫助他的女人，緊接著開槍自殺，非常完美。律師，你知道嗎？我去撿槍的時候，真覺得自己是在默默行善……不知道你能不能體會，我那時候，心中不自覺充滿了感動，可是現在很難用言語描述，該怎麼說呢……」

「阿嶺很聰明。」老人點頭褒獎了一句，接了黑衣人的話，說：「阿嶺給姓羅的小子灌輸——你知不知道，身處社會底層的人，要怎樣才能獲得幸福？——那小子天生頭腦遲鈍，阿嶺只好直接公布正確的答案，說什麼沒車沒房、拯救什麼的？那段話是神來一筆，來，阿嶺，你那時說了什麼，仔細再講一次。」

黑衣人露出自滿的邪笑，然後裝出感性的口吻，說：

「阿鴻，你過得一生窮酸，沒車沒房、也沒錢、又殘廢，走在路上更沒人關心；就算有人關心，實質上終究也沒法在現實中拯救你，只能無力地在身旁看著你的生活淪落，過得愈來愈差。既然這樣，你只剩下死亡了，只有死亡才有辦法從這一生解脫。死亡是唯一的路，是你唯一能獲得的最大幸福，不是嗎？」他的笑口開得更大，接著問：「律師，你覺得怎樣？」

雲智的心頭湧上一股怒意，答不出半句話。黑衣人又說：

「很符合我們利益眾生的實驗宗旨，不是嗎？我那時在天橋下盯著品鴻，和他同樣窮酸的女人還沒認出是他，他就開了槍，給對方一生中所能獲得的最大的幸福，然後他自己也追隨著幸福而去。真的，那一幕真的很成功、很感人……怎樣？看你的表情，你好像不大認同？」

我怎麼可能認同！——雲智一時難以平復情緒的起伏。

他先前的推論是，有人成立了一間幌子社福協會，並利用該協會在做一些不見光的事情，但現在所得知的真相竟是如此深沉的黑暗。這兩人不但利用協會的名目去蒐集街友的個資，還假借去街頭關懷街友時，一面給街友洗腦，一面執行著他們瘋狂的實驗……

「你們……」雲智拚命搖頭，忍不住大喊：「瘋了！你們真的瘋了！」

「不，我們不是瘋子。」黑衣人平淡地說：「需要做精神鑑定的是凶手，絕不會是我們這種正常人。」

「說的沒錯。」老人點頭稱是，嘴唇幾乎成一字形，平和地說：「我們是在做功德，從社會上除去那些心裡有病、精神不健全的汙垢，必須防止他們和我們一起生活，避免汙染到我們的上進心。我想啊，你這麼上進，努力讀書當到律師，應該不會不懂這道理。」

「不會有人理解你們這些荒謬的道理的！」

「哈哈哈！」黑衣人狂妄地大笑了幾聲，在笑中反問：「大家都明白的，怎麼不會理解？」他接著湊近雲智的臉，說：「你看看陳文慶就好了，現在全台灣過半的民眾可都想要他這種精神病被判死，要法官直接用死刑解決掉這些對社會毫無貢獻的米蟲。我們所做的，民眾只會拍手叫好，不會有很多的反對聲音出現的。」

「你們……」雲智乾嚥口水，說不出話。

「我們站的位置是多數輿論的一方，而死亡只能是陳文慶唯一的解脫之道了，所謂利益眾生就是這麼回事，哈哈……」黑衣人笑得比剛才更大聲。

這時，老人咳了一聲，斜睨了黑衣人一眼，說：

「不過阿嶺，我說你也別太得意了。別忘了你的失敗，給人家律師帶來多大的困擾。」

「是。」黑衣人即刻收斂笑意。

「第一次是你的未婚妻，嘖，不料又再一次，波及你的女友。」老人額頭的幾道皺紋深陷，露出一臉愧疚，說：「我在這兒，為實驗誤差和阿嶺的辦事不力，向你表示誠摯的歉意啊。」

「你們把人命當成什麼了?我不可能接受道歉的！」

雲智心想，原來從多年前開始，自己早已被眼前的兩個狂人盯上。不管是俐芳被害、雅蘭受傷，或自己的一舉一動，這兩人皆知之甚明，而且不知他們是有什麼樣神通廣大的本領做到這些事情的，彷彿各處都有隱形的眼線眈視著。

他們甚至派出了鍾宛晴，請求自己成為文慶的辯護律師，但……

雲智察覺到一點不合邏輯之處——

既然對方一心想除掉陳文慶，為什麼處心積慮要我為他辯護?

「鍾宛晴要我為文慶辯護的目的何在?」他直接了當問。

「像我這般老頭兒活到現在，生活中總需要來點樂趣。」

「樂趣?」

「小慶這孩子特別有趣。」老人緩慢地露齒而笑，這個笑容是一種既帶輕蔑、又像是小孩初次見到新玩具的笑。「他殺完了人居然逃到網咖，對自己下不了手。被抓到之後居然沒說實話，反是編出了好幾種版本的動機，耍得所有人團團轉，真可愛吶。我本以為嗳，他沒辦法撐到一審判決，應該會像朱健宗在看守所自我了斷，不料這孩子的毅力真強……嗳，法院的審理愈到後面，我愈捨不得讓他就這樣死了。因此，我要阿嶺動用保險，看看你會做何反應。」

「我的反應?」

「我想看你會不會接下委託。你或許不能體會我這老頭兒的感覺吧，看一個人在兩難中做出選擇之前的片刻掙扎，可說是種莫大的樂趣。未婚妻無緣無故被殺，我本以為你不可能接下類似的案件，按理嘛，你應該會拒絕辯護，要小慶直接給法院判死了就算了。料想不到你真的接下了案子，居然還沒拿走我給出的全數五十萬，噯呀，你真的不簡單！」

你憑什麼高高在上的一副模樣，將每個人當成是棋子使弄？——

雲智聽著，怒火不斷向上衝。可是，槍口隨時可能重新瞄準過來，他不敢妄動，只仔細回想剛才的話，再問：

「你說要動用保險，是什麼意思？」

老人無視雲智的問題，只喊了一聲「口乾」，咳了一兩聲後，便端起座位旁的碟子和一只做工精緻的瓷杯，動作優雅地拿起杯子貼近鼻尖聞了聞，再啜了幾小口，接著把杯碟放回原處後，擺出君王般的態度，說：

「你來告訴律師吧。」他將話語權交給黑衣人。

「宛晴去見你時，帶了一份委託證明書，」黑衣人問：「你還有印象吧？」

「有，可是我沒看到文慶寫給鍾宛晴的那封短信。」

「你當然看不到，因為那封信從來沒存在過。」

「所以，鍾宛晴在一審下判決前，去看守所說服了文慶另找律師？」

話一出口，雲智立即發現不對。因為一審時，除了雇用過文慶的一、兩個工廠老闆曾去探望他以外，再也沒人去看過他。

「我怎可能讓宛晴留下獨自去探視他的紀錄。」

「那，委託證明，她是怎麼拿到手的？」

「世上有一種方法，可以不用透過看守所就能輕易取得，你再想想……」

莫非……老人所謂的保險是指……

「你們——讓文慶在犯案之前，就要他簽好了委託律師的證明書？！」

雲智一說完，老人再度拍手鼓掌，並且揚起鄙夷的笑容，好似掌控全局的棋手，而黑衣人也隨掌聲開始輕蔑地大笑，如同隨侍於暴君左右的奸臣。

雲智頓然恍悟，委託證明書底下的日期只要隨時補上即可。法院不會特地去查證委託書的真偽，而看守所也只會看律師是否有攜帶委任狀。如此說來，在文慶犯案前，黑衣人早針對文慶做過一番調查，包括他的個資、心理狀態、他親人的家用電話，另一方面，宛晴很可能也早就和文慶有密切的接觸，甚至在他犯案前夕，宛晴應該都有和他見過面。

前後所有的細節全在老人的操控之中，只有雲智自己始終被蒙在鼓裡。

那麼，文慶今天午後那個詭異的笑容和感謝，確實是發自內心沒錯……

只不過那代表的意義是——

鍾醫師才是一直陪伴在他身邊的「朋友」……

是這樣嗎？難道說，文慶的精神鑑定能進行得順利，也是因為宛晴身為觀察員，一直守在他的身邊？

雲智追問：「鍾宛晴她現在人在哪裡？」

「可惜啊，」老人答：「你再也見不到她了。」

「什麼意思？」

「就是這個意思。」

「你們對她做了什麼？」

「噯，在辯論庭完結當天，她的任務就該結束了。」

老人說完，黑衣人即把玩起平置於大腿的槍，補上一句：

「她真不聽話，不應該答應你今天去見文慶的。惹得你起疑心，也搞得我下午好忙。」

「你們把她……」雲智已經大致猜到鍾宛晴的下場。「可是她、她不是你們在社會上要除去的對象，你們竟然也對她……就像對待四名凶手一樣，你們玩弄著人命……」

「四名？」老人的眼神頓顯困惑，轉向黑衣人。

兩人相視著，間隔一秒後，皆爆笑了出來。

「你、你們在笑什麼？」雲智不解。

「台灣一年有多少失蹤人口？失蹤人口之中又有多少人成為街友？」黑衣人說：「你覺得我們花錢投資做實驗，不會想辦法提高樣本數嗎？」

「不只我所知的四個，還有其他……？」

雲智的腦袋彷彿接連受到重擊，幾近啞口無言的地步。

「當然。」黑衣人拉拉衣領，一副神氣的姿態，說：「你以為偉篙其它分會在做什麼？而且，呵呵，為了獲取更大更多的數據，你不會真以為只有偉篙在進行吧，哈……」

這時，靠駕駛座的窗口傳來叩叩兩聲。

老人聽聞司機的敲擊聲後，說：

「差不多了，快到目的地了。」

「你們要去哪裡？」

「律師啊，」老人微微調整坐姿，「來談正事吧。」

「正事？」

「你剛才知道了不少事情，對吧？但是，你能不能毫髮無傷地下得了車，好像又是另一回事了。」

「你們打算……做什麼？」

「我只是希望你能以鍾宛晴為借鏡，別反抗。」

老人話剛講完，黑衣人迅即把槍口抵著雲智的額頭，金屬的冰冷直接沁入皮膚。幾乎同一時間，車輛似乎開到了不知名的顛簸路段，晃度頗大，放在位置旁的杯碟鏗鏗作響。

雲智感覺自己的死期將近，但又察覺不太對。他懷疑地問：

「你們對我講了那麼多，然後……現在要殺我滅口？」

老人張大雙眸，正眼看向雲智，說：「無論如何，你都不願意接受我的道歉嗎？」他的目光透出一股懇切，語氣也變得溫和。

黑衣人將槍口朝雲智的額頭蠻橫使勁地按了兩下。雲智全身的肌肉不自覺緊繃，眼睛半瞇著，但並沒有回話。

老人咳了一聲，又說：「很抱歉，讓你的人生受盡波折。」

「我……」雲智呼吸急促，說：「我不會原諒你的作為的。」

「不原諒嗎？唉，真的嗎？」

「我……這個人……這一生……」雲智穩住自己的呼吸，慢慢說：「我不喝牛奶，也不喜歡浪費電。」

「你說什麼？」黑衣人問。

雲智的眼神突轉銳利，抬高音量，答：「剛才在辦公室，我騙雅蘭說，我們以前常一起喝拿鐵，還要她記得鎖門，等我回去關燈。你沒忘吧？」

「你什麼意思？」

「你覺得我在騙她，實際上被騙的人是你。」雲智挪動視線角度，瞪視著黑衣人。「拿鐵，才是她愛喝的咖啡，而且她知道，我平常去樓下店裡買的都是濃縮咖啡，我不碰牛奶的。另外，她當我的助理這麼多年，絕不會不清楚辦公室的省電原則。」

「你……」

「她一定會察覺不對勁，然後她會追出來，偷偷跟著我們，抄下車牌，馬上報警。持有這款車型的人絕對不多，如果我料得準，警察很快會追蹤到這輛車，你們逃不掉了！」

忽然間，車子停住搖晃，不再移動。

雲智心想，是救兵來了吧？

「你確定——」老人用不屑的語氣說：「警察有辦法找得到我？」

「站起來！下車！」黑衣人命喝道。

在槍口的威脅下，雲智再度移步，被迫走出了車門外。

這地點對他而言是陌生的。周遭林木遍布，樹枝高於頭頂幾公尺，除了禮車的車燈，遠處一片漆黑。他看了一眼路面，盡是泥巴和碎石，以及一、兩隻蟾蜍在路徑上遲緩地跳動。沒有其它車輛，沒有往來行人，更沒有前來圍捕的警察……

只有，黑夜的蟲鳴迴響於深闇的樹林中。

老人跟在黑衣人身後，而黑衣人的威喝，迫使雲智向前走到禮車的後方。泥土中富含的水氣令他每一步的鞋印壓得更深，車尾燈的紅光有些刺眼，紅色的光暈染上他全身的衣著，剎時令他產生不祥的預感。他覺得，自己急速的怦怦心跳即將隨著一聲槍響而銷匿於這片暗夜裡。

接續，黑衣人要他停住腳步並轉身過來。

「哈，別傻了吧……」黑衣人笑著說：「既然你剛才給了她暗號，那為什麼現在四周沒半個警察阻止我開槍？」

老人展現紳士步態，雙手交叉於背後，走到黑衣人身旁，說：

「律師，我再給你個機會。」

「你們要人接受道歉的方式，太有誠意了吧。」雲智諷刺地說。

「你想想吧。」老人說：「你下午發現了分會的存在，阿嶺也及時撤走了，那麼我為何晚上要特地找你？為什麼要告訴你這麼多事情？」

「我不知道，你們的邏輯根本不是正常人。」

「余律師，我講明了吧。你願不願意跟我合作？」

「啊？」

合作？說什麼笑話？怎麼可能！——雲智凝視槍口，不禁失笑。

「當然不是無條件的，我自然也會給你好處。」老人續道：「你若問條件是什麼嘛……宛晴給你五十萬，你卻只拿必要的費用時，我早知道用錢沒法收買你，動不了你的心。如果你要的是名氣，我手上的人脈可是縱橫警檢高層和政商名流，絕對會有大案子讓你接，你可以藉……」

「等等，」雲智打斷話，說：「像陳文慶這種沒律師願意接、還可能引來民憤的案件，我都接手了。你該不會以為，我是為了點亮自己頭頂的律師光環才接的吧？」

「唉，果然用名、用利都買不動你的心嗎？」

「我不……」

雲智話未說完，耳朵突然接收到輕微的嗒一聲，不到一秒，一陣不知從哪來的血霧陡然從前方襲來，噴濺到他臉上……

下一刻，黑衣人瞬間倒地，腦袋側邊開出了一個洞，血液汩汩從洞口淌出……

他一時愣住，眨眨眼往四周再看，唯注意到老人的掌中持著一把手槍，槍口嵌著圓筒形的消音器。

「如果是復仇呢？」老人若無其事地說：「他的命抵上了尤俐芳的命。我為你死去的未婚妻報仇了，你覺得我開出的這個條件如何？」

雲智大力呼喘，腦袋一片空白，不知如何回話。老人又接著說：

「大家不都說殺人償命嗎？我給出的誠意，你現在滿意了吧？」

此時，後車廂喀一聲自動彈開。車廂平面內鋪滿了一張偌大的黑色塑膠袋，裡頭放置了一只箱型物。接著，司機下車，關上車門，手中拿了一把大剪刀，穩穩踩著步伐來到車子後方，把箱型物搬出車外後打開。

「處理一下。」老人下指令。

司機是男性，穿著一身整潔的制服，兩手戴著白手套，身形壯碩魁梧，身長高過雲智一個頭。他的表情不苟言笑，二話不說，宛若一隻冷血動物，默默將黑衣人的全身衣物剪開後，把全裸的屍體搬到箱子上方，砰一聲放下，然後開始折彎手臂、拗斷大腿，硬將整具不成樣的人形塞入箱內。

「律師，來吧，別光站在那兒，沒什麼好看的。我們進車裡，再來聽點音樂吧。」老人打開車門，一手持槍，一手伸掌做出邀請姿勢，說：「這種粗活，交給他忙就好。嗳，不好意思啊，給你見著這麼難堪的場面，真是的……在我下面做事，要有自覺心啊……來吶，進來吧。」

雲智戰戰兢兢，重新回到車內，乖乖坐回原先靠車尾的位置。車輛後方不斷傳來不規律的震動，令他的心頭不禁持續打著冷顫。而老人坐下來後，則是閒逸地捏起了杯子，啜了幾口杯中物，然後開口說：

「你別緊張。我問你啊——我把他槍決了，你有沒有好過一點？」

老人邊問邊遞給雲智一條毛巾，擺出關切的態度，又說：「臉都髒了，擦一擦吧。」

雲智閉著口，沒有將毛巾接過手。

「噯。」老人伸手將毛巾放在雲智的大腿上，然後重新坐好，貼回椅背，自言自語似地，說：「據說，你以前常會爬山對吧？其實我年輕的時候也很喜歡爬，爬呀爬的，終於努力爬到了現在的地位。你也很努力啊，和底層那些殘渣、汙垢不同，現在當了律師，也爬到了社會階層較高的地方。我們都是很努力向上的人啊。現今這個社會不知怎麼搞的，精神有病的愈來愈多，不知是不是爬到一半摔下來，結果摔壞了腦袋還怎樣的……」

「你想說什麼可以直接講。」

「你真的不考慮和我一起合作？」

「不可能。」雲智堅定地搖頭。

「那麼，我就透露一點吧，你聽一聽之後再考慮看看，如何？」老人自顧自地說著：「有了這幾年的實驗成果，我想再多一條實驗的方向。」

後車廂傳來砰了一聲，隨後駕駛座也傳來關門聲。不久，車輛再度動了起來，不知往哪個地方駛去。

「之前我挑選的對象，都是底層那些汙垢，在物質比較貧乏的環境中長大的，啃老、怕辛苦、待業、不想好好工作，真的很不像話。不過，詳細研究之後我慢慢發現，真正的問題嘛，好像是出在心靈上有匱乏的人才對，比較富裕的環境也會有這類人出現。

「內心有什麼欠缺、隨時覺得空洞，然後自己努力不夠，得不到成就感就把怨恨埋在心裡，怨東怨西的，對周遭、對社會滿腔的不滿，有的還動不動就覺得自己沒朋友，不然就是擺出了一副厭世的心態，簡直汙染了社會良好的風氣。我聽說，家庭失能的孩子，精神很容易出現這類問題。

「現在，我是還沒決定接下來的實驗要往哪個方向走，但你不會覺得說，這類不努力向上、連自己都失去存在感的糟粕，實在沒資格跟我們一起爬山嗎？」

「你的實驗……你、你為什麼要做這些事？」

「我很擔心，噯，我的孫子、孫女沒過幾年很快就會長大了，他們一出社會，接觸到那些精神有問題的孩子，萬一被汙染了怎麼辦？明明心裡就有病，走在路上，還可能會和我的孫子孫女有近距離相碰的機會，講實在的，我不放心啊。」

「殺人——不管是直接或間接——你難道不會良心不安嗎？」

「我的實驗不過是起步而已。」老人顯露自滿的微笑。「端正社會風氣，人人有責啊，不是嗎？況且，警界、商界，包括政壇上，可有不少人鼎力支持我的想法。」

「你逃不過法律制裁的。」

「法律？哈呵呵……」老人訕笑一陣，瞬即恢復嚴肅的面孔，語氣平淡地說：「無論哪個地方、哪個國家的法律，絕不是交由社會低階層的那些汙垢去制訂的。你身在法律界，應該不會不懂這道理。」

音樂持續播放，小提琴拔尖的高音幾乎蓋過了大提琴低沉的悲鳴。

雲智愈聽，愈感覺車內的空氣令他窒息。他連一秒都待不下去。

「你繼續說吧，再來呢？」他問：「開槍殺了我嗎？」

「這是你最後的答案嗎？」

老人嘴上邊問著，邊把雙臂展開，貼在扶手上，並瞇起眼、豎起耳，似乎享受著高音的洗禮。但槍枝仍握在他的手中，他猶如同時握著宰制他人生命的權力。

「沒錯。」雲智把命豁出去了，堅定地說：「我不可能跟你合作。你自以為站在高處、掌控著所有的訊息，就可以輕易操控著你覺得反感的人。可是，你大概忘了一件事。」

「我忘了什麼？」

「每個人做出的每項選擇，都在改變各種變因發生的機率。你忘記了——人，是有自由意志的。人的意志可以做出不同的選擇，讓結果產生不同的變化，儘管改變的範圍很小，但絕對是整個系統內最不確定的變因，這是我從俐芳的研究裡學到的。至於你的研究、你的實驗，可以說破綻百出，除非你能同時掌控所有的人，不然你是不可能達到目的的。」

「噯，是嗎？」

「你想開槍，要殺就殺吧。」

「好大的勇氣，」老人用槍管在扶手邊輕敲了幾下，愈敲愈大聲。「我真是，愈來愈佩服你了，律師……」

雲智把腰打直，閉起了眼，面向前方，等待對方處置……

此時，連接駕駛座的窗口開啟，雲智的手機從另一頭輕輕被扔進來，正好落在前方的座位上。

「差不多快到了。」老人說。

雲智睜開眼，發覺自己好像還活著。他疑惑地問：

「你、你要帶我去哪裡？」

「我是不會對你開槍的。你可要幫我好好替小慶繼續打官司呢。」

車子的速度漸緩，剛好在老人這句話的落點停了下來。

「我對你的一切瞭若指掌，你別忘了這件事。」老人說。

「你不殺我？」

「噯，死亡是你一個人的事嗎？」老人的一邊嘴角揚起，露出令人捉摸不著的微笑，說：「比起殺掉你，讓你一生感到恐懼，不是更有意思？」

「恐懼？你什麼意思？」

「你下車吧，手機別忘了拿。」

雲智遲疑了一下，深怕他等一下從背後突然開槍。不過，既然從接受鍾宛晴的要求替陳文慶辯護，一直到現在發現黑衣人的陰謀，又上了老人的車、親眼見到人被槍殺處決……走到這一步，雲智已經沒有退路了。儘管他心中不斷產生不知接下來會發生什麼事情的各種畏懼，但他認為自己也只能繼續向前走了。

於是他站起來，吸了一口氣往前行，擦過老人的肩膀，接著拿取了自己的手機。

然而，正要開門時，老人的聲音從背後傳來……

「要是小慶沒被判死刑，在監獄的表現也不錯的話，那麼經過幾十年，他終有一天會回到社會上。我這老頭兒也許活不到那天，但我的實驗不會就此停止的。等到他再次成為實驗的目標，你不會恐懼嗎？社會難道不會恐懼嗎？哈哈哈……」

雲智在老人的笑聲中開啟車門。腳一踏下去，踩上了柏油路。

他朝身旁看，司機就在旁邊，突然伸手一把將雲智用力推離車門。

剎那，雲智撲倒在路旁。還來不及站起來，他即聽見砰砰的關門聲，接著引擎聲迅速遠離。

他立刻開手機，想拍下車牌，動作卻趕不上。

禮車已經在視野中變得愈來愈小，遠遠地消失……

接著，他趕緊打開 LINE。他一看，發現好幾則雅蘭傳來的訊息。

『我報警了！快點回我！』

『你在哪裡？』

『我有拍下那輛車的車牌，警察說找不到資料，怎麼辦？』

『你被帶去哪了？快回我！』

『你的警察朋友很擔心，我也很急！拜託不要有事，看到訊息快回我！』

雲智一讀完，馬上按鍵打字，但雙手不知為何竟然顫抖了起來，還接連按錯好幾個鍵。喪命的恐懼直到此時才如排山倒海般襲來……

他的腦海不斷想起剛才血液噴濺、棄屍的畫面，而老人說過的一切，包括社會的汙垢、宛晴的下場、實驗、樣本數、心靈有匱乏的人……等等的關鍵字，不停盤繞在腦子裡，一直向外膨脹，彷彿快把頭殼炸裂了，而且……

進行無差別殺人的不只四名凶手，還有其他人……

這時，雲智突然想起岱華說過的，呂亞楠拿到槍枝是今年三月底的事，但去年九月時，就已經發生了獨居老人的槍擊案……還有誰沒被抓到？

雲智呼了好幾口氣，試著分別搓了搓自己的兩隻手，盡可能努力維持鎮定，一字一字好好輸入。

「我人現在沒事了，他們放我走，我現在人在　」

對了，我人在哪裡？——

打到這裡，他抬頭往四周環視……

眼前所見，居然是……安全帽店……

這裡是——俐芳的父母，文淑和春暉的家。

〔比起殺掉你，讓你一生感到恐懼，不是更有意思？〕

原來，老人不但知道雲智的一切，似乎也連帶監視著文淑、春暉和筱芳的所有動況。這幾個人的存在就像是雲智的家人一樣，雲智不可能不重視。

但現在……

他們的安全，怎麼辦？該怎麼做才好？

〔你可要幫我好好替小慶繼續打官司呢。〕

雲智心想，自己終究得繼續為文慶辯護下去嗎？

〔要是小慶沒被判死刑……〕

〔他終有一天會回到社會上……〕

〔等到他再次成為實驗的目標……〕

〔你不會恐懼嗎？社會難道不會恐懼嗎？〕

倘若真如老人所說，文慶重新回到社會上，到時候……
能保護他的網子在哪裡？可以牢固地保護社會大眾的網子又會在哪裡？
不，能等得到那個時候嗎？老人此刻正在謀劃更多的實驗，來得及嗎？
雲智呆滯原地，一時之間全身變得無可動彈。
「阿智！你、你怎麼來了？」文淑從門口小跑步過來。
「我……」雲智一見到人，忽然雙腿發軟，膝蓋無力地向下跪。
「哎呀，你怎麼了呀？」她蹲下來，喊道：「你跪著做什麼？有話好好說、好好說啊……」
雲智的情緒克制不住，眼淚不停滑落，開始抽泣，話語也破碎得無法成聲。
春暉也出現了，佇立在門口沒靠近。
筱芳則是衝過來，和文淑一起扶住雲智的手臂。
「你怎麼了？」筱芳問：「是不是因為陳文慶的事情？」
雲智情緒激動，不知從何說起時，她又問：
「你是不是後悔幫他辯護了？」
我後悔了嗎？後不後悔，並不能改變過去的什麼，但是……
下一審，假若要繼續為他辯護下去，自己真能做得到嗎？
雲智此刻得不出答案，只是彎著腰、抱住面前的家人，不停掉淚。
然而，老人的笑聲依舊重複迴盪於耳際……
雲智內心忍不住冒現出一連串問題——

他的實驗處於進行式，誰會是下一個目標？
罪行又將於何時、何地再度發生？
即將再發生的無網之罪，那樣的罪責究竟又該歸於何方？

驚！北捷江仔萃站出現隨機殺人魔，二十餘人遭砍傷、至少四人死亡！

f 分享 分享 留言 列印 存新聞

2014 年 5 月 21 日 18:32〔記者徐慕風／即時報導〕 讚 143 分享 674

台北捷運的江仔萃站，今天（21 日）下午 4 點 26 分驚傳隨機砍人事件。一名年約 22 歲的鄭姓青年，他身穿紅色短袖上衣、黑色短褲，手持兩把水果刀，化身成殺人魔，遊蕩在捷運列車及月台上，見人就砍。有二十幾名乘客遭到這名陌生男子隨機砍傷，警消單位第一時間前往現場處理，並將中傷者緊急送醫治療，目前確認已有四名乘客被凶嫌砍死，案發現場可見血跡斑斑。

鄭姓嫌犯目前已遭警方逮捕，並連同凶器送往江仔萃派出所，他的動機不明，尚待警檢釐清真相。

（全文完）

作者後記

這部《無恨意殺人法》是我的第三本長篇小說，和前兩本「靈術師偵探系列」作品《慧能的柴刀》、《跛鶴的羽翼》同為懸疑推理小說，但本作非屬上述的系列作，而是一本可獨立閱讀的社會派推理作品，並帶有驚悚的元素（當然，用心的書迷們應該仍可找出作品間的連結）。書寫本作給予我最大的挑戰即是——本作當中的其中一樁案件，其靈感乃來自曾發生於台灣且廣受大眾矚目的真實社會案件。於寫作過程中，我為此參閱了許多和案件相關的各項書面及網路資料，總數可高達上千頁，法律部分也花了不少時間琢磨，同時也參考了許多和犯罪學、無差別犯罪相關的文獻及書籍，例如《誰都可以，就是想殺人》（時報出版，二〇一七年）、《英雄：大屠殺、自殺與現代人精神困境》（時報出版，二〇一六年）、《被誤解的犯罪學：從全球數據庫看犯罪心理及行為的十一個常見偏誤》（臉譜出版，二〇一八年）等等。

從構思、開始動筆到作品完成，共花了四、五個月的時間，可謂我日夜皆受作品中那些角色的牽絆，然而故事走到中途，角色終究各自走出我原先設定的框架，活出自己的生命（或很遺憾地，邁入了死亡）。

諸君閱讀本作時，我有兩點要特別強調一下。首先要強調的，本作是純屬虛構的小說，即使您在閱讀過程中感到逼真或雷同，懷疑著究竟是真是假時，我也希望您能抱著懷疑讀到最後一頁，接著從讀完故事的情緒中抽離，並明白自己在看的只是一個虛構的故事。美國作家及評論家約翰・加德納（John Gardner）曾在其著作《小說的藝術》（*The Art of Fiction*）提出「虛構創作的夢境」（the fictional dream）的觀念，他認為——小說家的工作即是為讀者編織一場夢，努力不使讀者從夢中醒來而能持續讀下去，便是小說家最重要的任務。我希望本作所營造的「夢境」，有達成他所要求的效果。倘若您讀完之後，內心仍舊無法平息「某個細節好像是真的」、「似乎在現實中的哪時候或哪個地方有聽過或看過」之類的想法，那麼可以請您聽聽我接下來要說的第二點，也同時讓您一窺我書寫本作的過程和目的。

二〇一八年一月份時，和我認識數年、曾鼓勵並支持我持續創作的資深前輩小說家暨影劇編導張耀升，他突然向我提到一項計畫，希望我和鏡文學能有合作的機會，並要我寫一本關於「台灣無差別殺人」的小說，雙方經會面討論後，我開始做了各項調查及案情研究，差不多農曆年之後始將本作構思完畢，並於二月底開始動筆創作。在耀升兄提議之前，我對無差別殺人即有一定程度的關注，不論是各項報導、輿論聲音及法律問題等，算是擁有一些基本的認識，不過於大量蒐集資料的期間，我才發現自己對無差別殺人案件之犯案各項成因仍有許多認知的不足，於是透過這次的寫作機會及深入研究案情，終於補足了我對於加害方的各種觀點。開始實際寫作後，約三月中旬，我見到了衛生福利部公布了一份《強化社會安全網計畫》，心中不禁有些感慨，因為計畫公布及宣導，和我想寫的案件兩者間的距離以年為計，總會令我擔憂著台灣於社會安全網的實際建構是否能趕得上可能再次發生的案件，也因此讓我確定了作品的主要核心觀點——無網之罪。接著，我快寫到結局前，不可不說大為影響這個故事走向的，即是發生於二〇一六年三月底台北內湖的隨機殺人事件；我苦惱著結局該如何安排時，正值該案件二審宣判前夕，我在網路上見到被害者家屬對於犯人的態度轉折和聲明之理由，終於讓我定下本作的結局，同時並放大無差別殺人事件背後的社會階級問題，且將其中的惡意給具像化。

為了令故事達成某種程度的戲劇張力，在書寫時當然會和事實多少有所出入的改編過程。我希望，藉由小說的戲劇性及娛樂面效果，能加強讀者對於某項社會議題的深入了解，比如說看待一樁社會案件時，讀者在給出評判前是否能先主動蒐集相關資料，從各種確切的資料中進行多方角度的思考，並且不單為媒體片面的資訊所餵養——此即是我書寫本作的重要目的。或許，讀者可從各項資料中尋得並推理出作者未見的事實，逐而逼近事件的真相也說不定。

《無恨意殺人法》得以完成，首先我要感謝胡慕情小姐，她同意我於創作時參考其專訪撰文，使我具有更多的現實素材得以發揮。再者，我要再次感謝耀升兄的邀約，讓我有機會書寫這項社會議題，他於去年初在我尚未構思期間，提出角色及故事許多可能的走向，我十分感謝。當然，我一定得感謝鏡文學副總編林毓瑜和編輯郭湘薇，她們於我的寫作過程中提出許多建議，和兩位往返的情節討論，使我投入了更多的心思去看待這本作品；而於後續的作業程序中，出版部主編李佩璇表現出來的高度熱忱以及對細節的重視，亦使這本作品更臻完美，非常謝謝她投入的時間和心力。此外，律師暨司改委員劉北元先生曾對我諮詢的幾個問題悉心回答，我也對他的意見表示誠摯的謝意。另外，每當我完成一部分內容，我的首位讀者若水總是熱情地替我抓錯，並和我討論情節的進展，我也相當感謝她的協助。靈術師偵探系列的編輯喬齊安，他雖然不知道我那時正著手創作的內容，但多次傳訊表達關心，並表示非常支持我為台灣的懸疑推理文學持續創作下去，他的期待和態度也令我非常動容。另，這本作品的所有推薦人，以及曾給這本作品意見而不願具名的相關領域專家，我在此也向各位表達謝意。

這本的故事是否還有後續，我不太確定。但絕對可以確定的是，讀者們發以實際行動的支持，將會是作者持續創作的動力。

舟動

二〇一九年一月

鏡小說 011

無恨意殺人法

作者：舟動
責任編輯：郭湘薇、李佩璇
責任企劃：劉凱瑛
美術設計：野生国民小学校

校對：李承芳
主編：李佩璇
總編輯：董成瑜
發行人：裴偉

出版：鏡文學股份有限公司
11070 台北市信義區東興路 45 號 4 樓
電話：02-6633-3500
傳真：02-6633-3544
讀者服務信箱：MF.Publication@mirrorfiction.com

總經銷：大和書報圖書股份有限公司
242 新北市新莊區五工五路 2 號
電話：02-8990-2588
傳真：02-2299-7900

內頁排版：宸遠彩藝有限公司
印刷：漾格印刷股份有限公司
出版日期：2019 年 1 月 初版一刷
ISBN：978-986-96950-4-6
定價：430 元

國家圖書館出版品預行編目 (CIP) 資料

無恨意殺人法 / 舟動著. -- 初版. -- 台北市 : 鏡文學, 2019.01
416 面 ; 14.8×21 公分 . -- (鏡小說 ; 11)
ISBN 978-986-96950-4-6(平裝)

857.81 108000063